TEMPO DE TEMPESTADE

TEMPO DE TEMPESTADE

Andrzej Sapkowski

Tradução do polonês
OLGA BAGIŃSKA-SHINZATO

wmf **martinsfontes**

SÃO PAULO 2019

1ª edição *2019*
2ª tiragem *2019*

Tradução
OLGA BAGIŃSKA-SHINZATO

Preparação de texto
Malu Favret
Acompanhamento editorial
Richard Sanches
Revisões
Yris Alves Rosa
Laura Vecchioli do Prado
Beatriz de Freitas Moreira
Produção gráfica
Geraldo Alves
Paginação
Renato Carbone

Dados Internacionais de Catalogação na Publicação (CIP)
(Câmara Brasileira do Livro, SP, Brasil)

Sapkowski, Andrzej
Tempo de tempestade / Andrzej Sapkowski ; tradução do polonês Olga Bagińska-Shinzato. – São Paulo : Editora WMF Martins Fontes, 2019.

Título original: Sezon burz.
ISBN 978-85-469-0254-5 (capa game)

1. Ficção polonesa I. Título.

19-24382 CDD-891.8

Índices para catálogo sistemático:
1. Ficção : Literatura polonesa 891.8.5

Cibele Maria Dias – Bibliotecária – CRB-8/9427

Rua Prof. Laerte Ramos de Carvalho, 133 01325-030 São Paulo SP Brasil
Tel. (11) 3293-8150 e-mail: info@wmfmartinsfontes.com.br
http://www.wmfmartinsfontes.com.br

ÍNDICE

Dos ghouls e fantasmas
monstros de patas longas
E das criaturas que vagueiam pela noite
Socorrei-nos, ó Senhor!

Ladainha conhecida como
"Litania de Cornualha", datada
dos séculos XIV-XV

CAPÍTULO PRIMEIRO

Dizem que o progresso ilumina as trevas. Mas sempre, absolutamente sempre, existirá a escuridão. E na escuridão sempre haverá o mal, sempre haverá caninos e garras, assassinatos e sangue, sempre haverá criaturas que vagueiam pela noite, perturbando. E o nosso dever, o dever dos bruxos, é perturbá-las.

Vesemir de Kaer Morhen

Quem deve enfrentar monstros deve permanecer atento para não se tornar também um monstro. Se olhares demasiado tempo o interior de um abismo, o abismo acabará por olhar o teu interior.

Friedrich Nietzsche, *Além do bem e do mal ou Prelúdio de uma filosofia do futuro*

Considero total idiotice olhar para dentro de um abismo. No mundo há outras coisas muito mais interessantes para serem olhadas.

Jaskier, *Meio século de poesia*

Vivia apenas para matar.

Estava deitado sobre a areia quente, aquecida pelo sol. Sentia as vibrações transmitidas pelas antenas peludas e pelas cerdas apoiadas firmemente sobre o solo. Embora as vibrações continuassem distantes, Idr as percebia com nitidez e precisão. Orientando-se por elas, conseguia descobrir não apenas a direção seguida pela presa e a velocidade dela, mas também o seu peso. Para a maioria dos predadores que caçavam de maneira semelhante, o peso da presa tinha importância primordial: esgueirar-se, atacar e perseguir implicava perda de energia, que precisava ser compensada pelo valor energético do alimento. A maioria dos predadores que agiam como Idr desistia do ataque quando a presa era demasiadamente pequena. Mas não Idr. Ele não existia apenas para comer e prolongar a espécie, não tinha sido criado para isso. Vivia para matar.

Saiu da cavidade formada por uma árvore tombada, rastejou ultrapassando o tronco putrefato, em três saltos transpôs as árvores derrubadas pelo vento, perpassou a clareira feito um fantasma e caiu no meio do matagal coberto de samambaias, afundando-se no mato. Movimentava-se com rapidez e em silêncio, ora correndo, ora saltando feito um enorme louva-deus.

Caiu em uma brenha e grudou-se ao solo, encostando nele o exoesqueleto segmentado do abdome. O solo vibrava cada vez com maior nitidez. Os impulsos das vibrissas e cerdas de Idr começavam a formar uma imagem, um plano. Ele já sabia como alcançar a presa, onde cortar o caminho dela, como forçá-la a fugir. Sabia qual deveria ser o comprimento do salto para atacá-la por trás, caindo por cima dela, e em que altura golpeá-la e cortá-la com as mandíbulas afiadas como uma navalha. As vibrações e os impulsos proporcionavam-lhe a mesma alegria que experimentaria na hora em que sentisse a presa agitando-se sob o peso do seu corpo, a mesma euforia provocada pelo gosto do sangue quente, o mesmo prazer sentido ao ouvir o grito de dor rasgando o ar. Tremia ligeiramente, abrindo e fechando as pinças e os pedipalpos.

As vibrações do solo eram muito nítidas e começaram a variar cada vez mais. Idr já sabia que havia mais presas, provavelmente três, talvez até quatro. Duas provocavam na terra um tremor regular. As vibrações da terceira indicavam que sua massa e seu peso eram pequenos. Já a quarta presa, se realmente existia, provocava vibrações irregulares, fracas, incertas. Idr enrijeceu, esticou-se e estendeu as antenas sobre a grama, examinando a movimentação do ar.

O tremor do solo sinalizou, enfim, aquilo que Idr desejava: as presas separaram-se. Uma, a menor, ficou atrás. A quarta, a indistinta, desapareceu. Era um falso alarme, um eco enganador. Idr ignorou-o.

A pequena presa afastou-se ainda mais das outras. O solo tremeu com mais força, cada vez mais próximo dele. Idr esticou as pernas traseiras, impulsionou-as e saltou.

•

A menina gritou terrivelmente. Em vez de fugir, ficou paralisada. E continuou a gritar.

•

O bruxo lançou-se em sua direção e desembainhou a espada. E logo percebeu que algo estava errado, que havia sido enganado.

O homem que puxava um carrinho carregado de lenha berrou e, na presença de Geralt, foi lançado à altura de uma braça. O sangue jorrou copiosamente, respingando para os lados. Caiu e, logo em seguida, foi lançado novamente para cima, desta vez em dois pedaços que expeliam sangue. Já não gritava. Agora quem gritava de maneira penetrante era uma mulher que, junto da filha, permanecia imóvel, paralisada pelo medo.

Embora lhe parecessem pequenas as chances, conseguiu salvá-la. Lançou-se na direção dela, empurrando-a com ímpeto para o lado, da vereda para a floresta, onde caiu no meio das samambaias. E logo percebeu que desta vez também havia sido enganado por meio de um artifício. Um vulto cinza, achatado, multípede e incrivelmente veloz afastava-se do carrinho e da primeira vítima e dirigia-se para a outra, a menina que continuava a esganiçar. Geralt lançou-se atrás dele.

Se a menina tivesse permanecido parada, ele não teria conseguido chegar a tempo. No entanto, a menina mostrou-se lúcida e lançou-se numa fuga desenfreada. Mesmo assim, o monstro cinza teria conseguido alcançá-la rapidamente e sem grande esforço – alcançar, matar e retornar para assassinar a mulher. E assim teria acontecido se o bruxo não estivesse lá.

Alcançou o monstro e saltou, esmagando uma das suas pernas com o salto do sapato. Se não houvesse galgado para trás, teria perdido uma das pernas. O monstro cinza virou-se com impressionante agilidade e suas pinças em forma de foice apertaram-se, falhando minimamente. Antes que o bruxo conseguisse recuperar o equilíbrio, o monstro deu um salto e atacou. Geralt defendeu-se com um golpe involuntário, extenso e bastante caótico da espada e afastou-o. Não conseguiu feri-lo, mas repetiu o ato.

Lançou-se, alcançou-o, cortou-o a partir da orelha e destruiu a carapaça sobre o cefalotórax achatado. Antes que o monstro desorientado tentasse se proteger, com outro golpe cortou a sua mandíbula esquerda. A criatura lançou-se sobre o bruxo, agitando as pernas, tentando atacá-lo com a mandíbula remanescente feito um auroque*. O bruxo lacerou-a também. Com um rápido corte inverso, amputou um dos seus pedipalpos. E novamente golpeou o seu cefalotórax.

•

Idr finalmente percebeu que estava em perigo e precisava fugir. Precisava fugir, fugir para longe, esconder-se em algum lugar, sumir em algum covil. Vivia apenas para matar. E para matar precisava se regenerar. Precisava fugir... fugir...

•

Mas o bruxo não permitiu que o monstro escapasse. Alcançou-o, pisou na parte traseira do seu tórax, cortou de cima, com ímpeto. Agora, a carapaça do cefalotórax cedeu e um espesso sangue esverdeado jorrou da fenda. O monstro agitava-se, suas pernas açoitavam o solo.

Geralt executou um golpe com a espada, separando por completo, desta vez, a cabeça achatada do resto do corpo.

Respirava com dificuldade.

À distância, trovejava. O vento que começara a assoprar e o céu que enegrecera rapidamente pressagiavam uma tempestade iminente.

•

Albert Smulka, o recém-nomeado zupano municipal, já no primeiro encontro com Geralt lembrou-lhe a raiz de um nabo: ele era rechonchudo, mal lavado, grosseiro e, de forma geral, pouco

* Nome dado às populações selvagens do boi doméstico (*Bos taurus*) que se extinguiram no século XVII. (N. da R.)

interessante. Em outras palavras, não era muito diferente dos outros funcionários municipais com os quais costumava lidar.

– Parece que é verdade mesmo que um bruxo consegue resolver qualquer problema – o zupano falou. – Jonas, meu antecessor, vivia elogiando-o – retomou após um momento, mas não houve nenhuma reação da parte de Geralt. – E, veja só, eu o considerava um mentiroso, não acreditava em tudo o que ele dizia. Sei como certas coisas acabam se transformando em lenda. Especialmente quando se trata de um povo ignorante, que a toda hora inventa um milagre, uma maravilha, ou surge com outro bruxo que possui forças sobrenaturais. E aí, de repente, você descobre que é mesmo verdade. Lá na floresta, além do riozinho, morreu um montão de gente. Mas os burros continuaram andando por lá, para a própria desgraça, pois aquele caminho para a cidadezinha é mais curto... Não davam ouvido aos avisos. Vivemos numa época em que é melhor não andar perambulando pelos ermos ou pelas florestas. Há monstros devoradores de homens por todo lado. Em Temeria, no Contraforte de Tukai, acabou de acontecer algo terrível: algum fantasma silvícola trucidou quinze pessoas no povoado dos carvoeiros conhecido como Cornada. Deve ter ouvido falar. Não? Mas é a pura verdade, juro pela minha morte. Até os feiticeiros teriam feito uma investigação nessa tal de Cornada. Mas chega de confabular. Aqui, em Ansegis, estamos seguros, graças a você.

Tirou um estojo de dentro de uma cômoda e estendeu uma resma de papel sobre a mesa. Mergulhou a pena no tinteiro.

– Você prometeu que mataria o monstro – disse sem levantar a cabeça. – Pelo visto, não jogou palavras ao vento. Você cumpre a sua palavra, apesar de ser um vagante... E salvou a vida daquelas pessoas, da mulher e da menina. Pelo menos agradeceram? Caíram aos seus pés?

– Não caíram – o bruxo cerrou as mandíbulas. – Elas ainda não recuperaram a consciência por completo. E eu partirei antes que a recuperem, antes que percebam que as usei como uma isca, confiando presunçosamente que conseguiria salvar os três. Partirei antes que a menina perceba, antes que entenda que virou meio órfã por minha culpa.

Sentia-se mal. Certamente por causa dos elixires que tomara antes do embate. Sem dúvida.

– Aquele monstro era um verdadeiro asco – o zupano distribuiu a areia sobre o papel e, em seguida, sacudiu, espalhando-a pelo chão. – Examinei a carniça quando trouxeram... O que ele era, exatamente?

Geralt não sabia exatamente o que o monstro era, mas não queria que o outro percebesse.

– Um aracnomorfo.

Albert Smulka mexeu os lábios, tentando, inutilmente, repetir a palavra.

– Bem, não importa o nome, que se dane. Você o matou com essa espada? Com essa lâmina? Posso vê-la?

– Não pode.

– Hum... Deve ser uma espada enfeitiçada, e cara... uma raridade... Mas estamos aqui batendo papo, e o tempo corre. O acordo foi cumprido, chegou a hora de você receber o pagamento. Mas antes precisamos tratar das formalidades. Firme a fatura, isto é, coloque uma cruz ou outro símbolo nela.

O bruxo ergueu o recibo que lhe foi entregue e observou-o contra a luz.

– Vejam só... Quer dizer que sabe ler? – o zupano disse, meneando a cabeça e franzindo o cenho.

Geralt pôs a folha sobre a mesa, empurrou-a na direção do funcionário e disse em voz baixa e calma:

– No documento há um pequeno erro. Combinamos a remuneração no valor de cinquenta coroas, e a fatura foi emitida no valor de oitenta.

Albert Smulka juntou as mãos, apoiando o queixo sobre elas, e também disse em voz baixa:

– Não é um erro. É um gesto de reconhecimento. Você matou um monstro terrível, decerto não foi uma tarefa simples... Portanto, ninguém estranhará o valor...

– Não entendo.

– Credo. Não tente passar por ingênuo. Você quer dizer que Jonas, quando era o administrador, não emitia faturas desse tipo? Aposto minha cabeça que...

Geralt interrompeu-o:

– Que...? Que ele sobrefaturava os valores? E repartia comigo a metade do que sobrava e empobrecia o tesouro real?

O zupano contorceu os lábios e retrucou:

– A metade? Não exagere, bruxo, não exagere. Alguém até poderia pensar que você é muito importante. Você ganhará um terço daquilo que sobrar. Dez coroas. Para você, é até um prêmio bastante alto. E eu mereço mais, só pelo cargo que exerço. Os funcionários públicos deveriam ser ricos. Quanto mais ricos eles forem, tanto maior será o prestígio de um país. Além disso, o que você pode saber sobre essas coisas? Já estou ficando entediado com esta conversa. Você firmará a fatura ou não?

A chuva tamborilava no telhado, lá fora caía um aguaceiro. Mas já não trovejava, a tempestade começava a se dissipar.

INTERLÚDIO

Dois dias depois

Belohun, o rei de Kerack, acenou imperiosamente ao dizer:

– Por obséquio, excelentíssima senhora. Por obséquio. Serviçais! Tragam uma cadeira!

O teto da abóbada da câmara era adornado com um afresco no qual um veleiro aparecia entre ondas, tritões, hipocampos e criaturas que lembravam lagostas. Já o afresco que se via numa das paredes mostrava o mapa-múndi. Havia muito tempo Coral constatara que era um mapa absolutamente irreal, que não representava a verdadeira posição dos continentes e mares. Contudo, era belo e de bom gosto.

Dois pajens trouxeram e acomodaram o pesado faldistório entalhado. A feiticeira sentou-se e colocou as mãos nos braços da cadeira de tal forma que as suas pulseiras cravejadas com rubis ficassem bem evidentes e não passassem despercebidas. Nos cabelos penteados usava um diadema de rubis, e no decote profundo, um colar de rubis. Havia premeditado tudo isso para a audiência real. Queria causar uma boa impressão. E causava. O rei Belohun arregalava os olhos. Contudo, não se sabia se era para os rubis ou para o decote.

Belohun, o filho de Osmyk, era, digamos, um rei de primeira geração. O pai dele fizera fortuna com o comércio marítimo e também com a pirataria marítima. Após ter acabado com a concorrência e monopolizado a navegação de cabotagem da região,

Osmyk proclamou-se rei. O ato da autocoroação, em princípio, formalizara o seu *status quo*, portanto não provocara grandes objeções, nem gerara protestos. Através de guerras particulares e guerrinhas anteriores, Osmyk solucionou a questão das disputas fronteiriças e jurisdicionais com os vizinhos, Verden e Cidaris. Ficou claro onde começavam e terminavam os limites de Kerack e quem governava essas terras. E, já que governava, então era rei e, portanto, estava autorizado a usar esse título. De acordo com a ordem natural das coisas, o título e o poder passavam de pai para filho, portanto ninguém estranhou que, após a morte de Osmyk, o seu filho, Belohun, tenha herdado o trono. Na verdade, Osmyk tinha outros filhos, supostamente, mais cinco, mas todos renunciaram à coroa. Um, inclusive, teria feito isso por vontade própria. Assim, Belohun governava em Kerack havia mais de vinte anos e, conforme a tradição da família, lucrava com a indústria naval, o transporte, a pesca e a pirataria.

Por ora, o rei Belohun concedia audiência sentado no trono, sobre um pedestal, trajando um kalpak de zibelina e segurando um cetro na mão, majestoso como um besouro-do-esterco sobre as fezes de uma vaca. Cumprimentou a feiticeira:

– Excelentíssima e estimada senhora Lytta Neyd. Nossa feiticeira predileta honrou-nos novamente com a sua presença em Kerack. E presumo que mais uma vez ficará aqui por um bom tempo.

– Os ares marítimos me fazem bem. – Coral cruzou as pernas de forma provocativa, deixando à mostra uma bota com um salto de cortiça que estava muito na moda. – Com o gentil obséquio de Vossa Majestade.

O rei passou os olhos nos filhos sentados junto dele. Ambos tinham ombros largos, não eram nem um pouco parecidos com o pai, um homem ossudo, musculoso, mas de estatura pouco imponente. Eles mesmos tampouco pareciam irmãos. O mais velho, Egmund, era preto como um corvo. Já Xander, apenas um pouco mais novo, era louro, quase albino. Ambos lançavam para Lytta olhares desprovidos de simpatia. Era óbvio que os irritava o privilégio de que gozavam os feiticeiros, de permanecerem sentados junto aos reis nas audiências. O privilégio tinha sido universalmente adotado e não podia ser ignorado por ninguém que pretendesse que o tratassem como um ser civilizado. E os filhos de Belohun queriam muito ser tratados dessa forma.

– A gentil permissão lhe será concedida, mas com certa restrição – disse Belohun devagar.

Coral ergueu a mão e olhou ostentosamente para as suas unhas, sinalizando que não dava a mínima importância às restrições de Belohun. O rei não entendeu o sinal. E se por acaso entendeu conseguiu esconder isso habilmente. Bufou com raiva:

– Chegou a nossos ouvidos que a estimada senhora Neyd disponibiliza cocções mágicas às mulheres que não querem ter filhos, e aquelas que estão grávidas recebem a sua ajuda para abortar os fetos. E nós, aqui em Kerack, consideramos imoral esse tipo de procedimento.

Coral respondeu secamente:

– Aquilo que é direito natural de uma mulher não pode ser considerado imoral *ipso facto*.

O rei estirou a sua magra silhueta no trono e falou:

– Uma mulher tem direito a apenas dois presentes concedidos por um homem: gravidez no verão e alpargatas de floema fina no inverno. Os dois presentes têm o objetivo de prender a mulher em casa, pois este é o lugar adequado para ela, que lhe foi predestinado por natureza. Uma mulher com uma barriga grande e a cria presa à sua saia não se afastará da casa e nenhuma futilidade a perturbará. E é isso que garante a paz de espírito ao homem. Um homem cheio de paz de espírito pode trabalhar com tranquilidade para multiplicar a riqueza e o bem-estar de seu soberano. Um homem que trabalha duro e sem descanso, sossegado com a condição de seu bando, tampouco será perturbado por futilidades. E quando alguém convence uma mulher de que ela pode parir quando quer, e que não precisa parir se não quer, e quando, para piorar, alguém lhe diz qual método e meio usar, aí, estimada senhora, aí a ordem social começa a sair dos eixos.

– É assim mesmo! É assim mesmo! – intrometeu-se o príncipe Xander, que fazia tempo procurava uma oportunidade para tomar partido.

– Uma mulher que reluta em ser mãe, uma mulher que não pode ser presa dentro de casa por causa da barriga, do berço, dos filhos, logo sucumbirá à lascívia – Belohun continuou. – Isso é óbvio e inevitável. Desse modo, o homem perderá a paz interior e o equilíbrio do espírito. De repente, algo em sua harmonia anterior trincará e começará a cheirar mal. Ele acabará descobrindo que não existia nenhuma harmonia, nem ordem, sobretudo aquela ordem que justifica a labuta diária, e o fato de eu colher os frutos dela. Esse modo de pensar constitui apenas um passo para as perturbações, as revoltas, as rebeliões, os motins. Você entendeu, Neyd? Quem dá contraceptivos ou aborticidas às mulheres destrói a ordem social, instiga revoltas e rebeliões.

– É isso mesmo! Tem razão! – Xander intrometeu-se de novo.

Lytta não dava a mínima importância à atitude de mando e autoritarismo de Belohun, pois sabia muito bem que o fato de ser feiticeira a tornava imune. Falar era a única coisa que o rei poderia fazer. No entanto, não tentou conscientizá-lo explicitamente de que o reinado dele não possuía nenhuma ordem, estava trincado e fedia havia muito tempo, e a única harmonia que seus habitantes conheciam era um instrumento musical, um tipo de acordeão. E que meter nisso tudo as mulheres, a maternidade, a relutância em ser mãe era uma prova não só de misoginia, mas sobretudo de cretinismo. Decidiu falar:

– No seu longo discurso, constantemente Vossa Majestade falou em multiplicar os bens e a riqueza. Eu o entendo perfeitamente, já que prezo meu próprio bem-estar, e jamais desistirei daquilo que o assegura. Acredito que uma mulher tem o direito de parir quando quer, e de não parir quando não quer. No entanto, não vou discutir esse assunto, já que é direito de cada um, afinal, ter as próprias convicções. Queria apenas ressaltar que recebo remuneração pela ajuda prestada às mulheres e que ela constitui uma fonte significativa da minha renda. Temos um livre mercado, Vossa Majestade, portanto peço que não se meta nas fontes da minha renda, pois, como bem sabe, ela faz parte da renda de todo o Capítulo e de toda a confraria. E a confraria reage muito mal a quaisquer tentativas de diminuir a sua renda.

– Você por acaso está tentando me ameaçar, Neyd?

– De forma alguma. Pelo contrário, ofereço grande ajuda e cooperação. Saiba, Belohun, que, caso ocorram motins em Kerack em consequência da exploração e do roubo praticados por você, caso seja ateado, falando efusivamente, o fogo da revolução, caso a turba revoltada bata às suas portas para tirá-lo daqui arrastado pela cabeça, destroná-lo e logo em seguida enforcá-lo num galho seco, aí então você poderá contar com minha confraria, com os feiticeiros. Nós o socorreremos. Não permitiremos que as revoltas e a anarquia se espalhem, tampouco temos interesse nisso. Portanto, explore e multiplique a riqueza. Multiplique-a sossegadamente, e não atrapalhe os outros no mesmo empreendimento. É um pedido que lhe faço com fervor e um conselho que lhe dou amigavelmente.

Xander, irritado, levantou-se da cadeira e falou:

– Um conselho? Você dá conselhos? Ao meu pai? O meu pai é um monarca! Os monarcas não ouvem conselhos, eles ordenam!

Belohun franziu o cenho e pediu:

– Sente-se, filho, e fique quieto. E você, bruxa, ouça bem o que tenho para lhe dizer.

– Pois não.

– Eu vou me casar. Minha nova esposa tem dezessete anos. É um docinho, acredite, um chuchuzinho.

– Meus parabéns.

– Faço isso por motivos dinásticos, pela preocupação com a sucessão e a ordem no país.

Egmund, que até então permanecera calado, ergueu a cabeça bruscamente e rosnou:

– Sucessão? – Lytta percebeu o brilho agourento nos olhos dele. – Que sucessão? O senhor tem seis filhos e oito filhas, contando os bastardos! Isso não é suficiente?

Belohun acenou com a mão ossuda e disse:

– Você está vendo? Você está vendo, Neyd? Preciso cuidar da sucessão. Você acha que poderia deixar o reinado e a coroa com alguém que se dirige dessa forma ao próprio pai? Tenho sorte de estar vivo e governando. E pretendo governar por muito tempo ainda. Como estava dizendo, vou me casar...

– E?

O rei coçou a cabeça atrás da orelha e olhou para Lytta por debaixo das pálpebras semicerradas.

– Caso... caso ela... isto é, minha nova esposa, caso ela lhe peça para providenciar esses meios, proíbo que você os forneça a ela, pois sou contra esse tipo de coisas! São imorais!

Coral lançou um sorriso encantador e respondeu:

– Podemos combinar da seguinte maneira: caso sua florzinha peça algo assim, juro que não providenciarei nada para ela.

– Agora, sim – Belohun animou-se. – Veja como é fácil nos entendermos. O mais importante é a compreensão e o respeito mútuos. Até na hora de discordar é preciso fazê-lo com elegância.

– Isso mesmo – Xander intrometeu-se. Egmund irritou-se e xingou em voz baixa.

– Já que estamos falando em respeito e compreensão... – Coral enrolou uma mecha ruiva no dedo e olhou para cima, para o teto – ... e em preocupação com a harmonia e a ordem em seu país, tenho uma informação para lhe dar, uma informação secreta. Tenho nojo de delatores, mas os vigaristas e os ladrões despertam em mim ainda mais nojo. Trata-se, no entanto, meu estimado rei, de grosseiras malversações financeiras. Há quem queira roubá-lo.

Belohun inclinou-se no trono e o seu rosto contraiu-se de modo assustador.

– Quem? Quero nomes!

CAPÍTULO SEGUNDO

> Kerack, *uma cidade no reinado setentrional de Cidaris, localizada junto da foz do rio Adalatte. Outrora a capital do reinado independente de K., que em consequência de uma má administração e da extinção da linhagem governante decaiu, perdeu importância e viu-se repartida e anexada pelos reinos vizinhos. Possui portos, algumas fábricas, um farol marítimo e aproximadamente dois mil habitantes.*
>
> Effenberg e Talbot
> *Encyclopaedia Maxima Mundi*, volume VIII

Velas brancas e multicoloridas eriçadas com mastros ocupavam a baía. Os grandes navios estavam fundeados no ancoradouro, protegido por um promontório e pelo quebra-mar. No porto, junto dos píeres de madeira, embarcações de menor porte e aquelas verdadeiramente pequenas estavam atracadas. Nas praias, os barcos, ou melhor, os restos dos barcos, ocupavam quase todos os espaços vazios.

Nos confins do promontório, um farol marítimo feito de tijolos brancos e vermelhos, uma relíquia restaurada que lembrava os tempos élficos, era fustigado pela arrebentação das ondas.

O bruxo esporeou o flanco da égua. Plotka ergueu a cabeça e abriu as narinas, como se também estivesse apreciando o cheiro do mar trazido pelo vento. Apressada, lançou-se para percorrer as dunas na direção da cidade próxima.

A cidade de Kerack, a principal metrópole do reinado com o mesmo nome, que se espalhava pelas duas margens do trecho estuarino do rio Adalatte, estava dividida em três zonas independentes e nitidamente divergentes.

O complexo portuário, as docas e o centro industrial e comercial, que abrangia os estaleiros e as oficinas, assim como as usinas processadoras, os armazéns e os depósitos, as feiras e os bazares, ocupavam a margem esquerda do Adalatte.

No lado oposto do rio, num terreno chamado Palmyra, havia barracas e choupanas que pertenciam à plebe e aos trabalhadores, casas e bancas de pequenos comerciantes, matadouros, açougues, inúmeros estabelecimentos que abriam preferivelmente nas horas noturnas, já que Palmyra era também o bairro das diversões e dos prazeres proibidos. Geralt sabia que era um lugar onde se podia perder facilmente o saquitel com o dinheiro ou ser apunhalado abaixo das costelas.

Afastada do mar, na margem esquerda, atrás de uma alta paliçada feita de grossas estacas, situava-se a própria cidade de Kerack, constituída por um quarteirão de ruelas estreitas que passavam por entre as casas de ricos mercadores e financistas, feitorias, bancos, casas de penhores, oficinas de sapateiros e alfaiates, lojas grandes e pequenas. Havia lá também tabernas e locais de entretenimento de alto padrão, inclusive estabelecimentos que ofereciam o mesmo tipo de serviços da região portuária de Palmyra, mas a preços muito mais altos. O centro do quarteirão era constituído por uma praça quadrilateral onde ficava a sede da prefeitura, o teatro, o tribunal, a receita e as casas das elites urbanas. No centro da prefeitura havia uma estátua do fundador da urbe, o rei Osmyk, alocada num pedestal e copiosamente cagada. Tratava-se claramente de um embuste, já que a urbe litorânea havia se formado muito antes de Osmyk chegar lá, só o diabo saberia vindo de onde.

Acima da cidade, num morro, ficavam o castelo e o palácio real, com forma e feitio bastante incomuns. Era um antigo templo que tinha sido modificado e ampliado depois que os sacerdotes, desiludidos com a total falta de interesse da população, o abandonaram. Do templo restou o campanário, uma torre com um enorme sino que o atual soberano de Kerack, o rei Belohun, ordenava que diariamente batesse ao meio-dia e, evidentemente, para irritação dos súditos, à meia-noite.

O sino ressoou quando o bruxo adentrou a cidade, movimentando-se por entre as primeiras casas de Palmyra.

Palmyra fedia a peixe, roupas lavadas e birosca. As ruelas estavam cheias de gente, e demorou muito para o bruxo percorrê-las, o que tirou muito da sua paciência. Respirou aliviado quando chegou, enfim, à ponte. Atravessou-a, adentrando a margem esquerda do Adalatte. A água cheirava mal e carregava um denso manto de espuma, efeito do trabalho de um curtume localizado a montante do rio. Ali ele já estava próximo da estrada que levava para a cidade cercada com a paliçada.

Deixou a égua nas estrebarias localizadas nos arrabaldes da cidade. Pagou adiantado por dois dias inteiros. Deu uma gorjeta ao cavalariço para gratificá-lo e garantir que Plotka fosse bem cuidada. Dirigiu-se para a guarita. Entrar em Kerack só era possível após passar por ela, submeter-se ao controle de segurança e aos procedimentos pouco agradáveis que o acompanhavam. O bruxo ficava meio irritado com essa obrigação, mas entendia o seu objetivo: os habitantes da urbe cercada pela paliçada não gostavam muito das visitas dos hóspedes da cidade portuária de Palmyra, sobretudo dos marinheiros forasteiros que desembarcavam lá.

Adentrou a guarita, uma edificação de madeira com a estrutura feita de toras e que, como sabia, comportava a casa de guarda. Achava que sabia o que esperava por ele. Mas estava enganado.

Já havia visitado várias casas de guarda em sua vida, pequenas, de porte médio ou grande, em cantos do mundo próximos ou relativamente distantes, em regiões mais ou menos civilizadas, ou nem sequer minimamente civilizadas. Todas as casas de guarda fediam a mofo, suor, couro e urina, assim como a ferro e à graxa usada para a sua conservação. A casa de guarda em Kerack era parecida. Ou, melhor, seria parecida se os cheiros clássicos, característicos das guaritas, não fossem abafados por um odor pesado e sufocante de flatos que enchia o cômodo até o teto. No cardápio do corpo da casa de guarda local dominavam, sem dúvida alguma, plantas leguminosas como ervilha-forrageira, fava e feijão.

A equipe era inteiramente feminina, constituída por seis mulheres sentadas à mesa, absorvidas na sua refeição vespertina. Todas as damas sorviam das tigelas de barro e engoliam gulosamente algo que flutuava num ralo molho de páprica.

A mais alta das sentinelas, que parecia a comandante, afastou a tigela e levantou-se. Geralt, que sempre acreditara que mulheres feias não existiam, de repente sentiu-se obrigado a rever essa opinião.

– Coloque a arma na mesa!

Como todas as outras, a guarda tinha a cabeça rapada. Os cabelos já estavam meio crescidos, formando na cabeça calva uma cerda desgrenhada. Debaixo do colete desabotoado e da camisa aberta emergiam os músculos abdominais, que pareciam um enorme tender amarrado com barbantes. E, continuando as associações relacionadas com embutidos, os bíceps da guarda eram do tamanho de presuntos suínos.

– Coloque a arma na mesa! – repetiu. – Você está surdo?

Uma de suas subalternas, ainda debruçada sobre a tigela, ergueu-se levemente e soltou um peido veemente e prolongado. As suas companheiras caíram na gargalhada. Geralt abanou-se com a luva. A guarda olhava para as suas espadas.

– Ei, meninas! Venham cá!

As "meninas" levantaram-se relutantemente, alongando-se. Todas, como Geralt havia notado, vestiam-se de maneira descontraída, com roupas leves que permitiam sobretudo escancarar a sua musculatura. Uma delas vestia uma calça curta de couro que tinha sido rasgada na linha da costura para que as coxas coubessem nela. A parte da vestimenta acima da cintura era constituída por faixas encruzadas. Falou:

– Um bruxo. Duas espadas. De aço e de prata.

Outra, alta e de ombros largos, como as demais, aproximou-se e, sem cerimônia, abriu a camisa de Geralt, segurou a corrente de prata, tirou o medalhão e confirmou:

– Ele tem o símbolo. É a cabeça de um lobo com os dentes à mostra. Parece que é um bruxo mesmo. Deixamos passar?

– De acordo com as disposições regulamentares, ele pode entrar. Afinal, entregou as espadas...

Geralt entrou na conversa, falando em voz calma:

– Pois é, entreguei. Presumo que ambas permanecerão guardadas em depósito, não? E só poderão ser retiradas com firma reconhecida e o comprovante que receberei agora?

As guardas o cercaram, com as bocas abertas e os dentes à mostra. Uma o cutucou, supostamente sem querer. Outra peidou veementemente e bufou:

– Eis o seu comprovante.

– Bruxo! Mercenário! Matador de monstros! Entregou as suas espadas! De primeira! Submisso que nem um fedelho!

– Se a gente forçasse, ele entregaria até a piroca.

– E aí, meninas? Ordenamos, então, que mostre a piroca!

– Examinaremos a piroca de um bruxo!

– Chega – rosnou a comandante. – Que folga é essa, vadias? Gonschorek, venha cá! Gonschorek!

Do cômodo próximo apareceu um sujeito careca, de meia-idade, que vestia uma capa parda e uma boina de lã. Logo que entrou, teve uma crise de tosse. Em seguida tirou a boina e começou a abanar-se com ela. Sem proferir nem uma palavra, pegou as espadas envoltas em cintos e fez um sinal a Geralt para que o seguisse. O bruxo não demorou. Os flatos começaram a dominar definitivamente na mistura de gases que enchiam a casa de guarda.

O cômodo em que adentraram estava dividido com uma sólida grade de ferro. O sujeito de capa enfiou a enorme chave na fechadura e pendurou as espadas num cabideiro junto de outras espadas, sabres, facas e alfanjes. Abriu o registro esfarrapado, começou a rabiscar nele devagar e demoradamente, tomado por crises de tosse, respirando com dificuldade. Por fim, entregou a Geralt a ficha preenchida.

– Presumo que as minhas espadas estarão seguras aqui, guardadas e vigiadas.

O ofegante sujeito pardo que arfava com dificuldade fechou a grade e mostrou-lhe a chave. Geralt não ficou convencido. Qualquer grade poderia ser forçada, e os efeitos sonoros da flatulência das damas na guarita eram capazes de abafar o barulho de uma tentativa de assalto. No entanto, não havia jeito. Precisava resolver em Kerack aquilo que precisava resolver, e ir embora da cidade o mais rápido possível.

•

A taberna, ou, como dizia o letreiro, a hospedaria Natura Rerum estava localizada num edifício relativamente pequeno, mas com uma estética agradável. Era feito de madeira de cedro, o telhado era íngreme e a chaminé, alta. Um alpendre que se alcançava subindo uma escada contornada por jarras de madeira com babosas braquiadas enfeitava a frente da estrutura. Cheiros de cozimento, principalmente de carnes grelhadas, vinham do estabelecimento. Os aromas eram tão gostosos que, a princípio, a Natura Rerum pareceu ao bruxo um éden, um jardim de delícias, uma ilha de felicidade, um retiro dos abençoados que emanava leite e mel.

Logo ele descobriu que esse éden, assim como qualquer éden, era vigiado. Possuía o seu cérbero, um vigia que trazia uma espada flamejante. Geralt teve a oportunidade de vê-lo em ação. O cérbero, um homem de baixa estatura, musculoso, com sua presença espantou um jovem magro do jardim das delícias. O jovem protestava, gritava, gesticulava, o que deixava o cérbero nitidamente irritado.

– Está proibido de entrar aqui, Muus. Você sabe bem disso; portanto, dê um passo para trás. Não vou repetir.

O jovem recuou, afastando-se das escadas com rapidez para evitar que o outro o empurrasse. Como Geralt havia notado, era precocemente careca. Seus cabelos ralos e loiros cresciam só a partir da altura do osso parietal, o que, de modo geral, causava uma impressão bastante desagradável. A uma distância segura, ele gritou:

– Eu cago para você e para as suas proibições! Não estão me fazendo um favor! Não são os únicos aqui, vou procurar a concorrência! Arrogantes! Arrivistas! O letreiro é dourado, mas as gáspeas dos seus sapatos ainda estão sujas de merda! E a minha estima por vocês se resume a isso mesmo, a merda! E uma merda sempre será uma merda!

Geralt ficou preocupado. O jovem careca, apesar da aparência repugnante, vestia-se como um nobre. Talvez não fosse muito abastado, mas, de qualquer forma, era mais elegante do que ele próprio. Portanto, se a elegância fosse mesmo o critério decisivo...

– E você, por obséquio, posso perguntar para onde vai? – A voz fria do cérbero interrompeu o fio do pensamento de Geralt e confirmou a sua apreensão. – Trata-se de um local exclusivo – o cérbero continuou, bloqueando o acesso às escadas com o próprio corpo. – Você entende o significado dessa palavra? Isso quer dizer que o estabelecimento está fechado... para alguns.

– E por que para mim?

– O hábito não faz o monge – o cérbero, posicionado dois degraus acima do bruxo, olhava para ele de cima. – Você, forasteiro, é uma ilustração ambulante desse provérbio popular. O seu traje não é nem um pouco adequado. Talvez você tenha outros objetos escondidos que possam causar uma boa impressão. No entanto, não quero saber. Repito, este é um local exclusivo. Não toleramos aqui pessoas vestidas como bandidos, nem armadas.

– Não estou armado.

– Mas age como se estivesse. Então, por obséquio, dirija-se a outro lugar.

– Espere, Tarp.

Um homem moreno que trajava um caftan de veludo apareceu na porta do estabelecimento. Tinha sobrancelhas cerradas, olhar penetrante e nariz aquilino, e era bastante grande. O nariz aquilino repreendeu o cérbero:

– Parece que você não tem a menor ideia de com quem está lidando, não sabe quem é essa pessoa que veio nos visitar.

O silêncio demorado do cérbero comprovava que ele realmente não sabia.

– Geralt de Rívia. Um bruxo. Famoso por proteger e salvar a vida dos humanos. Na semana passada, aqui, nas redondezas, em Ansegis, salvou uma mãe e sua filha. E há alguns meses, em Cizmar, falou-se muito de como ele foi ferido ao matar uma leucrota que devorava homens. Como pode proibir que entre no meu estabelecimento uma pessoa que exerce uma profissão tão nobre? Pelo contrário, fico muito contente em receber um convidado como esse. E considero uma honra o fato de ele querer me visitar. Senhor Geralt, a hospedaria Natura Rerum lhe dá as boas-vindas e abre as suas portas para o senhor. Sou Febus Ravenga, o proprietário deste modesto estabelecimento.

A mesa que lhe fora designada pelo *maître* estava coberta por uma toalha. Todas as mesas na Natura Rerum, a maior parte delas ocupada, estavam cobertas por toalhas. Geralt não conseguia lembrar quando vira pela última vez toalhas numa taberna.

Embora curioso, não olhava para os lados, não queria parecer provinciano, matuto. No entanto, uma cautelosa observação revelou um interior simples, mas decorado com gosto e sofisticação. Os fregueses – em sua grande maioria comerciantes e artesãos, pela sua avaliação – eram igualmente sofisticados, embora nem sempre se distinguissem pelo bom gosto. Havia também capitães de navios bronzeados e barbudos, assim como fidalgos que trajavam roupas multicoloridas. O aroma da taberna era agradável e sofisticado: cheirava a carne assada, alho, cominho e muito dinheiro.

Percebeu que alguém olhava para ele. Quando era observado, os seus sentidos de bruxo sinalizavam isso imediatamente. Olhou pelo canto do olho, de modo discreto.

A pessoa que o observava, também de maneira muito discreta, imperceptível para um simples mortal, era uma jovem mulher de cabelos ruivos como os pelos de uma raposa. Fazia de conta que estava completamente absorvida na sua refeição, um prato que parecia muito apetitoso e cheiroso, até de uma certa distância. Mas o estilo e a linguagem corporal não deixavam quaisquer dúvidas. Definitivamente, não para um bruxo. Poderia apostar a cabeça que era uma feiticeira.

O *maître* pigarreou, arrancando-o de seus pensamentos e de uma nostalgia repentina. Falou cerimoniosamente e com orgulho:

– Para hoje sugerimos: chambão de vitela guisado com legumes, cogumelos e vagem. Lombo de borrego assado com berinjela. Bacon de porco banhado em cerveja com ameixas cristalizadas. *Carré* de javali assado, servido com maçãs em marmelada de ameixas. Peito de pato frito servido com repolho roxo e *cranberries*. Lulas recheadas com endívias ao molho branco e servidas com uvas. Peixe-pescador assado na brasa com natas, servido com peras refogadas. E, como sempre, nossas especialidades: coxa de ganso ao vinho branco com uma variedade de frutas assadas na chapa e pregado em tinta de choco caramelizada e servido com caudas de lagostim.

– Se você gosta de peixes – não se sabe quando e como Febus Ravenga surgiu à mesa –, então recomendo o pregado. Está fresquinho. Logicamente, foi pescado hoje de manhãzinha. É o orgulho e a especialidade do nosso chefe.

– Traga um pregado desses em tinta, então – o bruxo conseguiu vencer a vontade irracional de pedir várias refeições de uma só vez, consciente de que seria considerado algo de mau gosto. – Agradeço sua sugestão. A escolha já estava começando a ficar penosa.

– Qual é o vinho que o ilustre senhor gostaria de provar? – o *maître* perguntou.

– Por obséquio, selecione algum que combine com o prato. Sei pouco sobre vinhos.

– Poucas pessoas sabem... – Febus Ravenga sorriu. – E menos ainda confessam esse tipo de coisa. Não se preocupe, senhor bruxo, escolheremos o tipo de vinho e o ano. Não quero incomodá-lo, desejo-lhe bom apetite.

Contudo, o desejo não se cumpriria. Geralt nem sequer teve a oportunidade de descobrir que vinho fora escolhido para ele. E naquele dia o sabor do pregado em tinta de choco também permaneceria um mistério.

De repente, a mulher de cabelos ruivos deixou toda a discrição de lado e atraiu o seu olhar. Sorriu. Geralt teve uma forte impressão de que se tratava de um sorriso irônico. Sentiu calafrios.

– O senhor é o bruxo conhecido como Geralt de Rívia?

A pergunta foi feita por um dos três indivíduos vestidos de preto que se aproximaram da mesa sorrateiramente.

– Sou, sim.

– Em nome da lei, o senhor está preso.

CAPÍTULO TERCEIRO

Que castigo tenho a temer, se mal algum faço?

William Shakespeare, *O mercador de Veneza*

A defensora dativa de Geralt evitava olhar direto em seus olhos. Com uma obstinação digna de um processo mais proveitoso, consultava a pasta com os documentos, que eram poucos, exatamente dois. O bruxo pensou na possibilidade de que a advogada estivesse tentando decorá-los para proferir um esplêndido discurso de defesa. No entanto, isso parecia apenas uma vaga esperança. A advogada finalmente ergueu os olhos e falou:

– Na prisão, o senhor agrediu dois companheiros de cela. Não acha que deveria me dizer o motivo?

– *Primo*, eu recusei o assédio sexual deles. Simplesmente não queriam entender que a minha recusa era definitiva. *Secundo*, gosto de agredir as pessoas. *Tertio*, é uma mentira. Eles se machucaram sozinhos, jogando-se contra as paredes, para me denegrir.

Falava devagar e friamente. Depois de uma semana passada na prisão, ficou completamente indiferente.

A defensora fechou a pasta. Logo em seguida a abriu de novo, ajeitou o penteado estruturado e suspirou:

– Ao que parece, os agredidos não prestarão queixa. Portanto, foquemos na acusação da promotoria de justiça. O advogado de acusação o acusará de um grave delito, que pede uma penalidade severa.

"Como poderia ser diferente?", pensou, contemplando a beleza da advogada. Imaginava com que idade teria ingressado na escola das feiticeiras e com que idade teria se formado.

As duas academias de feiticeiros em atividade – a masculina em Ban Ard, a feminina em Aretusa, na ilha de Thanedd –, além dos formandos e das formandas, também produziam resíduos. Apesar da existência de um poderoso filtro, na forma de exames de ingresso nas academias, que permitiam em princípio captar e eliminar casos perdidos, só nos primeiros semestres é que realmente eram selecionados e revelados aqueles que tinham conseguido se camuflar, indivíduos para quem o ato de pensar constituía uma experiência penosa e perigosa, latentes ignorantes, preguiçosos e atrasados mentais de ambos os sexos que não tinham nenhuma perspectiva nas escolas de magia. No entanto, a causa do problema era o fato de pertencerem à progênie das pessoas abastadas ou consideradas importantes por diversos motivos. Após eliminá-los da academia, era preciso fazer algo com essa juventude problemática. Os moços expulsos da escola em Ban Ard não causavam maiores problemas, seguiam ora para a diplomacia, ora para as forças armadas – a frota e a polícia esperavam por eles. Já os mais ignorantes entravam na política. O resíduo mágico, formado pelo sexo feminino, era apenas aparentemente mais difícil de ser empregado. Apesar de expulsas, as moças já haviam conseguido atravessar as portas da escola de feiticeiras e experimentado, em certo grau, a magia. E a influência das feiticeiras sobre os soberanos e sobre todas as esferas da vida política e econômica era demasiadamente grande para que elas pudessem continuar no ócio. Portanto, providenciava-se para elas um porto seguro. Eram direcionadas para o sistema de justiça. Viravam advogadas.

A defensora fechou a pasta, abriu-a de novo logo em seguida e disse:

– Aconselho-o a confessar a culpa, assim poderemos contar com uma pena mais suave…

– Confessar o quê? – o bruxo perguntou.

– Quando o juiz perguntar se o senhor assume a culpa, confirmará. A confissão da culpa será considerada um atenuante da pena.

– Como a senhora pretende me defender, então?

A advogada fechou a pasta como se fosse a tampa de um caixão.

– Vamos. O tribunal está à nossa espera.

O tribunal esperava. Da sala de audiências tinham acabado de retirar o delinquente que entrou antes de Geralt e que, aos seus olhos, não parecia muito feliz.

Na parede pendia um escudo salpicado com fezes de moscas. Nele se via o brasão de Kerack, um cerúleo golfinho *nageant*. A mesa dos juízes ficava abaixo do brasão. Junto dela estavam sentados três indivíduos: um escrivão magricelo, um desbotado assessor de juiz e a juíza, uma senhora com aparência e feições sérias.

O advogado de acusação, que exercia a função de promotor, ocupava a mesa à direita dos juízes. Tinha aparência séria, suficientemente séria para não querer topar com ele num beco escuro.

Do lado oposto, à esquerda dos juízes, estava o banco dos réus, o lugar assinalado para ele.

Os acontecimentos a seguir tiveram um desfecho rápido.

– Geralt, alcunhado de Geralt de Rívia, bruxo de profissão, é acusado de malversações, de apreender e apropriar-se de bens pertencentes à Coroa. Agindo em conluio com outras pessoas, as quais corrompia, o réu sobrefaturava os valores dos recibos que ele próprio emitia, pelos serviços prestados com o objetivo de arrecadar o superávit, o que resultava em prejuízos para o tesouro do estado. A prova disso é uma denúncia, *notitia criminis*, que a promotoria anexou às atas. Essa denúncia...

A cara desanimada e o olhar desatento da juíza comprovavam que a dama estava ausente, mergulhada nos seus pensamentos, e que assuntos e problemas completamente distintos a afligiam: roupas para lavar, filhos, a cor das cortinas, a massa do bolo de papoula já sovada, as estrias na bunda que pressagiavam uma crise conjugal... O bruxo aceitou com humildade o fato de ser menos importante para ela e de não conseguir disputar com questões desse porte.

– O crime cometido pelo réu – o advogado de acusação continuou – não só arruína o país, como também desestabiliza a ordem social, subvertendo-a. A ordem judicial reivindica...

– O tribunal precisa tratar a denúncia anexada às atas – a juíza interrompeu – como *probatio de relato*, prova testemunhal baseada em relatos prestados por terceiros. A promotoria consegue apresentar outras provas?

– No momento… faltam… outras provas… O réu, como já havia sido comprovado, é um bruxo, um mutante que vive à margem da sociedade humana, ignora os direitos humanos e se coloca acima deles. Em sua profissão criminogenética e sociopática, convive com o mundo dos criminosos e com os inumanos, inclusive com raças tradicionalmente inimigas da raça humana. Faz parte da natureza niilística de um bruxo desrespeitar a lei. Egrégio Tribunal, no caso de um bruxo, a falta de provas é a melhor prova… Comprova a perfídia e…

– O réu… – a juíza estava claramente desinteressada naquilo que a falta de provas ainda comprovava. – O réu confessa a culpa?

– Não confesso. Sou inocente, não cometi nenhum crime. – Geralt ignorou os sinais desesperados da advogada.

Possuía um pouco de experiência, pois já havia lidado com o sistema judicial. Familiarizou-se também, de forma superficial, com a literatura sobre o assunto.

– Estou sendo acusado por causa de preconceitos…

– Protesto! – gritou o advogado de acusação. – O réu está proferindo um discurso!

– Protesto recusado.

– … por causa de preconceitos contra minha pessoa e minha profissão, isto é, por causa de *praeiudicium*. Em princípio, *praeiudicium* implica, *a priori*, a falsidade. Além do mais, estou sendo acusado com base numa única denúncia anônima. *Testimonium unius non valet. Testis unus, testis nullus. Ergo*, isso não constitui uma acusação, mas uma pressuposição, isto é, *praesumptio*. E uma pressuposição deixa dúvidas.

– *In dubio pro reo!* – acordou a advogada de defesa. – *In dubio pro reo*, Egrégio Tribunal!

A juíza bateu o martelo com ímpeto, despertando o desbotado assessor de juiz:

– O tribunal decide pelo pagamento de uma fiança judicial no valor de quinhentas coroas de Novigrad.

Geralt suspirou. Estava curioso para saber se os companheiros de cela já haviam se recuperado e chegado a alguma conclusão após o ocorrido. Ou será que seria preciso surrá-los e espancá-los outra vez?

CAPÍTULO QUARTO

E o que é a cidade, senão o povo?

William Shakespeare, *Coriolano*

Justo no fim da feira lotada havia uma banca montada descuidadamente com tábuas, e quem atendia era uma vovozinha. Usava chapéu de palha, era rechonchuda e estava corada feito uma fada madrinha de um conto de fadas. Na parte de cima da banca havia um letreiro: "Proporciono felicidade e alegria, acompanhadas de um picles de brinde."* Geralt parou, tirou algumas moedas do bolso e ordenou soturnamente:

– Vovó, encha o copo até a metade com felicidade.

Inspirou o ar, engoliu com ímpeto, expirou. Enxugou as lágrimas que a aguardente fizera verter dos seus olhos.

Estava livre. E zangado.

Curiosamente, soube de sua libertação por uma pessoa conhecida, alguém que conhecia de vista. Era o mesmo jovem precocemente careca que ele vira ser expulso das escadas da hospedaria Natura Rerum e que, como havia descoberto, era escrivão judicial.

– Você está livre, a fiança foi paga – o jovem careca lhe informou, entrelaçando e desentrelaçando os magros dedos manchados de tinta.

– Quem pagou?

A informação era confidencial, o escrivão careca negou-se a dizer quem tinha sido. Recusou-se também, com a mesma gros-

* Na Polônia há um costume de tomar vodka pura acompanhada de um picles e linguiça. (N. da T.)

seria, a devolver o saquitel confiscado em que havia dinheiro em espécie e cheques bancários pertencentes a Geralt. As propriedades que pertenciam ao bruxo, afirmou acrimoniosamente, tinham sido tratadas pelas autoridades como *cautio pro expensis*, caução às custas processuais, e sujeitas às penalidades previstas.

Não fazia sentido, nem havia propósito em discutir isso. Geralt devia estar contente de ter recebido de volta os pertences que carregava nos bolsos na hora da sua detenção. Eram bens pessoais de pouco valor e uma pequena quantia em dinheiro, tão pequena que ninguém interessou-se em roubá-lo.

Contou as moedas que sobraram e sorriu para a vovozinha.

– Mais meio copo de felicidade, por favor. Sem picles.

A aguardente da vovozinha tornava o mundo muito mais belo. Geralt sabia que aquela sensação passaria num instante, e apressou o passo. Tinha alguns assuntos para tratar.

Plotka, a sua égua, por acaso passou despercebida pelo tribunal e não foi reconhecida como um dos bens de *cautio pro expensis*. Estava lá onde ele a havia deixado, na baia da cavalariça, bem tratada e alimentada. O bruxo não poderia deixar algo assim passar, sem reconhecimento, independentemente de sua condição material. Sobrou um punhado de moedas de prata que ele havia conseguido ocultar num esconderijo costurado na sela. O cavalariço ganhou algumas e ficou pasmo com a generosidade.

O horizonte sobre o mar escurecia. Pareceu a Geralt ter avistado lá faíscas de relâmpagos.

Antes de entrar na casa de guarda, encheu os pulmões com ar fresco, só por precaução. Não adiantou nada. Naquele dia, as guardas deviam ter comido mais feijão do que habitualmente. Muito, muito mais feijão. Talvez fosse domingo.

Umas estavam comendo, como de costume, outras jogavam dados. Quando o viram, levantaram-se e o cercaram.

– Vejam só quem veio nos visitar. É o bruxo. Finalmente apareceu – disse a comandante, aproximando-se dele.

– Estou partindo. Vim buscar os meus pertences.

– Só com a nossa permissão – outra guarda cutucou-o com o cotovelo, aparentemente sem querer. – Caso permitamos, o que você nos dará em troca? Você vai ter que se redimir, irmão!

Redimir! Ei, meninas, o que vamos pedir para ele fazer? O que terá que fazer?

– Beijar a bunda pelada de cada uma de nós!

– E dar uma lambidinha! Uma lambidinha bem molhadinha!

– Ora! Cuidado, hein! Ele pode nos contaminar com alguma doença!

– Mas ele precisa nos proporcionar algum prazer, não é? – disse outra, pressionando o peito duro como uma rocha contra ele.

– Que cante uma música! Mas a melodia vai ter que seguir este tom! – falou outra, peidando veementemente.

– Ou este! O meu é mais vibrante! – disse outra, soltando um flato ainda mais alto.

As outras damas morriam de rir.

Geralt conseguiu abrir caminho, procurando não fazer uso excessivo de força. Nesse momento, a porta do armazém dos depósitos se abriu e apareceu o indivíduo de capa parda e boina. Era o depositário, chamado de Gonschorek. Escancarou a boca ao ver o bruxo e balbuciou:

– É o senhor? Mas como é possível? As suas espadas...

– Pois sim. Minhas espadas. Pode devolvê-las.

– Ora... Ora... Mas não estão comigo! – Gonschorek engasgou, segurando o peito e respirando com dificuldade.

– Como?

– Não estão comigo... Alguém as levou... – o rosto de Gonschorek enrubesceu e contraiu-se numa dor aparentemente paroxística.

– O quê? – Geralt sentiu uma raiva fria tomar conta dele.

– Le... vou...

– Como assim, levou? – Agarrou o depositário pelas lapelas. – Quem as levou, diabos? Droga, como isso pode ter acontecido?

– O comprovante...

– Pois é! – Sentiu um aperto de ferro no ombro. A comandante da guarda puxou Geralt, afastando-o de Gonschorek, que engasgava.

– Pois é! Mostre o comprovante!

O bruxo não o tinha com ele. O comprovante do guarda-volumes havia ficado em seu saquitel, confiscado pelo tribunal como caução às custas processuais e às penalidades previstas.

– O comprovante!

– Não o tenho. Mas...

– Não tem o comprovante, então ficará sem o depósito – a comandante não permitiu que terminasse. – Não ouviu Gonschorek dizer que alguém levou as espadas? Vai ver que foi você mesmo que as levou e agora está dando uma de joão sem braço. O que você quer ganhar com isso? Não vai conseguir. Suma daqui.

– Não sairei até que...

A comandante, sem afrouxar o aperto, puxou Geralt e o virou de frente para a porta.

– Vá se foder.

Geralt evitava bater numa mulher. No entanto, não tinha nenhum tipo de escrúpulo perante alguém que possuía ombros de pugilista, barriga redonda como um tender, canelas das pernas que pareciam um discóbolo e além de tudo peidava como uma mula. Afastou a comandante e executou, com toda a força, o seu golpe preferido, o gancho de direita, acertando-a na mandíbula.

As outras guardas ficaram pasmas, mas só por um segundo. Antes que a comandante desabasse sobre a mesa, sujando tudo com feijão e o molho de páprica que respingava para todos os lados, elas já haviam se lançado sobre ele. Esmagou o nariz de uma e golpeou outra com tanta força que os seus dentes trincaram. Usou o Sinal de Aard contra duas guardas que, feito bonecas, tombaram sobre o suporte para alabardas, derrubando todas as armas e provocando um impressionante estrondo.

Foi acertado na orelha pela comandante empapada de molho. A outra guarda, aquela de peito duro, agarrou-o por trás num abraço de urso. Deu uma cotovelada tão forte nela que soltou um uivo. A do nariz esmagado foi golpeada no plexo solar e caiu no chão. Geralt ouviu-a vomitando. Outra ainda, acertada na têmpora, bateu com o osso parietal contra um poste, vacilou e, logo em seguida, seus olhos embaçaram.

Contudo, quatro delas continuavam em pé. E a vantagem de Geralt chegara ao fim. Foi atingido na parte de trás da cabeça e logo depois na orelha. Em seguida, levou uma pancada no sacro. Uma guarda passou a perna nele e, quando caiu, outras duas desabaram sobre ele, esmagando-o, socando-o. As restantes não paravam de chutá-lo.

Conseguiu eliminar uma das que o esmagavam com uma cabeçada aplicada no rosto dela, mas de imediato outra o prensou. Era a comandante, reconheceu-a pelo molho que escorria do seu corpo. Com um soco executado de cima, atingiu os seus dentes. Geralt cuspiu sangue diretamente nos olhos dela.

– Faca! Me deem uma faca! Vou cortar os ovos dele! – a comandante berrou, sacudindo a cabeça rapada.

– Não precisa de faca! Vou arrancá-los com os meus próprios dentes! – outra gritou.

– Parem! Ponham-se em sentido! Que confusão é esta? Já disse: em sentido!

Uma voz potente que impunha obediência penetrou o turbilhão da batalha e controlou as guardas, que acabaram soltando Geralt. Levantou-se com dificuldade, um pouco dolorido. A visão do campo de batalha animou-o. Olhou com satisfação para a sua obra. A guarda prostrada junto da parede já havia aberto os olhos, mas não estava em condições de se sentar. Outra, inclinada, cuspia sangue e apalpava os dentes. Outra ainda, aquela com o nariz esmagado, tentava se levantar, mas não conseguia, pois escorregava na poça formada pelo próprio vômito, composto principalmente de feijão. Das seis guardas, apenas três conseguiam manter-se em pé. Por isso o resultado poderia ser considerado satisfatório para Geralt, até porque, se não fosse pela intervenção, ele próprio teria sofrido graves lesões e talvez nem conseguisse se erguer sozinho.

A intervenção partiu de um homem de feições nobres, vestido ricamente, com ar de autoridade. Geralt não o conhecia. Contudo, conhecia muito bem o seu companheiro, um homem garboso que usava um chapéu pomposo ornamentado com uma pena de garça, de cabelos loiros até o ombro ondulados a ferro. Trajava um gibão cor de vinho e uma camisa com babados de renda. Andava acompanhado do seu inseparável alaúde e exibindo o seu indissolúvel e insolente sorriso na boca.

– Salve, bruxo! E o seu rosto, o que houve com ele? Me dá vontade de rir só de olhar para a sua cara amassada!

– Salve, Jaskier. Também estou contente em vê-lo.

O homem de feições nobres apoiou as mãos na cintura e falou:

– O que está acontecendo aqui? E aí? Andem, rápido! Quero o relatório regulamentário, agora!

A comandante agitou a cabeça, tirando o resto do molho dos ouvidos, e apontou para Geralt num gesto incriminador:

– É ele! É ele o culpado, excelentíssimo senhor promotor! Foi ele que nos provocou, importunou e depois começou a nos agredir. Tudo por causa de algumas espadas depositadas como caução. Ele nem apresentou o comprovante para tê-las de volta. Gonschorek pode atestar. Eita, Gonschorek, por que você está se encolhendo aí no canto? Você se cagou, por acaso? Ande, levante essa bunda, diga ao excelentíssimo senhor promotor... Gonschorek, o que você tem?

Bastava apenas olhar para adivinhar o que Gonschorek tinha. Nem era preciso examinar o seu pulso, bastava apenas olhar o rosto dele, pálido como cal. Gonschorek estava morto. Estava simplesmente morto.

•

– Senhor de Rívia, abriremos um inquérito – disse Ferrant de Lettenhove, o promotor do tribunal real. – Precisamos fazer isso. O senhor está prestando uma queixa formal e movendo uma ação legal, e assim determina a lei. Inquiriremos todos que tinham acesso aos seus pertences enquanto ficou detido e no tribunal. Prenderemos os suspeitos...

– Os de sempre?

– Como?

– Nada, deixe estar.

– Pois sim. A questão certamente será resolvida e os culpados pelo roubo das espadas serão responsabilizados. Isso se realmente houve um furto. Garanto que, mais cedo ou mais tarde, o mistério será resolvido e a verdade será revelada.

– Preferia que fosse mais breve – o bruxo não gostou muito do tom da voz do promotor. – A minha existência depende das minhas espadas, sem elas não posso exercer o meu ofício. Tenho consciência de que a minha profissão é malvista por muitas pessoas, que têm uma imagem negativa de mim, por causa de preconceito, superstição, pela xenofobia. Espero que isso não tenha influência sobre o inquérito.

– Não terá, aqui prima o Direito. – Ferrant de Lettenhove respondeu secamente.

Depois de os serviçais terem levado o corpo do falecido Gonschorek, todo o arsenal e o cacifo foram revistados, a mando do promotor. Como era de esperar, não acharam nenhum vestígio das espadas do bruxo. A comandante da guarda, que continuava zangada com Geralt, apontou um prego no qual o falecido prendia os comprovantes de depósito realizados. Entre eles logo foi encontrado o comprovante do bruxo. A comandante virou as folhas do livro de registro para, em seguida, enfiá-lo na cara dele. Apontando triunfalmente, disse:

– Aqui está o recibo de entrega. Assinado, preto no branco: Gerland de Ríbia. Não falei que o bruxo esteve aqui e levou as suas espadas? E agora está recorrendo a mutretas, certamente para conseguir ganhar uma indenização! Foi por sua culpa que Gonschorek esticou as pernas! Encolerizou-se por causa dessas atribulações e teve uma apoplexia fulminante.

Nem ela nem as outras guardas queriam confirmar que tinham visto Geralt recebendo as armas de volta. A desculpa era que sempre havia alguém andando por lá, e elas estavam ocupadas, alimentando-se.

Gaivotas sobrevoavam em círculos o telhado do tribunal, soltando terríveis gritos. O vento afastou do mar e direcionou para o sul a nuvem que pressagiava uma tempestade. O sol apareceu.

– Queria avisar antecipadamente que minhas espadas estão imbuídas de fortes poderes mágicos. Apenas os bruxos podem tocar nelas. Qualquer outra pessoa que fizer isso perderá as suas forças vitais. Essa perda se manifestará pelo deterioramento das forças masculinas, ou seja, a impotência total e permanente – disse Geralt.

– Levaremos isso em consideração – o promotor acenou com a cabeça. – No entanto, peço que por enquanto não saia da cidade. Estou disposto a deixar de lado a confusão que provocou na casa de guarda, porque lá brigas ocorrem com frequência, já que as senhoras guardas se deixam levar pelas emoções com grande facilidade. E como Julian, ou seja, o senhor Jaskier, afiança, tenho certeza de que o seu processo no tribunal terá um desfecho feliz.

– Meu processo no tribunal trata unicamente de assédio, de perseguições causadas por preconceito e desprezo... – o bruxo disse, semicerrando os olhos.

– Examinaremos as provas e a ação será tomada com base nelas – o promotor interrompeu-o. – Assim determina a ordem pública. A mesma graças à qual o senhor está solto, sob fiança, portanto em liberdade condicional. Senhor de Rívia, o senhor deveria respeitar essas condições.

– Quem pagou a fiança?

Ferrant de Lettenhove recusou friamente revelar a identidade do benfeitor do bruxo. Despediu-se e dirigiu-se para a entrada do tribunal, acompanhado dos serviçais. Jaskier só esperava por isso. Mal saíram da praça e entraram numa ruela, revelou tudo o que sabia.

– Uma verdadeira série de contratempos e de adversidades, companheiro Geralt. Quanto à fiança, quem a pagou foi a tal de Lytta Neyd, conhecida entre os seus como Coral, pela cor do batom que usa. É uma feiticeira que serve a Belohun, o monarcazinha local. Todos se perguntam por que ela fez isso, já que também foi por causa dela que prenderam você.

– O quê?

– Estou lhe dizendo. Foi ela que o denunciou. Isso não surpreendeu ninguém, todos sabem que os feiticeiros não simpatizam muito com você. E, de repente, a surpresa foi que uma feiticeira, do nada, pagou a fiança e o tirou da masmorra onde você ficou preso por causa dela. Toda a cidade...

– Todos? Toda a cidade? O que você está dizendo, Jaskier?

– Estou usando metáforas e perífrases. Não finja que não sabe, você me conhece bem. Claro que não é "toda a cidade", mas apenas alguns bem informados que pertencem aos círculos de confiança dos governantes.

– E você também, por acaso, pertenceria a esses círculos de confiança?

– Isso mesmo. Ferrant é meu primo, é filho do irmão do meu pai. Vim aqui visitá-lo, como se visita um parente, e soube do que aconteceu com você. Intercedi imediatamente em seu favor, não duvide disso. Garanti a sua honestidade. Contei sobre Yennefer...

– Estou agradecido, do fundo do meu coração.

– Poupe-me de seu sarcasmo. Tive que contar sobre ela para o meu primo saber que a feiticeira local está achincalhando e denegrindo você por causa de inveja e desprezo e que toda essa acusação é falsa, pois você nunca se rebaixa ao nível de cometer malversações financeiras. Graças à minha intercessão, Ferrant de Lettenhove, o promotor real, o fiscalizador da lei da mais alta patente, já está convencido da sua inocência...

– Não foi a impressão que tive – afirmou Geralt. – Pelo contrário, percebi que duvida de mim, tanto no que diz respeito às supostas malversações, quanto ao desaparecimento das espadas. Você ouviu o que ele disse sobre as provas? Para ele, são um fetiche. Uma denúncia seria a prova das malversações, e a assinatura de Gerland de Ríbia no registro seria a prova da falsificação do roubo das espadas. Ainda por cima, ele fez aquela cara quando me avisou para não sair da cidade...

– Você está julgando-o injustamente – Jaskier rebateu. – Eu o conheço melhor do que você. Para ele, o fato de eu interceder em seu favor é mais valioso do que uma dúzia de provas inúteis. E o avisou com razão. Por que você acha que nós dois, ele e eu, fomos até a casa de guarda? Para impedir que você fizesse mais besteiras! Você diz que alguém está incriminando-o e fabricando provas falsas? Não ofereça a esse fulano uma prova incontestável, ou seja, a fuga.

– Talvez você tenha razão – Geralt concordou. – Mas o meu instinto me diz outra coisa. Eu deveria fugir daqui antes que me cerquem por completo. Primeiro a detenção, depois a caução, logo em seguida as espadas... O que é que vão inventar agora? Diabos, sem a espada eu me sinto como... como um caracol sem a concha.

– Acho que você está preocupado demais. Ora, não há lojas por aqui? Esqueça aquelas espadas e compre outras novas.

– E se alguém tivesse roubado o seu alaúde, adquirido, pelo que me lembro, em circunstâncias bastante dramáticas? Você não estaria preocupado? Esqueceria? Compraria um novo na primeira loja da esquina?

Jaskier apertou o alaúde instintivamente com as mãos e passou os olhos em volta, assustado. Nenhum dos transeuntes parecia um potencial ladrão de instrumentos musicais, tampouco parecia ter algum interesse por um alaúde ímpar.

– Pois é, entendo – suspirou. – Entendo. O meu alaúde, assim como as suas espadas, é único e insubstituível. Além disso... você disse o quê? Que as suas espadas estão enfeitiçadas? E que provocavam uma impotência mágica?! Diabos, Geralt, só agora que você diz isso? Eu passava tanto tempo na sua companhia, e essas espadas estavam ao alcance da minha mão, às vezes até mais próximas! Droga, agora está tudo claro, agora entendo... ultimamente tenho tido certas dificuldades...

– Fique sossegado. Essa história da impotência é mentira. Inventei isso na hora pensando que o boato se espalhe e o ladrão fique com medo...

– Se ficar com medo, com certeza afogará as espadas em esterco líquido, e você nunca mais as terá de volta – falou o trovador, ainda levemente pálido. – É melhor você contar com meu primo Ferrant. Ele é promotor aqui faz anos, possui um exército inteiro de xerifes, agentes e espiões. Você verá, acharão o ladrão num instante.

– Se ele ainda estiver aqui... – o bruxo rangeu os dentes. – Pode ter sumido enquanto eu estava na cadeia. Qual é mesmo o nome daquela feiticeira que provocou a minha detenção?

– Lytta Neyd, apelidada de Coral. Imagino o que você está planejando, meu amigo, mas não sei se é a melhor ideia. Trata-se de uma feiticeira, bruxa e mulher em uma só pessoa, ou seja, uma espécie estranha que não se deixa conhecer de forma racional e que pensa e age de acordo com princípios e mecanismos incompreensíveis para os homens comuns. Nem preciso explicar isso, você bem sabe como é, pois possui uma riquíssima experiência no assunto... Que barulho é esse?

Andando à toa pelas ruas, os dois chegaram a uma pequena praça na qual ressoavam batidas ininterruptas de martelos. Descobriram que lá funcionava uma enorme oficina de tanoeiro. Junto da rua, debaixo de um telhado, havia pilhas uniformes de aduelas de madeira sazonada. Dali eram carregadas por rapazolas descalços e postas nas mesas. Lá fixavam-nas em bancos de tanoeiro especiais e aparavam com raspilhas. As aduelas aparadas passavam para outros artesãos que, em pé, escarranchados, com as pernas mergulhadas na serragem até a altura dos tornozelos, juntavam-nas sobre longas bancadas. As aduelas prontas eram entregues aos tanoeiros, que as pareavam. Por um instante, Geralt ficou observando a maneira de dar formato a uma vasilha apertando com sofisticadas prensas e grampos parafusados, tudo imediatamente consolidado com a ajuda de arcos de ferro marretados sobre o barril. As enormes caldeiras nas quais os tonéis passavam para tomar forma expiravam baforadas de vapor. Dos fundos da oficina, do quintal, vinha o cheiro de madeira tostada no fogacho, no qual se vergavam os barris antes das etapas seguintes de processamento.

– Sempre que vejo um barril fico com vontade de beber cerveja. Vamos lá, depois da esquina há um boteco agradável – convidou Jaskier.

– Vá sozinho. Eu vou visitar a feiticeira. Acho que sei quem é, já a havia visto antes. Onde posso encontrá-la? Não faça caretas, Jaskier. Ao que parece, ela é responsável pelo primórdio e pelas primícias dos meus problemas. Não vou esperar o desenrolar dos acontecimentos, vou até ela e perguntarei pessoalmente. Não posso ficar parado aqui, nesta cidadezinha, até porque estou sem dinheiro.

– Para isso acharemos uma solução. Eu lhe prestarei ajuda financeira... – o trovador disse orgulhosamente. – Geralt? O que está acontecendo?

– Volte aos tanoeiros e me traga uma aduela.

– O quê?

– Busque uma aduela. Rápido.

A rua foi interditada por três fortões mal lavados, todos com cara de bandido e barba por fazer. Um deles, que tinha ombros tão largos que parecia quadrado, segurava na mão um taco chapeado, grosso como a cabrilha de um cabrestante. Outro, trajando uma samarra, com o forro virado do avesso, carregava um cutelo e um machado presos à cintura. O terceiro, moreno como um marinheiro, carregava uma longa faca com aspecto ameaçador. O quadrado falou:

– Ei, seu cagão de Rívia! Como você se sente sem as espadas nas costas? É como se estivesse de bunda pelada virada contra o vento, não é?

Geralt não entrou na conversa. Esperou. Ouviu Jaskier discutindo com o tanoeiro por causa da aduela.

– Você está sem as suas espadas, seu mutante, seu bruxo canalha e peçonhento – prosseguiu o quadrado, que, dos três, nitidamente possuía a melhor oratória. – Ninguém teria medo de um canalha desarmado! Sem as espadas, vira apenas um verme ou uma lampreia. Nós esmagamos esse tipo de criaturas nojentas com nossos sapatos para que jamais se atrevam a adentrar nossas cidades e misturar-se com pessoas decentes. Seu réptil, você não sujará as nossas ruas com o seu muco viscoso! Porrada nele, companheiros!

– Geralt! Tome aí!

Pegou no ar a aduela jogada por Jaskier, esquivou-se do golpe do taco, deu um soco na lateral da cabeça do quadrado, fez uma pirueta, acertou o cotovelo do bandido de samarra, que gritou e soltou o cutelo. Foi golpeado pelo bruxo na parte posterior do joelho e caiu, derrubado. Em seguida, Geralt passou junto dele, batendo na sua têmpora com a aduela. Sem esperar o bandido cair e sem interromper o movimento, mais uma vez esquivou-se do taco do quadrado e atingiu os seus dedos que agarravam o pau. O quadrado uivou de dor e deixou a arma cair. Em seguida, Geralt golpeou-o na orelha, nas costelas e na outra orelha. Depois atingiu-o com ímpeto na virilha. O quadrado caiu no chão, assumindo o formato de uma bola, enrolando-se, encolhendo-se, apoiando a testa no solo.

O esbelto, o mais ágil e mais rápido dos três, dançou em volta do bruxo. Passando a faca habilidosamente entre as mãos, atacou de joelhos flexionados, cortando transversalmente. Geralt esquivava-se dos golpes sem grande esforço. Afastava-se e esperava até o oponente estender o passo. Quando isso aconteceu, rebateu a faca com um golpe impetuoso da aduela, cercou o agressor com uma pirueta e acertou-o no osso parietal. Ele caiu de joelhos, e o bruxo golpeou-o no rim direito. O esbelto uivou e estirou-se, e foi então que Geralt feriu-o abaixo da orelha, no nervo chamado pelos médicos de nervo facial. O bruxo, ao se erguer em pé sobre o homem que se engasgava e sufocava de tanto gritar, observou:

– Poxa, isso deve ter doído.

O bandido de samarra tirou o machado de trás da cintura, mas permaneceu ajoelhado, sem saber o que fazer. Geralt esclareceu as suas dúvidas, desferindo-lhe um golpe na nuca.

Os serviçais da guarda municipal aproximavam-se correndo pela ruela, afastando os curiosos que se concentravam em volta deles. Jaskier os acalmava, mencionava os seus contatos com pessoas importantes, explicava fervorosamente quem era o agressor e quem agira em autodefesa. O bruxo chamou o trovador por meio de gestos e disse:

– Assegure que os canalhas sejam presos. Convença o seu primo promotor a fazê-los falar. Ou eles próprios estão envolvidos no roubo das espadas, ou foram contratados por alguém. Sabiam que eu não tinha como me defender, por isso se atreveram a me assaltar. E devolva a aduela aos tanoeiros.

– Tive que comprar essa aduela – Jaskier confessou. – E fiz bem. Pelo visto, você é bom em manejar uma aduelazinha. Você deveria sempre carregar uma com você.

– Vou visitar a feiticeira. Será que devo levar a aduela?

– No caso da feiticeira – o trovador franziu o cenho –, você realmente precisaria de algo mais pesado. Por exemplo, um mourão. Um filósofo conhecido meu dizia: "Quando for ao encontro de uma mulher, não se esqueça de levar"...

– Jaskier.

– Tudo bem, eu lhe explicarei como achar a mágica. Mas, antes disso, se me permitir que eu lhe dê um conselho...

– Fale.

– Tome banho antes de ir e procure um barbeiro.

CAPÍTULO QUINTO

Cuidado com as decepções, pois as aparências enganam. As coisas raramente são aquilo que parecem ser. E, quanto às mulheres, elas jamais são.

Jaskier, *Meio século de poesia*

A água da piscina da fonte redemoinhou e borbulhou, borrifando gotículas douradas. A feiticeira Lytta Neyd, conhecida como Coral, estendeu a mão e entoou um encantamento estabilizador. A água ficou lisa, como se tivesse sido coberta por uma película de óleo, tremulou e encheu-se de fulgurações. A imagem, de início indistinta e nebulosa, ganhou nitidez e parou de tremer. Embora levemente deformada pelo movimento da água, era clara e visível. Coral debruçou-se sobre ela. Na superfície da água viu a Feira de Especiarias e a principal rua da cidade, na qual um homem de cabelos brancos caminhava. A feiticeira fixou o olhar nele, observando. Procurava pistas, algum pormenor, algum detalhe que lhe permitiria fazer a avaliação certa e prever o que aconteceria.

Lytta tinha opinião formada acerca da essência de um verdadeiro homem. Sabia reconhecê-lo mesmo no meio de imitações relativamente bem-sucedidas. Não precisava, de forma alguma, do contato físico, uma maneira de testar a masculinidade que ela, assim como a maioria das feiticeiras, considerava não só sem importância, mas também ilusória, ou mesmo completamente traiçoeira. A degustação direta, como concluíra por meio de provas, talvez permita algum tipo de avaliação do gosto. No entanto, com muita frequência faz a pessoa ser tomada por desgosto, indigestão, azia e, às vezes, até mesmo por ânsia de vômito.

Lytta conseguia reconhecer um verdadeiro homem de longe, com base em sinais comuns e aparentemente insignificantes. Um verdadeiro homem, a feiticeira concluíra, amava pescar, embora usasse apenas moscas como isca. Colecionava figurinhas militares, gravuras eróticas e modelos de veleiros que ele mesmo construíra, inclusive aqueles dentro de garrafas vazias de bebidas caras que não deviam faltar na sua casa. Sabia cozinhar muito bem, inclusive produzir genuínas obras-primas da arte culinária. E só a sua aparência já despertava tesão.

O bruxo Geralt, de quem a feiticeira ouvira falar muito e sobre quem conseguira várias informações, e que ela observava naquele momento na água da piscina, cumpria, ao que parecia, apenas um dos requisitos mencionados.

– Mozaïk!

– Estou aqui, senhora mestra.

– Receberemos a visita de um convidado. Quero que tudo fique pronto na hora certa e seja de boa qualidade. Mas, primeiro, traga-me o vestido.

– O salmão? Ou o azul-marinho?

– Quero o branco. Ele se veste de preto, então nós lhe providenciaremos o yin-yang. Quanto aos sapatos, escolha algum que combine com a cor do vestido, mas que tenha um salto de no mínimo quatro polegadas. Não posso permitir que ele olhe para mim de cima.

– Senhora mestra... este vestido branco...

– Qual é o problema?

– Ele é tão...

– Simples? Sem enfeites e adornos? Pois é. Mozaïk, Mozaïk, parece que você nunca vai aprender...

•

Quem atendeu à porta foi um fortão barrigudo e corpulento com o nariz quebrado e os olhos de bacorim. Primeiro olhou para Geralt de cima a baixo e depois outra vez, só que no sentido inverso. Em seguida, afastou-se, para abrir passagem, e sinalizou que ele podia entrar.

No corredor havia uma moça de cabelo liso, grudado na cabeça. Com um simples gesto, sem nada dizer, convidou-o a entrar.

Geralt adentrou um pátio florido com uma fonte murmurante no centro. No meio da fonte havia uma estátua de mármore. Deduziu, com base nos atributos físicos femininos de importância secundária, pouco desenvolvidos, que a figura era de uma moça, ou talvez de uma menina nua que dançava. Além do fato de ter sido esculpida por um mestre, a estatueta chamava a atenção por causa de mais um detalhe: estava interligada com o pedestal através de um único ponto, o dedo grande do pé. De forma alguma, o bruxo avaliou, seria possível estabilizar uma construção desse tipo sem a ajuda de magia.

– Geralt de Rívia, seja bem-vindo. Entre, por favor.

A feiticeira Lytta Neyd possuía feições demasiadamente afiladas para ser considerada portadora de uma beleza clássica. O blush em tons quentes de pêssego que aplicara nas maçãs do rosto atenuava essa característica, mas não a encobria. Já os lábios, realçados com um batom coral, tinham um formato que parecia demasiadamente perfeito. Contudo, não era isso o que importava.

Lytta Neyd era ruiva, de forma clássica e natural. O rubro suave, claro, em tons de ferrugem, despertava associações com a pelagem estival de uma raposa. Geralt estava absolutamente convencido de que, se apanhasse uma raposa ruiva e a colocasse junto de Lytta, seria impossível distinguir uma da outra, pois as duas apresentariam a mesma coloração. E, quando a feiticeira mexia a cabeça, entre os tons de rubro fulguravam reflexos mais claros, fulvos, iguais àqueles da pelagem da raposa. Era comum o cabelo avermelhado aparecer acompanhado de sardas na pele, em geral abundantes, mas Lytta constituía uma exceção.

Geralt sentiu uma inquietação, esquecida e adormecida, que de repente despertou no seu interior. Fazia parte de sua natureza uma estranha e difícil atração pelas ruivas. Já havia acontecido algumas vezes de ter cometido bobagens instigado exatamente por esse tipo de pigmentação de cabelo. Era necessário, portanto, ter cuidado, e o bruxo afirmou-se em sua decisão. A tarefa, contudo, agora era mais fácil de cumprir. Fazia um ano que esse tipo de tolices tinha deixado de tentá-lo.

O ruivo que o estimulava eroticamente não era o único atributo sedutor da feiticeira. O vestido alvo como neve era simples e totalmente recatado. Fez essa escolha com um objetivo certo e, sem dúvida, intencional. A simplicidade não distraía a atenção do observador, fazia que se concentrasse na figura atraente... e no decote profundo. Resumindo, Lytta Neyd poderia com sucesso posar para a gravura que iniciava o capítulo "Sobre a luxúria" na edição ilustrada do *Bom livro*, de autoria do profeta Lebioda.

Em outras palavras, Lytta Neyd era uma mulher com a qual só um completo idiota se relacionaria por mais de dois dias. Era interessante o fato de que, normalmente, bandos de homens corriam atrás de mulheres assim, prontos a se relacionar por um tempo mais prolongado.

Lytta cheirava a frésias e damascos.

Geralt curvou-se e logo em seguida fingiu que estava mais interessado na estatueta da fonte do que na figura e no decote da feiticeira.

– Fique à vontade – Lytta repetiu, apontando para uma mesa com tampo de malaquita e duas poltronas de vime. Esperou até que ele se sentasse. Ao se sentar, exibiu uma perna esguia e um sapatinho de pele de lagarto. O bruxo fingiu que concentrava toda a sua atenção na jarra e no porta-doces.

– Aceita vinho? É o Nuragus de Toussaint, na minha opinião mais interessante do que o superestimado Est Est. Se prefere tinto, há também o Côte-de-Blessure. Mozaïk, encha os copos, por favor.

– Obrigado. – Recebeu a taça da moça com o cabelo grudado e sorriu para ela. – Mozaïk é um nome bonito.

Notou pavor nos olhos dela.

Lytta Neyd depositou a sua taça na mesa, batendo-a levemente contra o tampo, com a intenção de chamar a sua atenção. Mexeu a cabeça e os cachos ruivos e perguntou:

– O que traz o famoso Geralt de Rívia aos meus modestos aposentos? Estou morrendo de curiosidade.

– Você pagou a minha caução – ele respondeu, propositadamente em tom seco. – Isto é, a minha fiança. Graças à sua generosidade saí da cadeia, para onde fui levado também por sua causa, não é? É verdade que passei uma semana preso numa cela por sua culpa?

– Quatro dias.

– Quatro dias. Queria, se possível, conhecer os motivos que a levaram a fazer isso. Ambos os motivos.

– Ambos? – Ergueu as sobrancelhas e a taça. – Há apenas um único motivo.

– Hum... – Fingiu dedicar toda a atenção a Mozaïk, que andava agitada do outro lado do pátio. – Foi pelo mesmo motivo, então, que você me denunciou e fez que me prendessem, para depois me tirar de lá?

– Bravo!

– Pergunto, então: por quê?

– Para provar a você que tenho o poder de fazer isso.

Tomou um gole do vinho, por acaso excepcionalmente bom. Acenou com a cabeça ao dizer:

– Você provou que podia fazê-lo. Na verdade, você poderia simplesmente ter me comunicado isso, até quando me encontrasse na rua. Eu acreditaria. Mas você preferiu agir de outra maneira, mais enfaticamente. Pergunto, então: e agora?

– Ainda não decidi – lançou-lhe um olhar ameaçador. – Mas vamos deixar que as coisas aconteçam por si sós. Por enquanto, digamos que ajo em nome e de acordo com os interesses de alguns dos meus confrades, feiticeiros que possuem alguns planos em relação à sua pessoa. Esses feiticeiros, que conhecem meus talentos diplomáticos, acham que sou a pessoa certa para lhe informar sobre os planos deles, mas no momento é a única coisa que posso lhe revelar.

– É muito pouco.

– Tem razão. Eu própria me envergonho de admitir que no momento não possuo mais informações. Não esperava que você viesse tão rápido e que descobrisse em tão pouco tempo quem havia pago a fiança. Garantiram-me que isso permaneceria em segredo. Quando souber de mais alguma coisa, eu lhe revelarei. Tenha paciência.

– E o caso das minhas espadas? Faz parte desse jogo, desses secretos e mágicos planos? Ou será que é apenas mais uma prova de que você tem o poder?

– Eu não sei nada sobre as suas espadas. Nem sei do que se trata e a que assunto você se refere.

Não se deixou convencer por completo, mas não insistiu no assunto. Disse:

– Os seus confrades feiticeiros ultimamente têm exagerado nas suas demonstrações de antipatia e hostilidade para com a minha pessoa. Fazem o impossível para me perturbar e atrapalhar a minha vida. Qualquer desventura que me aconteça, tenho o direito de procurar as impressões digitais dos seus dedos. Uma série de infortúnios. Primeiro me prendem, depois me soltam, por fim me comunicam que têm planos com relação à minha pessoa. O que os seus confrades inventarão desta vez? Tenho até medo de fazer suposições. E você ordena, confesso que de uma maneira muito diplomática, que eu tenha paciência. Contudo, não tenho outra opção, pois preciso esperar até que o assunto provocado pela sua denúncia entre na agenda do tribunal.

– Entretanto, você pode aproveitar plenamente a sua liberdade e desfrutar de seus benefícios – disse a feiticeira sorrindo. – Você responderá diante do tribunal em liberdade provisória. Isso, obviamente, se o assunto entrar na agenda do tribunal, o que não é tão certo. E, mesmo que entre, acredite, você não tem motivos para se preocupar. Confie em mim.

– Pode ser difícil confiar em você – falou, retribuindo o sorriso. – O modo de agir dos seus confrades nos últimos tempos enfraqueceu a minha confiança. Mas vou me esforçar. E agora vou embora. Para confiar e esperar pacientemente. Passe bem.

– Não se despeça ainda. Fique mais um pouco. Mozaïk, vinho.

Mudou de posição na poltrona. O bruxo ainda fingia obstinadamente que não havia notado o joelho e a coxa aparecendo na abertura do vestido. Após um instante, ela disse:

– Pois bem, não há motivos para fingir. Os bruxos nunca tiveram uma boa reputação no nosso meio, mas bastava ignorá-los. Foi assim até certo momento.

– Até o momento em que eu me relacionei com Yennefer – já estava farto de fazer rodeios.

– Nada disso, está errado – encravou nele os seus olhos cor de jade. – Está duplamente enganado. *Primo*, não foi você que se relacionou com ela, foi ela que se relacionou com você. *Secundo*, poucas pessoas ficaram revoltadas com o seu relacionamento, já houve mais extravagâncias no nosso meio. A virada aconteceu com o fim do seu relacionamento. Quando isso aconteceu? Há um ano? Ah, como o tempo passa rápido...

Fez uma pausa, esperando a sua reação. Quando ficou claro que não haveria nenhuma reação, retomou:

– Exatamente há um ano. Uma parte do meio... relativamente pequena, mas influente... finalmente notou. Nem todos entendiam o que realmente havia acontecido entre vocês. Alguns de nós achávamos que Yennefer, depois de retomar o juízo, é que havia terminado o relacionamento e expulsado você de vez. Outros se atreviam a supor que você é que tinha tomado consciência, largado Yennefer e fugido para o fim do mundo. Por causa disso, como já observei, você virou objeto de interesse. E, como você adivinhou, também de antipatias. Ora, havia feiticeiros que queriam puni-lo de alguma maneira. Para a sua sorte, a maioria chegou à conclusão de que não valeria a pena o esforço.

– E você? A que grupo pertencia?

– Àquele grupo que tratava o seu caso amoroso apenas como um entretenimento e, às vezes, como galhofaria – Lytta respondeu, contorcendo os lábios cor de coral. – Outras vezes, ele proporcionava uma diversão que virava jogatina. Eu, pessoalmente, devo a você, bruxo, ter auferido um grande lucro financeiro. Apostávamos quanto tempo você aguentaria se relacionar com Yennefer, e as apostas eram altas. A minha, aparentemente, foi a mais acertada, e acabei angariando todo o dinheiro das apostas.

– Então, se é assim, é melhor eu ir embora. Não deveria ter vindo visitá-la, não deveríamos ser vistos juntos, pois alguém pode achar que engendramos essa aposta.

– Você se importa com aquilo que os outros podem achar?

– Pouco, e fico feliz com a sua conquista. Pensei em devolver as quinhentas coroas gastas em forma de fiança. Mas, já que você arrecadou todo o dinheiro apostando em mim, não me sinto mais na obrigação de fazê-lo. As contas já foram feitas.

– Espero que o que você falou a respeito da devolução da fiança – um brilho agourento fulgurou nos olhos verdes de Lytta

Neyd – não revele a intenção de se afastar discretamente e fugir sem esperar o processo no tribunal. Não, você não tem essa intenção, não pode ter, pois bem sabe que um plano assim o levaria de volta para a cadeia. Você sabe disso, não é?

– Você não precisa me provar que tem poder.

– Preferia não precisar fazê-lo. Falo com toda a sinceridade, do fundo do coração.

Colocou a mão no decote, com a clara intenção de atrair para ele o olhar de Geralt. Ele fingiu que não notou e de novo virou os olhos para Mozaïk. Lytta tossiu e disse:

– Quanto às contas, isto é, à divisão do lucro da aposta, admito que você tem razão. Você merece. Não me atreverei a lhe oferecer dinheiro... Mas que tal um crédito ilimitado na hospedaria Natura Rerum durante a sua estada aqui? Por minha culpa, a visita que fez lá terminou antes que começasse, portanto agora...

– Não, obrigado. Reconheço a sua boa vontade e as suas intenções, mas não aceito a oferta.

– Tem certeza? Bom, pelo visto tem. Não deveria ter mencionado... o fato de ter mandado você para a cadeia. Você me provocou e me enganou. Os seus olhos, esses estranhos olhos de mutante, só aparentemente sinceros, vagueiam sem cessar... e enganam. Você não é sincero, não. Eu sei, na boca de uma feiticeira isso é um elogio. Era o que você queria dizer, não é?

– Bravo!

– E você conseguiria ser sincero se eu exigisse isso de você?

– Se você pedisse.

– Ah, que seja assim. Peço, então. Por que Yennefer? Por que ela e não outra? Você saberia explicar?

– Se isso também for parte de uma aposta...

– Não é. Por que Yennefer de Vengerberg?

Mozaïk surgiu como uma sombra, trazendo outra garrafa e biscoitos. Geralt mirou nos seus olhos. Imediatamente ela virou a cabeça..

– Por que Yennefer? – Geralt repetiu, com o olhar fixado em Mozaïk. – Por que justo ela? Responderei com sinceridade: eu próprio não sei. Há mulheres que... basta apenas um olhar...

Mozaïk abriu os lábios e meneou a cabeça delicadamente, num movimento de negação e pavor. Sabia. Implorava que ele parasse. Mas ele já havia avançado demais no jogo. Continuou a percorrer com o olhar o corpo da moça ao dizer:

– Há mulheres que atraem como um ímã, não se consegue tirar os olhos delas...

– Deixe-nos, Mozaïk – na voz de Lytta ouvia-se o trinco produzido pelo atrito de blocos de gelo contra o ferro. – E quanto a você, Geralt de Rívia, eu lhe agradeço pela visita, paciência e sinceridade.

CAPÍTULO SEXTO

A espada de um bruxo (fig. 40) distingue-se por constituir uma espécie de compleição de outras espadas, por ser a quintessência daquilo que outra arma possui de melhor. O aço e o método de forjamento de primeiríssima qualidade, próprio das forjas e siderurgias dos anões, propiciam à lâmina não apenas leveza, mas também elasticidade excepcional. A espada de um bruxo também é afiada à maneira dos anões – acrescentemos –, uma maneira secreta que permanecerá confidencial por séculos, pois os nanicos das montanhas são muito apegados aos seus segredos. Uma espada afiada pelos anões pode cortar ao meio um xale de seda lançado no ar. Sabemos por relatos de testemunhas oculares que os bruxos, manejando as suas espadas, conseguiam realizar o mesmo artifício.

Pandolfo Forteguerra, *Tratado sobre as armas brancas*

Uma tempestade rápida e chuvas matinais refrescaram o ar, embora por pouco tempo. Depois, o odor de detritos, gordura queimada e peixe estragado levado pelo vento desde Palmyra começou a incomodar novamente.

Geralt pernoitou na hospedaria de Jaskier. O quarto ocupado pelo trovador era aconchegante, no sentido literal, pois para deitar na cama era preciso aconchegar-se bem à parede. Por sorte, cabiam nela duas pessoas e era razoavelmente confortável, embora rangesse muito e o colchão de palha fosse meio duro, compactado pelos vendedores ambulantes, famosos apreciadores de sexo intensamente extraconjugal.

Não se sabe o motivo, mas nessa noite Geralt sonhou com Lytta Neyd.

Foram tomar o café da manhã numa feira próxima, no mercadão, onde, como o trovador já havia descoberto, serviam maravilhosas sardinhas. Jaskier pagou a refeição. Geralt não se incomodou com isso, pois muitas vezes acontecia o contrário, e Jaskier, quebrado, aproveitava a sua generosidade.

Sentaram-se a uma mesa aplainada, de modo grosseiro, e começaram a comer as sardinhas crocantes fritas, servidas num prato de madeira grande como a roda de um carrinho de mão. O bruxo havia notado que de vez em quando Jaskier passava os olhos em volta, assustado, e ficava inerte quando percebia que algum transeunte os observava de uma maneira demasiadamente insistente.

– Acho que você deveria arrumar uma arma e carregá-la de modo que fique visível – murmurou, enfim. – Não lhe parece que valeria a pena pensar mais naquilo que aconteceu ontem? Olhe só aqueles escudos e aquelas cotas de malha expostas ali. É a oficina de um armeiro. Certamente haveria espadas para vender.

– Nesta cidade é proibido portar armas. Os visitantes têm as suas armas confiscadas. Ao que parece, apenas os bandidos podem andar armados por aqui – Geralt roeu o dorso de uma sardinha e cuspiu a barbatana.

O trovador, com um movimento da cabeça, apontou um fortão que passava perto deles e carregava um enorme bardiche no ombro e falou:

– Podem e andam. Mas quem dá as ordens em Kerack, assegura que sejam cumpridas e pune quem as desrespeita é Ferrant de Lettenhove, que, como você sabe, é meu primo por parte de pai. E já que o nepotismo é a sagrada lei natural, nós dois podemos ignorar as proibições locais. Declaro que podemos portar e ter a posse de uma arma. Tomaremos café e iremos comprar uma espada. Senhora quituteira! Os peixes estão maravilhosos! Frite mais dez, por favor!

– Como estas sardinhas – Geralt descartou a espinha roída – e percebo que a perda das espadas não é nada mais do que uma punição pela gula, pelo esnobismo, pelo desejo de luxo. Tinha um serviço a fazer nas redondezas e pensei em passar por Kerack para banquetear na Natura Rerum, uma hospedaria mundialmente conhecida. Deveria ter comido tripas, repolho com ervilha-forrageira ou sopa de peixe em um lugar qualquer...

– Cá entre nós – Jaskier lambeu os dedos –, a Natura Rerum, embora seja merecidamente reconhecida pela sua culinária, é apenas uma entre muitas outras opções. Alguns lugares oferecem comida tão boa como a desta hospedaria, às vezes até melhor, como o Açafrão e Pimenta, em Gors Velen, o Hen Cerbin, com uma cervejaria própria em Novigrad, ou o Sonatina, em Cidaris, próximo daqui, onde servem os melhores mariscos de todo o litoral. Há também o Rivoli, em Maribor, e a sua especialidade, o tetraz-grande recheado com salo e servido à moda de Brokilon, uma delícia, além do Roda do Moinho, em Aldersberg, e seu famoso lombo de lebre com *morchella à la* rei Videmont, o Hofmeier em Hirundum, ótimo lugar para ser visitado no outono, depois de Saovine, para comer um ganso assado ao molho de peras... ou o Dois Dojôs, algumas milhas depois de Ard Carraigh, uma taberna simples numa encruzilhada onde servem o melhor joelho de porco que já comi na minha vida... Hã! E, por falar no diabo, olhe só quem vem nos visitar. Salve, Ferrant... Isto é, hum... senhor promotor...

Ferrant de Lettenhove aproximou-se sozinho. Ordenou aos serviçais, com um gesto, que ficassem na rua.

– Julian. Senhor de Rívia. Trago notícias.

– Não vou fingir que já não estava ficando preocupado – disse Geralt. – O que falaram os criminosos no depoimento? Aqueles que me assaltaram ontem e se aproveitaram do fato de eu estar indefeso? Comentavam isso alto e abertamente, uma prova de que estariam envolvidos no furto das minhas espadas.

– Infelizmente, faltam provas – o promotor deu de ombros. – Os três presos são simples safardanas, inclusive pouco espertos. Realmente cometeram o assalto, encorajados pelo fato de você estar desarmado. O boato sobre o roubo espalhou-se muito rápido, aparentemente graças às senhoras da casa de guarda. E logo surgiram interessados... o que não é de estranhar, pois você não é o tipo de pessoa que desperta muita simpatia... nem procura reconhecimento ou popularidade. Na prisão você agrediu os companheiros de cela...

– Claro, tudo é culpa minha. Os de ontem também foram feridos. Não se queixaram? Não pediram indenização? – o bruxo ironizou.

Jaskier riu, mas logo interrompeu o riso.

– As testemunhas do incidente de ontem – Ferrant de Lettenhove disse amargamente – disseram no seu depoimento que os três foram espancados com uma aduela de tanoeiro com muita brutalidade, tamanha que um deles... se sujou com as próprias fezes.

– Deve ter ficado impressionado.

– Continuaram sendo espancados – a cara do promotor permaneceu imutável – inclusive após terem sido dominados, quando já não ofereciam mais perigo. E isso indica excesso de legítima defesa.

– Mas eu não estou com medo. Tenho uma boa advogada.

– Aceita uma sardinha? – Jaskier interrompeu o silêncio pesado.

– Informo que a investigação está em andamento – o promotor falou, enfim. – Os indivíduos presos ontem não estão envolvidos no roubo das espadas. Foram inqueridas algumas pessoas que podem ter participado do crime, mas nenhuma prova foi encontrada. As testemunhas tampouco conseguiram apontar quaisquer indícios. No entanto, sabe-se... e este é o principal assunto que vem me preocupando... que no submundo da criminalidade local o boato sobre as espadas provocou alvoroço. Teriam vindo indivíduos de fora, ávidos por um embate contra um bruxo, particularmente um bruxo desarmado. Por isso aconselho cautela. Não posso deixar de considerar a possibilidade de ocorrerem outros incidentes. Tampouco estou seguro, Julian, de que se nesta situação a companhia do senhor de Rívia...

– Eu já acompanhei Geralt em lugares muito mais perigosos e em situações de muito maior risco, comparando com essa envolvendo os canalhas locais – o trovador interrompeu de forma abrupta. – Se você achar necessário, garanta-nos, primo, uma escolta armada para afastar as eventuais ameaças, pois, se eu e Geralt espancarmos outros marginais, reclamarão de novo, recorrendo a acusações de excesso de legítima defesa.

– Caso realmente sejam marginais, e não facínoras de aluguel contratados por alguém – observou Geralt. – A investigação conduzida leva em conta também essa possibilidade?

– Consideramos todas as possibilidades. A investigação terá continuidade, a escolta será concedida – interrompeu Ferrant de Lettenhove.

– Muito bem.

– Passem bem. Desejo-lhes boa sorte.

Gaivotas gritavam, sobrevoando os telhados da cidade.

•

Chegaram à conclusão de que a visita ao armeiro bem podia ter sido dispensável. Bastou que Geralt lançasse um simples olhar para as espadas em oferta. E, quando foi informado sobre os preços, apenas deu de ombros e saiu da loja sem dizer nada. Jaskier se juntou a ele na rua e comentou:

– Pensei que havíamos nos entendido. Você não ia comprar alguma coisa, só para não parecer indefeso?

– Não vou gastar dinheiro comprando qualquer coisa, mesmo que seja o seu dinheiro. Só tinha porcaria, Jaskier. Espadas malfeitas produzidas em massa. E espadins de corte decorativos que servem mais para bailes de fantasia, caso queira se fantasiar de espadachim, mas com um preço tão nas alturas que dá vontade de rir.

– Então vamos procurar outra loja! Ou outra oficina!

– Vai ser a mesma coisa. Existe procura por armas baratas, de má qualidade, que devem servir apenas num único embate decisivo. Mas não para aqueles que ganharem, pois essa arma, fora do campo de batalha, não prestará para mais nada. Há também demanda por quinquilharias cintilantes com as quais desfilam os almofadinhas, mas que não servem para cortar nem linguiça, apenas patê.

– Você é exagerado, como sempre!

– Na sua boca isso soa como um elogio.

– Se for, despropositadamente! Diga-me, então, onde se pode arrumar uma boa espada, igual às roubadas, ou até melhor?

– Há, obviamente, mestres da alfagemeria. Talvez seja possível achar uma boa lâmina na oficina deles. Contudo, preciso ter uma espada que se ajuste à minha mão, forjada e produzida por encomenda. Fazê-la demora alguns meses, às vezes até um ano. Não tenho tanto tempo.

– Mas você precisa arrumar uma espada – o trovador observou sobriamente. – Acho, inclusive, que com certa urgência. O que resta, então? Talvez...

Abaixou a voz e olhou em volta.

– Talvez... talvez Kaer Morhen? Lá, certamente...

– Com toda a certeza – Geralt interrompeu, cerrando as mandíbulas. – Com certeza. Lá ainda há muitas espadas, uma grande variedade, inclusive feitas de prata. Mas Kaer Morhen fica longe, e ultimamente quase todos os dias tem caído tempestades e chuvas torrenciais. Os rios encheram, as estradas estão lamacentas. A viagem duraria cerca de um mês. Além disso...

Chutou com raiva a cesta furada, largada por alguém.

– Eu deixei que me roubassem, Jaskier, que me ridicularizassem e roubassem como um total babaca. Vesemir debocharia de mim e os companheiros, caso estivessem na fortaleza, também teriam motivo para caçoar, zombar de mim por anos. Não, sequer se pode pensar nessa possibilidade. Preciso me virar de outra maneira. Sozinho.

Ouviram uma flauta e um tambor. Entraram na praça onde havia uma feira de legumes e onde um grupo de goliardos fazia uma apresentação com um repertório matinal, ou seja, primitivo, estúpido e sem graça. Jaskier adentrou as bancas e imediatamente começou a fazer uma impressionante avaliação dos pepinos, das beterrabas e das maçãs empilhadas com cuidado nos balcões. Provocou surpresa o seu entendimento sobre o assunto, inesperado em se tratando de um poeta, e ele começou a discutir e a flertar sem parar com as vendedoras.

– Chucrute! – falou, tirando um pouco do repolho fermentado do barril com uma pinça de madeira. – Prove, Geralt. Maravilhoso, não é? Que alimento gostoso e benéfico! No inverno, quando faltam frutas com vitaminas, o chucrute protege do escorbuto. Além disso, é um antidepressivo excepcional.

– Como assim?

– Você precisa apenas comer uma vasilha de chucrute, depois tomar outra vasilha de leite coalhado... e, num instante, a depressão vira a menor das suas preocupações. Você se esquece dela, às vezes por muito tempo. Para quem você está olhando tanto? Quem é essa moça?

– Uma conhecida. Espere aqui. Vou apenas trocar umas palavras com ela e já volto.

A moça era Mozaïk, a jovem que Geralt conhecera na casa de Lytta Neyd. Era a tímida aprendiz da feiticeira, de cabelos grudados na cabeça. Trajava um vestido cor de jacarandá simples, mas elegante, e usava sapatos com salto anabela de cortiça sobre os quais se movimentava graciosamente, apesar dos restos de legumes escorregadios que cobriam os paralelepípedos irregulares.

Aproximou-se dela, surpreendendo-a enquanto colocava tomates dentro da cesta que segurava suspensa pela alça no cotovelo dobrado.

– Como vai?

Empalideceu levemente ao vê-lo, embora sua tez fosse bastante pálida por natureza. Se não fosse pela banca atrás dela, recuaria um ou dois passos. Fez um gesto, como se quisesse esconder o cesto atrás das costas. Não, não se tratava do cesto. Queria esconder a mão. O antebraço e a mão, envoltos hermeticamente num lenço de seda. Não ignorou o sinal, e um impulso inexplicável o fez agir. Pegou a mão da moça.

– Deixe-me – sussurrou, tentando se soltar.

– Mostre-me, faço questão de ver.

– Aqui não...

Permitiu a Geralt que a acompanhasse a um lugar afastado da feira, onde poderiam ter pelo menos um pouco de privacidade. Desenrolou o lenço de seda. Ele não conseguiu se conter, soltou um palavrão longo e ordinário.

A mão esquerda da moça estava virada, torcida na altura do pulso. O polegar, eriçado, apontava para a esquerda. Já o dorso da mão estava virado para baixo, e a palma, para cima. A sua linha da vida era longa e regular, avaliou instintivamente. A linha do coração era nítida, embora cheia de pontos e cortada.

– Quem fez isso?

– Você.

– O quê?

– Você! – puxou a mão. – Você me usou para debochar dela, e ela não deixa passar algo assim impune.

– Não poderia...

– Ter previsto isso? – mirou em seus olhos. Ele a havia avaliado mal, não era nem tímida, nem temerosa. – Você poderia e deveria ter previsto. Mas você preferiu brincar com fogo. Valeu a pena, pelo menos? Ficou satisfeito, sente-se melhor? Conseguiu um motivo para se gabar na taberna diante dos amigos?

Geralt não respondeu, não conseguia achar as palavras certas. E Mozaïk, para sua surpresa, de repente sorriu e disse:

– Não guardo ressentimento. Eu mesma achei o seu jogo engraçado. Se eu não tivesse tanto medo, teria rido. Devolva o cesto, por favor. Estou com pressa. Ainda preciso fazer as compras e tenho uma visita marcada com o alquimista...

– Espere. Não se pode deixar isso dessa forma.

– Por favor, não se meta. Você só piorará as coisas... – a voz de Mozaïk mudou ligeiramente ao dizer isso.

– Eu até consegui escapar – acrescentou após um instante. Foi um castigo relativamente brando.

– Brando?

– Ela poderia ter torcido as minhas duas mãos. Poderia ter torcido o pé, deixando o calcanhar esticado na frente. Poderia ter trocado os pés, o esquerdo pelo direito e vice-versa. Eu já tinha visto ela fazer isso com outra pessoa.

– Você sentiu...?

– Dor? A sensação de dor durou pouco, pois desmaiei quase imediatamente. Por que você está olhando assim? Foi exatamente dessa forma que aconteceu. Espero que o mesmo aconteça quando ela colocar a minha mão no lugar, daqui a alguns dias, quando ficar satisfeita com a vingança.

– Vou falar com ela agora mesmo.

– É uma má ideia. Não pode...

Interrompeu-a com um gesto curto. Ouviu a turba sussurrar, percebeu a multidão se afastar e abrir caminho. Os goliardos pararam de tocar. Geralt avistou Jaskier, que à distância fazia-lhe sinais bruscos e desesperados.

– Você! Sua peste de bruxo! Eu o desafio para um duelo! Vamos lutar!

– Que droga! É para perder a paciência. Afaste-se, Mozaïk.

Um indivíduo baixo, parrudo, de máscara de couro e couraça de *cuir bouilli*, couro de boi fervido, saiu do meio da multidão. Sacudiu o tridente que segurava na mão direita e, com um brusco movimento da mão esquerda, estendeu no ar uma rede de pescar, agitou-a e bateu.

– Sou Tonton Zroga, chamado de Retiarius! Eu o desafio para um duelo, brux...

Geralt ergueu a mão e atingiu-o com o Sinal de Aard, transmitindo toda a energia possível no gesto. A turba gritou. Tonton Zroga, chamado de Retiarius, foi lançado ao ar e, agitando as pernas, envolto na sua rede, varreu com a sua própria pessoa a bancada com roscas, caiu pesadamente no chão e, com um alto clangor, bateu a cabeça numa estatueta de ferro fundido de um gnomo de cócoras, posicionado, não se sabe por quê, diante da loja de acessórios de costura. Os goliardos aplaudiram veementemente o voo. Retiarius permaneceu prostrado no chão, ainda vivo, embora fossem fracos os seus sinais de vida. Geralt aproximou-se sem pressa e chutou-o na altura do fígado. Alguém o agarrou pela manga: era Mozaïk.

– Não. Por favor, por favor, não. Não pode fazer isso.

Geralt estava com vontade de surrar o redeiro. Sabia bem distinguir o que se podia fazer, o que não se podia fazer e o que era necessário fazer. E não costumava ouvir conselhos de ninguém nessa matéria, especialmente de alguém que nunca tinha sido espancado. Mozaïk repetiu:

– Por favor, não se vingue dele. Por minha causa, por causa dela e pelo fato de você próprio estar confuso.

Ouviu. Segurou-a pelos braços e mirou em seus olhos ao afirmar rispidamente:

– Vou falar com a sua mestra.

– Isso não é nada bom, haverá consequências – ela disse, meneando a cabeça.

– Para você?

– Não. Para mim, não.

CAPÍTULO SÉTIMO

Wild nights! Wild nights!
Where I with thee,
Wild nights should be
Our luxury!

Emily Dickinson

So daily I renew my idle duty
I touch her here and there – I know my place
I kiss her open mouth and I praise her beauty
And people call me traitor to my face.

Leonard Cohen

Uma tatuagem em forma de peixe, com listras policromadas, ricamente elaborada, repleta de detalhes maravilhosamente coloridos, adornava os quadris da feiticeira.

Nil admirari, o bruxo pensou. *Nil admirari*.

•

– Não acredito no que estou vendo! – exclamou Lytta Neyd.

Ele próprio e mais ninguém era culpado pelo que acontecera e pela forma como acontecera. No caminho para a mansão da feiticeira, passou pelo jardim e não resistiu à tentação de cortar uma das flores que cresciam no canteiro de frésias. Lembrava o cheiro que dominava no perfume dela.

– Não acredito no que estou vendo! – repetiu Lytta na porta. Geralt foi recebido pessoalmente por ela. O porteiro corpulento não estava lá, talvez fosse o seu dia de folga.

– Imagino que você veio para me dar bronca por causa da mão de Mozaïk. E me trouxe uma flor, uma frésia branca. Entre, antes que provoque um escândalo e as fofocas se espalhem pela cidade. Um homem com uma flor à minha porta! Nem os mais velhos se lembrariam de algo assim.

Trajava um vestido preto solto, muito fino. O forro era uma combinação de seda e chiffon que ondulava ao menor movimento do ar. O bruxo ficou parado, com os olhos fixados nela, ainda com a frésia na mão estendida, desejando sorrir, mas não conseguindo fazê-lo de forma alguma. *Nil admirari*, mentalizou outra vez a sentença que lembrara de Oxenfurt, da universidade, exposta na entrada da cátedra de filosofia. Repetira essa sentença em pensamento durante todo o caminho em direção à mansão de Lytta.

– Não grite comigo – pegou a frésia que Geralt segurava entre os dedos. – Consertarei a mão da moça assim que ela chegar, sem causar nenhuma dor. Talvez até lhe peça perdão. E peço perdão a você também, só não grite comigo.

Geralt meneou a cabeça e tentou sorrir novamente, mas não conseguiu. Lytta aproximou a frésia do seu rosto, cravou nele os seus olhos cor de jade e disse:

– Estou curiosa para saber se você conhece a simbologia das flores e a sua linguagem secreta. Você sabe o que diz esta frésia? E tem plena consciência da mensagem transmitida ao oferecê-la a alguém? Ou será que a escolha da flor foi intencional e a mensagem... inconsciente?

Nil admirari.

– Seja o que for, isso não tem importância – aproximou-se, ficando bem junto dele. – Ou você está sinalizando de forma direta, consciente e calculista aquilo que deseja... ou está escondendo os desejos que o seu inconsciente revela. Em ambos os casos, eu lhe agradeço a flor e aquilo que ela transmite. Agradeço e prometo retribuir. Também queria presenteá-lo com esta fitinha. Puxe-a. Coragem.

"O que estou fazendo?", Geralt pensou, ao puxar a fita trançada que deslizou delicadamente pelos pontos debruados até cair no chão. Foi então que o vestido de seda e chiffon resvalou do corpo de Lytta feito água, ajeitando-se suavemente em volta dos tornozelos dela. Semicerrou os olhos por um momento, pois sua nudez paralisou-o como um repentino clarão. "O que estou fazendo?", pensou, abraçando seu pescoço. "O que estou fazendo", pensou, ao sentir o sabor do seu batom coral nos lábios? "O que estou fazendo é algo completamente desprovido de juízo", refletiu, guiando Lytta com delicadeza em direção à pequena cômoda junto do pátio e posicionando-a sobre o tampo de malaquita.

Cheirava a frésia e damasco, e a mais alguma coisa, talvez a tangerina, ou vetiver.

Ficaram assim um bom tempo. No final, a cômoda balançava bastante. Coral, embora o abraçasse com força, não soltara as frésias dos dedos nem por um momento. O aroma da flor não abafara o cheiro dela.

– O seu entusiasmo me lisonjeia – afastou com força os seus lábios dos lábios dele e só então abriu os olhos – e envaidece. Mas tenho uma cama, sabia?

•

Realmente, Lytta possuía uma cama enorme, espaçosa como o convés de uma fragata. Ela o levou até a cama, e ele a seguiu, desejoso de vê-la. Não olhava para trás. Não vacilou em segui-la, para onde quer que fosse que ela o levasse, sem tirar os olhos dela.

A cama era enorme e possuía um baldaquim. A roupa de cama era de seda e o lençol, de cetim.

Aproveitaram a cama, literalmente, na sua totalidade. Fizeram uso de todas as polegadas do seu espaço, de todos os palmos da roupa de cama, de todas as dobras do lençol.

•

– Lytta...

– Você pode me chamar de Coral. Mas por enquanto não fale nada.

Nil admirari. O cheiro de frésias e damascos, os cabelos ruivos soltos e espalhados sobre o travesseiro.

•

– Lytta...

– Você pode me chamar de Coral, e pode repetir mais vezes aquilo que fez comigo hoje.

•

Uma tatuagem em forma de peixe, com listras policromadas, ricamente elaborada, com detalhes maravilhosamente coloridos, que graças às enormes barbatanas possuía forma triangular, adornava os quadris da feiticeira. Esse tipo de peixe, chamado de acará, costumava ser criado em aquários e piscinas por pessoas endinheiradas e novos-ricos que esbanjavam esnobismo. Por isso Geralt, e não só ele, sempre os associava a ostentação e a uma presunção pretensiosa. Ficou surpreso, então, que Coral tivesse escolhido exatamente essa tatuagem. A surpresa durou pouco, pois rápido veio o esclarecimento. Pela sua fisionomia, Lytta Neyd parecia relativamente jovem. Mas a tatuagem vinha dos tempos da sua verdadeira juventude, dos tempos em que os acarás trazidos do ultramar constituíam uma verdadeira e rara atração. Nessa época, eram poucos os endinheirados, os novos-ricos apenas começavam a enriquecer e poucas pessoas podiam se dar ao luxo de ter um aquário. "Por isso", Geralt pensou acariciando o acará com as pontas dos dedos, "a tatuagem dela era como uma certidão de nascimento." E era surpreendente que ainda a mantivesse, em vez de removê-la com magia. "Pois é", pensou, transferindo as carícias para regiões mais distantes do peixe, "é agradável relembrar os tempos da juventude. Não é fácil se desfazer de uma lembrança como essa, mesmo quando se torna obsoleta e pateticamente banal."

Apoiou-se sobre o cotovelo enquanto a observava detalhadamente, tentando encontrar em seu corpo outras lembranças, igualmente nostálgicas, mas não achou nada. Não esperava achar, simplesmente queria olhar. Coral suspirou. Claramente entediada com as peregrinações abstratas e pouco objetivas das mãos de Geralt, pegou uma delas e colocou no lugar certo, no seu entender. "Ótimo!", Geralt pensou, puxando a feiticeira na sua direção e mergulhando o seu rosto nos seus cabelos. Ora, um peixe listrado, como se não houvesse coisas mais importantes dignas de atenção, ou de reflexão.

•

"Talvez os modelos de veleiros", Coral pensou caoticamente, acalmando com dificuldade a respiração ofegante. "Talvez as figurinhas militares, talvez até a pesca com mosca. Mas o que vale... o que vale de verdade... é a maneira como me abraça."

Geralt a abraçou como se abraçasse o mundo.

•

Na primeira noite dormiram pouco. Mesmo após Lytta adormecer, o bruxo não conseguia cair no sono. Ela abraçou-o na cintura com tanta força que ele respirava com dificuldade. Cingiu as coxas dele, envolvendo-as transversalmente com a sua perna.

Na segunda noite mostrou-se menos possessiva. Não o segurava nem abraçava com a mesma força da noite anterior. Pelo visto, não receava mais que ele fugisse de manhã.

•

– Você está pensativo. O seu rosto está pesado e soturno. Qual é o motivo disso?

– Estou refletindo sobre... hum... o naturalismo da nossa relação.

– Como?

– Eu já disse, o naturalismo.

– Você, por acaso, usou a palavra "relação"? É surpreendente a amplidão de significados desse termo. Além disso, concluo, com base no que está dizendo, que foi tomado por uma melancolia pós-coito. Realmente, é um estado natural que envolve todos os seres altamente evoluídos. Também estou me sentindo estranhamente nostálgica... Anime-se, bruxo. Estava apenas brincando.

– Você me atraiu... como se atrai um macho.

– O que você disse?

– Você me atraiu como se atrai um inseto, com feromônios mágicos de frésia e damasco.

– Você está falando sério?

– Por favor, Coral, não fique com raiva.

– Não estou com raiva, muito pelo contrário. Pensando bem, devo admitir que você tem razão. Sim, é naturalismo em estado puro. Só que ocorreu exatamente o contrário: foi você que me ludibriou e me seduziu logo à primeira vista. Você efetuou diante de mim, naturalística e animalmente, a dança viril do acasalamento. Você saltava, batia as pernas contra o chão, eriçava a cauda...

– Mentira.

– ... você eriçava a cauda e batia as asas como um galo-lira. Piava e cacarejava...

– Não cacarejava.

– Cacarejava, sim.

– Não.

– Sim. Me abrace.

•

– Coral?

– Fale.

– Lytta Neyd... não é o seu verdadeiro nome, não?

– Meu verdadeiro nome era demasiadamente complicado.

– Como assim?

– Então tente pronunciá-lo rapidamente: Astrid Lyttneyd Ásgeirrfinnbjornsdottir.

– Entendi.

– Não acho.

•

– Coral?

– Hein?

– E Mozaïk? Qual a origem do apelido dela?

– Bruxo, você quer saber o que detesto? Detesto perguntas a respeito de outras mulheres, sobretudo quando a pessoa que pergunta está deitada na mesma cama comigo e fica perguntando, em vez de se concentrar naquilo que tem nas mãos. Você não se atreveria a fazer algo assim na cama com Yennefer.

– E *eu* detesto quando alguém menciona certos nomes, especialmente na hora em que...

– Devo parar, então?

– Eu não disse isso.

Coral beijou-o no ombro.

– Quando Mozaïk ingressou na escola, chamava-se Aïk. Não lembro o seu nome de família. Era um nome estranho, e ela sofria de vitiligo. A bochecha estava salpicada de manchas claras que realmente pareciam um mosaico. Obviamente, logo após o primeiro semestre já estava curada, pois as feiticeiras não podem cometer nenhum tipo de falha. Mas o apelido, de início zombador, permaneceu e num instante deixou de sê-lo. A própria Mozaïk gostou dele. Mas chega de falar nela. Quero que você fale para mim e sobre mim. Agora!

– Agora?

– Sim, fale sobre mim, como eu sou. Sou bonita, não sou? Diga, enfim!

– Bonita, ruiva e sardenta.

– Não sou sardenta. Retirei as sardas com magia.

– Nem todas. Você se esqueceu de algumas e eu as vi.

– Onde você as viu?... Ah, pois é. Verdade. Sou sardenta, então. E o que mais?

– Você é doce.

– Como?

– Doce como um *wafer* com mel.

– Você, por acaso, está zombando de mim?

– Olhe para mim. Mire nos meus olhos. Você vê neles alguma sombra de falsidade?

– Não, e é isso o que me deixa mais preocupada.

•

– Sente-se na beira da cama.

– Para quê?

– Eu quero lhe dar algo como recompensa.

– O quê?

– Quero lhe dar uma recompensa pelas sardas que você viu naquele lugar. Quero retribuir o empenho e a detalhadíssima... exploração. Quero retribuir e agradecer. Posso?

– Claro que pode.

•

A mansão da feiticeira, como quase todas as outras mansões nessa parte da cidade, tinha um terraço do qual se estendia uma vista para o mar. Lytta gostava de ficar lá sentada observando os navios no ancoradouro com a ajuda de uma poderosa luneta montada sobre um tripé. Geralt não compartilhava muito a sua fascinação pelo mar e tudo que navegava nele, mas gostava de ficar com ela no terraço. Sentava-se próximo, encostado a ela, com o rosto junto de seus ruivos cachos, sentindo o cheiro de frésias e damascos.

– Veja aquele galeão que está lançando âncora – Coral apontou. – Possui uma cruz azul-celeste na bandeira. É o Orgulho de Cintra, decerto navegando em direção a Kovir. E aquela coca é Alke de Cidaris, com certeza leva um carregamento de couros. E ali está Tétis, uma urca de transporte local de cabotagem, de duzentos *lasts** de carga, que opera entre Kerack e Nastrog. E olhe ali Pandora Parvi, uma escuna de Novigrad, um belo navio que está adentrando o ancoradouro. Dê uma olhada na ocular. Você verá...

– Vejo sem a luneta. Sou um mutante...

– É verdade. Havia esquecido. E ali é a galé Fúcsia, com trinta e dois pares de remos, que consegue levar no porão quatrocentos *lasts* de carga. E aquele esguio galeão com três mastros é o Vertigo, veio de Lan Exeter. E lá, mais distante, com uma bandeira cor amaranto, é o galeão Albatroz da Redânia, que possui três mastros e cento e vinte pés da proa à popa... Veja ali a embarcação de correios Eco içando as velas e zarpando para alto-mar. Conheço o capitão, frequenta a hospedaria de Ravenga quando fundeia aqui. Já ali, veja bem, com as velas hasteadas, está o galeão de Poviss...

O bruxo afastou os cabelos das costas de Lytta. Abriu os colchetes do vestido um por um, deixando à mostra os ombros da feiticeira. Em seguida dedicou toda a atenção a manusear o par de galeões com as velas içadas, galeões inigualáveis e impossíveis de encontrar em qualquer caminho marítimo, ancoradouro, porto ou registro de almirantado.

* Antiga unidade de medida inglesa que designava peso, massa, volume e número da carga que um navio podia carregar. (N. do T.)

Lytta não protestou, e não afastava o olho da ocular da luneta. Em certo momento, disse:

– Você está se comportando como um menino de quinze anos, como se você os estivesse vendo pela primeira vez.

– Para mim sempre é a primeira vez. E, para dizer a verdade, nunca fui um menino de quinze anos – confessou.

•

– Sou de Skellige. O mar corre no meu sangue, e eu o amo – disse-lhe depois, já na cama. Enquanto ele permanecia em silêncio, retomou: – Às vezes sonho zarpar sozinha, içar as velas e lançar-me ao alto-mar... Longe, para além do horizonte, só com as águas e o céu em volta, a espuma salgada aspergindo-me, o vento balançando o cabelo com um carinho genuinamente viril. E eu sozinha, completamente sozinha, infinitamente solitária no meio de uma força da natureza desconhecida e inimiga. A solidão no meio do mar desconhecido. Você não sonha com ela?

"Não, não sonho", pensou. "Eu a tenho todos os dias."

•

Chegou o dia do solstício de verão, é depois dele a noite mágica, a mais curta do ano, durante a qual brotava a flor de samambaia e as moças nuas, ungidas com língua de cobra, dançavam nas clareiras umedecidas pelo orvalho.

Uma noite curta como um piscar de olhos.

Uma noite louca e iluminada por relâmpagos.

•

De manhã, após o solstício, Geralt acordou sozinho. O café da manhã esperava-o pronto na cozinha. No entanto, mais alguém o aguardava.

– Bom dia, Mozaïk. O tempo está ótimo, não é? Onde está Lytta?

– Hoje você tem um dia de folga – respondeu sem olhar para ele. – Minha inigualável mestra estará ocupada até tarde. Houve um acúmulo de pacientes durante o tempo em que ela se dedicou aos... prazeres.

– Pacientes?

– Ela trata problemas de infertilidade e outras doenças ginecológicas. Não sabia? Então agora já sabe. Tenha um bom dia.

– Não saia ainda. Queria...

– Não sei o que você queria – interrompeu –, mas parece uma má ideia. Seria melhor que você não falasse comigo, que fingisse que não existo.

– Garanto que Coral não a machucará mais. Além disso, ela não está aqui, não está nos vendo.

– Ela vê tudo o que quer ver, bastam apenas alguns encantamentos e um artefato. E não se engane achando que tem alguma influência sobre ela. Para isso, é preciso ter um pouco mais que... – com um movimento da cabeça, apontou para o quarto. – Por favor, peço-lhe que não mencione o meu nome na presença dela, nem que seja sem querer, pois ela fará questão de me lembrar isso. Pode ser daqui a um ano, mas lembrará, com certeza.

– Já que ela a trata assim... você não pode simplesmente ir embora?

– Para onde? – irritou-se. – Para uma manufatura de tecidos? Para ser aprendiz de um alfaiate? Ou direto para um lupanar? Eu não tenho ninguém. Sou ninguém, e sempre serei ninguém. Só ela pode mudar isso. Eu aguentarei tudo... Mas, por favor, não piore as coisas. Na cidade encontrei o seu amiguinho, aquele poeta, Jaskier. Perguntou por você, estava preocupado – disse ao olhar para ele após um instante.

– Você o acalmou? Contou que estou em segurança, que não corro nenhum perigo?

– E por que você queria que eu mentisse?

– Como?

– Você não está seguro aqui. Você está aqui com ela para esquecer o desapontamento causado pela outra. Você inclusive pensa só na outra, mesmo estando junto dela, e ela sabe disso. Mas está jogando o jogo porque está se divertindo. Além disso, você finge muito bem, é muito convincente. Contudo, você já pensou no que pode acontecer quando ela descobrir?

•

– Hoje você também vai dormir na casa dela?

– Vou – Geralt confirmou.

– Já vai fazer uma semana, sabia?

– Quatro dias.

Jaskier passou os dedos nas cordas do alaúde, num espetacular glissando. Olhou em volta da taberna. Tomou um gole da caneca e limpou o nariz manchado de espuma.

– Sei que não é de meu interesse – disse, de uma forma excepcionalmente dura e decidida, incomum para ele. – Sei que não deveria me meter. Sei que você não gosta quando alguém se mete. Mas certas coisas, amigo Geralt, não deveriam ser mantidas em silêncio. Se você quer saber a minha opinião, Coral é desse tipo de mulheres que deveriam carregar sempre etiquetas de advertência à mostra anunciando: "Pode olhar, mas é proibido tocar", algo parecido com o que se coloca em terrários de zoológicos onde se criam cascavéis.

– Eu sei.

– Ela está brincando e divertindo-se com você.

– Eu sei.

– E você está simplesmente desafogando as mágoas do relacionamento com Yennefer, de quem você não consegue esquecer.

– Sei.

– Por que, então...

– Não sei.

•

À noite passeavam. Ou iam ao parque, ou a um outeiro que se erguia sobre o porto, ou andavam pela Feira das Especiarias.

Algumas vezes visitaram juntos a hospedaria Natura Rerum. Febus Ravenga ficou muito contente. Por ordem dele, os garçons lhes prestavam serviço de primeiríssima qualidade. Geralt finalmente conheceu o sabor do pregado em tinta de choco. E depois o da coxa de ganso ao vinho branco e do pernil de vitela com legumes. Só no início, e por pouco tempo, ficou incomodado com a ostensiva e insistente curiosidade dos outros hóspedes na sala. Depois, a exemplo de Lytta, ignorava-os. O vinho da adega local ajudava muito nisso.

Depois voltavam à mansão. Coral retirava o vestido nos corredores e dirigia-se para o quarto já completamente nua. Geralt seguia-a com os olhos. Adorava olhar para ela.

•

– Coral?

– Pois não?

– Dizem por aí que você sempre consegue ver aquilo que quer ver. Bastam alguns encantos e um artefato.

– Parece que será necessário torcer outra vez a articulação de alguém por aí, para ensinar essa gente a parar de tagarelar – falou erguendo-se sobre o cotovelo e mirando em seus olhos.

– Por favor, peço muito...

– Estava brincando – cortou. Em sua voz não se percebia o mínimo sinal de alegria. Retomou, enquanto ele permanecia calado:

– E o que exatamente você gostaria de ver ou prever? Quer ver quantos anos ainda vai viver? Como e quando vai morrer? Qual o cavalo vencerá o Grande Campeonato de Tretogor? Quem será eleito o hierarca de Novigrad pelo colégio eleitoral? Com quem estará Yennefer neste momento?

– Lytta...

– Posso saber do que se trata?

Contou-lhe sobre o roubo das espadas.

•

Lampejou e, após um instante, um trovão retumbou com estrondo.

A fonte borbulhava silenciosamente, a piscina cheirava a pedra molhada. A menina de mármore petrificou numa pose de dançarina, molhada e cheia de brilho. Coral apressou-se a dar esclarecimentos:

– A estatueta e a fonte não servem para satisfazer o meu gosto por cafonice pretensiosa, nem constituem uma expressão de submissão perante modas pernósticas. Servem a fins mais concretos. A estatueta representa a minha pessoa em miniatura aos doze anos.

– Quem presumiria que você teria uma tão bela desenvoltura!

– É um artefato mágico fortemente ligado a mim. Já a fonte, mais concretamente, a água, serve para as adivinhações. Suponho que você sabe o que é e como funciona a adivinhação, não?

– Tenho apenas uma vaga ideia.

– O roubo das suas armas ocorreu há cerca de dez dias. Para a leitura e análise dos acontecimentos passados, inclusive muito distantes no tempo, a maneira mais eficiente e certeira é usar a oniromancia. Contudo, para poder utilizá-la, é preciso possuir o talento de sonhar, bastante raro, que eu não tenho. Sortilégios ou cleromancias não nos ajudarão muito, assim como a piromancia ou a aeromancia, que normalmente são eficazes quando se procura adivinhar o destino das pessoas, mas é preciso ter posse de algo que pertence a ela, como cabelos, unhas, uma parte da vestimenta ou coisas parecidas. Quando se trata de objetos, como espadas, no nosso caso, elas não funcionam.

Lytta afastou o cacho ruivo da testa e continuou:

– Portanto, resta-nos apenas a adivinhação que, como você certamente sabe, permite ver e prever acontecimentos futuros. Os elementos ajudam, pois a temporada é verdadeiramente tempestuosa. Juntaremos a adivinhação com a ceraunoscopia. Aproxime-se. Segure a minha mão e não a solte. Debruce-se sobre a água e fixe o olhar nela, mas sem tocá-la, de modo algum. Concentre-se. Pense nas suas espadas. Fixe o seu pensamento nelas!

Geralt ouviu Lytta entoar um encantamento. A água da piscina reagia espumando e ondeando fortemente a cada frase da fórmula proferida. Enormes borbulhas começaram a se soltar do fundo.

A água alisou e enturvou-se, depois clareou completamente.

Do fundo, olhos escuros, cor de violeta, observavam. Cachos negros e brilhosos como asas de graúna caíam em abundância sobre os ombros, refletindo a luz como as penas de pavão, serpenteando e ondeando ao mínimo movimento...

– Pense nas espadas. Você deve pensar nas espadas – Coral disse a ele em voz baixa e com malícia.

A água redemoinhou e a mulher de cabelos negros e olhos cor de violeta desapareceu no turbilhão. Geralt suspirou baixinho.

– Pense nas espadas. Não pense nela! – Lytta silvou.

Entoou o encantamento ao clarão de outro relâmpago. A estatueta na fonte resplandeceu com uma luz leitosa e a água acalmou e clareou outra vez. E foi então que ele a viu.

Viu a sua espada, viu as mãos que tocavam nela, e os anéis nos dedos.

Feita de meteorito. Uma espada maravilhosamente equilibrada, o peso da lâmina precisamente em harmonia com o da empunhadura... E viu a outra espada, feita de prata, e as mesmas mãos. Trava de aço chapeada com prata... símbolos rúnicos ao longo de toda a lâmina...

– Vejo as minhas espadas... vejo-as de verdade... – suspirou alto, apertando a mão de Lytta.

– Fique em silêncio... Fique em silêncio e concentre-se – ela disse, dando um aperto ainda mais forte na sua mão.

As espadas desapareceram. No lugar delas, ele viu uma floresta negra e uma superfície pedregosa. Rochas... Uma delas, enorme, alta e esguia, erguia-se sobre as outras... Esculpida pelos ventos, adquirira formas bizarras...

A água espumou por pouco tempo.

Um homem de cabelos grisalhos, de feições nobres, trajando um caftan preto de veludo e um colete dourado de brocado, apoia as duas mãos sobre um púlpito de mogno. – De primeiríssima qualidade – afirma em voz alta. – Algo absolutamente singular, um achado extraordinário, duas espadas de bruxo...

Um enorme gato negro dá uma volta sem sair do lugar e tenta alcançar com a pata o medalhão que balança suspenso sobre ele numa corrente. No oval dourado do medalhão, uma imagem esmaltada de um golfinho *nageant* azul-celeste.

Um rio passa por entre as árvores, sob o baldaquim de ramos e galhos suspensos sobre a superfície da água. Num dos galhos há uma mulher em pé, imóvel, trajando um longo vestido justo.

A água espumou por pouco tempo e a sua superfície quase de imediato se alisou. Avistou um mar de grama, uma planície sem fim que se estendia até o horizonte. Observou-a de cima, da perspectiva do voo do pássaro, ou do topo de um morro. Da encosta do morro desceu uma série de silhuetas indistintas. Quando viraram a cabeça, viu rostos inexpressivos, com olhos mortos e vazios. De repente, percebeu que se tratava de mortos, era um desfile de cadáveres...

Os dedos de Lytta novamente apertaram a mão de Geralt com a força de tenazes.

Lampejou. Uma brusca ventania puxou os seus cabelos. A água na piscina agitou-se e levantou, espumou e ergueu-se, formando uma onda enorme como uma parede que desabou diretamente sobre eles. Os dois afastaram-se da fonte. Coral tropeçou, mas Geralt a amparou. Um trovão ribombou.

A feiticeira gritou o encantamento e fez um gesto com a mão. As luzes de toda a casa acenderam.

A água da piscina, fervilhante pouco tempo antes, agora estava lisa, calma, agitada apenas pelo pequeno fio de água que corria preguiçosamente na fonte. E, embora minutos antes os dois tivessem sido derrubados por uma enorme onda, não havia neles nenhum vestígio sequer de um pingo de água.

Geralt respirou pesadamente e se levantou.

– Esse final... – murmurou, ajudando a feiticeira a se erguer. – Essa última imagem... O morro e a sequência de... pessoas... Não reconheci... Não tenho a mínima ideia do que poderia ser aquilo...

– Nem eu – ela respondeu com uma voz estranha. – Mas essa visão não era sua. Essa imagem era destinada para mim. No entanto, também não sei o que poderia significar, mas tenho um estranho pressentimento de que não era nada bom.

Os trovões silenciaram. A tempestade afastou-se para o interior.

•

– Toda essa adivinhação dela é charlatanaria – Jaskier repetiu, retesando as cravelhas do alaúde. – Ilusões enganosas para os ingênuos. A força da sugestão, nada mais. Você pensou nas espadas, e então viu as espadas. O que mais você teria visto? Um desfile de cadáveres? Uma terrível onda? Uma rocha com um formato estranho? Aliás, que formato seria esse?

“Parecia uma enorme chave, ou uma cruz heráldica...”, o bruxo pensou.

O trovador ficou pensativo. Minutos depois mergulhou o dedo na cerveja e desenhou algo no tampo da mesa.

– Parecida com esta aqui?

– Hã! Muito!

– Que coisa! – Jaskier bateu as cordas, chamando a atenção de toda a taberna. – Caramba, amigo Geralt! Quantas vezes você me salvou de uma encrenca? Quantas vezes você me ajudou ou me prestou um favor? Inúmeras vezes! Então, chegou agora a minha vez. Acho que posso ajudar você a recuperar as suas famosas armas.

– Como?

Jaskier ergueu-se.

– Senhora Lytta Neyd, a sua mais nova conquista, a quem eu peço desculpas e que volto a considerar como uma excepcional adivinha e uma brilhante clarividente, na sua adivinhação, de modo evidente, claro e indubitável, apontou para um lugar que eu conheço. Vamos até Ferrant imediatamente. Através de suas conexões secretas, você precisa nos arranjar uma audiência e emitir um passe para que você possa sair da cidade pela porta de serviço, para evitar um confronto com essas machonas da casa de guarda. Vamos fazer um passeio, um pequeno passeio, relativamente curto.

– Aonde?

– Eu reconheci a rocha da sua visão. Na terminologia específica, essas formações são chamadas de *inselbergs*. No entanto, os moradores locais chamam essa rocha de Grifo. Nesse lugar característico, aliás, um sinal, leva à casa de uma pessoa que realmente pode saber algo sobre as suas espadas. O local para onde vamos chama-se Ravelin. Isso lhe diz alguma coisa?

CAPÍTULO OITAVO

A qualidade de uma espada de bruxo não depende apenas da sua fabricação artesanal ou da sua eficácia. Assim como as misteriosas lâminas élficas ou gnômicas (o segredo delas se perdeu), a espada de um bruxo está conectada, por meio de um poder secreto, com a mão e o sistema sensorial daquele que a maneja. E são exatamente esses arcanos da magia que a tornam bastante eficaz no combate contra as Forças Escuras.

Pandolfo Forteguerra, *Tratado sobre as armas brancas*

Vou revelar a vocês um segredo sobre as espadas dos bruxos. O suposto poder secreto atribuído a elas é uma balela, assim como a fama de serem uma arma tão excelente, presumidamente – a melhor de todas. Tudo isso é fictício e foi inventado para servir de disfarce. Soube disso de uma fonte absolutamente verídica.

Jaskier, *Meio século de poesia*

Avistaram de longe e imediatamente reconheceram a rocha chamada de Grifo.

•

O lugar para onde rumavam estava localizado no meio do caminho entre Kerack e Cidaris, um pouco afastado de uma estrada que ligava ambas as cidades e serpenteava por entre florestas e turfeiras pedregosas. Demoraram um pouco para percorrer o caminho. Entretinham-se conversando. Jaskier primava no discurso.

– Dizem por aí que as espadas usadas pelos bruxos possuem propriedades mágicas – o poeta falou. – Salvo as invencionices acerca da impotência sexual, deve haver alguma verdade nisso. As suas espadas não são espadas comuns. O que você poderia dizer sobre isso?

Geralt acalmou a égua. Plotka, entediada pela estada prolongada nas cavalariças, de vez em quando demonstrava a vontade de galopar.

– Decerto. Nossas espadas não são espadas comuns.

Jaskier fingiu não ter percebido o deboche e comentou:

– Diz-se que o poder mágico das armas dos bruxos, letais para os monstros contra os quais vocês lutam, está no aço usado para forjá-las. Vem da própria matéria-prima, que é o minério originário dos meteoritos caídos do céu. Como isso é possível, se os meteoritos não são mágicos, mas sim um fenômeno natural descrito cientificamente? De onde provém, então, essa suposta magia?

Geralt olhou para o céu que escurecia no norte. Parecia que o tempo fechava, anunciando mais uma tempestade e o encharcamento iminente do solo. Respondeu com uma pergunta:

– Salvo engano, você estudou todas as sete artes liberais?

– Estudei, e recebi um diploma *summa cum laude*.

– Você assistiu às palestras ministradas pelo professor Lindenbrog sobre astronomia, uma das disciplinas que compunham o *quadrivium*?

– O velho Lindenbrog, conhecido como Disparate? – Jaskier riu. – Claro! Ainda o vejo coçando a bunda e passando um ponteiro sobre mapas e globos, resmungando monotonamente. *Sphera Mundi*, eeee, *subdividitur* em quatro planos elementais: terra, água, ar e fogo. A terra, junto com a água, forma o globo terrestre e está cercada por, eeee, por todos os lados, pelo ar, isto é, *aer*. Sobre o ar, eeee, estende-se o *aether*. O ar fogoso ou fogo. Sobre o fogo encontra-se o sutil espaço sideral, *firmamentum* da natureza esférica. Sobre ele existem *erratica sydera*, as estrelas errantes, e *fixa sydera*, as estrelas fixas...

– Não sei o que admirar mais: o seu talento de arremedar ou a sua memória – Geralt bufou. – Mas vamos voltar ao assunto que nos interessa: os meteoritos que o nosso coitado Disparate descrevia como estrelas cadentes, *sydera cadens*, ou algo parecido. Elas soltam-se do firmamento e caem para soterrar-se na nossa querida e velha Terra. No caminho, porém, penetram todos os planos restantes, ou seja, os planos elementais, assim como os planos paraelementais, que aparentemente também existem. Como se sabe, os elementos e paraelementos possuem uma grande energia, a fonte de toda a magia e de toda a força supernatural, e o meteorito que os penetra, absorve-a e preserva-a por inteiro. O aço fundido de um meteorito, assim como a lâmina dele forjada, contêm em si a força dos elementos, são mágicos. Toda espada é mágica. *Quod erat demonstrandum*. Entendeu?

– Claro que entendi.

– Então esqueça, é tudo balela.

– O quê?

– Balela, invenção. Não se encontram meteoritos debaixo de qualquer árvore. Mais da metade das espadas usadas pelos bruxos era feita de aço proveniente do minério de magnetita. Eu mesmo já usei espadas desse tipo. São tão boas quanto aquelas feitas de sideritas caídas do céu que penetram os elementos. Não há absolutamente nenhuma diferença entre elas. Mas, por favor, Jaskier, isso é confidencial. Não conte para ninguém.

– Como assim? Devo me calar? Você não pode exigir isso de mim! Qual o sentido de ter um conhecimento sem poder compartilhá-lo com os outros?

– Por favor, prefiro ser considerado uma criatura sobrenatural munida de uma arma sobrenatural. Sou contratado e remunerado como tal. A normalidade é igual à mediocridade, e a mediocridade é barateza. Por isso peço que mantenha a boca fechada. Promete?

– Tudo bem. Prometo.

•

Avistaram de longe e imediatamente a rocha chamada de Grifo.

Com um pouco de imaginação, a rocha poderia realmente despertar associações com a cabeça de um grifo fixada sobre um longo pescoço. No entanto, como Jaskier havia notado, lembrava mais o braço de um alaúde ou de outro instrumento de cordas.

Descobriram que o Grifo era um *inselberg* que se destacava sobre um gigantesco relevo cárstico. De acordo com as histórias evocadas por Geralt, a formação era chamada de Fortaleza Élfica por causa de seu formato bastante regular, o que sugeria que pudesse constituir ruínas de uma antiga construção que possuía muros, torres, bastiões e outros elementos. Contudo, nunca houvera ali nenhum tipo de fortaleza, élfica ou de outra proveniência, e as formas do relevo eram obra da natureza. Por sinal, uma obra impressionante.

– Lá embaixo – Jaskier apontou, erguendo-se nos estribos. – Você está vendo? Esse é o nosso destino. Ravelin.

O nome era excepcionalmente adequado. Os *inselbergs* demarcavam o formato incrivelmente regular de um enorme triângulo que avançava na frente da fortaleza élfica feito um baluarte. Dentro desse triângulo havia uma construção que lembrava um forte, rodeada de algo que recordava um acantonamento cercado.

Geralt lembrou-se dos boatos sobre Ravelin e sobre a pessoa que lá residia.

Saíram da estrada.

Para ultrapassar a primeira cerca, era preciso atravessar algumas entradas, todas vigiadas por sentinelas armadas até os dentes, soldados mercenários, facilmente identificados pela vestimenta multicolorida e diferenciada. Logo foram interditados pelas sentinelas da primeira guarita. Embora Jaskier invocasse imperiosamente a audiência marcada e sublinhasse com veemência as boas relações com os chefes, ordenaram que desmontassem dos cavalos e esperassem. Aguardaram um longo tempo. Geralt começou a inquietar-se, quando enfim apareceu um fortão com aparência de galeriano. Mandou que o seguissem. Logo descobriram que o fortão conduzia-os por um caminho enredado nos fundos de um complexo. Do centro dele ressoava música e vinham sons de algazarra.

Atravessaram uma pequena ponte. Logo depois dela, um homem prostrado no chão tateava com as mãos à sua volta de maneira aleatória. O seu rosto estava ensanguentado e tão inchado que os olhos quase desapareciam no meio da intumescência. Respirava com dificuldade, e cada vez que soltava o ar surgiam bolhas sangrentas no seu nariz machucado. O fortão que os guiava não deu a mínima atenção ao homem prostrado, e Geralt e Jaskier também fingiram que não viam nada. Estavam num território onde não convinha demonstrar curiosidade exagerada. Não se devia meter o nariz nos assuntos de Ravelin, pois lá, diziam, o nariz de um curioso era arrancado no mesmo lugar onde o seu dono o havia enfiado.

O fortão guiou-os pela cozinha, onde os cozinheiros trabalhavam apressados. Remexiam os caldeirões, nos quais, Geralt notou, eram cozidos caranguejos, lavagantes e lagostas. Enguias e moreias serpeavam nas cubas, mexilhões e amêijoas eram guisados nas panelas, carnes fritas estalavam sobre as enormes frigideiras. Os criados carregavam as bandejas com recipientes cheios de comida pelos corredores.

Os cômodos seguintes exalavam o cheiro de perfumes e cosméticos femininos. Diante de uma série de espelhos, havia mulheres em diferentes fases de nudez, inclusive na fase final, que se aprumavam tagarelando sem parar. Geralt e Jaskier permaneceram impassíveis e evitaram que os seus olhos vagueassem demasiadamente.

No cômodo subsequente foram revistados minuciosamente. Os homens que os inspecionaram pareciam sérios, agiam com profissionalismo e segurança. O estilete de Geralt foi confiscado. Jaskier, que nunca carregava nenhuma arma, teve o seu pente e o seu saca-rolhas apreendidos. Contudo, após uma breve análise, permitiram que ficasse com o seu alaúde. Receberam as instruções:

– Diante do venerável há cadeiras. Sentem-se nelas. Sentem-se e não se levantem até o venerável ordenar. Não interrompam quando o venerável falar. Não falem antes de o venerável autorizar. E agora entrem por esta porta.

– Venerável? – Geralt murmurou.

– Foi sacerdote – o poeta sussurrou. – Mas não se preocupe, não pegou as manhas. Os subordinados precisam dirigir-se a ele de alguma forma, e ele detesta ser chamado de chefe. Nós não precisamos nos dirigir a ele.

Ao entrarem, logo foram barrados por algo enorme como uma montanha e que fedia intensamente a almíscar.

– Salve, Mikita – Jaskier cumprimentou a montanha.

O gigante, chamado Mikita, evidentemente o guarda-costas do venerável chefe, era mestiço, resultado do cruzamento entre ogro e anão. O resultado foi um anão calvo que media mais de sete pés de altura, era totalmente desprovido de pescoço, tinha barba crespa, dentes como os de um javali e braços que alcançavam os joelhos. Era um cruzamento incomum, pois acreditava-se que as espécies possuíam genética completamente diferente e uma criatura como Mikita não podia surgir naturalmente. Inclusive foi usada uma magia excepcionalmente forte, por sinal, proibida. Corriam boatos de que muitos feiticeiros ignoravam a proibição. E Geralt tinha diante dos seus olhos a prova disso.

Sentaram-se, de acordo com o protocolo, sobre duas cadeiras de vime. Geralt olhou em volta. No canto mais distante da câmara, duas moças nuas entretinham-se sobre uma enorme *chaise-longue*. Um inconspícuo homem de baixa estatura, corcunda, que trajava uma vestimenta bordada com desenhos floridos e um fez com borla, observava-as enquanto alimentava um cão. Após dar a ele o último pedaço de lavagante, o homem limpou as mãos e virou-se.

– Salve, Jaskier! Seja bem-vindo, nobre senhor Geralt de Rívia – falou ao se sentar diante deles sobre algo muito parecido com um trono, embora fosse feito de vime. – O venerável Pyral Pratt, considerado, plausivelmente, o chefe do crime organizado de toda a região, parecia um comerciante de tecidos aposentado. Num piquenique de comerciantes aposentados de tecidos não chamaria a mínima atenção e seria considerado alguém do ramo, ao menos de longe. Contudo, observando Pyral Pratt de perto, era possível identificar nele algo que os comerciantes de tecidos não possuíam: uma antiga e desbotada cicatriz no osso zigomático, a marca de um corte de faca. Seus lábios finos possuíam uma desagradável e agourenta expressão. Seus olhos claros eram amarelados, inertes como os olhos de uma cobra píton.

Demorou para alguém interromper o silêncio. Em algum lugar, atrás da parede, ressoava música, ouvia-se uma algazarra.

– Bem-vindos, senhores! É um prazer vê-los! – Pyral Pratt falou, enfim. Em sua voz era possível detectar um antigo e vivo amor pelos destilados baratos de baixa qualidade.

– É um grande prazer ver particularmente você, caro trovador. – O venerável sorriu para Jaskier. – Não nos vemos desde o casamento da minha neta, que você prestigiou com a sua apresentação. E eu estava justamente pensando em você, pois, ao que parece, outra das minhas netas está preparando-se para casar. Presumo, pela nossa longa amizade, que desta vez você também aceitará o convite para cantar no casamento, não é? Não precisarei insistir tanto quanto da outra vez? Não precisarei... convencê-lo?

– Cantarei, sim! – Jaskier apressou-se em assegurar, empalidecendo levemente.

– E, hoje, suponho que veio para saber sobre o meu estado de saúde. Ora, a minha saúde vai mal pra cacete – Pratt continuou.

Jaskier e Geralt não disseram nada. O ogranão fedia a almíscar. Pyral Pratt suspirou pesadamente e disse:

– Tenho úlceras no estômago e não consigo comer. Portanto, as delícias gastronômicas já não me servem mais. Estou com problemas no fígado e fui proibido de beber. Tenho discopatia, tanto cervical como lombar, o que eliminou a caça e outros esportes radicais das minhas diversões. Os remédios e tratamentos custam uma fortuna, que antigamente costumava gastar com jogos de azar. Ora, quanto ao pau, digamos que ainda levanta, mas imaginem quanto esforço é preciso para isso! Em vez de sentir prazer, você fica entediado com o negócio... O que será que me resta, hein?

– A política?

Pyral Pratt riu com tanta intensidade que a borla do fez começou a sacudir.

– Parabéns, Jaskier. Acertou, como sempre. Sim, a política é algo adequado para mim no momento. Inicialmente, via-a de modo negativo. Tinha pensado em entrar no ramo da prostituição e investir em prostíbulos. Andei no meio dos políticos e conheci muitos deles, e aprendi que era melhor andar com as putas, pois elas ao menos têm honra e certos preceitos. Por outro lado, um bordel não é necessariamente o melhor lugar para governar. Uma prefeitura é bem melhor. E, como diz o provérbio, governar eu tenho vontade de sobra, se não o mundo, pelo menos uma pobra. Já outro ditado antigo afirma: se você não pode vencê-los, então junte-se a eles...

Interrompeu, olhou para a *chaise-longue*, estendendo o pescoço, e gritou:

– Não finjam, meninas! Não simulem! Mais ânimo! Humm... Sobre o que eu estava falando?

– Sobre a política.

– Pois é. Nós aqui falamos da política e você, Geralt, teve as suas famosas espadas roubadas. Será que não é por causa disso que tenho a honra de recebê-lo aqui?

– Exatamente por causa disso.

– Roubaram as espadas... – Pratt acenou com a cabeça. – Deve ser uma perda inestimável. Ora, claro, não inestimável, mas irrecuperável! Ah! Sempre disse que em Kerack só há ladrões. Todos sabem que o povo de lá espera só uma oportunidade para roubar algo que não esteja pregado. Mesmo assim, todos sempre andam com um pé de cabra, para o caso de acharem coisas cravadas.

– Suponho que a investigação esteja em andamento, não? – retomou após um momento. – Ferrant de Lettenhove está tomando providências? Mas não se enganem, senhores. Não esperem milagres da parte de Ferrant. Sem ofensas, Jaskier, mas o seu parente se sairia melhor como contador do que como investigador. Ele só quer saber de livros, códigos, parágrafos, regulamentos e das suas famosas provas. Provas e mais uma vez provas. Como naquela piada sobre a cabra e o repolho. Não conhecem? Fecharam uma vez uma cabra num estábulo junto a um pé de repolho. De manhã, o repolho sumiu e a cabra começou a soltar uma merda verde. Mas não havia provas, nem testemunhas, então a ação foi encerrada, causa finita. Não queria ser um mal profeta, bruxo Geralt, mas o caso do roubo de suas espadas pode ter um fim semelhante.

Também desta vez Geralt nada disse. Pyral Pratt esfregou o queixo com a mão cheia de anéis e falou:

– A primeira espada é feita de aço de siderita, um minério proveniente de um meteorito. É forjada em Mahakam, nas forjas dos anões. O comprimento total dela é de quarenta polegadas e meia. A lâmina tem vinte e sete e um quarto de polegadas de comprimento. Maravilhosamente bem balanceada. O peso da lâmina é equilibrado de maneira precisa com o peso da empunhadura. O peso total da arma com certeza mal passa de um quilo. A empunhadura e o guarda-mão têm elaboração simples, mas elegante. Já a outra espada, de comprimento e peso similares, é feita de prata. Parcialmente, claro. Possui uma trava de aço chapeada de prata. Os gumes também são de aço, pois a prata pura é mole demais para afiá-la bem. No guarda-mão e em toda a extensão da lâmina há símbolos rúnicos e glifos, que para meus peritos é impossível decifrar. No entanto, sem dúvida são mágicos.

– Uma descrição precisa. – O rosto de Geralt manteve-se impassível. – Como se você as tivesse visto com os próprios olhos.

– Eu as vi. Foram trazidas até mim e propuseram que eu as comprasse. O intermediário que representava os negócios do atual dono, uma pessoa de reputação impecável, que conheço pessoalmente, garantia que as espadas haviam sido adquiridas legalmente e que provinham de Fen Carn, a antiga necrópole em Sodden. Em Fen Carn foram feitas escavações e encontrados inúmeros tesouros e artefatos. Portanto não havia motivos para duvidar. No entanto, eu tinha minhas dúvidas e não comprei as espadas. Você está me ouvindo, bruxo?

– Sou todo ouvidos. Espero a conclusão e os detalhes.

– A conclusão é que se trata de uma troca de favores. Os detalhes têm um custo. A informação traz uma etiqueta com preço.

– Poxa, vim aqui por causa da nossa longa amizade, com um amigo que precisa de ajuda... – Jaskier disse irritado.

– Negócio é negócio – Pyral Pratt interrompeu-o. – Já disse que a informação que possuo tem um preço. Bruxo de Rívia, se você quiser saber algo sobre o destino das suas espadas, precisa pagar.

– Qual é o preço na etiqueta?

Pratt tirou de baixo da vestimenta uma grande moeda de ouro e entregou-a ao ogranão, que sem esforço quebrou-a ao meio com os dedos, como se fosse uma bolacha. Geralt meneou a cabeça.

– Uma banalidade, parece um teatrinho de feira – falou arrastando as sílabas. – Você me entregará a metade da moeda e um dia, talvez daqui a alguns anos, aparecerá alguém com a outra metade e ordenará que cumpra a sua vontade incondicionalmente. Eu me nego. Se for esse o preço, então não chegaremos a um acordo. *Causa finita*. Vamos embora, Jaskier.

– Você não quer recuperar as espadas?

– Não tanto.

– Já havia percebido isso. Mas não custou nada tentar. Vou fazer outra oferta. Desta vez, uma oferta irrefutável.

– Vamos, Jaskier.

– Você sairá daqui, mas por uma outra porta. – Pratt apontou com um movimento da cabeça. – Aquela, e só depois de tirar a roupa. Fique apenas de ceroulas.

Geralt achava que controlava a expressão do seu rosto. Estava enganado, pois de repente o ogranão rugiu em alerta e deu um passo na direção dele, levantando os braços e fedendo ainda mais intensamente.

– Vocês devem estar brincando – Jaskier disse em voz alta, junto do bruxo, sempre atrevido e insolente. – Você está brincando conosco, Pyral. Vamos nos despedir e sair agora mesmo, pela mesma porta pela qual entramos. Não esqueça quem eu sou! Estou saindo!

– Não teria tanta certeza... – Pyral Pratt meneou a cabeça. – Já dissemos uma vez que você não é exatamente sábio.

Para enfatizar a importância das palavras do chefe, o ogranão mostrou para os dois um punho fechado do tamanho de uma melancia. Geralt ficou em silêncio. Havia algum tempo observava o gigante, tentando encontrar nele alguma parte sensível a chutes, pois parecia que uma pancadaria seria inevitável.

– Tudo bem. – Pratt acalmou o guarda-costas com um gesto. – Cederei um pouco, demonstrarei boa vontade e o desejo de alcançar um consenso. Hoje reuniram-se aqui os representantes das elites locais da indústria, do comércio, banqueiros, políticos, nobres, clero, inclusive um príncipe que veio para cá incógnito. Prometi a todos um espetáculo inédito. Tenho certeza de que nunca antes haviam visto um bruxo de ceroulas. Mas tudo bem, vamos fazer uma concessão: você sairá pelado só da cintura para cima, e imediatamente receberá as informações prometidas. Além disso, levará um bônus...

Pyral Pratt ergueu da mesa uma resma de papel.

– Um bônus de duzentas coroas de Novigrad! Para o seu fundo de aposentadoria, bruxo. Aqui está o cheque nominal, que pode ser descontado em qualquer filial do banco dos Giancardi. O que você acha disso?

– Por que você pergunta? – Geralt semicerrou os olhos. – Ao que parece, você já deu a entender que não posso recusar a proposta.

– Você tem razão. Eu já havia falado que é uma oferta irrecusável. Porém, acho que é vantajosa para as duas partes.

– Jaskier, pegue o cheque. – Geralt desabotoou o casaco e tirou-o. – Fale, Pratt.

– Não faça isso. – Jaskier empalideceu ainda mais. – Ora, você sabe o que o espera atrás dessa porta?

– Fale, Pratt.

– Como já havia dito – o venerável acomodou-se em seu trono –, recusei ao intermediário a compra das espadas. Mas, como eu já havia dito, ele é uma pessoa de confiança que conheço bem, sugeri outra maneira de fazer o negócio. Aconselhei que o atual dono pusesse as espadas à venda em leilão na casa de leilões dos irmãos Borsodi em Novigrad. É o maior e mais renomado leilão de coleções. Amadores de raridades, antiguidades, obras de arte raras, singularidades e todos os tipos de particularidades do mundo inteiro vão para lá. Para adquirir algo fenomenal para a sua coleção, essas pessoas extravagantes leiloam como desvairadas. Vários objetos exóticos e esquisitos são vendidos na casa dos Borsodi, muitas vezes por preços exorbitantes. É impossível vender, em qualquer outro lugar, por um preço mais alto.

– Continue, Pratt, sou todo ouvidos. – O bruxo tirou a camisa. – Os leilões na casa dos Borsodi acontecem quatro vezes ao ano. O próximo ocorrerá no dia 15 de julho. O ladrão infalivelmente aparecerá lá com as suas espadas. Com um pouco de sorte, você conseguirá recuperá-las antes que sejam postas à venda.

– Só isso?

– É muita informação.

– E a identidade do ladrão? Ou do intermediário?

– Não conheço a identidade do ladrão – Pratt interrompeu – e não revelarei a do intermediário. Trata-se de um negócio, existem direitos, regras e costumes igualmente importantes. Poria a minha reputação em dúvida. Já lhe revelei o suficiente, muito além, aliás, daquilo que exijo de você. Mikita, leve-o para a arena. E você, Jaskier, venha comigo. Nós também assistiremos. Bruxo, o que você está esperando?

– Pelo que percebi, devo sair desarmado? Não só pelado da cintura para cima, mas também desprovido de um objeto de defesa?

– Prometi aos convidados algo inédito, e todos já viram um bruxo com uma arma – Pratt explicou devagar, como se falasse com uma criança.

– Certo.

Foi levado à arena e deixado no meio da areia, dentro de um círculo delimitado por estacas encravadas no solo, imerso na trêmula luz dos lampiões suspensos em fustes de ferro. Ouvia gritos, felicitações, aplausos, vaias. Via rostos da arena, lábios abertos, olhos excitados.

Na sua frente, no lado oposto, algo se mexeu e saltou.

Geralt mal conseguiu juntar os antebraços no Sinal de Heliotrópio. O feitiço atingiu a besta que atacava, rebateu, afastou-a. A plateia gritou em uníssono.

O lagarto bípede lembrava um dragão, mas era um pouco menor, do tamanho de um grande dogue alemão. Tinha, no entanto, a cabeça muito maior do que a de um dragão, a boca com uma dentição muito mais abundante, e a cauda muito mais longa, com a ponta fina como um chicote. O lagarto agitava-a energicamente, varrendo a areia, fustigando as estacas. Abaixou a cabeça e saltou novamente na direção do bruxo.

Geralt estava pronto. Acertou-o com o Sinal de Aard e pulou para trás, mas o lagarto conseguiu fustigá-lo com a ponta da cauda. A plateia gritou novamente. As mulheres guincharam. O bruxo sentiu algo grosso como uma linguiça crescer e inchar em seu ombro nu. Entendeu por que ordenaram que se despisse. Reconheceu também o adversário: era um vigilossauro, um lagarto criado de modo especial e transformado através de magia, usado para vigiar e proteger. A situação não parecia muito animadora. O lagarto tratava a arena como um território que estava sob sua proteção. Já Geralt era um intruso que precisava ser imobilizado ou, caso fosse necessário, eliminado.

O vigilossauro circundou a arena, esfregando-se nas estacas e sibilando raivosamente. Atacou rápido, sem dar tempo ao bruxo de empregar o Sinal. Geralt saltou com agilidade para trás, afastando-se do alcance da boca cheia de dentes, mas não conseguiu evitar o fustigo da cauda. Sentiu que junto do primeiro rolo começava a inchar outro.

O Sinal de Heliotrópio bloqueou novamente o ataque do vigilossauro. O animal agitava a cauda, que silvava no ar. Geralt captou, com o ouvido, uma mudança no silvo. Ouviu-o um segundo antes que a ponta da cauda o fustigasse transversalmente pelas costas. A dor cegou-o e o sangue jorrou pelas suas costas. A plateia fervia.

Os sinais enfraqueciam. O lagarto cercava-o com tanta rapidez que o bruxo mal conseguia acompanhá-lo. Conseguiu esquivar-se de dois açoites da cauda, mas o terceiro atingiu-o outra vez na escápula, e outra vez com a parte afiada. O sangue jorrava abundantemente pelas suas costas.

A plateia clamava. Os espectadores gritavam e pulavam. Um deles, para enxergar melhor, inclinou-se sobre o balaústre, apoiando-se sobre o fuste de ferro com o lampião. O fuste rompeu-se, desabou na arena com o lampião e encravou-se na areia. O lampião caiu sobre a cabeça do vigilossauro, que foi tomado pelo fogo. O lagarto conseguiu livrar-se dele, lançando uma cascata de faíscas em volta, e sibilou, esfregando a cabeça nas estacas da arena. Nesse instante, Geralt teve uma ideia. Puxou o fuste, arrancou-o com força da areia, galgou após um curto arranque e encravou o ferro com toda a força na cabeça do lagarto. O fuste perfurou-a. O vigilossauro sacudia-se, agitando as patas dianteiras de modo desajeitado, tentando livrar-se do ferro que havia perfurado o seu cérebro. Por fim, bateu com força contra as estacas em saltos descoordenados e encravou os dentes na madeira. Durante algum tempo, em convulsão, sacudiu-se, cravou as garras na areia e fustigou com a cauda. Finalmente, ficou imóvel.

As paredes vibravam com as aclamações e os aplausos.

O bruxo desceu da arena por uma escada. Os espectadores, entusiasmados, cercaram-no de todos os lados. Alguém deu um tapa no seu ombro inchado, e Geralt segurou-se com dificuldade para não lhe dar um soco nos dentes. Uma jovem beijou a sua bochecha. Outra, ainda mais jovem, enxugou o sangue das suas costas com um lenço de cambraia, e logo em seguida abriu-o e exibiu-o às companheiras. Outra, mais velha, tirou um colar do pescoço enrugado e tentou entregá-lo ao bruxo. A expressão do rosto dele fez que ela recuasse e se misturasse com a multidão.

O cheiro de almíscar fez-se sentir e o ogranão Mikita emergiu do meio da turba, abrindo passagem, como um navio por entre os sargaços. Protegeu o bruxo com o seu corpo e retirou-o de lá.

Foi chamado um médico que atendeu Geralt e suturou as feridas. Jaskier estava muito pálido, e Pyral Pratt mantinha-se calmo, como se nada tivesse acontecido. Contudo, a expressão no rosto do bruxo mais uma vez devia ser muito enfática, pois Pratt apressou-se a prestar esclarecimentos, dizendo:

– Por sinal, aquele fuste, aparado e apontado com antecedência, caiu na arena por ordem minha.

– Valeu por se adiantar tanto.

– Os convidados ficaram encantados. Até o prefeito Coppenrath estava muito contente, até radiante, e é muito difícil satisfazer o filho da puta, sempre reclama de tudo, tenebroso como um bordel na segunda-feira de manhã. Ah, já tenho o cargo de vereador na mão. Quem sabe até consiga um cargo mais alto, se... Geralt, você por acaso não gostaria de se apresentar, semana que vem, num espetáculo parecido?

– Só se, em vez do vigilossauro, você mesmo, Pratt, entrar na arena – o bruxo disse, remexendo raivosamente o ombro dolorido.

– Ha, ha, engraçadinho. Jaskier, você viu como ele é cheio de gracinhas?

– Vi – o poeta confirmou, olhando para as costas de Geralt e cerrando os dentes. – Só que não foi uma piada, ele falou com a maior seriedade. Eu também, com a mesma seriedade, comunico-lhe que não honrarei o casamento da sua neta com a minha apresentação. Depois de tratar Geralt dessa forma, você pode se esquecer de mim, inclusive em outras ocasiões, até mesmo em batismos e enterros. No seu próprio enterro também.

Pyral Pratt olhou para ele, e os seus olhos de réptil fulguraram. Falou, arrastando as sílabas:

– Você não está me respeitando, trovador. Mais uma vez, você não está me respeitando. Você está pedindo que eu lhe dê uma lição. Uma lição...

Geralt aproximou-se e ficou de frente para ele. Mikita arfou, levantou o punho e exalou um odor de almíscar. Com um gesto, Pyral Pratt ordenou que mantivesse a calma.

– Você está perdendo credibilidade, Pratt – o bruxo falou devagar. – Fizemos um acordo clássico, seguindo as regras e os costumes de igual importância. Os seus convidados estão satisfeitos com o espetáculo. Você próprio ganhou prestígio e tem a perspectiva de ocupar um cargo no conselho municipal. Eu consegui as informações que me eram necessárias. Fizemos uma troca. As duas partes estão satisfeitas, portanto devemos nos separar sem ressentimento ou raiva. Em vez disso, você está ameaçando. Está perdendo credibilidade. Vamos embora, Jaskier.

Pyral Pratt empalideceu levemente, virou-se de costas para eles e falou vagarosamente:

– Eu tinha pensado em convidá-los a jantar comigo. Mas parece que estão com pressa. Então, passem bem. E fiquem satisfeitos por eu permitir que saiam de Ravelin impunemente, pois costumo castigar a falta de respeito. No entanto, não quero detê-los.

– Com toda a razão.

Pratt virou-se.

– O quê?

Geralt mirou em seus olhos.

– Você não é exatamente sábio, embora goste de pensar o contrário. Contudo, você é esperto demais para tentar me deter.

•

Tinham acabado de passar o relevo cárstico e chegado aos primeiros álamos, quando Geralt parou o cavalo e ficou escutando.

– Estão nos seguindo.

– Droga! – Jaskier bateu os dentes. – Quem? Os calhordas de Pratt?

– Não importa quem. Corra o mais rápido possível até Kerack. Peça refúgio ao seu primo. Logo de manhã, leve o cheque ao banco. Depois nos encontraremos na taberna O Caranguejo e Belona.

– E você?

– Não se preocupe comigo.

– Geralt...

– Pare de falar e esporeie o cavalo. Corra, já!

Jaskier obedeceu. Inclinou-se na sela e forçou o cavalo a galopar. Geralt recuou e esperou pacientemente.

Cavaleiros emergiram da escuridão. Eram seis.

– Bruxo Geralt?

– É ele em pessoa.

– Você irá conosco – o mais próximo dele rouquejou –, mas sem fazer asneiras, por favor.

– Solte as rédeas, caso contrário vou machucá-lo.

– Sem asneiras! – O cavaleiro recuou a mão. – E sem fazer uso de força. Nós representamos a lei e a ordem. Não somos bandidos. Estamos aqui por ordem do príncipe.

– Que príncipe?

– Logo você saberá. Siga-nos.

Seguiram. Um príncipe, Geralt lembrou. De acordo com as informações dadas por Pratt, um príncipe permanecia incógnito em Ravelin. As coisas não estavam indo bem. Os contatos com os príncipes raramente eram agradáveis e quase nunca terminavam bem.

Não andaram muito, apenas até uma taberna na encruzilhada que cheirava a fumaça e resplandecia com as luzes das janelas. Entraram na sala quase vazia. Apenas alguns comerciantes encontravam-se nela, consumindo um jantar tardio. A entrada da recâmara era vigiada por dois cavaleiros armados que trajavam capas azuis-celestes, com a mesma coloração e o mesmo corte daquelas vestidas pela escolta de Geralt. Adentraram o aposento.

– Vossa Alteza Real...

– Saiam. E você, bruxo, sente-se.

O homem atrás da mesa trajava uma capa parecida com as capas do seu exército, mas adornada com um bordado mais suntuoso. O rosto estava coberto com um capuz, o que era desnecessário, pois a lamparina sobre a mesa iluminava apenas Geralt, o misterioso príncipe escondia-se na sombra. Ele disse:

– Eu o vi na arena de Pratt. A apresentação foi realmente impressionante. O salto e o golpe aplicado de cima, reforçado com todo o peso do corpo... O ferro, embora fosse um fuste qualquer, perfurou a cabeça do dragão como se penetrasse a manteiga. Acho que se usasse uma rogatina de combate ou uma lança, por exemplo, passariam até pela cota de malha, ou chapa... O que você acha?

– Já está tarde. Não dá para pensar quando se está lutando contra o sono.

O homem na sombra bufou.

– Não vamos demorar, então. Vamos direto ao assunto. Precisarei da sua ajuda, bruxo, para executar um trabalho de bruxo. E, por mais estranho que possa parecer, você também precisará da minha ajuda. Talvez até mais do que eu da sua. Sou o príncipe Xander, duque de Kerack. Desejo veementemente virar Xander I, o rei de Kerack. No momento, para minha tristeza e prejuízo do país, o meu pai, Belohun, é o rei de Kerack. O velho ainda está com plenas forças, pode reinar, pfft, por mais uns vinte anos. Não tenho tempo nem vontade de esperar tanto tempo. Mesmo se eu esperasse, não tenho nem garantia de que o sucederei, pois o velho pode a qualquer momento indicar outro sucessor, já que é ampla a sua coleção de herdeiros. E está prestes a produzir mais um. Planejou as bodas reais para a festa de Lammas, com toda a pompa e opulência que este país não consegue sustentar economicamente. Ele, tão pão-duro que vai ao parque para evacuar, para não gastar o esmalte do penico, esbanjará um monte de ouro com o banquete matrimonial e arruinará o tesouro. Serei melhor rei. O problema é que quero tornar-me rei logo, o mais rápido possível, e para isso preciso da sua ajuda.

– Entre os serviços que presto não se incluem golpes palacianos, nem regicídio, ao qual deve estar se referindo.

– Quero ser rei. Para isso, meu pai precisa deixar de ser e meus irmãos devem ser eliminados da linha de sucessão.

– Regicídio e fratricídio. Não, Vossa Alteza, lamento, mas não posso aceitar.

– Mentira! – o príncipe rosnou na sombra. – Você não lamenta. Ainda não. Mas prometo que lamentará.

– Vossa Alteza precisa entender que não tem nenhum sentido me ameaçar de morte.

– E quem aqui está falando em morte? Sou príncipe e duque, não um assassino. Estou falando de escolha: ou optará por receber a minha graça ou pela sua desgraça. Se fizer aquilo que eu ordenar, eu lhe concederei a minha graça. E acredite, você precisa muito dela, sobretudo agora, quando aguarda o resultado de um processo e uma sentença por malversações financeiras. Tudo indica que você passará os próximos anos remando numa galera. Pelo que dá para perceber, você pensou que já tinha se safado e o seu processo já havia sido proscrito. Achou que a bruxa Neyd, que por capricho permite que você transe com ela, retiraria a acusação e tudo se resolveria? Você está enganado. Albert Smulka, o zupano de Ansegis, prestou um testemunho que o compromete.

– Esse testemunho é falso.

– Será difícil comprovar isso.

– É preciso comprovar a culpa, e não a inocência.

– Boa piada. Muito engraçada, por sinal. Mas, se eu fosse você, não riria. Olhe para isto. São documentos – o príncipe jogou um maço de papéis sobre a mesa. – Depoimentos autenticados, relatos de testemunhas. A localidade Cizmar, um bruxo contratado, uma leucrota morta. Setenta coroas na fatura, mas na realidade foram pagas cinquenta e cinco. A metade da quantia que sobrou foi dividida com um funcionário. O vilarejo Sotonin, uma aranha gigante. Assassinada, segundo o recibo, por noventa. Na verdade, por sessenta e cinco, de acordo com o depoimento do alcaide. Uma hárpia morta em Tiberghien, foram faturadas cem coroas. Na realidade, foram pagas setenta. E as suas obras e fraudes anteriores: o vampiro do castelo Petrelsteyn, que nunca existiu, mas custou ao burgrave exatamente mil orens. O lobisomem de Guamez, supostamente desencantado, o feitiço de lobisomem desfeito, um caso muito suspeito, pois o preço oferecido para um desencantamento desse tipo parece muito baixo. Um equinope, ou, antes, uma criatura que você levou até o alcaide de Martindelcampo e chamou de equinope. Os ghouls do cemitério situado nos arredores da localidade Zgraggen que custaram oitenta coroas ao município, embora ninguém tenha visto os cadáveres porque foram devorados por, ha, ha, outros ghouls. O que você acha disso, bruxo? Essas são as provas.

– O duque está enganado – Geralt contestou com toda a calma. – Não são provas. São calúnias fabricadas e, para piorar, sem habilidade. Nunca fui contratado em Tiberghien. Nunca ouvi falar do vilarejo Sotonin. Portanto, todos os recibos referentes a esses lugares são falsificações e não será difícil comprovar isso. Quanto aos ghouls assassinados por mim em Zgraggen, eles foram realmente devorados por, ha, ha, outros ghouls, pois esse é, hã..., o costume dos ghouls. Desde então, os corpos dos mortos sepultados naquele cemitério se decompõem tranquilamente, voltam ao pó, pois os ghouls que ainda permaneciam lá foram embora. Além do mais, não tenho a mínima vontade de comentar os outros disparates contidos nesses papéis.

– Com base nesses papéis será movido um longo processo – disse o príncipe pondo a mão sobre os documentos. – Será que as provas resultarão verdadeiras? Quem pode saber o que acontecerá? Que sentença será, enfim, proferida? E a quem isso interessa? Nada disso tem a menor importância. O importante é o fedor que se espalhará e que o seguirá pelo resto dos seus dias. Algumas pessoas tinham nojo de você, mas o toleravam por obrigação, como um mal menor, como um assassino de monstros que constituíam uma ameaça para elas. Outras pessoas detestavam você, porque é um mutante. Sentiam aversão, abominavam um ser desumano. Outras ainda morriam de medo de você e o odiavam pelo medo que sentiam. Tudo isso será esquecido. A fama de assassino hábil e a reputação de bruxo implacável se dissiparão como a penugem levada pelo vento. A aversão e o medo serão esquecidos. Todos lembrarão de você como um ladrão mesquinho e charlatão. Aquele que ontem tinha medo de você e de seus encantamentos, que desviava o olhar, cuspia ou apertava os amuletos ao vê-lo, amanhã cairá na gargalhada e cutucará o companheiro com o cotovelo. "Olha só, lá vai o bruxo Geralt, aquele ignóbil trapaceiro e enganador!" Se você não aceitar a tarefa da qual estou incumbindo-o, eu o destruirei, bruxo, acabarei com a sua reputação. Só não farei isso se você se comprometer a me prestar o serviço. Decida: sim ou não?

– Não.

– Não pense que as relações com Ferrant de Lettenhove ou a feiticeira ruiva, a sua amante, ajudarão você. O promotor de justiça não prejudicará a própria carreia e o Capítulo proibirá a bruxa de se envolver num caso criminal. Ninguém o ajudará quando a máquina da justiça enquadrá-lo. Ordeno que você decida: sim ou não?

– Não. É o meu "não" final, Vossa Alteza Real. E esse homem escondido na recâmara já pode sair daí.

O príncipe, para o espanto de Geralt, caiu na gargalhada e bateu a palma da mão contra a mesa. As portas estalaram e uma pessoa conhecida, que estava na penumbra, surgiu da recâmara adjunta. O príncipe falou:

– Você ganhou a aposta, Ferrant! Amanhã receberá o prêmio pelas mãos do meu secretário.

– Agradeço a Vossa Alteza Real – Ferrant de Lettenhove respondeu o promotor de justiça real, curvando-se ligeiramente –, mas fiz a aposta apenas simbolicamente, para enfatizar a minha profunda convicção quanto às minhas razões. Não pensei, de forma alguma, no dinheiro...

– O dinheiro que você ganhou – interrompeu o príncipe – para mim também é apenas um símbolo, igual ao timbre da casa da moeda de Novigrad e ao perfil do atual hierarca nele gravados. Saiba, aliás, saibam vocês dois que eu também ganhei. Recuperei algo que considerava perdido para sempre: a fé nas pessoas. Geralt de Rívia, digo-lhe que Ferrant estava absolutamente certo da sua reação. Eu, no entanto, confesso que o considerava ingênuo, estava convencido de que você sucumbiria.

– Todos ganharam alguma coisa – Geralt afirmou mal-humorado. – E eu?

– Você também – o príncipe ficou sério. – Diga-lhe, Ferrant, explique-lhe qual era o objetivo.

– A Sua Alteza Real, o conde Egmund, aqui presente, por um momento procurou passar por cima de Xander, o seu irmão mais novo, e também, simbolicamente, por cima de seus outros irmãos que têm pretensão ao trono. O príncipe suspeitava que Xander ou outro irmão dele, tendo você por perto, tentariam usá-lo para conquistar o trono. Decidimos, então, fazer esta encenação. E agora sabemos que se realmente algo assim acontecesse... se alguém realmente lhe fizesse uma proposta indecente, você não se deixaria corromper em troca das graças concedidas pelos condes e não ficaria com medo das ameaças ou da chantagem.

– Entendo – o bruxo acenou com a cabeça. – E expresso a minha admiração pelo seu talento. O conde atuou muito bem. Não percebi nenhuma encenação naquilo que falou sobre mim, nem na opinião que proferiu sobre mim. Senti apenas sinceridade.

– A encenação tinha o seu objetivo – Egmund interrompeu o silêncio incômodo. – Alcancei-o e nem me passa pela cabeça prestar-lhe esclarecimentos. Você também terá lucros financeiros com isso. Realmente planejo contratá-lo e remunerá-lo com generosidade. Explique a ele, Ferrant.

– O príncipe Egmund teme um atentado à vida do seu pai, o rei Belohun, que pode acontecer durante as bodas reais planejadas para a festa de Lammas – disse o promotor de justiça. – O príncipe ficaria mais tranquilo se alguém como você, bruxo, se encarregasse... da segurança do rei. Ora, não interrompa, por favor. Sabemos que os bruxos não são seguranças ou guarda-costas, que a sua razão de ser é a proteção dos seres humanos das ameaças por parte dos monstros mágicos, sobrenaturais e não naturais...

– Em teoria, sim, e segundo os livros – o príncipe interrompeu com impaciência. – Na prática, nem sempre foi assim. Os bruxos eram contratados para proteger caravanas que atravessavam ermos e florestas selvagens. No entanto, em algumas circunstâncias, em vez de sofrerem ataques vindos dos monstros, os comerciantes eram assaltados por simples bandoleiros. Contudo, o papel dos bruxos não era o de acabar com eles. Tenho meus motivos para temer que, durante as bodas reais, possa acontecer um ataque de... basiliscos. Você se encarregará da missão de defender o rei dos basiliscos?

– Depende.

– Do quê?

– Quero saber se a encenação já acabou e se ainda estou sendo tratado como objeto de mais uma provocação da parte de, por exemplo, mais um dos irmãos. Presumo que o talento de atuar não é algo raro na família.

Ferrant irritou-se. Egmund bateu com o punho contra a mesa e rosnou:

– Não force a barra! E não extrapole! Perguntei se você se encarregaria da tarefa. Responda!

– Poderia me encarregar da defesa do rei contra os hipotéticos basiliscos – Geralt disse, acenando com a cabeça. – Mas, infelizmente, minhas espadas foram roubadas em Kerack. O serviço real ainda não conseguiu achar nenhuma pista que leve ao ladrão, e parece que não está se esforçando muito para isso. Sem as espadas não conseguirei defender ninguém, portanto tenho razões concretas para recusar.

– Se for apenas uma questão das espadas, então não haverá nenhum problema. Nós as recuperaremos, não é, promotor?

– Com certeza!

– Está vendo? O promotor de justiça real confirma incondicionalmente. Qual a sua decisão, então?

– Primeiro, obrigatoriamente, preciso recuperar as espadas.

– Você é um indivíduo muito teimoso. Mas tudo bem. Repito que você será pago pelo seu serviço e garanto que a remuneração será generosa. Quanto a outras vantagens, terá algumas delas de imediato, de certo modo com antecipação, como prova da minha boa vontade. Você pode considerar prescrito o seu processo no tribunal. Contudo, as formalidades precisam ser cumpridas, e a burocracia não sabe o que é pressa, mas você já pode se considerar uma pessoa livre de suspeitas e com plena liberdade de locomoção.

– Estou muito agradecido. E os testemunhos? E as faturas? A leucrota de Cizmar, o lobisomen de Guaamez? E os documentos? Aqueles que Vossa Alteza usou como... objetos do cenário?

– Os documentos por enquanto ficarão comigo – Egmund falou, olhando-o nos olhos. – Num lugar seguro, absolutamente seguro.

•

Quando voltou, o sino do rei Belohun acabava de anunciar a meia-noite.

Coral manteve-se fria e calma ao ver as costas de Geralt. Conseguiu se controlar e não alterou a voz... por pouco não alterou a voz.

– Quem fez isso com você?

– Um vigilossauro, um tipo de lagarto...

– Foi o lagarto que suturou você também? Você deixou que um lagarto fizesse isso?

– Quem me suturou foi um médico. E o lagarto...

– Que se dane o lagarto! Mozaïk! Traga um bisturi, uma tesoura e uma pinça! Uma agulha e categute! O elixir Pulchellum! E a decocção de babosa! *Unguentum ortolani*! Um tampão e um curativo esterilizado. E prepare uma compressa de mel e mostarda branca. Ande, menina!

Mozaïk arrumou tudo com uma rapidez digna de admiração. Lytta iniciou o procedimento. O bruxo permaneceu sentado, sofrendo em silêncio. Ao dar os pontos, a feiticeira falou, arrastando as sílabas:

– Os médicos que não têm o mínimo conhecimento sobre magia deveriam ser proibidos de atuar na área. Até poderiam lecionar nas universidades ou suturar cadáveres após as necropsias. Mas deveriam ser proibidos de ter contato com pacientes vivos. Contudo, é muito provável que eu não chegue a testemunhar isso, as coisas estão indo na direção contrária.

– Não é só a magia que cura – Geralt arriscou uma opinião.

– Para curar é preciso alguém apto a fazê-lo. Há pouquíssimos magos curandeiros especializados. Já os feiticeiros comuns não querem se dedicar a isso, não têm tempo ou acham que não vale a pena.

– E têm razão. As consequências da superpopulação podem ser fatais. O que é isso, esse objeto com o qual você está brincando?

– O vigilossauro estava marcado com ele. Estava permanentemente preso à sua pele.

– Você arrancou isso como um troféu de vencedor?

– Arranquei para mostrar a você.

Coral examinou a placa oval de latão do tamanho da mão de uma criança e os símbolos gravados nela. Aplicando nas costas de Geralt a compressa de mel e mostarda branca, falou:

– Uma interessante coincidência, tendo em vista o fato de que você planeja viajar em breve para aqueles lados.

– Viajar? É verdade, já havia me esquecido dos seus confrades e dos planos deles para mim. Será que os planos se concretizaram?

– Foi exatamente o que aconteceu. Recebi uma mensagem. Você foi conclamado a ir até o castelo Rissberg.

– Fui conclamado... Que emocionante! A ir até o castelo Rissberg, a sede do famoso Ortolan. Presumo que não posso recusar atender à solicitação.

– Eu o aconselharia a não fazer isso. Pedem que você vá para lá com urgência. Considerando os seus ferimentos, quando você acha que poderá partir?

– Considerando os ferimentos... é você que precisa me dizer, médica.

– Direi mais tarde... E agora... já que você se ausentará por algum tempo, sentirei saudades suas... Como você está? Será que você poderia...? É tudo, Mozaïk. Volte para o seu aposento e não nos perturbe. Que sorrisinho é esse, moça? Você quer que eu o congele permanentemente em seus lábios?

INTERLÚDIO

(*um fragmento do rascunho, texto que nunca foi publicado na edição oficial*)
Jaskier, *Meio século de poesia*

Sinceramente, o bruxo devia muito a mim. A cada dia mais.

Como sabem, a visita a Pyral Pratt em Ravelin terminou de forma tempestuosa e sanguinolenta. No entanto, trouxe alguns lucros. Geralt achou uma pista sobre o ladrão das suas espadas. De certo modo, contribuí para isso, afinal de contas, graças à minha astúcia, eu mesmo o guiei até Ravelin. E, no dia seguinte, também fui eu mesmo, e mais ninguém, quem providenciou uma nova arma para ele. Não aguentava vê-lo andando por aí desarmado. Ora, alguns diriam que um bruxo nunca fica indefeso, que é um mutante treinado em todos os tipos de combates, duas vezes mais forte e dez vezes mais rápido do que uma pessoa normal, capaz de, num instante, derrubar três fortões armados com uma aduela de tanoeiro de carvalho, além de dominar a magia e os seus sinais, que constituem uma poderosíssima arma. Tudo isso é verdade. Mas nada substitui uma espada. Geralt vivia afirmando que, sem uma espada, sentia-se nu. Por isso mesmo acabei arrumando uma para ele.

Como já sabem, o bruxo e eu fomos remunerados por Pratt, que se mostrou pouco generoso, mas pelo menos pagou. No dia seguinte, de manhã, seguindo a orientação de Geralt, corri à filial dos Giancardi para descontar o cheque. Entreguei-o, e lá estava eu, olhando à minha volta. De repente, percebi que alguém me observava atentamente: era uma dama, nem velha, nem jovem, trajando uma vestimenta elegante e de bom gosto. Não estranhei o olhar feminino que me admirava, pois muitas mulheres consideram simplesmente irresistível a minha aparência máscula e cheia de bravura.

A dama aproximou-se de repente, apresentou-se como Etna Asider e disse que me conhecia. Ora, não havia nada de novo nisso. Todos me conheciam. A minha fama é maior do que eu, supera-me aonde quer que eu vá. Ela falou:

– Soube, senhor poeta, das mal-aventuranças do seu companheiro, o bruxo Geralt de Rívia. Sei que perdeu a sua arma e que precisa urgentemente de uma. Sei também como é difícil conseguir uma boa espada. Acontece que disponho de uma excelente lâmina. Pertencia ao meu falecido marido – que os deuses derramem graças sobre o espírito dele. Por isso venho ao banco com a intenção de avaliá-la. Que utilidade pode ter uma espada para uma viúva? O banco a avaliou e quer colocá-la para vender. De qualquer forma, preciso urgentemente de dinheiro vivo para pagar as dívidas do falecido. Caso contrário, os fiadores não me deixarão em paz. Portanto...

Após dizer isso, a dama desembrulhou a espada, retirando dela a capa de damasco. Juro, era uma maravilha. Leve como uma pena. A bainha, elegante e de bom gosto; a empunhadura, feita de pele de lagarto; e o guarda-mão, banhado a ouro, com um jaspe do tamanho de um ovo de pombo encrustado no pomo. Desembainhei-a e não acreditei no que vi. Na lâmina, logo acima do guarda-mão, havia uma gravura em forma de sol e em seguida uma inscrição: "Não desembainhar sem motivo, não embainhar sem honra." Ora, uma espada forjada em Nilfgaard, em Viroleda, a cidade famosa em todo o mundo por conta das suas forjas de espadas. Passei a ponta do dedo no gume e, juro, estava afiado como uma navalha.

Com a minha esperteza, não deixei transparecer nada. Continuei observando com indiferença os caixeiros a andar apressadamente e uma velhinha a polir as maçanetas de latão. A viúva disse:

– O banco dos Giancardi avaliou a espada em duzentas coroas, para revenda. Mas se pagar em dinheiro e à vista, venderei por cento e cinquenta.

– Hã... Cento e cinquenta é um saco cheio de dinheiro. É o preço de uma casinha no subúrbio – respondi.

– Ah, senhor Jaskier, o senhor está debochando de mim – a dama uniu as mãos e verteu uma lágrima. – Só um homem cruel se aproveitaria dessa forma de uma viúva. Mas, como estou passando necessidade, então que seja feito do seu jeito: venderei a espada ao senhor por cem.

E foi assim, meus caros, que resolvi o problema do bruxo.

Corri até O Caranguejo e Belona, onde encontrei Geralt comendo ovos mexidos com bacon. "Hum... a bruxa ruiva deve ter servido para ele novamente queijo fresco com cebolinha no café da manhã", pensei. Aproximei-me e – bum! – coloquei a espada sobre a mesa. Ele ficou boquiaberto. Largou a colher, desembainhou a arma e começou a examiná-la. O seu rosto continuava impassível. Já havia me acostumado ao fato de ele ser mutante, sabia que não era capaz de sentir emoções. Não importava o quanto estivesse impressionado ou feliz, não demonstraria nenhum sentimento.

– Quanto você pagou por isso?

Pensei em responder que o que tinha sido pago não interessava para ele, mas lembrei na hora que havia comprado a espada com o dinheiro dele mesmo, por isso falei o preço. Ele apertou a minha mão, sem proferir sequer uma palavra, nem mudou a expressão no seu rosto. Esse era o jeito dele: simplório, mas sincero. E disse-me que estava indo embora, sozinho. Falou, antecipando os meus protestos:

– Queria que você permanecesse em Kerack e quero que mantenha os olhos abertos e os ouvidos atentos.

Contou o que havia ocorrido no dia anterior, sobre a sua conversa noturna com o conde Egmund. E não parava de brincar com a sua espada viroledana, como uma criança entretida com um novo brinquedo. Resumiu os seus planos:

– Não planejo servir ao conde, nem participar das bodas reais em agosto como guarda-costas. Egmund e o seu primo estão certos de que logo prenderão o ladrão que roubou as minhas espadas. Não compartilho do seu otimismo. E isso, essencialmente, me convém. De posse das minhas espadas, Egmund teria conseguido uma vantagem sobre mim. Prefiro apanhar o ladrão por minha própria conta em julho, em Novigrad, antes da licitação na casa de leilões dos Borsodi. Recuperarei as espadas e nunca mais passarei por Kerack. Já você, Jaskier, mantenha a boca fechada. Ninguém pode saber aquilo que Pratt nos disse. Ninguém, nem o seu primo promotor.

Jurei que permaneceria mudo como um peixe. Ele, no entanto, olhava para mim de uma forma estranha, como se não confiasse na minha promessa. Retomou:

– E, já que as coisas podem não sair como o esperado, preciso ter um plano B. Queria ter informações mais detalhadas sobre Egmund e os seus irmãos, sobre todos os possíveis herdeiros ao trono, sobre o próprio rei, sobre toda a família real. Queria saber o que planejam e o que tramam, quem conjura com quem, que facções estão ativas, e assim por diante. Está claro?

– Pelo que entendo, você não quer envolver Lytta Neyd nisso – respondi. – E acho que tem razão. A beldade ruiva certamente se sai muito bem nos assuntos que interessam a ela, mas possui relações demasiadamente fortes com a monarquia local para optar por uma dupla lealdade. Isso é uma coisa. Outra coisa é que você não deveria dizer a ela sobre o seu repentino desaparecimento e as intenções de não voltar. A reação pode ser violenta. Você sabe, com base na sua própria experiência, que as feiticeiras não gostam quando alguém some. Quanto ao resto, você pode contar comigo. Manterei os meus ouvidos atentos e os olhos abertos e focados naquilo que for preciso. Conheço a família real e já ouvi muitos boatos sobre ela. Belohun, que reina benignamente, conseguiu reunir uma numerosa progênie. Trocava as mulheres com bastante frequência e facilidade. Quando encontrava uma nova, a anterior despedia-se com suavidade da sua existência terrena, tomada subitamente, por uma estranha ordem do destino, por um mal que a medicina estava impotente para curar. Assim, atualmente, o rei possui quatro filhos legítimos, todos de mães diferentes, sem mencionar as suas numerosas filhas, que nem levo em conta, já que não são pretendentes ao trono. Tampouco conto os filhos bastardos. Vale, no entanto, mencionar que todos os cargos e postos importantes em Kerack estão ocupadas pelos maridos das filhas. O meu primo Ferrant constitui uma exceção. Já os filhos bastardos administram o comércio e a indústria.

Notei que o bruxo ouvia com toda a atenção. Continuei o relato:

– Os quatro filhos legítimos são, por ordem de senioridade: o primogênito, não sei o nome dele, que não pode ser mencionado na corte, pois se desentendeu com o pai e partiu sem deixar rastros, ninguém nunca mais o viu; o segundo, Elmer, é um bêbado, doente mental, mantido em isolamento, fato que seria, supostamente, segredo de estado, mas em Kerack todo mundo tem conhecimento dele. Os únicos pretendentes reais seriam Egmund e Xander, que se odeiam, e Belohun usa isso conforme os próprios interesses. Mantém os dois numa incerteza permanente. Na questão da sucessão, consegue também, de vez em quando, favorecer e iludir com promessas um dos filhos bastardos. Corre um boato de que ele havia prometido a coroa ao filho parido pela nova esposa, aquela com quem oficialmente se casará em Lammas. Eu e o primo Ferrant achamos, contudo, que são apenas promessas que o sapo velho usa para persuadir a jovem a realizar os seus desejos sexuais e que Egmund e Xander são os únicos reais herdeiros ao trono. Caso fosse preciso organizar um "coup d'état" para tomá-lo, um dos dois seria capaz de fazê-lo. Conheci-os por meio do meu primo e a impressão que eu tive é que os dois são... escorregadios como uma merda em maionese. Espero que você entenda o que quero dizer com isso.

Geralt confirmou que entendia, pois tivera a mesma impressão após a conversa com Egmund. A única diferença é que não sabia como expressá-la tão bem. Depois de afirmar isso, ficou muito pensativo. Enfim, disse:

– Voltarei em breve. E você, Jaskier, tome conta das coisas aqui e fique de olho em tudo.

– Antes de nos despedirmos, seja um bom amigo e me conte um pouco sobre a aprendiz da sua feiticeira, sobre a moça alisada. É um verdadeiro broto, uma rosa, só precisa de um pouco de carinho para desabrochar maravilhosamente. Tive a ideia de me sacrificar...

A expressão do rosto de Geralt mudou. De repente, bateu o punho contra a mesa, fazendo as canecas saltarem no ar. Sem o mínimo respeito, falou para mim:

– Mantenha as suas mãos longe de Mozaïk, poetinha! Tire-a da cabeça. Você não sabe que as aprendizes de feiticeiras são terminantemente proibidas de aceitar até os mais inocentes galanteios? Por algo desse tipo, por menos importante que seja, Coral a considerará indigna de ser sua aprendiz e a mandará de volta para a escola, o que, para uma aluna, constitui uma grande vergonha e perda de credibilidade. Ouvi falar de suicídios cometidos por causa disso. Com Coral não se brinca. Ela não tem senso de humor.

Queria aconselhá-lo a fazer cócegas com uma pena de galinha no fundo do bumbum dela. Esse tratamento fazia milagres, alegrava até as mais sisudas. Calei-me, porém, porque o conheço bem e sei que detesta quando se fala mal das suas mulheres. Mesmo dos casos de apenas uma noite. Portanto, jurei pela minha honra que riscaria da minha agenda a virtude da adepta alisada e jamais me arriscaria a cortejá-la.

– Se você está tão desesperado – disse, rejubilando-se, antes de partir –, então saiba que neste tribunal conheci uma advogada que parecia interessada. Por que você não dá uma cantada nela?

– Engraçadinho. Você acha o quê? Que devo... atacar o judiciário? Por outro lado, pensando bem, talvez não seja má ideia...

INTERLÚDIO

Excelentíssima Senhora Lytta Neyd
Kerack, Cidade Alta
Vila "Ciclame"

Castelo Rissberg, *1º de julho de 1245* p.R.

Cara Coral,

Espero que a minha carta a encontre em boa saúde e em alto-astral e que tudo se resolva conforme o planejado.

Apresso-me a informá-la de que o bruxo conhecido como Geralt de Rívia apareceu, enfim, no nosso castelo. Logo após a sua chegada, em menos de uma hora provou ser insuportavelmente irritante e conseguiu fazer que todos, sem nenhuma exceção, se distanciassem dele, inclusive o Venerável Ortolan, uma pessoa de generosidade e simpatia exemplares para com todos. As opiniões que circulam sobre esse indivíduo não são, comprovadamente, nem um pouco exageradas. A antipatia e a hostilidade com que depara por onde passa têm a sua evidente justificativa. No entanto, serei o primeiro que o honrará, *sine ira et studio*, a respeito daquilo que concerne às suas qualidades. Esse indivíduo é um profissional exemplar, obsequioso no que diz respeito ao seu ofício. Não há dúvidas de que cumprirá qualquer tarefa da qual se encarregar, ou sucumbirá tentando cumpri-la.

Portanto, podemos considerar realizado o objetivo do nosso empreendimento, em particular graças a você, cara Coral. Agradecemos o seu esforço e lhe seremos eternamente gratos. A minha gratidão terá uma dimensão ampliada, pois entendo, de uma forma excepcional, o seu sacrifício, tendo em vista a nossa longa amizade e aquilo que nos unia. Entendo o sofrimento que você experimenta com a proximidade desse indivíduo, que é um conglomerado de defeitos que você detesta: cinismo oriundo de profundos complexos, natureza espinhosa e introvertida, caráter dissimulado, mente primitiva, inteligência mediana, arrogância monstruosa. Além disso, possui mãos feias e unhas descuidadas. Não quero irritá-la, cara Coral, pois sei o quanto você detesta esse tipo de coisas. Mas findou o seu sofrimento, terminaram os seus problemas e as suas preocupações. Já não existe nenhum obstáculo que a impeça de romper o relacionamento com essa criatura e de cortar quaisquer contatos com ela. Você pode encerrar a relação definitivamente e rebater falsas insinuações espalhadas por línguas hostis, que por causa da sua generosidade simulada e aparente com relação ao bruxo procuram passar a ideia da existência de um pífio caso romântico entre vocês. Mas já chega de falar sobre isso, não vale a pena insistir no assunto.

Eu seria o mais feliz dos homens, cara Coral, se você aceitasse o convite para me visitar no castelo Rissberg. Não preciso dizer que basta apenas uma palavra sua, um aceno, um sorriso para que eu corra imediatamente até você.

Respeitosamente seu,

Pinety

P.S.: As línguas hostis que mencionei supõem que a sua complacência com relação ao bruxo derivava da vontade de provocar a nossa confreira Yennefer, ainda aparentemente interessada nele. É lamentável a ingenuidade e a ignorância dessas intrigas, pois é de conhecimento de todos que Yennefer tem um relacionamento abrasador com um jovem empreendedor do ramo joalheiro. Faz pouquíssimo caso do bruxo e dos seus namoricos, que lhe interessam tanto quanto a neve do ano anterior.

INTERLÚDIO

Excelentíssimo Senhor Algernon Guincamp

Castelo Rissberg

Ex urbe Kerack
die 5 mens. Jul. anno 1245 p.R.

Caro Pinety,

Agradeço a sua carta. Fazia muito tempo que você não me escrevia, acredito que por falta de motivos e assuntos a tratar.

É um bálsamo a sua preocupação com a minha saúde e com o meu alto-astral, assim como com o sucesso dos meus planos. É com satisfação que lhe informo que tudo está correndo bem. Esforço-me para tal, pois, como todos sabemos, cada um é o timoneiro da própria nau. Saiba que conduzo a minha com mão firme por entre borrascas e arrecifes, erguendo as têmporas toda vez que a tempestade estrondeia ao redor.

Quanto à minha saúde, realmente estou bem. Fisicamente, tão bem como sempre. Psicologicamente, faz pouco tempo. Aliás, desde quando tenho aquilo que me faltava fazia um bom tempo. Só quando deixou de faltar é que percebi quanta falta me fazia.

Contento-me com o fato de o seu empreendimento, que exige a participação do bruxo, estar correndo bem. Orgulho-me da minha humilde participação nele. No entanto, caro Pinety, você se aflige em vão achando que isso implicou sacrifícios, sofrimento, problemas e transtornos. Não foi tão ruim. Geralt é, de fato, um autêntico conglomerado de defeitos. Contudo, também descobri, *sine ira et studio*, qualidades nele, e garanto que se trata de notáveis qualidades. Todos aqueles que as descobrissem, ficariam impressionados, alguns inclusive o invejariam.

A respeito das fofocas, do disse me disse, dos mexericos, das intrigas que você menciona na sua carta, caro Pinety, todos estamos acostumados com esse tipo de coisas e sabemos como lidar com elas. O conselho é simples: ignorar. Você deve se lembrar dos boatos sobre você e Sabrina Glevissig que circulavam na época em que supostamente estávamos comprometidos. Eu os ignorei, e aconselho você a fazer o mesmo agora.

Bene vale,
Coral

P.S.: Estou muito atarefada. Nosso encontro não parece viável num futuro mais próximo.

CAPÍTULO NONO

Andam errantes por diversos países. O seu gosto e humor exigem que sejam livres de quaisquer dependências. Isto significa que não reconhecem nenhum tipo de domínio, nem humano, nem divino. Tampouco respeitam as leis ou as regras. Consideram que não devem nenhuma obediência a alguém ou a algo, portanto julgam-se impunes. Trapaceiros por natureza, vivem praticando adivinhações com as quais ludibriam o povo simplório. Atuam como espiões. Distribuem falsos amuletos, medicamentos, bebidas alcoólicas e narcóticos. Ocupam-se também de lenocínio, isto é, providenciam todo tipo de moças para a indecente diversão daqueles que estão dispostos a pagar. Quando em necessidade, não se envergonham de mendigar ou cometer roubos; no entanto, preferem burlar e enganar. Iludem os ingênuos, dizendo que matam os monstros para defender os humanos e garantir a sua segurança. Trata-se de mentiras, há muito tempo comprovou-se que fazem isso apenas para divertir-se, pois o ato de assassinar constitui para eles um ótimo entretenimento. Ao se prepararem para executar as suas tarefas, dedicam-se a praticar bruxaria, que é apenas uma forma de iludir os olhos daqueles que a presenciam. Os sacerdotes devotos que de imediato descobriram esses embustes e falcatruas ficaram atribulados com esses servos do demo que chamam de bruxos.

Anônimo, *Monstrum, ou Relato sobre os bruxos*

Rissberg não parecia assustador nem imponente. Ora, um castelinho como muitos que havia por lá, de tamanho mediano, disposto convenientemente no encosto íngreme de uma montanha, respaldado pelo precipício, separado por um muro claro do verdor perene da floresta de abetos. Dominava sobre as copas das árvores com as telhas de duas torres quadrilaterais, uma mais alta do que a outra. De perto, dava para perceber que o muro em volta do castelo era relativamente baixo, que não era coroado por ameias e que as pequenas torres posicionadas nos cantos e sobre o portão tinham caráter mais decorativo do que defensivo.

A estrada que serpenteava ao redor do morro apresentava vestígios de uso intenso, pois era bastante utilizada. De repente, o bruxo foi obrigado a ultrapassar carroças, carruagens, cavaleiros solitários e transeuntes. Muitos viajantes andavam do lado oposto, vindos do castelo. Geralt adivinhava o seu destino, e constatou que estava certo depois de sair da floresta.

O topo achatado do morro, abaixo da cortina do muro, estava ocupado por uma cidade construída em madeira, caniço e palha. Era um complexo inteiro de edificações, com telhados grandes e pequenos, rodeado por uma cerca e por currais para o gado e os cavalos. Dali provinham sons de algazarra e havia uma agitação, exatamente como numa feira ou quermesse. E era mesmo uma quermesse, um bazar, uma enorme feira. A única diferença é que nela não se vendiam aves, peixes ou legumes. A mercadoria oferecida no sopé do castelo Rissberg era a magia. Nela encontravam-se amuletos, talismãs, elixires, opiáceos, filtros, decocções, extratos, destilados, concocções, incensos, perfumes, xaropes, pós e pomadas, além de diversos objetos práticos envoltos em magia, ferramentas, bens domésticos, enfeites e até brinquedos para crianças. Essa gama de produtos atraía multidões de compradores. Havia demanda e oferta, e os negócios, pelo que se via, cresciam continuamente.

O caminho bifurcava-se. O bruxo seguiu por aquele que levava ao portão do castelo, bem menos usado em comparação com o outro que conduzia os fregueses à praça do mercado. Passou pela barbacã pavimentada com paralelepípedos, por entre uma fileira de menires ali posicionados propositadamente, que em sua grande maioria ultrapassavam a altura dele e do cavalo juntos. Chegou, enfim, ao portão, mais do tipo palaciano do que de castelo, com pilastras ornamentadas e um frontão. O medalhão do bruxo tremeu fortemente. Plotka relinchou, bateu a ferradura contra os paralelepípedos e ficou paralisada.

– Identidade e objetivo da visita.

Ergueu a cabeça. Uma voz estridente, indubitavelmente feminina, ressoou, estrondeando com o eco, perpetuada pela boca escancarada da cabeça de uma harpia representada no tímpano. O medalhão tremia, a égua resfolegava. Geralt sentia uma estranha pressão nas têmporas.

– Identidade e objetivo da visita – ressoou de novo, agora um pouco mais alto, a voz vinda do buraco no relevo.

– Geralt de Rívia, bruxo. Aguardam-me.

A cabeça da harpia emitiu um som que lembrava uma cornetada. A magia que bloqueava o portal desapareceu, a pressão nas têmporas cessou imediatamente e a égua se movimentou sem ser esporeada. A batida dos cascos ressoava sobre as pedras.

Saiu do portal para um *cul-de-sac* rodeado de claustros. Dois serviçais, que usavam uma vestimenta parda, correram imediatamente até ele. Um tomou conta do cavalo, o outro lhe serviu de guia.

– Por aqui, senhor.

– Aqui é sempre assim? Há sempre tanto movimento fora das muralhas?

– Não, senhor – o serviçal lançou-lhe um olhar assustado. – Só às quartas. Quarta é dia de feira.

Na cimalha da arcada de outro portal havia um cartucho, e nele via-se um relevo, também sem dúvida mágico, a representar a bocarra de uma anfisbena. O portal era cerrado com uma grade ornamentada que parecia sólida, mas, empurrada pelo serviçal, abriu-se ligeira e fluentemente.

A área do segundo pátio era muito maior e só de lá era possível avaliar bem o castelo. Geralt descobriu que ao longe a vista era muito enganosa.

Aparentemente, Rissberg era muito maior, pois penetrava profundamente a parede do morro, perfurando-a com um complexo de edificações, austeras e feias construções que era raro encontrar na arquitetura de castelos. Os edifícios pareciam fábricas, e deviam ser mesmo, pois eriçavam-se sobre eles chaminés e canos de ventilação. Sentia-se o odor de queimado, enxofre e amoníaco, assim como uma ligeira vibração do solo, sinal de que havia máquinas funcionando no subsolo.

O serviçal pigarreou, desviando a atenção de Geralt do complexo de fábricas, pois precisavam seguir para o outro lado, na direção da torre do castelo, a mais baixa, que dominava sobre as edificações de estilo mais clássico, palaciano. O interior também revelou-se classicamente palaciano: cheirava a poeira, madeira, cera e coisas velhas. Era bem iluminado. Abaixo do teto flutuavam vagarosamente, feito peixes num aquário, esferas mágicas rodeadas de auréolas que constituíam a iluminação-padrão nas sedes dos feiticeiros.

– Bem-vindo, bruxo.

Descobriu que estava sendo recebido por dois feiticeiros. Conhecia-os, mas não pessoalmente. Uma vez Yennefer havia lhe mostrado Harlan Tzara. Guardou-o na memória, pois provavelmente era o único mágico que tinha o costume de rapar a cabeça. Quanto a Algernon Guincamp, conhecido como Pinety, lembrava-se dele dos tempos da academia, quando estudara em Oxenfurt.

– Bem-vindo a Rissberg! É uma grande satisfação que tenha aceitado o nosso convite – Pinety cumprimentou-o.

– Você está debochando de mim? Não vim aqui por vontade própria. Lytta Neyd mandou me colocar em cana para forçar-me a vir aqui...

– Mas depois tirou-o de lá e recompensou-o generosamente – Tzara interrompeu-o. – Ela lhe retribuiu pelo desconforto com, hum, grande... dedicação. Dizem por aí que há uma semana vocês mantêm ótimas... relações.

Geralt superou a enorme vontade de esmurrá-lo. Pinety deve ter percebido. Ergueu a mão e disse:

– *Pax! Pax*, Harlan. Deixemos os rancores de lado. Evitemos brigas com ironias e alfinetadas. Sabemos que Geralt está cismado conosco, é possível perceber em tudo o que diz. Conhecemos o motivo disso, sabemos que ficou deprimido por causa do caso com Yennefer e pela reação do meio em relação a ele. Não conseguiremos mudar isso. Mas Geralt é um profissional, saberá dar a volta por cima disso.

– Saberá, com certeza – Geralt admitiu amargamente. – A pergunta é: será que ele tem vontade? Vamos, enfim, ao ponto. Por que estou aqui?

– Necessitamos de você, precisamente de você – Tzara respondeu de modo seco.

– Precisamente eu. Devo me sentir lisonjeado ou ficar com medo?

– Geralt de Rívia, você é famoso – falou Pinety. – De acordo com o entendimento comum, os seus feitos e as suas façanhas são espetaculares, dignos de admiração. Como você percebeu, não pode contar muito com a nossa admiração. Não somos muito propensos a demonstrar consideração, sobretudo por alguém como você. Mas sabemos reconhecer o profissionalismo e respeitar a experiência. Os fatos falam por si mesmos. Eu até arriscaria afirmar que você é um excepcional... humm...

– O quê?

– Exterminador – Pinety encontrou a palavra sem dificuldades, evidentemente já a havia escolhido com antecedência. – Alguém que extermina as bestas e os monstros que representam perigo para os homens.

Geralt não disse nada, apenas ficou esperando.

– O nosso objetivo, o objetivo dos feiticeiros é o bem-estar e a segurança dos homens, então podemos dizer que temos interesses comuns. Os desentendimentos ocasionais não devem ofuscar isso. Foi a recomendação dada, há pouco tempo, pelo senhor deste castelo, que ouviu falar de você e faz questão de conhecê-lo pessoalmente.

– Ortolan.

– O arquimago Ortolan e os seus colaboradores mais próximos. Você será apresentado a eles mais tarde. O serviçal o levará aos seus cômodos. Por favor, refresque-se, descanse da viagem. Em breve outro serviçal irá buscá-lo.

•

Geralt não parava de pensar. Lembrou-se de tudo o que já ouvira falar sobre o arquimago Ortolan, que, de acordo com o consenso geral, constituía uma lenda viva.

•

Ortolan era uma lenda viva, uma pessoa de grandes méritos na arte de feitiçaria. A sua obsessão era popularizar a magia. Ao contrário da maioria dos feiticeiros, acreditava que os benefícios e as vantagens propiciados pelas forças sobrenaturais deveriam constituir um bem comum e servir ao fortalecimento do bem-estar, do conforto e da felicidade de todos. Para Ortolan, todo homem deveria ter acesso gratuito a medicamentos mágicos e elixires. Os amuletos mágicos, talismãs e quaisquer artefatos também deveriam ser oferecidos a todos gratuitamente. A telepatia, a telecinesia, a teleportação e a telecomunicação deveriam constituir privilégio de todos os cidadãos. Para alcançar isso, Ortolan sempre estava inventando algo, sempre estava envolvido com as suas invenções, algumas tão lendárias como ele próprio.

A realidade mostrou-se contrária às quimeras do velho feiticeiro. Nenhum dos seus inventos para tentar democratizar a magia e torná-la comum avançou além da fase de protótipo. Tudo o que Ortolan havia inventado, e que em teoria deveria ser simples, tornava-se extremamente complicado. O que deveria ser produzido em massa era extremamente caro. Mas ele não perdia a esperança, e os fiascos motivavam-no a um esforço ainda maior, que levava a sucessivos fracassos.

Suspeitava-se – obviamente, algo parecido nunca passaria pela cabeça do próprio Ortolan – que o motivo dos insucessos do inventor era simples sabotagem. Não se tratava – pelo menos, não unicamente – de mera inveja da confraria dos feiticeiros, da sua recusa à popularização de uma arte que preferiam ver como atributo das elites, ou seja, deles próprios. Temiam-se mais os inventos de caráter militar ou letal, e tais receios justificavam-se. Como qualquer inventor, Ortolan tinha fases de fascinação com explosivos e materiais inflamáveis, bombardas, carros de guerra blindados, armas de fogo, porretes automáticos, gases tóxicos. Dizia que o bem-estar dependia da paz comum entre as nações, alcançada através do armamento. O método mais seguro de evitar uma guerra era provocar medo com armas terríveis. Quanto mais terríveis as armas, mais segura e duradoura a paz. Como Ortolan não costumava ouvir argumentos contrários, ocultava-se no meio da sua equipe de inventores sabotadores, que torpedeavam as invenções mais perigosas. Com isso, quase nenhuma delas chegou a se concretizar. A única exceção foi a famosa metralhadora, objeto de diversas anedotas, uma espécie de besta telecinética com um enorme invólucro para balas de chumbo. A metralhadora, como indicava o próprio nome, tinha como objetivo lançar as balas contra um alvo, em séries inteiras. O protótipo, surpreendentemente, saiu dos muros de Rissberg e foi inclusive testado num embate. Contudo, o efeito foi lastimável. O artilheiro que usou o invento, ao ser perguntado sobre a utilidade da arma, teria respondido que a metralhadora era como a sua sogra: pesada, feia e totalmente inútil. Por isso, a única coisa que se podia fazer era afogá-la num rio. O velho feiticeiro não ficou preocupado quando soube desse relato. Teria afirmado que a metralhadora era apenas um brinquedo, que já estava trabalhando em projetos muito mais avançados, capazes de causar destruição em massa. Ele, Ortolan, daria à humanidade os benefícios da paz, mesmo que primeiro fosse necessário exterminar metade dela.

•

Um enorme gobelim, uma obra-prima de tecelagem, uma *verdure* árcade, cobria a parede da câmara à qual Geralt foi guiado. Uma mancha lavada sem o devido cuidado e que lembrava vagamente uma enorme lula tornava feia a tapeçaria. "Alguém com certeza deve ter vomitado recentemente nessa obra-prima de tecelagem", avaliou o bruxo.

Sete pessoas sentaram-se em volta da longa mesa que ocupava o centro da câmara. Pinety curvou-se ligeiramente ao dizer:

– Mestre Ortolan, permita que lhe apresente o bruxo Geralt de Rívia.

A aparência de Ortolan não surpreendeu Geralt. Diziam que era o feiticeiro mais velho que continuava vivo. Talvez fosse verdade, mas, na aparência, Ortolan era o feiticeiro mais vetusto. Algo curioso, pois foi exatamente ele que inventou a famosa decocção de mandrágora, um elixir usado pelos feiticeiros para deter o processo de envelhecimento. O próprio Ortolan, depois de finalmente conseguir elaborar uma infalível fórmula da substância mágica, não conseguiu aproveitá-la, pois a sua idade já era bastante avançada. O elixir prevenia o envelhecimento, mas não rejuvenescia. Por isso Ortolan, embora usasse o medicamento havia muito tempo, continuava com a aparência de um ancião, em especial quando comparado com os seus confrades, feiticeiros vetustos que pareciam homens na flor da idade e feiticeiras fatigadas pela vida que pareciam moças. As feiticeiras cheias de vigor e graça, e os feiticeiros levemente grisalhos, dos quais as verdadeiras datas de nascimento haviam sumido nas trevas da história, guardavam o segredo do elixir de Ortolan como se guarda a menina dos olhos. Às vezes até negavam a sua existência e asseguravam que o elixir era acessível a todos e, graças a isso, a humanidade tinha se tornado praticamente imortal, portanto, absolutamente feliz.

– Geralt de Rívia – Ortolan repetiu, amassando na mão uma mecha da barba branca. – Ora, ora, já ouvimos falar dele. Bruxo. Como dizem por aí, o defensor que livra os homens do mal, considerado um preservativo e um antídoto contra qualquer mal, por mais terrível que seja.

Geralt fez uma cara de humildade e curvou-se.

– Ora, ora… – o feiticeiro voltou a falar e a mexer na barba. – Sabemos, sabemos. De acordo com tudo o que dizem, moço, você não poupa forças para defender as pessoas, e a sua conduta e o seu ofício são dignos de serem louvados. Seja bem-vindo ao nosso castelo, estamos contentes que o destino tenha trazido você até aqui. Ora, você mesmo pode não saber, mas retornou como um pássaro que volta ao ninho… Isso mesmo, como um pássaro. Sentimo-nos jubilados e acreditamos que você compartilha a nossa alegria, hein?

Geralt não sabia como se dirigir a Ortolan. Os feiticeiros não usavam formas de tratamento e não exigiam que os outros as usassem. No entanto, não sabia se isso convinha perante um ancião de barba e cabelos brancos e, além do mais, uma lenda viva. Em vez de responder, curvou-se novamente.

Pinety apresentou cada um dos feiticeiros sentados à mesa. Geralt conhecia alguns, ouvira falar deles.

Axel Esparza, mais conhecido como Axel Bexiguento, realmente tinha a testa e as bochechas cheias de marcas de varíola, e diziam que não as retirava por simples teimosia. Myles Trethevey, levemente grisalho, e Stucco Zangenis, um pouco mais grisalho, observavam o bruxo com certa curiosidade. Parecia um pouco maior a curiosidade de Biruta Icarti, uma loira moderadamente bela. Tarvix Sandoval, de ombros largos, que pela postura parecia mais um cavaleiro do que um feiticeiro, olhava para o lado, para o gobelim, como se observasse a mancha e adivinhasse a sua origem e o seu autor. Sorel Degerlund, o mais jovem dentre os presentes, de cabelos longos e, talvez por causa disso, dono de um tipo de beleza afeminada, ocupava o lugar mais próximo de Ortolan. Biruta Icarti falou:

– Nós também damos as boas-vindas ao famoso bruxo, defensor dos humanos. Alegramo-nos com a sua presença aqui, pois nós também, neste castelo, sob os auspícios do arquimago Ortolan, nos esforçamos para tornar a vida das pessoas mais segura e mais fácil, graças ao progresso. Também para nós o bem das pessoas constitui um objetivo superior. No entanto, a idade do arquimago não permite prorrogar a audiência. Por isso, de acordo com o costume, pergunto: Você possui algum desejo, Geralt de Rívia? Há algo que podemos fazer por você?

Geralt curvou-se novamente ao dizer:

– Agradeço ao arquimago Ortolan e a vós, estimados feiticeiros. Encorajado com a sua pergunta, confirmo que... sim, há algo que podem fazer por mim. Poderiam me explicar... o que é isto, este objeto? Arranquei-o do vigilossauro que eu mesmo matei.

Pôs em cima da mesa a placa oval, do tamanho da mão de uma criança, com símbolos impressos nela.

– RISS PSREP Mk IV/002 025 – Axel Bexiguento leu em voz alta e passou a placa para Sandoval, que avaliou amargamente:

– É uma mutação criada aqui, em Rissberg, na seção dos pseudorrépteis. Um lagarto de vigilância. Quarto modelo, segunda série, vigésimo quinto exemplar. Obsoleto. Faz muito tempo produzimos outros mais modernos. O que mais há para explicar aqui?

– Ele disse que matou o vigilossauro – Stucco Zangenis franziu o cenho. – Não se trata, portanto, de explicação, mas de reclamação. Aceitamos e averiguamos apenas as queixas dos compradores legais, e somente com o comprovante de compra. Fazemos a manutenção e consertamos os defeitos apenas diante do comprovante de compra...

– A garantia desse modelo venceu há muito tempo – acrescentou Myles Trethevey. – No entanto, não há nenhuma cobertura para os defeitos surgidos devido ao uso errado ou incongruente com o manual de instruções. Se o produto foi usado de modo errado, Rissberg não se responsabiliza por isso, de forma alguma.

– E por isto aqui? Vocês se responsabilizam? – Geralt retirou outra placa do bolso e jogou-a sobre a mesa.

A segunda placa tinha formato e tamanho semelhantes à anterior, mas era mais opaca e estava oxidada. A sujeira havia se fixado nas letras impressas, preenchendo-as, mas os símbolos ainda estavam legíveis: IDR UL Ex IX 0012 BETA.

Um longo silêncio tomou conta do ambiente. Por fim Pinety falou, de uma forma surpreendentemente silenciosa e insegura:

– Idarran de Ulivo, o aprendiz de Alzur. Não pensei...

– Onde você conseguiu isso, bruxo? Como conseguiu isso? – Axel Bexiguento perguntou, debruçando-se sobre a mesa.

– Você pergunta como se não soubesse – Geralt refutou. – Retirei-o da carapaça da criatura que matei e que antes havia matado ao menos vinte pessoas na localidade. Ao menos, pois acho que havia mais vítimas. Acredito que matava havia anos.

– Idarran... e, antes dele, Malaspina e Alzur... – Tarvix Sandoval murmurou.

– Mas não fomos nós, não fomos nós, não aqui em Rissberg – Zangenis disse.

– Nono modelo experimental – Biruta Icarti acrescentou, pensativa. – Versão beta. Décimo segundo...

– Décimo segundo exemplar – Geralt concluiu, de maneira maliciosa. – Quantos havia no total? Quantos foram produzidos? Obviamente, não receberei uma resposta acerca da responsabilidade, já que não foram vocês, não foi Rissberg, vocês estão limpos e querem que eu acredite nisso. Mas digam pelo menos, por favor, quantas criaturas desse tipo ainda vagueiam pelas florestas matando as pessoas, quantos precisam ser achados e lacerados, ou melhor, eliminados.

– O que é isso, o que é isso? – Ortolan de repente animou-se. – O que vocês têm aí? Mostrem-me! Ah...

Sorel Degerlund encostou-se ao ouvido do ancião e ficou sussurrando por um longo tempo. Myles Trethevey sussurrava no outro ouvido, mostrando a placa. Ortolan puxava a barba.

– Matou? – guinchou subitamente. – O bruxo? Aniquilou a obra genial de Idarran? Matou? Destruiu estupidamente?

O bruxo não aguentou e bufou. De repente, perdeu todo o respeito pela idade avançada e pelo cabelo branco. Bufou outra vez. Depois riu de maneira sincera e descontrolada.

Os rostos pasmos dos feiticeiros sentados à mesa, em vez de fazer que Geralt se contivesse, deixaram-no ainda mais excitado. "Diabos, não me lembro quando foi a última vez que eu ri com tanta sinceridade", pensou. "Talvez em Kaer Morhen", lembrou. "Sim, foi em Kaer Morhen, depois de uma tábua putrefata desabar debaixo de Vesemir na latrina."

– E ainda tem a pouca-vergonha de rir, fedelho! – Ortolan gritou. – De zurrar feito burro! Pirralho tolo! Imagine que eu o defendi quando os outros o injuriavam! Qual o problema, questionava, de ele se apaixonar pela pequena Yennefer? E de a pequena Yennefer amá-lo? Ninguém manda no coração, dizia, deixem os dois em paz!

Geralt parou de rir.

– E você, o que é que você fez, o mais burro dos carniceiros? – O ancião teve um surto de raiva. – O que é que você fez? Você percebe que destruiu uma obra-prima, um milagre da genética? Não, você, profano, não consegue compreender isso, porque é um desmiolado! Não consegue entender as ideias de gênios como o próprio Idarran ou o seu mestre Alzur, dotados de uma genialidade e de um talento extraordinários, que inventavam e criavam grandes obras em prol da humanidade, sem olhar para a pecúnia ignóbil, para prazeres ou diversões, mas sim para o progresso e o bem de todos! O que você consegue compreender dessas coisas? Não compreende nada, absolutamente nada! E vou lhe dizer mais uma coisa – Ortolan bufou. – Com o seu assassínio insensato, você difamou a obra dos seus próprios pais. Pois foi Cosimo Malaspina e, após ele, o seu aprendiz Alzur, o próprio Alzur, que criaram os bruxos. Foram eles que inventaram a mutação graças à qual foram criados seres parecidos com você, graças à qual você existe, anda por este mundo. Ingrato! Deveria estimar Alzur, os seus sucessores e as suas obras, em vez de destruí-las! Ai... ai...

De repente, o velho feiticeiro silenciou, virou os olhos e gemeu pesadamente. E, gemendo, falou:

– Bispote! Preciso de um bispote! Urgentemente! Sorel! Rapaz querido!

Degerlund e Trethevey levantaram-se às pressas, ajudaram o ancião a erguer-se e ampararam-no ao sair da câmara.

Após um instante, Biruta Icarti levantou-se, lançou um olhar enfático para o bruxo e saiu sem dizer nada. Foi seguida por Sandoval e Zangenis, que ignoraram Geralt por completo. Axel Bexiguento ergueu-se e cruzou os braços no peito. Ficou olhando para Geralt por um longo tempo, por um longo tempo e de maneira desagradável. Enfim, falou:

– Foi um erro tê-lo convidado! Sabia disso. Contudo, ainda me enganava, pensando que você fosse se esforçar para ao menos parecer bem-educado.

– Foi um erro ter aceitado o seu convite – Geralt respondeu friamente. – Também sabia disso. Mas enganava-me pensando que conseguiria responder às minhas perguntas. Quantas obras-primas numeradas ainda estão por aí? Quantas outras foram criadas por Malaspina, Alzur e Idarran? Quantas criou o venerável Ortolan? Quantos monstros equipados com as suas placas precisarei matar ainda? Eu, bruxo, defensivo e antídoto? Não recebi resposta, e compreendo bem por quê. Ora, quanto à boa educação, Esparza, vá se foder.

Ao sair, Bexiguento bateu a porta com tanta força que o reboco caiu do estuque. O bruxo avaliou:

– Ao que parece, não produzi boa impressão. Tampouco esperava produzir; portanto, não estou desiludido. Mas deve haver mais coisas ainda, não é? Tanto esforço para me trazer aqui... e seria apenas isso? Ora, se for isso mesmo... haveria aqui perto alguma taberna? Já posso ir, então?

– Não, não pode – Harlan Tzara respondeu.

– Ainda não acabou – Pinety confirmou.

•

A câmara à qual foi conduzido não era um cômodo típico no qual os feiticeiros costumavam receber convidados. Em geral, os magos concediam audiência em salas decoradas de maneira formal, muitas vezes austera e deprimente. Geralt chegou a conhecer algumas. Era quase impensável um feiticeiro receber alguém em seu aposento privado, pessoal, que podia constituir uma fonte de informações sobre o caráter, o gosto e as preferências do mago, em especial sobre o tipo e a especificidade da magia por ele praticada.

Dessa vez foi completamente diferente. As paredes da câmara eram decoradas com numerosas gravuras e aquarelas, todas de caráter erótico, até mesmo pornográfico. Nas prateleiras havia expostos modelos de veleiros, alegrando o olhar com a precisão dos detalhes. Os navios minúsculos dentro das garrafas empinavam orgulhosamente as velas em miniatura. As numerosas vitrines e mesas de exposição estavam lotadas de figurinhas de soldadinhos, cavaleiros e infantes, em diversas formações. De frente para a entrada havia uma truta fária empalhada, pendurada e protegida por um vidro. Para uma truta, tratava-se de um exemplar de dimensões impressionantes.

– Sente-se, bruxo. – Tornou-se claro, imediatamente, que o aposento pertencia a Pinety.

Geralt sentou-se, olhando fixamente para a truta. Vivo, o peixe devia pesar umas boas quinze libras. Contanto que não fosse uma imitação feita de gesso.

– A magia – Pinety meneou a mão no ar – nos protegerá de eventuais escutas. Portanto, podemos falar livremente, enfim, sobre os verdadeiros motivos pelos quais solicitamos a você, Geralt de Rívia, que viesse aqui. A truta pela qual você tanto se interessou foi pescada com mosca no rio Tira e pesava catorze libras e nove onças. Foi solta viva. Na vitrine está exposta apenas uma cópia feita com magia. E agora concentre-se, por favor, naquilo que vou falar.

– Estou pronto, e para tudo.

– Estamos curiosos para saber qual é a sua experiência em lidar com os demônios.

Geralt ergueu as sobrancelhas: para isso não estava pronto. E ainda há pouco achava que nada o surpreenderia.

– E o que, para vocês, seria um demônio?

Harlan Tzara franziu o cenho e agitou-se bruscamente. Pinety mitigou-o com o olhar e disse:

– Na academia de Oxenfurt existe a cátedra de fenômenos sobrenaturais. Os mestres da magia ocasionalmente fazem palestras lá. Os temas incluem assuntos como demônios, demonismo e os diversos aspectos desse fenômeno, inclusive o físico, o metafísico, o filosófico e o moral. Mas acho que não há necessidade de falar sobre isso, pois você mesmo assistiu a algumas palestras. Eu me lembro de você. Como ouvinte, normalmente você se sentava no fundo da sala. Repito, portanto, a pergunta sobre a sua experiência com os demônios. Responda, por gentileza, mas sem filosofar ou fingir surpresa.

– A minha surpresa não é nem um pouco fingida – Geralt respondeu secamente. – É tão sincera que dói. Como surpreender-me com o fato de que eu, um simples bruxo, um mero defensivo e um antídoto ainda mais simples, esteja sendo indagado a respeito de experiências com os demônios? Sem mencionar o fato de que as perguntas são feitas por mestres da magia que lecionam na universidade sobre o demonismo e os seus aspectos.

– Responda à pergunta.

– Sou um bruxo, não um feiticeiro. Isso significa que, no que tange aos demônios, minha experiência não se compara com a sua. Assisti às suas palestras em Oxenfurt, Guincamp. O essencial chegou aos fundos da sala. Os demônios são seres vindos de mundos distintos do nosso, dos planos elementares... de outras dimensões, outros planos, outros espaços-tempos, chamem-nos como quiserem. Para lidar com um demônio de alguma forma, é preciso invocá-lo, isto é, tirá-lo do seu plano, e isso apenas é possível através da magia...

– Através da magia, não, através da goécia – Pinety interrompeu. – A diferença é substancial. E, por favor, não precisa explicar aquilo que sabemos. Responda à pergunta. É a terceira vez que lhe peço isso, e eu mesmo estou surpreso com a minha paciência.

– A resposta é: sim, já lidei com os demônios. Duas vezes fui contratado para... eliminá-los. Consegui aniquilar dois: um que entrou no corpo de um lobo e outro que tinha possuído um ser humano.

– Você conseguiu aniquilá-los.

– Consegui. Mas não foi fácil.

– Mas resultou possível – Tzara interrompeu –, indo contra a convicção geral de que é impossível aniquilar um demônio.

– Eu não afirmei em nenhum momento que aniquilei um demônio. Matei um lobo e um homem. Querem saber os detalhes?

– Queremos, sim.

– No caso do lobo, que anteriormente havia matado a mordidas e estraçalhado onze pessoas em pleno dia, agi com um sacerdote. A magia e a espada triunfaram lado a lado. Quando, depois de uma luta exaustiva, finalmente consegui matar o lobo, o demônio que o havia possuído libertou-se na forma de uma enorme bola fulgurante e destruiu uma boa parte da floresta, derrubando as árvores. Não prestou a mínima atenção em mim ou no sacerdote. Ia devastando a mata na direção oposta. Depois desapareceu, certamente deve ter retornado à sua dimensão. O sacerdote insistia que era seu o mérito de ter mandado o demônio para o além através do exorcismo. No entanto, acho que o demônio saiu pelo simples fato de ter ficado entediado.

– E o segundo caso?

– Foi mais interessante. Matei o homem possuído – retomou sem ser apressado – e nada, não houve nenhum tipo de efeitos colaterais espetaculares, nenhum tipo de bolas, auroras, relâmpagos, turbilhões, sequer um odor. Não tenho a mínima ideia do que aconteceu com o demônio. O morto foi examinado por sacerdotes e mágicos, os seus confrades. Não acharam nem perceberam nada. O corpo foi queimado, pois o processo de decomposição ocorreu normalmente, mesmo com o forte calor que fazia...

Interrompeu-se. Os feiticeiros entreolharam-se. Os seus rostos estavam impassíveis. Harlan Tzara falou, enfim:

– Seria esse, no meu entender, o único método correto contra um demônio. Matar, aniquilar o energúmeno, o homem possuído. Sublinho: um ser humano. É preciso matá-lo instantaneamente, sem espera ou deliberação. Cortar com a espada, com todas as forças disponíveis. É isso mesmo. Seria esse o método, a técnica dos bruxos?

– Não é assim, Tzara. Você não consegue ser convincente. Para ofender alguém seriamente, não basta possuir um desejo ardente, entusiasmo ou empolgação, é preciso dominar a técnica.

– *Pax, pax* – Pinety outra vez apaziguou a situação. – Queremos apenas esclarecer os fatos. Você nos disse que havia matado um homem, essas foram as suas palavras. O seu código de bruxo proíbe, aparentemente, matar humanos. Você afirma ter matado um energúmeno, um humano possuído por um demônio. Após esse fato, ou citando novamente as suas palavras: após matá-lo, não foi observado nenhum tipo de efeitos espetaculares. De onde você tinha a certeza de que não era...

– Chega! Chega, Guincamp – Geralt o interrompeu. – Essas alusões não levam a lugar nenhum. Você quer fatos? Ora, aqui estão. Matei porque foi necessário. Matei para salvar a vida de outras pessoas. Para isso, fui dispensado pela lei, às pressas, mas com palavras bastante grandiloquentes: por motivo de força maior, ação de justificação criminal, sacrifício de um bem para a salvação de outro bem, perigo real e direto. Realmente, o perigo era real e direto. Que pena que vocês não viram o possuído em ação, o que ele fazia e o que era capaz de fazer. Pouco sei sobre os aspectos filosóficos e metafísicos dos demônios, mas o seu aspecto físico é verdadeiramente espetacular. Acreditem, ficariam impressionados.

– Acreditamos. Acreditamos, sem dúvida nenhuma. Já havíamos visto coisas parecidas – Pinety confirmou, mais uma vez trocando olhares com Tzara.

– Não duvido disso – o bruxo contorceu os lábios. – Tampouco duvidei em Oxenfurt, ao assistir às suas palestras. Era evidente que tinha experiência. A base teórica realmente foi útil nesses dois casos, com o lobo e o homem. Sabia do que se tratava. Os dois casos tinham a mesma causa. Como você chamou, Tzara? Método? Técnica? Então foi um método mágico e uma técnica igualmente mágica. Algum feiticeiro havia invocado o demônio através de encantamentos, tirou-o à força do seu plano com o claro intuito de usá-lo para os seus objetivos mágicos. A magia demoníaca baseia-se nisso.

– Goécia.

– A goécia consiste em evocar o demônio, usá-lo e depois livrá-lo. Assim diz a teoria. Contudo, na prática, o que acontece é que um feiticeiro, em vez de livrar o demônio após usá-lo, aprisiona-o magicamente no corpo de algum portador, por exemplo, no corpo de um lobo, ou de um homem. Os feiticeiros, como Alzur e Idarran, gostam de experimentar, observar o que um demônio é capaz de fazer na pele alheia quando solto. Os feiticeiros, como Alzur, são doentes e depravados e regozijam-se ao ver o extermínio efetuado por um demônio. Já houve casos desse tipo, não é?

– Houve casos de todos os tipos – Harlan Tzara disse demoradamente. – É insensato generalizar e indecente reprovar. Quer que eu lhe lembre dos bruxos que não hesitaram em assaltar? Ou atuaram como assassinos de aluguel? Quer que eu lhe lembre dos psicopatas que usavam medalhões com a cabeça de gato, divertindo-se com o extermínio efetuado ao redor?

– Senhores – Pinety ergueu a mão, contendo o bruxo que se preparava para refutar –, não estamos numa sessão do conselho municipal; portanto, não façam aqui licitação de vícios e patologias. Seria mais sensato afirmar que ninguém é perfeito, que todos possuem vícios, e nem as criaturas celestiais estão imunes às patologias, presumidamente. Concentremo-nos no problema com o qual estamos lidando e que precisa ser resolvido.

– A goécia foi proibida, pois é um procedimento extremamente perigoso – Pinety retomou após um longo silêncio. – A própria evocação do demônio não exige, infelizmente, um grande conhecimento ou as mais altas capacidades mágicas. Basta apenas ter acesso a um dos grimórios necromânticos, que, aliás, estão facilmente disponíveis no mercado negro. No entanto, sem o conhecimento ou as habilidades, é difícil dominar o demônio evocado. Um goeta amador pode falar de sorte se um demônio evocado simplesmente se solta, se livra e foge. Contudo, muitos goetas acabam sendo estraçalhados. Por isso a evocação de demônios ou quaisquer outras criaturas dos planos elementais e paraelementais foi proibida e é punida severamente. Há um sistema de controle que garante a observação da proibição. Porém, existe um lugar em que o controle foi dispensado.

– Correto, o castelo Rissberg.

– Claro. Rissberg não pode ser controlado. O sistema de controle da goécia, que eu mencionei, foi criado exatamente em

Rissberg, por causa das experiências conduzidas nesse lugar. Graças aos testes aqui efetuados, o sistema continua sendo aperfeiçoado. Outros tipos de pesquisas e experiências também são realizadas. Neste lugar investigam-se diferentes coisas e fenômenos, bruxo. Aqui se fazem diversas coisas, nem sempre legais ou morais. O fim justifica os meios. Um cartaz com essa frase poderia ser pendurado sobre o portão de entrada.

– Mas abaixo da inscrição seria preciso acrescentar: "O que foi criado em Rissberg permanecerá em Rissberg" – Tzara complementou. – Aqui as experiências são conduzidas sob supervisão. Tudo é monitorado.

– Obviamente, nem tudo, algo escapou – Geralt constatou com amargura.

– Realmente escapou algo. – Pinety estava calmo de uma maneira que impressionava. – No castelo trabalham atualmente dezoito mestres. Além deles, há mais de meia centena de alunos e adeptos, para os quais, em sua maioria, apenas as formalidades constituem um obstáculo para que atinjam o grau de mestre. Tememos... Temos motivos para supor que alguém desse numeroso grupo se arriscou brincando com a goécia.

– Não sabem quem pode ter sido?

– Não sabemos.

Harlan Tzara nem piscou os olhos. Mas o bruxo sabia que estava mentindo.

– Em maio e no início de junho – o feiticeiro não esperou por mais perguntas – foram cometidos três assassinatos em massa na vizinhança. Na vizinhança, isto é, aqui no Contraforte. O local mais próximo fica à distância de doze milhas, e o mais afastado fica a vinte milhas de Rissberg. Todos são lugarejos localizados nas florestas, nos quais moram lenhadores e outros trabalhadores silvícolas. Todos os habitantes dos lugarejos foram assassinados, não sobreviveu ninguém. A autópsia dos cadáveres evidenciou que os crimes devem ter sido cometidos por um demônio, especificamente, por um energúmeno portador de um demônio, evocado aqui no castelo.

– Temos um problema, Geralt de Rívia. Precisamos resolvê-lo, e contamos com a sua ajuda.

CAPÍTULO DÉCIMO

O translado da matéria é um processo engenhoso, fino, sutil, por isso, antes de proceder à teleportação, aconselha-se evacuar e esvaziar totalmente a bexiga.

Geoffrey Monck, *A teoria e a prática do uso dos portais de teleportação*

Plotka, como de costume, roncava e irritava-se só de ver a manta. No seu resfolegar, percebia-se medo e protesto. Não gostava quando o bruxo envolvia a sua cabeça, e gostava menos ainda daquilo que acontecia logo em seguida. Geralt não estranhava nem um pouco a reação da égua, e ele também não gostava do que se seguia depois. Não era da sua natureza, obviamente, roncar ou resfolegar, mas se permitia demonstrar o descontentamento de outra forma.

– Surpreende, de verdade, a sua aversão pela teleportação – estranhou pela enésima vez Harlan Tzara.

O bruxo decidiu não se manifestar. Tzara não esperava por isso. Retomou:

– Já faz uma semana que estamos tentando teleportá-lo, e você, a cada tentativa, faz a cara de um condenado sendo levado para o cadafalso. Posso até entender essa reação por parte de pessoas comuns, para as quais o translado da matéria continua sendo algo terrível e inimaginável. No entanto, pensava que você, bruxo, tinha mais experiência nesse assunto. Não vivemos nos tempos dos primeiros portais de Geoffrey Monck! Hoje em dia, a teleportação é algo comum, e feita de modo absolutamente seguro. Os teleportais são seguros, e os teleportais abertos por mim são extremamente seguros.

O bruxo suspirou. Já tinha visto, inúmeras vezes, o efeito do funcionamento dos tais teleportais seguros. Havia participado também da separação dos restos de pessoas que tinham utilizado os teleportais. Por isso, sabia que o que se dizia sobre a segurança dos portais de teleportação podia fazer parte do rol de afirmações como: "meu cachorro não morde", "meu filho é um bom rapaz", "esta feijoada está muito leve", "devolverei o dinheiro no máximo depois de amanhã", "passei a noite na casa da minha amiga", "zelo apenas pelo bem da pátria", "você responderá apenas a algumas perguntas e logo o soltaremos"...

No entanto, não havia outra saída. De acordo com o plano elaborado em Rissberg, a tarefa de Geralt seria patrulhar, todos os dias, determinada região do Contraforte e os lugarejos, as colônias, os povoamentos e povoados nela localizados. Tzara e Pinety temiam outro ataque do energúmeno nesses lugarejos, espalhados por todo o Contraforte, às vezes muito distantes um do outro. Geralt teve que admitir e aceitar o fato de que, sem a ajuda da magia de teleportação, uma patrulha eficaz seria impossível.

Para esconder os portais, Pinety e Tzara construíram-nos no fundo do Complexo de Rissberg, numa sala enorme e vazia que precisava ser reformada e na qual sentia-se cheiro de umidade, as teias de aranhas grudavam no rosto, as fezes ressecadas dos ratos crepitavam debaixo dos sapatos. Após ativar o feitiço numa parede coberta de manchas e restos de algum tipo de gosma, aparecia o contorno fulgurante de uma porta, ou melhor, de um portal, atrás do qual resplandecia uma densa nuvem iridescente. Geralt forçava a égua com a cabeça coberta a entrar nela, e o que se seguia era muito desagradável. Relâmpagos seguiam-se um ao outro, e então perdia-se a visão, a audição e a capacidade de sentir qualquer coisa além de frio. Dentro do vão escuro, entre o silêncio, a amorfia e a atemporalidade, a única coisa que se sentia era frio, pois o teleportal desligava e fazia desaparecer todos os outros sentidos. Felizmente, isso durava apenas uma fração de segundo. Logo tudo passava, o mundo real surgia resplandecente diante dos olhos, e o cavalo, que antes roncava de pavor, batia as ferraduras contra o duro solo da realidade.

Tzara observou pela enésima vez:

– É compreensível que o cavalo se assuste, mas, bruxo, o seu medo é completamente irracional.

"O medo nunca é irracional", Geralt não quis corrigi-lo. "Salvo no caso de distúrbios psicológicos. Uma das primeiras coisas ensinadas aos pequenos bruxos é que é bom sentir medo. Se você sente medo, é sinal de que há algo a temer. Portanto, é preciso cautela. Não é necessário controlar o medo, basta apenas não sucumbir a ele, e vale a pena aprender com ele."

– Aonde vai hoje? A que região? – Tzara perguntou, abrindo uma caixa de laca em que guardava a varinha.

– A Rochas Secas.

– Antes do pôr do sol, procure chegar a Sicómoro. Eu o Pinety o retiraremos de lá. Está pronto?

– Estou pronto para tudo.

Tzara meneou a mão e a varinha no ar, como se estivesse dirigindo uma orquestra. Geralt teve até a impressão de ouvir música. O feiticeiro entoou melodiosamente o longo encantamento que soava como um poema recitado. Fogosas linhas resplandeceram na parede, unindo-se num reluzente contorno quadrilateral. O bruxo xingou baixinho, acalmou o medalhão latejante, esporeou a égua com os calcanhares e a forçou a adentrar o vão leitoso.

•

Escuridão, silêncio, amorfia, atemporalidade, frio. E, de repente, um clarão, um choque, batidas dos cascos contra o solo duro.

•

O assassinato, que os feiticeiros suspeitavam que tivesse como autor o energúmeno, o portador do demônio, foi cometido nas redondezas de Rissberg, em terrenos desabitados conhecidos como Contraforte de Tukai, uma cadeia de montanhas coberta por uma floresta original que separava Temeria de Brugge. Para alguns, o nome da cadeia era derivado do nome de um lendário herói chamado Tukai; para outros, tinha origem completamente distinta. Como na região não havia outros montes, as pessoas simplesmente acostumaram-se a chamá-lo de Contraforte, e era esse o nome que aparecia em vários mapas.

O Contraforte estendia-se ao longo de uma faixa que chegava a cem milhas, com largura de vinte a trinta milhas. Na parte ocidental, em particular, havia evidências de uma intensa exploração e produção florestal. A essa atividade de exploração florestal estavam relacionados ofícios ligados à extração de árvores utilizadas na produção industrial lá realizada. Nos ermos surgiram povoações, colônias, povoados, campos fixos ou provisórios administrados de modo eficiente ou negligente, grandes, médios ou muito pequenos, habitados por pessoas que se dedicavam à atividade silvícola. Nesse momento, de acordo com as estimativas dos feiticeiros, em todo o Contraforte existia cerca de meia centena de povoações desse tipo. Em três delas ocorreram massacres aos quais ninguém sobreviveu.

•

Rochas Secas, um complexo de morros calcários de baixa altura rodeados de densas florestas, era o ponto mais ocidental do Contraforte, a divisa da região de patrulhamento no ocidente. Geralt já havia estado lá e conhecia o terreno. Na área do corte raso ao pé da floresta foi construído um enorme forno usado para a calcinação das rochas. O produto final desse procedimento era cal. Pinety, quando os dois estiveram lá juntos, explicou para que servia, mas Geralt não prestou muita atenção e acabou esquecendo. Qualquer tipo de cal ficava fora da sua área de interesse. Porém, junto ao forno, crescia uma colônia de pessoas para as quais a cal constituía a base de existência. O bruxo fora encarregado da segurança delas. Era apenas isso que importava.

Os homens que manejavam o forno reconheceram Geralt. Um deles acenou para este com o chapéu. O bruxo retribuiu o cumprimento. "Estou cumprindo o meu dever", pensou. "Estou fazendo aquilo que devo fazer. É para isso que me pagam."

Montado em Plotka, dirigiu-se para a floresta e seguiu pela estrada. Tinha cerca de meia hora de caminho para percorrer até chegar à próxima povoação, conhecida como Desbaste de Ferreirinha, distante aproximadamente uma milha.

Durante o dia, o bruxo percorria de sete a dez milhas. Dependendo das redondezas, isso significava visitar dez ou mais povoados até chegar ao local combinado, de onde, antes do pôr do sol, um dos feiticeiros o teleportava de volta para o castelo. No dia seguinte, tudo se repetia. Apenas a área patrulhada do Contraforte era outra. Geralt escolhia de modo aleatório as regiões a inspecionar. Evitava uma rotina e um esquema que poderiam ser facilmente descobertos. Mesmo assim, a tarefa revelou-se bastante monótona. Mas o bruxo não se incomodava com isso, já estava acostumado à monotonia do seu ofício. Na maioria das vezes, só paciência, persistência e perspicácia garantiam sucesso a uma caça a um monstro. O que mais importava, até então, era que ninguém nunca havia se proposto a pagar a Geralt por sua paciência, persistência e perspicácia com tanta generosidade como os feiticeiros de Rissberg. Portanto, não havia do que reclamar, era preciso cumprir a missão que lhe fora atribuída, mesmo não acreditando muito que seria bem-sucedido.

•

– Logo após chegar a Rissberg – chamou a atenção dos feiticeiros –, vocês me apresentaram a Ortolan e a todos os feiticeiros de alto escalão. Mesmo que entre eles não houvesse ninguém responsável pela goécia e pelos massacres, a notícia sobre o bruxo deve ter se espalhado pelo castelo. O réu, caso exista, logo perceberá do que se trata, se esconderá e deixará de agir por completo, ou esperará que eu parta para então voltar à ação.

– Simularemos a sua partida – Pinety respondeu. – A partir de agora, a sua permanência no castelo será mantida em segredo. Não se preocupe, há uma magia que permite manter em segredo aquilo que precisa permanecer em segredo. Acredite, sabemos usar esse tipo de magia.

– Então vocês acham que uma patrulha diária tem sentido?

– Tem, sim. Continue o seu trabalho, bruxo, e não se preocupe com o resto.

Geralt prometeu solenemente não se preocupar. Mesmo assim, alimentava dúvidas. Não confiava completamente nos feiticeiros. Tinha as suas suspeitas, mas não lhe passava pela cabeça revelá-las.

•

No Desbaste de Ferreirinha, ouvia-se ressoar a batida dos machados e o ruído das serras, sentia-se cheiro de madeira fresca e resina. O lenhador Ferreirinha e a sua numerosa família eram os responsáveis pelo intenso desflorestamento do local. Os membros mais velhos da família cortavam e serravam, os mais jovens retiravam os ramos dos troncos derrubados, e os mais jovens carregavam os gravetos. Ferreirinha viu Geralt, fincou o machado num tronco e limpou o suor da testa. O bruxo aproximou-se e disse:

– Como vão? Tudo em ordem?

Ferreirinha demorou a olhar para ele. Por fim, virou-se e falou de modo soturno:

– As coisas vão mal.

– Por quê?

Ferreirinha permaneceu em silêncio por um longo tempo. Enfim, rosnou:

– Roubaram a serra! Roubaram a serra! Como é que é isso, hein? Por que o senhor anda de um corte raso para outro? E por que será que Torquil também vagueia pelas florestas com a sua companhia, hein? Parece que estão fazendo patrulha. Mesmo assim, roubam as serras!

– Vou tratar disso. Vou tratar deste assunto. Passe bem – Geralt mentiu com facilidade.

Ferreirinha cuspiu no chão.

•

Em outro Desbaste, pertencente a Poupa, tudo estava em ordem. Ninguém estava perturbando-o e parecia que nada tinha sido roubado. Geralt, montado em Plotka, nem parou. Seguiu em direção a outro povoado conhecido como Potassa.

•

As estradas nas florestas, sulcadas pelas rodas das carroças, facilitavam o deslocamento entre os povoados. Com frequência Geralt topava com carroças carregadas com produtos silvícolas ou vazias, que seguiam para receber a carga. Encontrava também grupos de andarilhos. As estradas eram surpreendentemente movimentadas. Nem mesmo o seio da floresta era deserto. De tempos em tempos, viam-se nádegas emergindo sobre as samambaias, parecendo o dorso de um narval sobre as ondas do mar. As donas delas, de cócoras, colhiam mirtilos e outros frutos silvestres. De vez em quando, por entre as árvores, vagueava com passo rijo um ser cujas postura e feição lembravam as de um zumbi, mas que na realidade era um velho catando cogumelos. Às vezes ressoava o crepitar de galhos secos por entre gritos endemoninhados de crianças, filhos e filhas dos lenhadores e carvoeiros, munidos de arcos feitos de paus e cordas. Surpreendia o tamanho dos prejuízos que eram capazes de provocar na natureza com um equipamento tão primitivo, e aterrorizava a ideia de que um dia cresceriam e usariam um equipamento profissional.

•

Outro povoado onde também reinava a paz, nada perturbava o trabalho, nem havia perigo para os trabalhadores era o de Potassa, nome derivado, com muita originalidade, da mineração de potassa, um composto muito utilizado na indústria de vidro e de sabão. A potassa, como os feiticeiros haviam explicado a Geralt, era produzida com as cinzas do carvão vegetal, queimado nas redondezas. Geralt já havia visitado – e nesse dia também planejava visitar – os povoados dos carvoeiros. O mais próximo chamava-se Carvalhal, e o caminho que conduzia até ele passava por um bosque de enormes carvalhos centenários. Mesmo ao meio-dia, com sol a pino e céu limpo, uma sombra tenebrosa estendia-se debaixo das árvores.

Foi junto dos carvalhos, fazia menos de uma semana, que Geralt tinha encontrado pela primeira vez o condestável Torquil e a sua unidade.

•

Quando saíram galopando de detrás dos carvalhos e cercaram Geralt por todos os lados, usando trajes verdes camuflados e portando longos arcos nas costas, no primeiro momento ele achou que fossem milicianos florestais, membros da famosa e voluntária formação paramilitar que eles denominavam de Milícia Silvícola, que caçavam os inumanos, em especial os elfos e os dríades, e matavam-nos de maneira sofisticada. Às vezes, os milicianos florestais que viajavam pelas matas incriminavam as pessoas que auxiliavam os inumanos ou mantinham relações comerciais com eles. Castigavam-nas com o linchamento, e era muito difícil conseguirem provar a sua inocência.

Parecia que o encontro junto dos carvalhos seria bastante turbulento. Mas os cavaleiros verdes revelaram que eram guardas, e Geralt suspirou aliviado. O comandante, um indivíduo moreno com um olhar penetrante, que se apresentou como condestável ao serviço do oficial de justiça de Gors Velen, exigiu grosseira e insolentemente que Geralt revelasse a sua identidade. Depois de revelá-la, ordenou que lhe apresentasse o símbolo de bruxo. O medalhão com o lobo mostrando os dentes foi considerado não apenas satisfatório, mas também despertou uma visível admiração do guarda. Aparentemente, a admiração estendia-se inclusive ao próprio Geralt. O condestável desmontou do cavalo, pediu que o bruxo fizesse o mesmo e convidou-o para uma breve conversa. Ele parecia insolente, formal, mas se revelou um homem calmo e objetivo.

– Sou Frans Torquil, e você é o bruxo Geralt de Rívia, o mesmo Geralt de Rívia que, ao matar um devorador de homens há um mês, salvou uma mulher e uma criança da morte em Ansegis.

Geralt cerrou os lábios. Estava feliz por ter esquecido Ansegis, o monstro com a placa e o homem que morreu por sua culpa. Passou muito tempo aborrecido por causa disso, mas por fim conseguiu convencer a si próprio de que havia feito tudo o que podia salvando duas pessoas e eliminando o monstro, para que não matasse mais ninguém. E agora tudo voltava outra vez.

Frans Torquil talvez não tenha percebido o cenho franzido de Geralt após essa constatação, e, mesmo que tivesse percebido, não ficou muito preocupado. Retomou:

– Parece, bruxo, que nós dois perambulamos por este matagal pelos mesmos motivos. Coisas ruins, pouco agradáveis, passaram a acontecer no Contraforte de Tukai desde a primavera. E está na hora de parar com isso. Após o massacre em Arcos, aconselhei aos feiticeiros de Rissberg que contratassem um bruxo. Parece que escutaram, embora não gostem de fazê-lo.

O condestável tirou o chapéu e sacudiu-o para limpá-lo de agulhas e sementes. O chapéu dele tinha o mesmo estilo que o de Jaskier. A única diferença era a qualidade inferior do feltro e uma pluma de faisão no lugar da pena de garça como enfeite. Começou a falar, olhando para Geralt:

– Faz muito tempo mantenho a ordem pública no Contraforte. Posso afirmar, sem exagero, que prendi um considerável número de malfeitores, com os quais enfeitei uma boa quantidade de galhos secos. Mas aquilo que vem acontecendo aqui nos últimos tempos... para isso é preciso a ajuda de alguém como você, alguém que conheça feitiçaria e os monstros, que não se espante com um fantasma ou um dragão. É bom que juntos vigiemos e protejamos as pessoas, eu com a minha miserável remuneração, e você com o dinheiro que recebe dos feiticeiros. Só por curiosidade: quanto é que lhe pagam por esse serviço?

Geralt não teve a mínima vontade de revelar que recebera quinhentas coroas de Novigrad pelo serviço, transferidas para a sua conta bancária. "Foi por esse valor que os feiticeiros de Rissberg compraram o meu serviço e o meu tempo. Quinze dias do meu tempo. E, após os quinze dias, independentemente daquilo que acontecer, será feita outra transferência de um igual valor. Um valor generoso, mais do que satisfatório."

– Ora, devem pagar bem – Frans Torquil percebeu rapidamente que não conseguiria obter uma resposta. – Eles têm recursos para isso. E vou lhe dizer uma coisa: nenhum dinheiro, neste caso, será demasiado. Pois é um assunto sujo, bruxo. Sujo, sombrio e não natural. O mal que assolou aqui veio de Rissberg, aposto a minha cabeça. Tenho certeza de que foram os próprios feiticeiros que, ao fazerem a sua magia, provocaram isso. Ela é que nem um saco cheio de víboras: nem que esteja bem amarrado, sempre sairá dele algo venenoso.

O condestável lançou um olhar para Geralt. Foi suficiente para perceber que o bruxo não lhe revelaria nada, nenhum detalhe do acordo feito com os feiticeiros.

– Revelaram-lhe os detalhes? Contaram o que aconteceu em Teixos, Arcos e Cornada?

– De certo modo, sim.

– De certo modo – Torquil repetiu. – Três dias após Belleteyn, nove lenhadores foram mortos no povoado de Teixos. Na metade de maio, doze foram assassinados na povoação dos serradores em Arcos. E no início de junho houve quinze vítimas em Cornada, na colônia dos carvoeiros. Esse seria o balanço atual, bruxo, mas ainda não acabou. Aposto a minha cabeça que haverá mais.

"Teixos, Arcos e Cornada. Três assassinatos em massa. Portanto, não foi um acidente de trabalho, não foi um demônio que se soltou e fugiu e não conseguiu ser dominado por um goeta incompetente. Foi um ato premeditado, planejado. Alguém prendeu o demônio três vezes no seu portador e soltou-o três vezes para assassinar."

– Eu já vi muitas coisas. – Os músculos das mandíbulas do condestável vibraram com força. – Vi inúmeros campos de batalhas, incontáveis cadáveres, assaltos, roubos, ataques de bandidos, sanguinolentas vinganças de famílias, investidas, inclusive um casamento do qual retiraram seis mortos, entre eles, o noivo. Mas cortar os tendões para depois lacerar os mancos? Escalpelar? Rasgar as gargantas com os dentes? Estraçalhar as vítimas vivas? Eviscerá-las? E, por fim, construir pirâmides com as cabeças cortadas? Pergunto: com o que estamos lidando aqui? Os feiticeiros não lhe disseram nada? Não explicaram para que precisavam de um bruxo?

"Para que os feiticeiros de Rissberg precisavam de um bruxo? Para forçá-lo a cooperar por meio de chantagem? Eles conseguiriam lidar facilmente, sem grande esforço, e por sua própria conta, com qualquer portador. *Fulmen sphaericus, Sagitta aurea* são apenas dois feitiços, dentre muitos, com os quais se poderia lidar com um energúmeno a uma distância de cem passos, e ele dificilmente sairia ileso. Mas, não, os feiticeiros preferem um bruxo. Por quê? A resposta é simples: o energúmeno é um feiticeiro, confrade, colega. Algum dos colegas de profissão evoca os demônios, permite que o possuam e passa a assassinar. Já fez isso três vezes. Mas os feiticeiros não vão atingi-lo com um raio globular ou perfurá-lo com uma flecha dourada. Para eliminar um colega, é preciso contratar um bruxo."

Não podia e não queria dizer isso a Torquil. Não podia e não queria dizer aquilo que havia contado aos feiticeiros em Rissberg, aquilo que eles haviam menosprezado, da mesma forma como se menospreza uma banalidade.

•

– Vocês continuam a fazer isso, continuam a brincar com essa tal de goécia. Vocês evocam essa criatura, tiram-na dos seus planos, de trás de portas fechadas, e a justificativa é sempre a mesma: nós a controlaremos, dominaremos, obrigaremos a ser obediente, a trabalhar, com a mesma desculpa de sempre: conheceremos os seus segredos, forçaremos que nos revele segredos e arcanos. Com isso, aumentaremos a força da nossa magia, poderemos tratar e curar, eliminaremos as doenças e os desastres naturais, faremos que o mundo se torne melhor e o homem, mais feliz. E, como sempre, tudo isso é uma mentira, pois a única coisa que vocês desejam é a sua força e o seu poder.

Era evidente que Tzara estava pronto para responder, mas Pinety o deteve. Geralt continuou:

– Ora, quanto às criaturas atrás de portas fechadas, aquelas que, por comodidade, chamamos de demônios, vocês certamente possuem os mesmos conhecimentos sobre elas que nós, os bruxos. Devem saber aquilo que determinamos há muito tempo, que foi anotado nos protocolos e nas crônicas dos bruxos. Os demônios jamais revelariam quaisquer segredos ou arcanos. Nunca permitiriam que alguém os forçasse a trabalhar. Permitem que alguém os evoque e traga para o nosso mundo por um único motivo: pela vontade de assassinar. Gostam de matar. E vocês sabem disso. Mesmo assim, fazem que isso se torne possível.

– Talvez seja melhor passar da teoria para a prática – afirmou Pinety após um longo silêncio. – Acho que nos protocolos e nas crônicas de bruxos também se escreveu a respeito dessa criatura. Quanto a você, bruxo, não esperamos, de forma alguma, tratados morais, mas, particularmente, soluções práticas.

•

– Foi um prazer conhecê-lo. – Frans Torquil estendeu a mão para Geralt. – O serviço chama, é preciso fazer a ronda, vigiar, proteger as pessoas. É por isso que estamos aqui.

– Por isso mesmo.

Após montar o cavalo, o condestável inclinou-se e disse em voz baixa:

– Aposto que você tem consciência do que vou lhe dizer agora. Mas, mesmo assim, vou dizer. Cuidado, bruxo, seja cauteloso. Você não quer falar, mas eu tenho o meu discernimento. Os feiticeiros o contrataram para limpar a sujeira que fizeram. Se alguma coisa der errado, procurarão um bode expiatório, e você tem todo o perfil para sê-lo.

•

O céu sobre a floresta começou a escurecer. Um vento repentino vibrou nas copas das árvores. Um trovão murmurou à distância.

•

– Ou vai cair uma tempestade, ou um aguaceiro – Frans Torquil disse ao encontrar Geralt em outra ocasião. – A cada dois dias troveja e chove. E o efeito é tal que não há como achar nenhum rastro, pois todos acabam sendo apagados pela chuva. Cômodo, não é? Parece que foi encomendada. Isso também me cheira a feitiçaria, em particular a Rissberg. Dizem que os feiticeiros conseguem exercer influência sobre o tempo: podem evocar um vento mágico, encantar um vento natural, fazendo que sopre quando querem, limpar o céu de nuvens, provocar chuva ou granizo ou até uma tempestade, conforme a sua vontade e na hora que lhes convier para, por exemplo, apagar os rastros. O que você acha disso, Geralt?

– É verdade que os feiticeiros conseguem fazer muita coisa – respondeu. – Sempre comandaram o tempo, desde o primeiro desembarque, que graças aos feitiços de Jan Bekker não terminou de forma catastrófica. Mas culpá-los por todos os problemas e fracassos seria um exagero. Afinal de contas, você, Frans, está falando de desastres naturais. Estamos simplesmente passando por uma temporada assim, uma temporada de tempestades.

•

Fustigou a égua. O sol se punha. Antes do anoitecer, planejava patrulhar mais algumas povoações. A mais próxima era a colônia dos carvoeiros, localizada numa clareira chamada Cornada. Quando foi até lá pela primeira vez, estava acompanhado de Pinety.

•

O terreno onde ocorreu o massacre, para espanto do bruxo, em vez de um ermo sombrio, afastado de todos os caminhos, revelou-se um lugar de muito trabalho, muita agitação, lotado de pessoas. Os carvoeiros, que se autodenominavam cravoeiros, com grande esforço empilhavam a madeira para obter carvão vegetal. A pilha tinha uma estrutura de cúpula. Não tinha sido, de maneira alguma, amontoada de modo aleatório. Era uma pilha construída de forma detalhada e com uniformidade. Quando Geralt e Pinety adentraram a clareira, os carvoeiros estavam cobrindo-a cuidadosamente com musgo e terra. Outra pilha, formada anteriormente, já estava em funcionamento, soltando nuvens de fumaça. Toda a clareira estava envolta em um fumo que queimava os olhos, e um forte cheiro de resina penetrava as narinas.

– Quanto tempo... – o bruxo tossiu. – Você disse que fazia quanto tempo desde...

– Exatamente um mês.

– E as pessoas trabalham aqui como se nada tivesse acontecido?

– Há uma grande demanda por carvão vegetal – Pinety explicou. – Durante o processo de queima, só ele permite alcançar a temperatura adequada para a fundição de metais. Os fornos das forjas em Dorian e Gors Velen não poderiam funcionar sem o carvão vegetal, e a fundição de metais é o mais importante e o mais desenvolvido setor da indústria. A carvoaria dá lucro graças à demanda, e a economia, bruxo, é como a natureza: abomina o vazio. Os carvoeiros assassinados foram sepultados ali. Consegue ver o túmulo? Na areia fresca ainda brilham tons de amarelo. No lugar deles veio gente nova. Os fornos esfumaçam, e a vida continua.

Desmontaram dos cavalos. Os carvoeiros não prestaram atenção neles, estavam demasiadamente ocupados. Apenas as mulheres e as crianças demonstraram interesse. Algumas corriam por entre as choupanas.

– Claro. – Pinety adivinhou a pergunta antes que o bruxo a fizesse. – Entre os sepultados debaixo do túmulo também havia crianças. Três crianças, e três mulheres. Nove homens e adolescentes. Siga-me.

Passaram por entre as pilhas da madeira que secava.

– Alguns homens foram assassinados no local, as suas cabeças foram estraçalhadas – o feiticeiro contou. – Os outros foram imobilizados e desabilitados, tiveram os tendões dos pés cortados com um objeto afiado. Além disso, muitos, entre eles todas as crianças, tiveram os braços quebrados. Os desabilitados foram assassinados. As gargantas foram estraçalhadas, as barrigas evisceradas, os peitos abertos. A pele das costas foi arrancada, escalpelada. Uma das mulheres...

– Chega. Chega, Pinety. – O bruxo olhava para as manchas escuras de sangue ainda visíveis nos tocos de bétula. – Vale a pena saber com quem... com que estamos lidando.

– Eu sei. Portanto, deixe eu lhe dizer só os últimos detalhes. Faltaram alguns corpos. Todos os assassinados tiveram as cabeças cortadas, empilhadas em forma de pirâmide, aqui, neste exato local. Havia quinze cabeças e treze corpos. Dois corpos desapareceram. Quase o mesmo esquema foi repetido no caso dos moradores de dois outros povoados, Teixos e Arcos – o feiticeiro retomou após uma breve pausa. – Nove pessoas foram mortas em Teixos, doze em Arcos. Amanhã eu o levarei lá. Hoje ainda faremos uma breve visita a Nova Coqueira, perto daqui. Você verá a produção de alcatrão de hulha e de alcatrão comum. Quando, da próxima vez, tiver que usar o alcatrão, saberá de onde ele vem.

– Tenho uma pergunta.

– Diga.

– Vocês realmente precisaram recorrer à chantagem? Não acreditavam que eu viria a Rissberg por minha própria vontade?

– Havia opiniões divergentes a respeito.

– Meter-me numa masmorra em Kerack, depois soltar-me, continuar chantageando-me com o tribunal, quem pensou nisso tudo? De quem foi a ideia? Foi de Coral, não foi?

Pinety olhou para Geralt. Fixou os olhos nele por um longo tempo. Enfim, admitiu:

– É verdade, a ideia foi dela, e o plano também. Prendê-lo, soltá-lo e chantageá-lo. E, enfim, fazer que o processo fosse anulado. Ela conseguiu resolver isso imediatamente após a sua partida. A sua ficha em Kerack está limpíssima. Você tem outras perguntas? Não? Então vamos até Nova Coqueira, veremos o alcatrão. Depois abrirei o teleporto e voltaremos a Rissberg. À noite, queria ainda dar um pulo até o meu riozinho com a minha vara de pesca com mosca. As efeméridas estão enxameando, a truta vai caçar... Você já pescou, bruxo? Você gosta de pescar?

– Pesco quando tenho vontade de comer um peixe. Sempre carrego uma corda comigo.

Pinety permaneceu em silêncio por um longo tempo e enfim falou, com um tom estranho:

– Uma corda... uma linha com um grande pedaço de chumbo amarrado a ela, com muitos ganchos nos quais você prende vermes.

– Sim. E daí?

– Nada. Não deveria ter perguntado.

•

Dirigia-se a Pinheiros, outro povoado habitado pelos carvoeiros, quando, de repente, a floresta foi tomada pelo silêncio. Os gaios calaram, silenciaram, como se tivessem sido cortados com uma faca, os gritos das pegas emudeceram bruscamente as bicadas do pica-pau. A floresta petrificou de terror.

Geralt fustigou a égua, forçando-a a galopar.

CAPÍTULO DÉCIMO PRIMEIRO

A morte é o nosso eterno companheiro. Sempre segue do nosso lado esquerdo, atrás, ao alcance da mão. É o único conselheiro sábio com o qual um guerreiro pode contar. Caso um guerreiro tenha a impressão de que tudo está rumando a um desfecho adverso, e tema ser aniquilado em pouco tempo, pode se virar para a morte e indagar sobre o verdadeiro estado das coisas. A morte lhe responderá, então, que está equivocado, e o único que conta é ser tocado por ela. "Porém, não pousei a mão em você", dirá.

Carlos Castañeda, *Viaje a Ixtlan*

A estrutura usada para queimar carvão vegetal em Pinheiros fora erguida nas proximidades de uma área desmatada onde os carvoeiros aproveitavam os restos da madeira cortada. O processo de queima começara lá fazia pouco tempo. Do topo da cúpula subia uma coluna de fumaça amarelada que exalava um cheiro forte e desagradável. Contudo, o cheiro de queimado não se sobrepunha ao de morte que pairava sobre a clareira.

Geralt desmontou do cavalo e desembainhou a espada.

Junto da madeira empilhada avistou o primeiro cadáver decapitado, sem os pés. O sangue havia respingado sobre a terra que cobria o montículo. A uma pequena distância viam-se mais três corpos, massacrados de tal forma que era impossível reconhecer de quem eram. O sangue havia sido absorvido pela areia porosa da floresta, deixando manchas avermelhadas no solo.

Mais próximo do meio da clareira e do forno cercado de pedras havia outros dois cadáveres, de um homem e de uma mulher. O homem tinha a garganta rasgada, estraçalhada de tal maneira que se viam as suas vértebras cervicais. O tronco da mulher estava prostrado sobre a fogueira e as cinzas, e o trigo-sarraceno que havia caído da panela derrubada tinha grudado no seu corpo.

Um pouco mais distante, junto de uma pilha de lenha, via-se o corpo de uma criança, um menino que devia ter por volta de cinco anos, rasgado ao meio. Alguém, ou melhor, algo agarrou as suas duas pernas e as rasgou.

Geralt avistou outro cadáver com a barriga lacerada e as tripas estendidas ao longo do corpo, em todo o seu comprimento, com aproximadamente dois metros do intestino grosso e mais de seis metros do intestino delgado. Os intestinos estirados formavam uma linha violáceo-rosada reta e brilhante que se estendia desde o cadáver até a choupana feita de galhos de folhas aciculares e desapareciam no interior dela.

Dentro, num leito primitivo, via-se um homem esbelto prostrado em decúbito dorsal. À primeira vista, parecia não pertencer ao local. A sua rica vestimenta estava toda coberta, completamente ensopada de sangue. Mas o bruxo não viu sangue jorrando, brotando ou correndo de nenhum dos seus vasos sanguíneos.

Reconheceu-o, apesar de ter o rosto coberto de sangue ressecado. Era o belo, esbelto e levemente afeminado Sorel Degerlund, de cabelos longos, que lhe havia sido apresentado durante a audiência com Ortolan. Naquela ocasião, também trajava uma capa torçalada e um gibão bordado, como os outros, e, sentado à mesa, olhava para o bruxo com uma aversão indolentemente dissimulada, da mesma forma que os outros. E agora estava prostrado, inconsciente, numa choupana de carvoeiros, todo coberto de sangue. Tinha o punho da mão direita envolto num intestino humano desentranhado da cavidade pélvica do cadáver que se encontrava a menos de dez passos de distância dele.

O bruxo engoliu a saliva. "Será que acabo com ele enquanto está inconsciente?", pensou. "É isso o que Pinety e Tzara esperam de mim? Matar o energúmeno? Eliminar o goeta que brinca evocando os demônios?"

Um gemido arrancou-o dos seus pensamentos. Parecia que Sorel Degerlund começava a recuperar a consciência. Ergueu a cabeça bruscamente, gemeu e caiu de novo sobre o leito. Levantou-se e passou os olhos ao redor. Viu o bruxo. Abriu a boca. Olhou para a sua barriga suja de sangue. Ergueu a mão. Deu-se conta do que segurava nela e começou a gritar.

Geralt fixou os olhos na espada com o guarda-mão banhado a ouro, uma aquisição de Jaskier. Olhou, de relance, para o fino pescoço do feiticeiro e para a veia inchada nele.

Sorel Degerlund arrancou o intestino preso na sua mão. Parou de gritar, começou apenas a gemer e tremer. Levantou-se. Primeiro ficou de cócoras, depois pôs-se em pé. Saiu correndo da choupana, olhou em volta, gritou e tentou fugir. O bruxo pegou-o pela gola, imobilizou-o e derrubou-o, fazendo que caísse de joelhos. Ainda tremendo, balbuciou:

– O que... o que... o que aconte... aconteceu aqui?

– Eu acho que você sabe bem o que aconteceu.

O feiticeiro engoliu a saliva.

– Como... como é que eu cheguei aqui? Não... não me lembro de nada... não me lembro de absolutamente nada! Nada!

– Preferia não acreditar nisso.

– A invocação... – Degerlund cobriu o rosto com as mãos. – Eu o invoquei... e ele apareceu. No pentagrama, no círculo de giz... e baixou em mim. Eu o incorporei.

– Não deve ter sido a primeira vez, não?

Degerlund soluçou. Geralt teve a impressão de que o soluço foi um pouco teatral. Lamentava o fato de não ter surpreendido o energúmeno antes de o demônio desincorpor. Mas tinha consciência de que o seu arrependimento era pouco racional. Sabia o quanto poderia ter sido perigoso o confronto com o demônio. Deveria estar aliviado por tê-lo evitado. Mas não estava, pois, se isso tivesse acontecido, saberia o que fazer.

"Tinha que ser logo eu?!", pensou. "Que pena que Frans Torquil e sua unidade não tenham passado por aqui. O condestável não teria dúvidas ou escrúpulos. O feiticeiro, todo sujo de sangue, apanhado com as vísceras da vítima na mão, logo seria condenado à forca e pendurado no primeiro ramalho. Torquil não deixaria de tomar uma atitude por causa de hesitação ou dúvidas. Ele não ficaria matutando como um feiticeiro relativamente magro, com aparência afeminada, conseguiria assassinar tantas pessoas com tamanha crueldade e de uma maneira tão rápida que a sua vestimenta ensanguentada ainda não estivesse seca nem endurecida. E não seria capaz de rasgar uma criança ao meio com as próprias mãos. Não, Torquil não teria dúvidas. Mas eu tenho. Pinety e Tzara estavam convencidos de que eu não as teria." Degerlund gemeu:

– Não me mate... não me mate, bruxo... eu nunca... jamais...

– Cale-se.

– Juro, nunca...

– Cale-se. Você está consciente o suficiente para usar a magia e chamar os feiticeiros de Rissberg para que venham até aqui?

– Tenho o sigilo... posso... posso me teleportar a Rissberg.

– Sozinho, não. Comigo. Sem artimanhas. Não tente se levantar, fique ajoelhado.

– Preciso ficar em pé. E você... se é para a teleportação dar certo, você precisará ficar junto de mim, bem junto de mim.

– Como é que é? Apresse-se, o que você está esperando? Tire esse amuleto.

– Não é um amuleto. Eu já disse, é um sigilo.

Degerlund abriu o gibão ensanguentado e a camisa. No peito magro havia uma tatuagem: eram dois círculos que se interseccionavam, salpicados de pontos de diversos tamanhos. Parecia o esquema das órbitas dos planetas que Geralt havia admirado na universidade de Oxenfurt.

O feiticeiro entoou o melodioso encantamento. Os círculos resplandeceram com uma luz azul, e os pontos, com uma luz vermelha, e começaram a girar.

– Agora! Fique junto de mim.

– Junto?

– Mais junto. Encoste em mim.

– Como é que é?

– Encoste em mim e me abrace.

A voz de Degerlund alterou-se. Os seus olhos, que um instante antes lacrimejavam, passaram a reluzir ignobilmente, os lábios contorceram-se de maneira maliciosa.

– Assim, assim mesmo. Com força e ternura, bruxo, como se eu fosse Yennefer.

Geralt percebeu o que estava acontecendo. Mas não teve tempo de afastar Degerlund, nem de golpeá-lo com o pomo, nem de cortar com a espada o seu pescoço. Simplesmente faltou tempo.

Uma luminosidade iridescente resplandeceu nos seus olhos. Numa fração de segundo, mergulhou no vácuo, na escuridão, num frio penetrante, no silêncio, na amorfia, na atemporalidade...

•

Aterraram sobre um solo duro. Parecia que o piso de lajes de pedra havia saltado ao encontro deles. Com o impacto da queda, separaram-se. Geralt nem sequer teve tempo de olhar em volta. Sentiu um intenso fedor, o cheiro de sujeira misturada com almíscar. Enormes e poderosas mãos apanharam-no pelas axilas e pela nuca. Os dedos grossos agarraram com facilidade o seu bíceps. Os polegares duros feito ferro encravaram-se nos seus nervos, nos plexos braquiais. O seu corpo ficou totalmente dormente. Soltou a espada da mão inerte.

Viu na sua frente um corcunda de cara asquerosa, toda marcada de úlceras, com o crânio coberto por ralas mechas de cabelo rijo. O corcunda estava em pé, com as pernas arqueadas escarranchadas, e mirava-o com uma enorme besta, ou um arbalest de dois arcos de aço posicionados um em cima do outro. As duas pontas quadrilaterais das setas apontadas para Geralt, afiadas como navalhas, tinham a largura de dois polegares.

Sorel Degerlund ficou em pé diante do bruxo e disse:

– Como você deve ter percebido, você não está em Rissberg. Está no meu refúgio e eremitério, o lugar onde realizo, com meu mestre, experiências sobre as quais ninguém em Rissberg tem conhecimento. Como você deve saber, sou Sorel Albert Amador Degerlund, *magister magicus*. Sou, isto você ainda não sabe, aquele que lhe causará dor e morte.

Desapareceram, como se por um sopro de vento, o pavor simulado, o pânico fingido, todas as aparências. Tudo lá, na clareira dos carvoeiros, tinha sido fingimento. Diante de Geralt, suspenso num aperto paralisante das mãos nodosas, estava um Sorel Degerlund completamente diferente. Um Sorel Degerlund triunfante, cheio de orgulho e arrogância. Um Sorel Degerlund com um sorriso malicioso na boca aberta que fazia pensar em lacraias enfiando-se pelas fendas debaixo das portas, em túmulos revoltos, em vermes brancos coleando na carniça, em gordas mutucas mexendo as patas num prato de canja.

O feiticeiro aproximou-se. Segurava na mão uma seringa de aço com uma longa agulha. Falou arrastando as sílabas:

– Lá, na clareira, eu o enganei como se engana uma criança, e como uma criança você mostrou-se ingênuo. O bruxo Geralt de Rívia! Embora o instinto não o tenha enganado, não matou porque não tinha certeza, porque é um bom bruxo e um bom homem. Quer que eu lhe diga, bom bruxo, quem são as pessoas boas? São aquelas a quem o destino privou da chance de aproveitar os benefícios de serem más, ou aquelas que tiveram essa chance, mas eram demasiadamente estúpidas para aproveitá-la. Não importa ao qual dos dois grupos você pertence. Você se deixou enganar, caiu na armadilha, e garanto que não sairá vivo dela.

Ergueu a seringa. Geralt sentiu uma picada e logo em seguida uma dor ardente, penetrante, que ofuscava a vista, fazia todo o corpo enrijecer, uma dor tão horrível que precisou se esforçar muito para não gritar. O coração começou a bater acelerado. Com o seu pulso quatro vezes mais lento do que o de uma pessoa comum, experimentou uma sensação muito ruim. Uma escuridão encobriu os seus olhos, o mundo em volta girou, borrou-se e desmanchou-se.

Alguém o arrastava. A luminosidade das esferas mágicas dançava sobre as paredes sóbrias e os tetos. Em uma das paredes, toda coberta de manchas de sangue, havia armas penduradas. Ele vira cimitarras largas e curvadas, foices enormes, guisarmes, machados e estrelas da manhã. Todas possuíam vestígios de sangue. "Essa foi usada em Teixos, Arcos e Cornada", pensou conscientemente. "E com aquela foram massacrados os carvoeiros em Pinheiros."

Todo o seu corpo estava dormente. Não sentia nada, nem o aperto esmagador das enormes mãos que o seguravam.

– Buueh-ehhhrrr-eeeehhh-bueeeh! Bueeh-heeh!

Demorou a perceber que aquilo que chegava aos seus ouvidos era uma gargalhada de alegria. Estava claro que aqueles que o arrastavam divertiam-se com a situação.

O corcunda armado com a besta seguia em frente e assobiava.

Geralt estava prestes a desmaiar.

Foi jogado brutalmente numa poltrona de encosto alto. Finalmente pôde ver aqueles que o tinham arrastado até lá, esmagando com as suas enormes mãos, o tempo todo, as suas axilas.

Lembrou-se do monstruoso ogranão Mikita, o segurança de Pyral Pratt. Os dois guardavam certa semelhança com ele. Talvez pudessem ser considerados parentes próximos. Tinham altura similar à de Mikita, assim como o fedor que exalavam. Também não tinham pescoço e possuíam dentes que se eriçavam debaixo do lábio inferior, feito javalis. No entanto, Mikita era calvo e barbudo, e os dois não tinham barba. As suas caras de macaco estavam cobertas por uma cerda negra, e no topo das cabeças ovoides havia algo que parecia uma estopa desgrenhada. Os seus olhos eram pequenos e avermelhados, as orelhas eram enormes, pontudas e extremamente peludas. O hálito fedia muito, como se estivessem se alimentando apenas de alho, merda e peixes podres havia dias. Na sua vestimenta restavam vestígios de sangue.

– Bueeeh! Bueeh-heeh-heeh!

– Bue, Bang, chega de rir, voltem ao trabalho, os dois. Saia, Pashtor, mas fique por perto.

Os dois gigantes saíram batendo os enormes pés. O corcunda, Pashtor, seguiu atrás deles.

Sorel Degerlund apareceu no campo de visão de Geralt. Tinha trocado de roupa, se lavado, se penteado e estava com um ar afeminado. Aproximou a cadeira, sentou-se diante do bruxo. Atrás dele havia uma mesa cheia de livros e grimórios. Olhava para o bruxo, sorrindo com malícia, enquanto balançava e brincava com o medalhão preso na corrente de ouro que enrolava no dedo. Falou com indiferença:

– Injetei em você extrato do veneno de escorpiões brancos. É desagradável, não é? Não dá para mexer a mão, nem a perna, nem o dedo. Não dá para piscar nem engolir a saliva. Mas isso é só o começo. Daqui a pouco começarão os movimentos descontrolados dos globos oculares e a disfunção dos olhos. Depois você sentirá contrações musculares e cãibras fortíssimas. Certamente os ligamentos da coluna torácica se distenderão. Você não conseguirá controlar o ranger dos dentes, e é provável que alguns deles se quebrem. Você produzirá saliva em abundância e terá dificuldades para respirar. Se eu não lhe administrar o antídoto, você morrerá asfixiado. Mas não se preocupe, eu farei isso. Por enquanto você sobreviverá. No entanto, acho que em breve se arrependerá de ter sobrevivido. Explicarei do que se trata, temos tempo. Mas, antes, só queria ver você ficar roxo.

Retomou após um momento:

– Fiquei observando-o naquela ocasião, durante a audiência no último dia de junho. Você assumiu, diante de nós, que somos pessoas muito melhores do que você, uma postura de arrogância. Você nem chega aos nossos pés. Eu vi você se divertir e se excitar brincando com fogo. Nesse dia, decidi provar a você que brincar com fogo provoca queimaduras e meter-se nos assuntos da magia e dos mágicos traz consequências igualmente dolorosas. Em breve você descobrirá por quê.

Geralt tentava se mexer, mas não conseguia. Os seus membros e todo o resto do seu corpo estavam inertes e insensíveis. Sentia uma dormência desagradável nos dedos das mãos e dos pés. O rosto estava completamente dormente. Os lábios pareciam amarrados. Enxergava cada vez menos, um muco turvo grudava nos seus olhos e encobria-os.

Degerlund cruzou as pernas e balançou o medalhão, no qual havia um sinal, um emblema e um esmalte azul-celeste. Geralt não conseguia distinguir. Enxergava cada vez menos. O feiticeiro não tinha mentido: a disfunção dos olhos aumentava cada vez mais.

Degerlund continuou o seu discurso, falando com indiferença:

– A questão é que eu planejo chegar ao topo da hierarquia dos feiticeiros. Nos meus planos e desejos, apoio-me na pessoa de Ortolan, que você conheceu em Rissberg, durante aquela memorável audiência.

Geralt tinha a impressão de que a sua língua inchava, preenchendo toda a sua cavidade bucal. Temia que não fosse apenas uma impressão. O veneno do escorpião branco era letal. Ele nunca tinha experimentado o seu efeito, não sabia o que poderia provocar no organismo de um bruxo. Ficou seriamente preocupado. Tentou lutar com todas as forças contra a toxina destrutiva. A situação não parecia muito otimista. E, pelo visto, não dava para contar com nenhuma ajuda.

Sorel Degerlund continuou, ainda se regozijando ao ouvir a própria voz:

– Há alguns anos virei assistente de Ortolan. Fui escolhido para ocupar esse posto pelo Capítulo, e a equipe de pesquisa de Rissberg confirmou a legitimidade da indicação. O meu papel era semelhante àquele dos meus antecessores: espionar Ortolan e sabotar as suas ideias mais perigosas. Essa indicação não teve a ver apenas com o meu talento em magia, mas também com a minha beleza e o meu charme pessoal, pois o Capítulo indicava ao velhinho os assistentes que caíam em seu gosto. Você pode não saber, mas nos tempos da juventude de Ortolan era comum a misoginia e a moda de cultivar amizades masculinas, que com frequência se transformavam em relacionamentos sérios, ou muito sérios. Muitas vezes, um jovem aluno ou noviço não tinha outra escolha a não ser obedecer aos mais velhos também nesse aspecto. Alguns não gostavam disso, mas encaravam como uma espécie de benefício do inventário. Outros acabavam gostando. Ortolan, como você deve ter adivinhado, pertencia a esse segundo grupo. Ainda rapaz, ganhou a alcunha que, naquela época, combinava com ele. Após as experiências com o seu preceptor, por toda a sua longa vida virou, como dizem os poetas, entusiasta e adepto de nobres amizades e nobres amores masculinos. Na prosa, como você deve saber, o assunto é abordado de forma mais concisa e direta.

Um enorme gato negro, com a cauda arrepiada como uma escova, ronronando alto, passou rente à canela do feiticeiro. Degerlund abaixou-se, acariciou-o e balançou o medalhão diante dele. O gato tocou-o com a pata, mas sem demonstrar grande interesse. Virou-se, dando a entender que estava entediado com a brincadeira, e se pôs a lamber o pelo no seu peito. O feiticeiro recomeçou:

– Como você deve ter notado, sou dono de uma beleza extraordinária. Às vezes as mulheres me chamam de efebo. E, no que diz respeito às mulheres, também simpatizo com elas. No entanto, não tenho nem nunca tive nada contra a pederastia, desde que me ajude a evoluir na carreira profissional. O meu afeto masculino por Ortolan não exigia muitos sacrifícios. Há muito tempo o velhinho tinha ultrapassado o limite da idade em que se pode, e daquela em que se quer. Mas me esforcei para que os outros achassem o contrário, para que pensassem que ele perdera a cabeça por mim e não recusaria nada ao seu belo amante que conhecia os seus códigos e tinha acesso aos seus livros e às suas anotações secretas. Ele me presenteava com artefatos e talismãs nunca antes revelados a ninguém, me ensinava os encantamentos proibidos, entre eles, a goécia. Até pouco tempo atrás os poderosos de Rissberg me menosprezavam, mas de repente começaram a me respeitar, o meu valor cresceu. Acreditaram que eu fazia aquilo que eles sonhavam fazer, e com sucesso.

Continuou:

– Você conhece o transumanismo? A especiação? A radiação adaptativa? A introgressão? Não? Não precisa se envergonhar disso. Eu também sei pouco sobre essas coisas. Mas todos acham o contrário. Pensam que, com a ajuda e a proteção de Ortolan, conduzo pesquisas para aperfeiçoar a raça humana, melhorar a condição das pessoas, eliminar as doenças e as deficiências, o envelhecimento e outras coisas assim. O objetivo e a missão da magia são seguir o caminho dos grandes e antigos mestres, Malaspina, Alzur e Idarran, os mestres da hibridização, da mutação e da modificação genética.

O gato negro apareceu outra vez, anunciando a sua chegada com um miado. Saltou para o colo do feiticeiro, alongou-se e ronronou. Degerlund acariciava-o ritmicamente. O gato miou ainda mais alto, mostrando unhas do tamanho das garras de um tigre.

– Você deve saber em que se baseia a hibridização, outro termo usado para denominar o cruzamento, o processo de efetuar cruzamentos, de produzir híbridos, bastardos, quaisquer que sejam os nomes. Em Rissberg são realizadas muitas experiências desse tipo, que já produziram um monte de esquisitices, espantalhos, monstros. Poucos têm um uso prático amplo, como o parazeugl que limpa os lixões nas cidades, o parapica-pau que elimina os invasores nas árvores, ou o peixe-mosquito modificado que devora as larvas dos mosquitos da malária, ou o vigilossauro, um lagarto de vigilância. Durante a audiência você se gabou de tê-lo assassinado, mas, para eles, essas criaturas não têm a menor importância, são como complementos. O que realmente lhes interessa é a hibridização, a mutação de pessoas e humanoides. É proibido fazer esse tipo de coisas, mas Rissberg debocha das proibições, e o Capítulo finge que não sabe ou, o que é mais provável, permanece mergulhado numa torpe e encantadora inconsciência.

Continuou:

– Existem provas de que Malaspina, Alzur e Idarran faziam experiências com seres pequenos e comuns, como os miriápodes, as aranhas, os koshcheys, e só os diabos sabem com o que mais, para transformá-los em gigantes. Para eles, não parecia haver nenhum problema em pegar um ser humano pequeno e comum e transformá-lo num titã, em alguém forte, que poderia trabalhar durante vinte horas por dia, que não adoeceria e viveria, com plena capacidade, até os cem anos. Obviamente, queriam fazer isso. E conseguiriam, com sucesso, mas o segredo dos híbridos foi enterrado com eles. Até o próprio Ortolan, que dedicou toda a sua vida a estudar o resultado dos trabalhos deles, conseguiu pouca coisa.

Deu prosseguimento às explicações:

– Você prestou atenção em Bue e Bang, que o trouxeram aqui? Eles são híbridos, resultantes do cruzamento mágico entre ogros e trols. E o besteiro Pashtor? O caso dele é diferente. Aliás, ele é a imagem perfeita, o resultado completamente natural do cruzamento entre uma mocreia e um mostrengo. Mas Bue e Bang... ah, eles saíram direto dos tubos de ensaio de Ortolan. A pergunta é: Para que alguém precisaria de seres hediondos como esses? Por que, diabos, criar seres assim? Até há pouco tempo, eu mesmo não tinha a mínima ideia, até ver como conseguiram trucidar os lenhadores e carvoeiros. Bue, com apenas uma arrancada, consegue separar a cabeça do pescoço. Bang estraçalha uma criança como se fosse um frango assado. Imagine então os dois armados com ferramentas afiadas, hein?! São capazes de fazer uma carnificina, daquelas mais impressionantes. Ao ser perguntado, Ortolan diz que a hibridização é o caminho para a eliminação das doenças genéticas, fala asneiras a respeito de aumentar a imunidade contra as doenças contagiosas, esse tipo de disparates de gente velha. Eu sei que não é bem assim, e você também sabe. Exemplares como Bue e Bang, ou como aquela criatura da qual você arrancou a placa de Idarran, servem só para uma coisa: para matar. E o fazem muito bem, pois era exatamente o que eu precisava, de ferramentas para matar. Não estava seguro das minhas próprias capacidades e habilidades nesse quesito. Não obstante, sem nenhum motivo, acabei descobrindo depois.

Prosseguiu:

– Contudo, os feiticeiros de Rissberg continuam a fazer cruzamentos, mutações e modificações genéticas, desde o amanhecer até o anoitecer. E já alcançaram várias conquistas, já produziram muitos híbridos impressionantes. Eles dizem que todos são úteis, que seu objetivo é facilitar e tornar a vida mais prazerosa. Estão a um passo de criar uma mulher de costas perfeitamente achatadas para que possa ser agarrada por trás e servir, simultaneamente, de suporte para uma taça de champanhe ou para um jogo de paciência.

Degerlund não interrompia a sua fala:

– Mas voltemos *ad rem*, isto é, à minha carreira científica. Sem alcançar sucesso real, precisei simular que tinha conseguido. Foi fácil. Você sabe que existem mundos diferentes do nosso, aos quais o acesso foi limitado pela Conjunção das Esferas? São universos conhecidos como planos elementais e paraelementais, habitados por criaturas chamadas de demônios. A explicação por trás das conquistas de Alzur *et consortes* era esta: conseguiram acesso a tais planos e criaturas, invocaram-nas e subjugaram-nas, apoderando-se dos segredos e do conhecimento dos demônios. Acho que é balela, invenção, mas todos acreditam nisso. E o que se pode fazer quando a fé é tão fervorosa? Para que os outros achassem que eu estava prestes a descobrir o segredo dos antigos mestres, precisava induzir Rissberg a acreditar que eu sabia invocar os demônios. Ortolan, que no passado foi realmente bem-sucedido na prática da goécia, não queria me ensinar essa arte. Encomendou uma avaliação negativa e ultrajante das minhas capacidades em magia. Aconselhou-me também a colocar-me no meu lugar. Para o bem da minha carreira, não vou me esquecer disso. Mas só por enquanto, até chegar a hora certa.

O gato negro, entediado com as carícias, saltou do colo do feiticeiro. Lançou um olhar frio ao bruxo, com os seus olhos dourados e bem abertos, e foi embora, com a cauda erguida.

Geralt respirava cada vez com mais dificuldade. Um tremor sacudia o seu corpo, e ele não conseguia controlá-lo de forma alguma. A situação não parecia muito favorável a ele. Apenas dois fatores propiciavam um prognóstico positivo, permitiam-lhe manter a esperança. O primeiro era o fato de ainda estar vivo. "Mantenha a esperança enquanto estiver vivo", dizia o seu preceptor, Vesemir, em Kaer Morhen. O segundo era o ego inflado e a presunção de Degerlund. O feiticeiro parecia ter se apaixonado pelas próprias palavras na fase inicial da adolescência, e estava claro que isso era essencial na sua vida.

Girando o medalhão e ainda se regozijando com o som da própria voz, o feiticeiro retomou:

– Portanto, como não podia virar goeta, tive que fingir ser goeta, precisei disfarçar. Sabe-se que um demônio invocado por um goeta se solta e causa destruição. Também causei algumas vezes, arrasando povoados, e eles acreditaram que tinha sido obra de um demônio. Você se surpreenderia com a credulidade deles. Uma vez, cortei a cabeça de um camponês capturado e no lugar dela suturei, com um categute biodegradável, a cabeça de um enorme bode. Encobri a marca da suturação com gesso e tinta. Em seguida, apresentei-o aos meus colegas estudiosos como um teriocéfalo, resultado de uma experiência extremamente difícil na área da criação de humanos com cabeças de animais. Infelizmente, o experimento teve sucesso apenas parcial, pois ele não sobreviveu. Imagine que acreditaram nisso e ficaram ainda mais impressionados comigo! Continuam na esperança de que eu crie algo que sobreviva. E eu alimento essa ideia costurando, de vez em quando, a cabeça de algum animal à de um cadáver decapitado.

Continuou o seu discurso:

– Mas isso foi apenas uma digressão. Sobre o que é que eu estava falando? Ah, sobre os povoados arrasados. Como eu havia previsto, os mestres de Rissberg acharam que demônios ou energúmenos possuídos por eles eram os responsáveis pelos acontecimentos. No entanto, cometi um erro: exagerei. Ninguém se preocuparia com um povoado, mas nós acabamos com três. A maior parte do serviço foi feita por Bue e Bang, mas também contribuí, na medida do possível.

Deu sequência ao seu relato:

– Na primeira colônia, acho que em Teixos, fiz um trabalho malfeito. Vomitei diante da "obra" de Bue e Bang e sujei toda a minha capa. Tive que jogá-la fora. Era uma capa de lã da melhor qualidade, com a borda feita da pele de vison cinza. Custou quase cem coroas. Mas depois fui melhorando. Primeiro, comecei a me vestir adequadamente, a usar roupas no estilo dos trabalhadores. Depois, comecei a gostar desse ofício. Descobri que dava um enorme prazer cortar a perna de alguém e olhar o sangue jorrar do cotoco, ou arrancar o olho, ou tirar de uma barriga rasgada um punhado cheio de tripas que ainda soltavam vapor... Em resumo, no total, as pessoas de ambos os sexos e diferentes idades, incluindo hoje, somariam tranquilamente meia centena. Rissberg chegou a uma conclusão: eu deveria ser impedido. Mas como? Ainda acreditavam no meu poder de goeta, temiam os meus demônios e não queriam deixar Ortolan, apaixonado por mim, enraivecido. Por isso, a solução era você, bruxo.

Geralt respirava superficialmente e sentia-se, a cada instante, mais aliviado. Já enxergava muito melhor, a tremedeira tinha passado. Era imune à maioria das toxinas conhecidas, e o veneno do escorpião branco, letal para um simples mortal, felizmente provou que não era uma exceção. Os sintomas, de início graves, na medida em que o tempo passava enfraqueciam e cessavam. O organismo do bruxo parecia capaz de neutralizar o efeito do veneno com relativa rapidez. Degerlund não sabia disso ou ignorara esse fato, por causa da sua empáfia. Continuou a sua fala:

– Soube que queriam enviá-lo para me capturar. Não nego que fiquei meio receoso, já tinha ouvido falar várias coisas sobre os bruxos, em especial sobre você. Corri até Ortolan, pedi ajuda ao meu querido mestre. Em resposta, o amado mestre primeiro me descompôs, disse que era muito feio assassinar lenhadores, que não se devia fazer isso e que era para eu parar com a matança. Mas depois me deu conselhos sobre como abordá-los, atraí-los para uma armadilha, prendê-los usando o sigilo da teleportação que ele próprio havia tatuado no meu peito havia anos. Contudo, proibiu-me de matá-los. Não pense que fez isso por bondade. Ele precisa dos seus olhos, ou, para ser mais exato, de *tapetum lucidum*, da camada do tecido que reveste o interior do seu globo ocular, o tecido que aumenta e reflete a luz dirigida para os fotorreceptores. Graças a esse mecanismo, você enxerga à noite e no escuro, como um gato. A mais nova *idée fixe* de Ortolan é fazer que toda a humanidade tenha a capacidade de ver como os gatos. E, em meio às preparações para alcançar um fim tão nobre, planeja transplantar o seu *tapetum lucidum* para uma das mutações que está criando. E o *tapetum*, para ser transplantado, precisa ser extraído de um doador vivo.

Geralt mexeu devagar os dedos e a mão. O feiticeiro continuou:

– Ortolan, um mago etéreo e misericordioso, após extrair os seus globos oculares, planeja, em sua infinita bondade, poupar a sua vida. Acredita que é melhor ser cego do que estar morto. Além disso, não quer provocar dor à sua amante, Yennefer de Vengerberg, por quem ele nutre grande afeto, o que no caso dele pode-se considerar estranho. Além disso, ele, Ortolan, está próximo de desenvolver a fórmula mágica de regeneração. Daqui a alguns anos você poderá se consultar com ele e recuperar os seus olhos. Está feliz? Não? Pois tem razão. O que houve? O que você quer falar? Diga, estou ouvindo.

Geralt fingiu que mexia os lábios com dificuldade. Na verdade, nem precisava fingir. Degerlund levantou-se da cadeira e se debruçou sobre ele. Franziu o cenho e falou:

– Não entendo nada. Além disso, pouco me interessa o que você tem para me dizer, mas eu tenho mais algumas coisas para lhe contar. Saiba que, entre os meus numerosos talentos, possuo também o da clarividência e vejo com muita clareza que você, cego, assim que conseguir libertar-se das mãos de Ortolan, já terá Bue e Bang à sua espera. Mas desta vez você virá direta e definitivamente para o meu laboratório, para eu realizar a sua vivissecção, sobretudo para me divertir, embora tenha curiosidade em saber aquilo que carrega dentro de você. E, quando eu terminar, seguindo os procedimentos da carniçaria, procederei ao corte da carcaça. Mandarei os seus restos, pedaço por pedaço, para Rissberg, como forma de advertência, para que saibam como terminam os meus inimigos.

Geralt juntou todas as suas forças, mesmo tendo poucas forças para juntar. O feiticeiro debruçou-se ainda mais e o bruxo sentiu o seu hálito, que cheirava a hortelã.

– Já no que diz respeito a essa tal de Yennefer, ao contrário de Ortolan, gosto muito da ideia de lhe causar sofrimento. Portanto, cortarei o fragmento do seu corpo que ela mais preza e o enviarei para Vengerberg...

Geralt juntou os dedos para aplicar o Sinal e tocou no rosto do feiticeiro. Sorel Degerlund engasgou e caiu sobre a cadeira. Roncou. Os olhos sumiram em algum lugar no fundo do seu crânio, a cabeça elevou-se sobre o ombro, a corrente do medalhão deslizou dos dedos inertes.

O bruxo levantou-se bruscamente, ou melhor, tentou fazer isso, mas conseguiu apenas cair da cadeira para o chão, a cabeça junto do bico dos sapatos de Degerlund. Diante do seu nariz estava o medalhão que havia caído das mãos do feiticeiro, um golfinho *nageant* azul-celeste esmaltado num oval dourado. Era o brasão de Kerack. Mas ele não tinha tempo para estranhar ou refletir, pois Degerlund começou a pigarrear alto, prestes a acordar. O Sinal de Somne funcionou, embora frouxamente e por pouco tempo, pois o bruxo estava muito enfraquecido pelo veneno. Ergueu-se, apoiando-se na mesa e derrubando livros e pergaminhos.

Pashtor entrou subitamente no cômodo. Geralt nem tentou fazer uso dos Sinais. Pegou um grimório encadernado em pele e latão que estava sobre a mesa e golpeou o corcunda com ele, acertando-o na garganta. Pashtor caiu com ímpeto no chão, provocando a queda da besta. O bruxo acertou-o outra vez, e teria repetido a manobra, mas o incunábulo deslizou dos seus dedos rijos. Tirou o decantador de cima dos livros e quebrou-o na testa de Pashtor. O corcunda, embora coberto de sangue e vinho tinto, não cedeu. Lançou-se sobre Geralt, sem nem livrar as pálpebras dos cacos de cristal. Segurando os joelhos do bruxo, gritou:

– Bueee! Baaang! Venham cá! Venh...

Geralt pegou outro grimório de cima da mesa. Era pesado, tinha a encadernação incrustada com fragmentos de um crânio humano. Golpeou o corcunda com ele com tamanha força que fragmentos de ossos voaram para todos os lados.

Degerlund pigarreou e tentou erguer o braço. Geralt percebeu que ele pretendia lançar um feitiço. O estrondo provocado pela batida de pés pesados contra o chão confirmava que Bue e Bang se aproximavam. Pashtor levantou-se desajeitadamente do chão, tateando ao seu redor, à procura da besta.

Geralt viu a sua espada sobre a mesa e apanhou-a. Cambaleou, mantendo-se em pé com dificuldade. Segurou Degerlund pelo colarinho, encostou o gume na sua garganta e gritou no seu ouvido:

– O seu sigilo! Teleporte-nos daqui!

Bue e Bang, munidos de cimitarras, chocaram-se na porta e ficaram presos, completamente entalados nela. Nenhum deles pensou em ceder passagem ao outro. O batente estalava. Geralt segurou Degerlund pelo cabelo, puxou a sua cabeça para trás e disse:

– Teleporte-nos! Agora! Ou cortarei a sua garganta!

Bue e Bang saíram correndo, levando o batente da porta. Pashtor achou a besta e ergueu-a.

Degerlund abriu a camisa com a mão trêmula, gritou o encantamento, mas, antes que a escuridão os envolvesse, conseguiu libertar-se e afastar-se do bruxo.

Geralt segurou-o pelo punho rendado da manga e tentou trazê-lo para junto dele, mas nesse exato momento o portal funcionou e todos os sentidos, inclusive o toque, desapareceram. Sentiu uma força elementar puxá-lo para dentro, sacudi-lo e girá-lo como num redemoinho. O frio paralisou-o por uma fração de segundo. Foi um dos momentos mais longos e ignóbeis da sua vida.

Caiu de costas e bateu contra o solo. O impacto foi tão forte que provocou um estrondo. Abriu os olhos. Em volta, tudo estava imerso na escuridão, numa penumbra impenetrável. "Fiquei cego?", pensou. "Será que perdi a visão?" Não perdera: simplesmente a noite era muito escura. O seu *tapetum lucidum*, nome científico usado por Degerlund, funcionou, capturou toda a luz que naquelas condições era capaz de capturar. Após um momento, já reconhecia os contornos de troncos, arbustos e mato. E, quando as nuvens sobre a sua cabeça se dissiparam, Geralt viu as estrelas.

INTERLÚDIO

No dia seguinte

Era preciso admitir que os construtores de Findetann eram esforçados e bons naquilo que faziam. Nesse dia, viu-os trabalhando algumas vezes, mesmo assim os observava com curiosidade enquanto acionavam mais um bate-estacas. Três toras unidas formavam um cavalete, e no seu topo suspendiam uma roda sobre a qual colocavam um cabo com um enorme bloco chapeado, conhecido tecnicamente como martelo. Os construtores, gritando ritmadamente, puxavam o cabo, para fazer o martelo subir até o topo do cavalete, e baixavam-no com rapidez. O martelo caía com ímpeto sobre a estaca encaixada em uma cavidade, fincando-a fundo no solo. Três, no máximo quatro batidas eram suficientes para encravar a estaca firmemente no chão. Os construtores apressavam-se para desmontar o bate-estacas e colocar as suas ferramentas numa carroça. Um deles subia uma escada e pregava na estaca uma chapa esmaltada na qual se via o brasão da Redânia, uma águia prateada sobre um campo vermelho.

Nesse dia, graças a Shevlov e à sua companhia livre, assim como aos bate-estacas e aos que os operavam, a província de Ribeira, que pertencia ao reinado da Redânia, tivera a sua área significativamente ampliada.

O mestre dos construtores aproximou-se, enxugando a testa com a touca. Estava suado, embora não tivesse feito nada a não ser xingar. Shevlov sabia o que o mestre perguntaria, pois sempre perguntava a mesma coisa.

– Senhor comandante, onde é para encravar a estaca seguinte?

– Já lhe mostro. Sigam-me – Shevlov virou o cavalo.

Os carroceiros fustigaram os bois, e os veículos dos construtores, em marcha lenta, seguiram pela crista da montanha, pelo solo amolecido, encharcado por causa da tempestade do dia anterior. Pouco depois, chegaram a outra estaca na qual havia uma chapa preta pintada com o desenho de lírios. A estaca já tinha sido arrancada do solo e ocultada em meio aos arbustos. A companhia de Shevlov cuidara disso. "Eis uma prova da vitória do progresso", Shevlov pensou, "e do triunfo da tecnologia. Uma estaca temeriana, fixada manualmente, é fácil de arrancar e derrubar. Com as redânias, encravadas com os bate-estacas, é difícil fazer isso."

Com a mão, apontou a direção para os construtores. Algumas milhas para o sul, depois do povoado.

Os habitantes do povoado – se um agrupamento formado por algumas casas e choupanas podia ser assim considerado – já tinham sido encurralados na praça pelos cavaleiros da companhia de Shevlov. Cercavam-nos, levantando poeira e coagindo-os com os cavalos. Escayrac, sempre impetuoso, fustigava-os copiosamente. Outros homens a cavalo circundavam as casas. Os cães latiam, as mulheres lamuriavam, as crianças gritavam.

Três cavaleiros foram até Shevlov: o magérrimo Yan Malkin, conhecido como Graveto; Prospero Basti, mais conhecido como Sperry; e Aileach Mor-Dhu, alcunhada de Relâmpago, montada numa égua tordilha.

– Foram encurralados, como você havia pedido. Todo o povoado – Relâmpago falou, empurrando para trás da cabeça o gorro de pele de lince.

– Faça que se calem.

Usando chicotes e paus, obrigaram os encurralados a silenciar. Shevlov aproximou-se.

– Como se chama este buraco?

– Vola.

– Outra Vola? Os colonos não têm a mínima criatividade. Sperry, conduza os construtores. Mostre-lhes onde encravar a estaca, senão se confundirão outra vez.

Sperry assobiou e deu uma volta com o cavalo. Shevlov aproximou-se dos encurralados. Relâmpago e Graveto permaneceram do seu lado. Shevlov ficou em pé nos estribos e disse:

– Moradores de Vola, prestem atenção àquilo que vou falar! Por vontade e ordem de Sua Majestade, o magnânimo rei Vizimir, declaro que esta terra, a partir de agora e daqui até as estacas fronteiriças, pertencerá ao reinado da Redânia, e Sua Majestade, o rei Vizimir, será o seu monarca e o seu senhor! A ele deverão prestar honra, obediência e pagar tributos. Vocês devem quitar os impostos e a meação. Estão obrigados, por ordem do rei, a efetuar o pagamento imediatamente, depositando-o no cofre do fiscal da receita aqui presente.

– Como assim? Pagar por quê? Nós já havíamos pago! – gritou alguém por entre a turba.

– Os tributos já foram recolhidos!

– Quem os recolheu foram os fiscais da receita temerianos, e ilegalmente, pois não estamos em Temeria, mas na Redânia. Prestem atenção na posição das estacas.

– Ainda ontem esta terra pertencia a Temeria! Como é possível? Obrigaram-nos a pagar e nós cumprimos a ordem... – uivou um dos colonos.

– Vocês não têm o direito de fazer isso!

– Quem? Quem disse isso? Eu tenho todo o direito! Cumpro a ordem real! Somos o exército real! – Shevlov gritou. – Já disse: quem quiser continuar na lavoura, terá que pagar o tributo até o último centavo! Os insubordinados serão expulsos! Pagaram a Temeria? Devem, então, considerar-se temerianos! Saiam daqui, vão para lá, para o outro lado da fronteira! Mas só com aquilo que conseguirem carregar nas mãos, pois a fazenda e o inventário pertencem à Redânia!

– Isso é roubalheira! Roubalheira e violência! – gritou um homem enorme, com uma cabeleira abundante, do meio da multidão. – E vocês não são o exército real! São simples bandidos! Não têm o dir...

Escayrac foi até o revoltado e fustigou-o com o chicote, fazendo-o cair no chão. Os outros foram dominados com as hastes dos spetuns. A companhia de Shevlov sabia como lidar com os colonos. Fazia uma semana que estavam mudando as fronteiras e já tinham pacificado inúmeras povoações.

– Alguém está chegando – Relâmpago apontou com o chicote. – Por acaso não é Fysh?

– É ele mesmo – Shevlov virou os olhos. – Mande tirar a lunática da carroça e trazê-la aqui. E você, Relâmpago, pegue alguns rapazes e deem uma volta pelas redondezas. Há colonos solitários espalhados pelas clareiras e pelos cortes rasos. É preciso que saibam a quem, a partir de agora, devem quitar a meação. Vocês sabem o que fazer caso algum deles se oponha.

Relâmpago lançou um sorriso lupino, mostrando os dentes. Shevlov sentia pena dos colonos que ela abordaria, mesmo que o destino deles pouco lhe interessasse.

Olhou para o sol. "É preciso se apressar", pensou. "Seria bom derrubar até o meio-dia mais algumas estacas temerianas e encravar as nossas no lugar."

– Você, Graveto, venha comigo. Vamos ao encontro dos convidados.

Havia dois convidados. Um deles tinha um chapéu de palha na cabeça, a mandíbula bem definida, o queixo saliente, e todo o seu rosto estava coberto por uma barba negra por fazer. O outro, de grande estatura, parecia um gigante.

– Fysh.

– Sargento.

Shevlov irritou-se. Javil Fysh aludiu aos tempos em que serviram juntos no exército regular e conviviam um com o outro. Shevlov não gostava de relembrar aqueles tempos. Não queria lembrar nem Fysh, nem o serviço, nem o soldo de merda de subtenente.

Fysh acenou com a cabeça na direção do povoado, de onde ainda vinham os sons de choro e gritaria, e disse:

– A companhia livre está de serviço? É uma expedição punitiva, não? Botará fogo?

– Não é do seu interesse o que vou fazer.

"Não vou botar fogo", pensou com lástima, pois gostava de botar fogo nas vilas, e a sua companhia também. No entanto, não recebera ordem para fazer isso. Mandaram apenas que mudasse a fronteira, recolhesse o tributo dos colonos e expulsasse os rebeldes, mas devia deixar intocados os bens, para que pudessem servir aos novos colonos que seriam trazidos do norte, onde até os pousios estavam lotados de gente. Shevlov anunciou:

– Apanhei a lunática, está aqui. Conforme solicitado. Está amarrada. Não foi nada fácil. Se eu soubesse, teria cobrado mais. Mas combinamos quinhentos, portanto é esse o valor que você me deve.

Fysh acenou com a cabeça. O gigante aproximou-se e entregou dois saquitéis a Shevlov. No antebraço tinha a tatuagem de uma víbora enrolada, formando um S, em volta da lâmina de um estilete. Shevlov conhecia essa tatuagem.

Um cavaleiro da companhia acompanhou a prisioneira. A cabeça da lunática estava envolta num saco que chegava até os seus joelhos, enlaçado com uma corda de tal forma que mantinha as suas mãos amarradas. Debaixo do saco apareciam as suas pernas nuas, magras como duas varas.

– O que é isso? – Fysh apontou com a mão. – Caro sargento, quinhentas coroas de Novigrad é um pouco caro por um nabo em um saco.

– O saco vem de graça – Shevlov respondeu com frieza. – Assim como um bom conselho. Não o desamarre nem olhe dentro dele.

– E por quê?

– Porque o risco é grande. Pode morder ou lançar um feitiço.

O gigante puxou a prisioneira para colocá-la na sela. A lunática, até então calma, sacudiu-se toda, deu um coice e uivou. Não adiantou, estava presa dentro do saco. Fysh perguntou:

– Como posso saber se é mesmo a pessoa pela qual paguei, e não uma moça qualquer? Pode ser uma moça desta vila...

– Você está me acusando de enganá-lo?

– Não, de forma alguma – Fysh baixou o tom, ajudado por Graveto, que acariciava o cabo do machado pendurado junto da sua sela. – Confio em você, Shevlov, sei que você não joga palavras ao vento. Nós nos conhecemos bem. Antigamente, nos bons tempos...

– Estou com pressa, Fysh. O dever me chama.

– Passe bem, sargento.

– Interessante... – Graveto falou, olhando para os homens que se afastavam. – Estou curioso para saber para quê precisam dela, dessa lunática, e você não perguntou.

– Não perguntei – Shevlov admitiu friamente. – Não se pergunta esse tipo de coisa.

Sentia certa pena da lunática. O seu destino não lhe interessava muito, mas supunha que seria cruel.

CAPÍTULO DÉCIMO SEGUNDO

Num mundo em que a morte vai à caça, não há tempo para remorso ou hesitação. O tempo é suficiente apenas para tomar decisões. Não importa quais decisões serão tomadas, nenhuma é menos ou mais importante do que as outras. Num mundo em que a morte vai à caça, não existem decisões importantes ou pouco importantes. Há apenas decisões tomadas pelo guerreiro perante um iminente extermínio.

Carlos Castañeda, *La rueda del tiempo*

Na encruzilhada havia um sinal, uma estaca com tábuas que apontavam para os quatro pontos cardeais.

•

Na madrugada, encontrava-se no mesmo lugar onde havia caído. Lançado pelo portal, tombara sobre a grama molhada pelo orvalho, no meio de um matagal junto de um pântano e de uma lagoa repleta de pássaros que grasnavam e gritavam, despertando-o de um sono pesado e cansativo. À noite havia tomado o elixir de bruxo. Sempre o carregava consigo, por precaução, num frasco de prata enfiado num esconderijo costurado no cinto. O elixir, conhecido como papa-figos, era considerado uma panaceia eficaz sobretudo contra intoxicações, infecções ou os efeitos causados por diferentes tipos de venenos ou toxinas. Geralt havia utilizado o elixir inúmeras vezes, mas, desta vez, o efeito foi diferente. Após ingeri-lo, durante uma hora teve cãibras e ânsia de vômito muito fortes. Sabia que não podia vomitar. A sua luta fora bem-sucedida, mas ele caiu num sono profundo, esgotado pelo cansaço, também provocado pela mistura do veneno de escorpião, do elixir e da viagem de teleportação.

Quanto à viagem, não sabia bem o que tinha acontecido, como e por que o portal criado por Degerlund o havia lançado naquele local, naquele ermo pantanoso. Duvidava que tivesse sido um ato intencional do feiticeiro. Era mais provável que se tratasse de uma simples falha de teleportação. Fazia uma semana, receava que acontecesse algo assim. Já ouvira falar muito sobre isso, e ele próprio algumas vezes testemunhara o fato de que um portal, em vez de enviar o passageiro ao destino certo, lançava-o a um lugar completamente diferente e aleatório.

Quando retomou a consciência, na mão direita segurava a espada e na esquerda apertava o farrapo de um tecido, que de manhã identificou como o punho de uma manga. O tecido era tão liso que parecia ter sido cortado com uma faca. Não tinha vestígios de sangue, portanto o teleportal não havia cortado a mão, apenas a camisa do feiticeiro, o que desagradou a Geralt.

No início de sua carreira de bruxo, Geralt havia testemunhado a pior falha de um teleportal, o que provocou nele, de modo definitivo, grande aversão à teleportação. Naquela época, entre os novos-ricos, os senhores abastados e a juventude dourada, a moda era teleportar-se de um lugar para outro, e alguns feiticeiros disponibilizavam esse tipo de diversão por preços salgados. Um dia, o bruxo viu um apreciador da teleportação surgir no portal cortado na vertical, exatamente ao meio, após ter sido lançado. Ficou parecendo um estojo de contrabaixo aberto. Todas as suas vísceras caíram para fora do seu corpo. Depois desse acidente, a fascinação pelos teleportais diminuiu significativamente.

"Em comparação com algo desse tipo", pensou, "pousar num pântano pode ser considerado até um luxo."

Ainda não havia recuperado todas as forças, continuava a sentir tonturas e enjoo. Contudo, não tinha tempo para descansar. Sabia que os portais deixavam rastros, e os feiticeiros tinham seus métodos para rastrear o caminho deles. Mas as suas suspeitas levavam-no a supor que, caso o teleportal apresentasse algum defeito, o rastreamento seria quase impossível. Mesmo assim, não era sensato permanecer muito tempo nas proximidades do local de pouso.

Caminhou rápido para se aquecer e movimentar o corpo. "Tudo começou com as espadas", pensou ao atravessar, chapinhando, as poças de água. "Que palavras Jaskier usara para descrever o que acontecera? Uma série de contratempos e adversidades? Primeiro, perdi as minhas espadas. Depois de três semanas, perdi o corcel. Se ninguém achar Plotka, abandonada em Pinheiros, e se apoderar dela, será comida pelos lobos. As espadas, o cavalo. O que mais pode acontecer? Dá medo só de pensar."

Após uma hora tentando atravessar os pântanos, conseguiu chegar a um terreno mais seco. Depois de mais uma hora, saiu para uma estrada de terra batida. E, passada meia hora de caminho pela estrada, chegou à encruzilhada.

•

Na encruzilhada havia um sinal: uma estaca com tábuas que apontavam para os quatro pontos cardeais. Em todas elas havia muitas fezes de aves migratórias e vários buracos abertos por pontas de setas. Parecia que todos os viajantes se sentiam obrigados a atirar de uma besta contra o sinal, e era preciso se aproximar muito para conseguir ler as inscrições que havia nele.

O bruxo aproximou-se e conseguiu decifrar o que estava escrito nas tábuas. Naquela tábua que apontava para o leste, de acordo com a posição do sol, estava escrito "Chippira". A que estava posicionada do lado oposto apontava para Tegmond. A terceira tábua indicava o caminho para Findetann e a quarta não dava para saber, pois a inscrição tinha sido borrada com alcatrão. Mesmo assim, Geralt já tinha ideia de onde estava.

O teleportal havia lançado o bruxo ao interflúvio formado pelos dois braços do rio Pontar. O braço meridional, devido ao seu tamanho, recebeu dos cartógrafos o nome de Embla, que figurava em vários mapas. O país – na verdade, o paisinho – localizado entre os dois braços do rio chamava-se Emblônia. Mas esse era seu nome antigo, de muito tempo atrás, e fazia anos que tinha deixado de ser chamado assim. O reinado de Emblônia não existia mais havia aproximadamente meio século, e por vários motivos.

Na maioria dos reinados, ducados e outras formas de organização do poder e dos agrupamentos sociais que existiam nas terras que Geralt conhecia, tudo seguia relativamente bem e em ordem. É verdade que às vezes o sistema deixava a desejar, mas em geral funcionava. Na grande maioria dos agrupamentos sociais a classe governante governava, em vez de roubar e de se entregar apenas a jogos de azar ou à prostituição. Apenas pequena parcela das pessoas da elite continuava achando que "higiene" era o nome de uma prostituta e "gonorreia", o de um pássaro da família das lavercas. Só pequena parcela do povo, representado pelos trabalhadores e agricultores, era constituída por cretinos que viviam preocupados apenas com os assuntos do dia de hoje, com a vodca de hoje, incapazes de compreender, com o seu cérebro rudimentar, algo tão abstrato como o dia de amanhã, a vodca de amanhã. Os sacerdotes, em sua grande maioria, não extorquiam dinheiro do povo nem depravavam os menores de idade. Pelo contrário, permaneciam nos templos, dedicados a tentar desvendar o segredo indecifrável da fé. Os psicopatas, lunáticos, demônios e idiotas não se metiam na política nem queriam assumir cargos importantes no governo e na administração. Em vez disso, ocupavam-se em destruir a própria vida familiar. Os matutos permaneciam nas vilas, atrás dos estábulos, não tentavam se passar por tribunos da plebe. As coisas eram assim na maioria dos países.

Mas o reinado de Emblônia não fazia parte da maioria. Constituía minoria, no que se refere a todos os aspectos mencionados e também a vários outros. Foi por isso que entrou em decadência e por fim desapareceu. Os seus poderosos vizinhos, Temeria e Redânia, fizeram de tudo para que isso acontecesse. Emblônia, embora politicamente malsucedida, possuía alguma riqueza. O reinado se situava num vale aluvial do rio Pontar que havia séculos, nas épocas de inundação, depositava sua lama sobre as terras, transformadas em solos de aluvião, excepcionalmente férteis e produtivos para a agricultura. Administradas pelos soberanos de Emblônia, essas terras começaram a transformar-se rapidamente em pousios cobertos de mata ripária onde era difícil semear, e mais ainda colher. No entanto, Temeria e Redânia experimentaram um grande crescimento populacional, e a produção agrícola tornou-se uma questão primordial. Os aluviões de Emblônia seduziam, e dois reinos separados pelo rio Pontar dividiram entre si esse reinado, sem grandes cerimônias, e apagaram o seu nome dos mapas. A parte anexada por Temeria passou a ser chamada de

Pontaria, e a parte atribuída à Redânia, de Ribeira. Multidões de colonos estabeleceram-se nos aluviões. A área, embora pequena, tornou-se logo, nas mãos de administradores competentes, graças à rotação de culturas e ao melhoramento dos terrenos, uma verdadeira Cornucópia agrícola.

Assim, passado pouco tempo, começaram os conflitos. Quanto maior a safra nos aluviões de Pontar, mais violentas se tornavam as brigas. Os tratados que haviam definido as fronteiras entre Temeria e Redânia continham disposições que permitiam um vasto leque de interpretações, e os mapas a eles anexados não prestavam para nada, devido ao ineficiente trabalho dos cartógrafos. O próprio rio também contribuía para o conflito: após uma longa temporada de chuvas, muitas vezes o seu leito mudava e desviava duas ou três milhas. E foi assim que a Cornucópia virou o pomo da discórdia. Foram por água abaixo os planos dos casamentos dinásticos e das alianças, começaram as notas diplomáticas, as guerras alfandegárias e as retaliações comerciais. Os conflitos nas fronteiras intensificavam-se cada vez mais, o derramamento de sangue parecia inevitável. E finalmente ocorreu, e daí em diante passou a acontecer com regularidade.

Em suas andanças à procura de uma ocupação, Geralt costumava evitar lugares onde os conflitos armados eram frequentes, pois neles era difícil achar um trabalho. Depois de deparar uma ou duas vezes com um exército regular, com mercenários ou saqueadores, os agricultores chegaram à conclusão de que um lobisomem nas redondezas, uma estrige ou um trol que vivia debaixo da ponte, ou um wicht que habitava um túmulo constituíam um problema pequeno e um risco reduzido. Portanto, não valia a pena gastar dinheiro com um bruxo. Havia questões mais urgentes – por exemplo, a reconstrução de uma casa queimada pelo exército ou a compra de galinhas para repor aquelas roubadas e consumidas pelos soldados. Por esse motivo, Geralt conhecia pouco os terrenos de Emblônia, ou, de acordo com os novos mapas, de Pontaria e Ribeira. Tampouco tinha ideia das localidades mais próximas apontadas pelo sinal e do caminho a seguir a partir da encruzilhada para se afastar o mais rápido possível do deserto e encontrar alguma civilização.

Geralt optou por Findetann, isto é, pelo norte, já que Novigrad ficava mais ou menos nessa direção, aonde precisava chegar para recuperar suas espadas, de preferência antes do dia quinze de julho.

Depois de cerca de uma hora de uma marcha ágil, topou exatamente com aquilo que tanto queria evitar.

•

Junto de uma área desmatada, havia uma propriedade agrícola com uma casa coberta de palha e algumas choupanas. O latido alto de um cão e o raivoso alarido das aves domésticas denunciavam que algo acontecia no local. Ouviam-se os gritos de uma criança, o choro de uma mulher e muitos palavrões.

Aproximou-se maldizendo, do fundo da alma, o seu azar e os seus escrúpulos.

Penas voavam pelo ar. Um dos homens de armas amarrava na sela as aves apanhadas. Outro fustigava com um látego um camponês encolhido no chão. Outro ainda lutava com uma mulher de vestimenta rasgada, com uma criança agarrada a ela.

Aproximou-se e, sem-cerimônia, apanhou a mão erguida que segurava o látego e torceu-a. O homem de armas uivou. Geralt empurrou-o contra a parede do galinheiro. Agarrou o colar do outro, afastou-o da mulher e lançou-o contra a cerca.

– Sumam daqui – ordenou de forma sucinta. – Já.

Rápido desembainhou a espada, sinalizando que deveriam tratá-lo de modo adequado, com seriedade, de acordo com a situação, e para lembrar, enfaticamente, as eventuais consequências de um comportamento inadequado.

Um dos homens de armas riu alto. O outro fez o mesmo, segurando o cabo da espada.

– Quem você está atacando, vagabundo? Não tem medo da morte?

– Sumam daqui, já falei.

O homem de armas que prendia as aves na sela virou-se. Era uma mulher, uma mulher bonita, apesar dos olhos estranhamente semicerrados.

– Não preza a sua vida? – Descobriu que a mulher sabia contorcer os lábios de uma maneira ainda mais estranha. – Ou será que é retardado? Ou não sabe contar? Eu o ajudarei. Você está sozinho, nós somos três. Isso significa que levamos vantagem e que agora você deveria dar o fora daqui, pulando, com toda a força nas pernas, antes que as perca.

– Sumam daqui. Não vou repetir.

– Ah! Ao que parece, para vocês três é o mesmo que nada. E doze?

A batida de cascos ressoou ao redor. O bruxo olhou em volta. Nove cavaleiros e homens de armas apontavam seus spetuns e suas rogatinas para ele.

– Você, hein, seu larápio! Ponha a espada no chão!

Não obedeceu. Saltou para trás, na direção do galinheiro, para proteger pelo menos as costas.

– O que está acontecendo, Relâmpago?

– O colono não colaborou – bufou a mulher que tinha esse nome. – Disse que não pagaria o tributo, porque já havia pago, e blá-blá-blá. Daí começamos a instruir o jeca e, de repente, do nada surgiu esse indivíduo aí, de cabelos brancos. Um nobre cavaleiro, diabos, defensor dos pobres e dos oprimidos. Está sozinho, mas veio logo para cima da gente.

– Atrevido, hein? – um dos cavaleiros soltou uma gargalhada e pressionou o cavalo contra Geralt, ameaçando-o com o spetum. – Vamos prendê-lo para ver se continuará ousado desse jeito!

– Solte a espada! Ponha a espada no chão! – ordenou o cavaleiro de boina com penas que parecia o comandante. – Devo prendê-lo, Shevlov?

– Deixe-o, Sperry.

Shevlov olhava para o bruxo do alto da sela. Avaliou:

– Não pretende soltar a espada, não, né? É tão corajoso assim? Um verdadeiro machão? Você come as ostras inteiras, junto com as conchas? Acompanhadas de um gole de terebintina? Não se ajoelha diante de ninguém? E só defende os injustiçados? Você se sensibiliza tanto com as injustiças? Vamos checar isso. Graveto, Ligenza, Floquet!

Rapidamente os homens de armas entenderam as intenções do comandante. Deviam ser experientes e treinados no procedimento. Desmontaram, saltando das selas. Um deles colocou uma faca no pescoço do colono, o outro puxou a mulher pelo cabelo, o terceiro pegou a criança, que começou a gritar. Shevlov ordenou:

– A espada no chão. Agora! Caso contrário... Ligenza, corte a garganta do colono!

Geralt soltou a espada. Cercaram-no imediatamente, pressionando-o contra as tábuas. Ameaçaram-no com as pontas das armas.

– Ah! Funcionou! – constatou Shevlov, e desmontou do cavalo.

– Seu defensor de colonos, acabou de se meter em apuros – acrescentou secamente. – Entrou na parada e atrapalhou o serviço real. Num caso desses, tenho o direito de prendê-lo e levá-lo para julgamento.

– Prender? – o homem chamado de Ligenza franziu o cenho. – Para ter mais trabalho? É só colocar o nó de forca no pescoço e pendurá-lo num galho!

– Ou estraçalhá-lo aqui mesmo!

– Mas eu já o vi antes. É um bruxo – falou de repente um dos cavaleiros.

– Como é que é?

– Um bruxo que mata monstros por dinheiro.

– Um bruxo? Matem-no antes que lance um feitiço contra nós!

– Cale a boca, Escayrac. Conte, Trent. Onde foi que você o viu? Em que ocasião?

– Foi em Maribor. Ele estava acompanhado do alcaide de lá, que o havia contratado para matar um monstro, não lembro qual. Mas ele ficou gravado na minha memória por causa dos cabelos brancos.

– Hã?! Então, se ele nos atacou, é porque alguém o contratou para nos eliminar!

– Os bruxos matam monstros. Apenas defendem os humanos dos monstros.

Relâmpago puxou para trás o gorro de pele de lince e disse:

– Ah! Eu estava certa! Um defensor! Viu Ligenza fustigar o camponês com o chicote e Floquet se preparar para estuprar a mulher...

– E avaliou-os corretamente? – Shevlov bufou. – Como monstros? Então tiveram sorte. Estou brincando. Na minha opinião, é simples. Quando eu servia no exército, ouvi falar outras coisas sobre esses bruxos que eram contratados para realizar qualquer tipo de tarefa: espionagem, segurança, assassinatos... Eram chamados de gatos. Este aqui foi visto por Trent em Maribor, em Temeria. Deve ser um mercenário temeriano, contratado para nos matar por causa das estacas nas fronteiras. Fui avisado em Findetann sobre os mercenários temerianos, que prometiam uma recompensa pelos capturados. Portanto, nós o levaremos para Findetann com as mãos amarradas, o entregaremos ao comandante, e a recompensa será nossa. Andem, amarrem-no já. Por que estão parados? Têm medo? Ele não vai reagir. Sabe o que seríamos capazes de fazer com esses camponeses.

– E quem vai tocar nele, caralho? É um bruxo, porra.

– Ai, diabos!

– Cagões! Bundões! – Relâmpago gritou, desamarrando uma tira de couro dos alforjes. – Eu faço isso, já que ninguém aqui tem colhões!

Geralt permitiu que Relâmpago amarrasse as mãos dele. Decidiu obedecer, pelo menos num primeiro momento.

Duas carroças puxadas por bois, carregadas de estacas e materiais de alguma construção de madeira, saíram do caminho no meio da floresta.

– Um de vocês, vá falar com os carpinteiros e com o oficial de receita – Shevlov apontou. – Mande-os embora. Já encravamos a quantidade suficiente de estacas, por enquanto chega. Mas vamos descansar um pouco aqui. Verifiquem se encontram na propriedade alguma comida para os cavalos, e para nós também.

Ligenza ergueu e examinou a espada de Geralt, uma aquisição de Jaskier. Shevlov tirou-a das suas mãos. Pesou-a, manejou-a, moveu-a em redemoinho e falou:

– Sorte deles termos chegado aqui em grupo e na hora certa. Rapidinho ele teria acabado com vocês. Com vocês, Relâmpago e

Floquet. Há muitas lendas sobre essas espadas de bruxo. Dizem que são feitas do melhor aço, composto e forjado repetidas vezes. E composto e forjado ainda outra vez, fica imbuído de encantamentos especiais e ganha, assim, uma força, uma resiliência e uma afiação excepcionais. Afirmo a vocês que uma lâmina de bruxo corta chapas e cotas de malha como se fossem feitas de linho, e qualquer outra espada como se fosse macarrão.

– Não pode ser! – exclamou Sperry. Como muitos ali presentes, tinha o bigode ensopado do creme de leite que haviam encontrado no casebre e sugado até a última gota. – Macarrão, não, não pode ser.

– Também não consigo imaginar isso – acrescentou Relâmpago.

– É difícil acreditar em algo assim – falou Graveto.

– É? – Shevlov colocou-se na posição de esgrima. – Então, vamos lá. Um de vocês, venha até aqui e vamos ver se isso é verdade. E então, ninguém se habilita? E aí? Que silêncio é esse?

– Tudo bem, eu vou – disse Escayrac, dando um passo à frente e desembainhando a espada. – Não custa nada. Veremos, quem sabe... Ao embate, Shevlov.

– Ao embate. Um, dois, três!

As espadas chocaram-se com estridor. O metal rachado gemeu funebremente. Relâmpago até se agachou quando um fragmento da lâmina quebrada silvou e passou de raspão pela sua têmpora.

– Caralho! – disse Shevlov, olhando impressionado para a lâmina cortada algumas polegadas acima do guarda-mão banhado a ouro.

– O meu não está nem rachado! – Escayrac ergueu a espada. – He, he, he! Não tem nenhuma fissura, nenhum sinal!

Relâmpago riu graciosamente. Ligenza berrou como um bode. E os restantes caíram numa gargalhada. Sperry bufou:

– Uma espada de bruxo? Como se conseguisse cortar macarrão? Você mesmo é macarrão, porra.

– Isso... – Shevlov apertou os lábios. – É uma merda, caralho, é uma porcaria... e você...

Jogou no chão aquilo que restou da espada, olhou para Geralt e apontou para ele, num gesto de acusação.

– Você é um trapaceiro, um enganador, um mentiroso. Você se faz de bruxo, mas carrega uma merda... um troço assim, porra, no lugar de uma boa espada?! Por curiosidade, quanta gente de bem você já conseguiu enganar? De quantos pobres tirou o último ceitil, seu impostor? Você confessará todos os seus pecados em Findetann, o alcaide o obrigará a confessar!

Bufou, cuspiu, bateu o pé.

– Montem os cavalos! Vamos embora daqui!

Partiram rindo, cantando, assobiando. O colono e a sua família seguiram-nos com um olhar soturno. Geralt viu os seus lábios se movendo. Não era difícil adivinhar o destino e a aventura que desejavam a Shevlov e aos que o acompanhavam.

O colono, em seus sonhos mais impensáveis, não podia imaginar que os seus desejos se cumpririam ao pé da letra, menos ainda tão rápido.

•

Chegaram à encruzilhada. A estrada de terra batida que seguia em direção ao oeste, no meio de um barranco, estava sulcada pelas rodas das carroças e pelos cascos dos cavalos. Era evidente que as carroças dos carpinteiros tinham passado por lá. A companhia tomou a mesma direção. Geralt seguia atrás do cavalo de Relâmpago, preso a uma corda amarrada ao cepilho de sua sela.

O cavalo de Shevlov, que ia na frente, relinchou e empinou. De repente, algo reluziu na encosta do barranco, fulgurou e ficou parado, parecendo uma leitosa bola iridescente. A bola desapareceu, e no lugar dela surgiu um grupo estranho, algumas figuras abraçadas e entrelaçadas.

– Que diabos é isso? – Graveto xingou e aproximou-se de Shevlov, que acalmava o cavalo. – O que é isso?

O grupo dividiu-se em quatro silhuetas: um homem de cabelos longos, esbelto e ligeiramente afeminado, dois gigantes de braços compridos e pernas tortas, e um anão corcunda armado com uma enorme besta de dois limbos de aço.

– Buueh-hhhrrr-eeehhh-bueeeeh! Bueeh-heeh!

– Às armas! Às armas, força! – Shevlov gritou.

Estalou a primeira e logo em seguida a segunda corda da enorme besta. Shevlov, atingido na cabeça, morreu ali mesmo. Graveto, antes que caísse da sela, por um momento ficou olhando a sua barriga, atravessada por uma seta.

– Ao ataque! Ataquem! – todos da companhia desembainharam as espadas ao mesmo tempo. Geralt não tinha a menor intenção de esperar o resultado do embate sem fazer nada. Juntou os dedos no Sinal de Igni, queimando a corda amarrada nas suas mãos. Agarrou Relâmpago pela cintura, derrubou-a no chão e subiu na sela.

Algo reluziu, ofuscando tudo em volta. Os cavalos começaram a relinchar, a dar coices e a golpear o ar com os cascos das pernas dianteiras. Alguns dos cavaleiros caíram. Os que foram atropelados gritavam. A égua tordilha de Relâmpago também se assustou, mas o bruxo conseguiu dominá-la. Relâmpago levantou-se com ímpeto, saltou e agarrou a brida e as rédeas. Geralt afastou-a com um soco e esporeou a égua, que começou a galopar.

Encostado ao pescoço do corcel, ele não conseguia ver Degerlund assustando os cavalos e ofuscando os cavaleiros com sucessivos relâmpagos mágicos, nem Bue e Bang atacando, aos berros, um munido de um machado, o outro de uma larga cimitarra. Não viu o sangue respingar, nem ouviu os gritos dos assassinados. Tampouco viu Escayrac morrer, e logo após Sperry, ambos cortados por Bang como se fossem peixes. Não viu Bue derrubar Floquet com o cavalo e depois tirá-lo, arrastando-o, debaixo dele. Mas ouviu o grito cortado de Floquet, a voz de um galo sendo abatido, que ressoou ainda por um bom tempo. Até o momento em que saiu da estrada de terra batida e adentrou a floresta.

CAPÍTULO DÉCIMO TERCEIRO

Para fazer a sopa de batatas de Mahakam, à base de levedura de centeio, *é preciso seguir esta receita: se for prepará-la no verão, colha cantarelas; se for no outono, apanhe míscaros. No inverno ou no período anterior à primavera, adicione um bom punhado de cogumelos secos. Deixe-os de molho por uma noite numa panela. De manhã, salgue, acrescente a metade de uma cebola e leve ao fogo. Coe, mas guarde o caldo. Transfira-o para uma vasilha, tendo o cuidado para separar a areia, que terá se depositado no fundo da panela. Cozinhe as batatas e corte-as em cubos. Corte uma boa porção de toucinho gorduroso e frite-o. Fatie a cebola, cortando-a ao meio, e doure-a na gordura do toucinho até ficar quase queimada. Jogue todos os ingredientes, junto com os cogumelos cortados, dentro de um grande caldeirão. Adicione o caldo de cogumelos, acrescente água e, em seguida, a gosto, a levedura de centeio (a receita é apresentada aqui). Leve para ferver, tempere com sal, pimenta e manjerona a gosto e à vontade. Acrescente o toucinho frito. Quanto ao creme de leite, adicioná-lo a esta sopa é opcional, trata-se de uma questão de gosto. Os anões não o usam nessa sopa, mas os humanos têm esse costume.*

Eleonora Rhundurin-Pigott, *A perfeita cozinha de Mahakam, a arte e os métodos de preparar pratos de carne, peixes e legumes, assim como de temperar diversos molhos, assar bolos, fazer geleias, embutidos, conservas, vinhos, aguardentes e outros proveitosos segredos da cozinha e despensa, imprescindíveis para uma boa e sábia dona de casa.*

O posto de correios, como acontecia com a maioria dos postos, estava localizado numa encruzilhada, num ponto onde as estradas convergiam. A construção era coberta de telhas de madeira. Possuía um claustro sustentado por pilares, uma cavalariça e uma cabana para guardar lenha. Tudo estava cercado por bétulas de troncos brancos. O lugar estava vazio. Aparentemente, lá não havia nem visitantes, nem viajantes.

A égua tordilha, exausta, cambaleava. Andava rija e desequilibradamente, com a cabeça pesada suspensa um pouco acima do solo. Geralt guiou-a até o lugar e passou as rédeas a um serviçal que parecia ter por volta de quarenta anos. A idade pesava-lhe muito, fazendo que se curvasse muito. Alisou o pescoço da égua e, em seguida, observou a sua mão. Olhou para Geralt de cima a baixo e, a seguir, cuspiu nos pés dele. Geralt meneou a cabeça e suspirou. Não estranhou. Sabia que era culpado, que havia exagerado com o galope, para piorar, num terreno difícil. Queria fugir o mais longe possível de Sorel Degerlund e dos seus lacaios. Estava ciente de que era uma desculpa frágil, ele mesmo não via com bons olhos as pessoas que deixavam os ginetes chegarem a esse estado.

O serviçal afastou-se, arrastando a égua e reclamando baixinho. Era fácil adivinhar o que pensava e dizia a si mesmo. Geralt suspirou, empurrou a porta e entrou no posto.

Um aroma agradável enchia o interior do lugar, e o bruxo então se deu conta de que não comia nada havia mais de um dia. O agente do posto de correios surgiu de repente de trás do balcão e respondeu antecipadamente à pergunta que adivinhou que Geralt iria fazer a ele:

– Não temos cavalos disponíveis, e a mala-posta mais próxima chegará só daqui a dois dias.

– Estou com fome, pagarei pela comida – falou Geralt olhando para cima, para as cumeeiras e os caibros da alta abóbada.

– Mas não temos comida.

– Ah, senhor agente, será que é digno tratar um viajante dessa maneira? – ressoou uma voz do canto da sala.

Um anão de cabelos e barba ruivos estava sentado à mesa no canto da sala. Trajava um caftan cor de vinho bordado e adornado com botões de latão na abertura e nos punhos. Tinha as bochechas coradas e o nariz grande. De vez em quando, Geralt encontrava na feira batatas raras de um tubérculo levemente rosado. O nariz do anão tinha a cor e a forma idênticas às das batatas.

– Você me ofereceu a sopa de batatas. – O anão lançou para o agente do posto um severo olhar, debaixo das sobrancelhas cerradas. – Você não vai me dizer que a sua esposa cozinha a sopa em quantidade que daria para apenas para um prato, não é? Aposto qualquer quantia em dinheiro que há sopa para o viajante. Sente-se, itinerante. Aceita uma cerveja?

– Obrigado, aceito, com prazer. – Geralt sentou-se e tirou uma moeda do esconderijo no cinto. – Mas permita-me oferecê-la ao nobre senhor. Ao contrário do que possa parecer, não sou um andarilho nem um maltrapilho. Sou um bruxo. Estou em serviço, por isso peço desculpas pela minha roupa desgastada e pela minha aparência descuidada. Senhor agente, duas cervejas, por favor.

A cerveja foi imediatamente levada à mesa. O agente dos correios balbuciou:

– A minha esposa logo servirá a sopa de batatas. E não se zanguem por eu ter dito que não havia comida. Preciso ter comida pronta o tempo todo. Se, de repente, chegassem alguns senhores em viagem, os estafetas reais, ou os correios... e se faltasse comida e não houvesse o que lhes servir...

– Está tudo bem... – Geralt ergueu a caneca. Conhecia muitos anões, sabia como brindar e saudar.

– À boa ventura da justa causa!

– E à desgraça dos filhos da puta! – acrescentou o anão, batendo o copo dele no do bruxo. – É bom beber com alguém que conhece o costume e o protocolo. Sou Addario Bach. Na verdade, meu nome é Addarion, mas todos me chamam de Addario.

– Sou Geralt de Rívia.

– O bruxo Geralt de Rívia. – Addario Bach enxugou a espuma no bigode. – Já ouvi falar. Você é um homem viajado, por isso não estranho o fato de conhecer os costumes. E eu, imagine, vim para aqui de Cidaris, de mala-posta, ou diligência, como costumam dizer no Sul, e estou esperando uma conexão, outra mala-posta que vai de Dorian para Tretogor, na Redânia. Eis, enfim, a tal da sopa de batatas. Vamos provar. Saiba que as mulheres de Mahakam fazem a melhor sopa de batatas. Em nenhum lugar você comerá outra igual. Aqui é feita à base de uma espessa levedura de pão negro e farinha de centeio, com cogumelos e cebola bem frita...

A sopa de batatas do posto estava maravilhosa. Não faltavam nela as cantarelas, nem a cebola frita. E, mesmo que não fosse tão boa como a de Mahakam, feita pelas mulheres dos anões, Geralt não sabia o motivo, pois Addario Bach comia com ânimo, em silêncio, sem fazer comentários.

De repente, o agente do posto olhou pela janela, e a sua reação levou Geralt a fazer o mesmo.

Dois cavalos pararam na frente do posto. Os animais pareciam em estado ainda pior do que o do cavalo conquistado por Geralt. Eram três cavaleiros. Mais exatamente, dois homens e uma mulher. O bruxo passou os olhos com atenção pelo ambiente.

A porta crepitou. E Relâmpago entrou no posto, com Ligenza e Trent atrás dela.

– Cavalos... – o agente falou ao ver a espada na mão de Relâmpago.

– Você adivinhou. Precisamos mesmo de cavalos, de três cavalos. Ande, tire-os logo da cavalariça.

– Os cavalos não...

Desta vez também o agente dos correios não conseguiu terminar. Relâmpago saltou até ele e reluziu a lâmina nos seus olhos. Geralt levantou.

– Alto lá!

Os três olharam para ele. Relâmpago falou, arrastando as sílabas:

– É você... Você, seu maldito vagabundo.

Tinha um hematoma na bochecha, no lugar onde Geralt a havia acertado com um soco.

– Tudo isso é culpa sua – pigarreou. – Shevlov, Graveto, Sperry... todos executados, toda a companhia. E você, seu filho da puta, me derrubou da sela, roubou o cavalo e fugiu covardemente. Mas agora vou acertar as contas com você.

Relâmpago era franzina e de baixa estatura. Mas o bruxo não deixou se iludir. Sabia, com base na própria experiência, que na vida, assim como nos correios, até as coisas mais horríveis costumam ser entregues em embalagens relativamente difíceis de perceber. O agente gritou de trás do balcão:

– Vocês se encontram num posto de correios, que está sob a proteção real!

– Ouviram? Estão num posto de correios. Sumam daqui – Geralt falou com calma.

– Você, seu canalha de cabelos brancos, ainda não aprendeu a fazer cálculos! Preciso ajudá-lo a contar outra vez? Você está sozinho, e nós somos três. Isto significa que somos maioria.

– Vocês são três e eu sou apenas um – disse passando os olhos em cada um deles. – Mas vocês não são maioria. Trata-se de um paradoxo matemático, de uma exceção à regra.

– Como é que é?

– Isso quer dizer que vocês têm que sumir daqui, e pulando, enquanto ainda conseguem pular.

Notou o brilho nos olhos de Relâmpago e logo percebeu que ela era uma daquelas raras pessoas que, numa luta, sabem acertar um ponto completamente distinto daquele que miram. Mas ela parecia ter aprendido a artimanha fazia pouco tempo, pois Geralt conseguiu se esquivar com facilidade do corte traiçoeiro. Deu uma curta meia-volta, passou uma rasteira na perna esquerda dela e em um só lance jogou-a sobre o balcão. Relâmpago bateu contra as tábuas com uma força estrondeante.

Ligenza e Trent já deviam ter visto Relâmpago em ação, e o seu fiasco deixou-os pasmos e boquiabertos por um tempo suficientemente longo para que o bruxo conseguisse apanhar uma vassoura que havia visto antes num canto da sala. Primeiro, Trent foi golpeado no rosto com os galhos de bétula e depois, na cabeça, com o cabo. Geralt passou a vassoura por baixo da perna dele, acertou a dobra do seu joelho com um chute e o derrubou.

Ligenza se recompôs, pegou a arma e saltou, tentando cortá-lo a partir da orelha. Geralt livrou-se do golpe com uma meia-volta, girou, executando uma pirueta completa, e esticou o cotovelo. Ligenza, levado pelo ímpeto, acertou o cotovelo do bruxo, grudou nele, na altura do esôfago, pigarreou e caiu de joelhos. Mas, antes de tombar, Geralt tirou a espada da sua mão e lançou-a verticalmente para cima. A espada encravou-se no caibro e lá permaneceu.

Relâmpago atacou de baixo. Geralt mal teve tempo de esquivar-se. Acertou, por baixo, a mão de Ligenza que segurava a espada, agarrou o braço dele, torceu, deu-lhe uma rasteira com o cabo da vassoura e arremessou-a sobre o balcão, provocando um estrondo. Trent lançou-se sobre Geralt, que golpeou o seu rosto com a vassoura, uma, duas, três vezes seguidas, rapidamente. Depois, acertou-o com o cabo nas duas têmporas e executou um golpe de esquerda, atingindo o seu pescoço. Colocou o cabo entre as suas pernas, imobilizou-o, agarrou o seu braço, torceu, tirou a espada da mão e lançou para cima. A espada encravou-se no caibro e lá permaneceu. Trent recuou, tropeçou na mesa e tombou. Geralt percebeu que não havia necessidade de machucá-lo mais.

Ligenza pôs-se em pé, mas permaneceu imóvel, com os braços suspensos, olhando para cima, para as espadas encravadas no caibro, no alto, fora do seu alcance. Foi então que Relâmpago atacou.

Redemoinhou a lâmina, esquivou-se e golpeou de esquerda. O estilo caía bem nas brigas de tabernas, em ambientes lotados e mal iluminados. O bruxo não se incomodava com o tipo de iluminação, nem com a falta dela, e conhecia particularmente bem o estilo. A espada de Relâmpago cortou o ar. Esquivou-se com tanto ímpeto que acabou virando, e o bruxo ficou atrás das suas costas. Gritou quando ele enfiou o cabo da vassoura debaixo do seu braço e torceu o cotovelo. Tirou a espada da sua mão e afastou-a. Olhou para a lâmina e falou:

– Pensei em ficar com esta espada, como uma recompensa pelo meu esforço, mas mudei de ideia. Não carregarei armas de bandidos.

Lançou a espada para cima. A lâmina encravou-se no caibro e tremeu. Relâmpago, pálida como um pergaminho, contorceu os lábios, mostrando os dentes. Curvou-se e, com um movimento rápido, sacou uma faca da gáspea.

– Essa ideia é muito insensata – Geralt avaliou, mirando diretamente nos olhos dela.

Batidas de cascos retumbaram na estrada de terra batida. Ouviu-se o ronco dos cavalos e o trincar de armas. De repente, a frente do posto encheu-se de cavaleiros. Geralt disse para os três:

– Se eu fosse vocês, me sentaria no banco no canto da sala e fingiria não estar aqui.

As portas empurradas estrondearam, as esporas tiniram e soldados usando gorros de pele de raposa e sobretudos pretos e curtos adornados com torçais prateados adentraram a sala. Eram comandados por um indivíduo de bigode que usava uma faixa escarlate na cintura e que anunciou, apoiando o punho no bastão enfiado atrás da faixa:

– O serviço real! Sargento Kovacs, do segundo esquadrão da primeira bandeira, representando as forças armadas do nobre rei

Foltest, o senhor de Temeria, Pontaria e Mahakam. Estamos atrás de um bando redânio!

Relâmpago, Trent e Ligenza, sentados no banco no canto da sala, olhavam fixamente, concentrados, para as pontas dos próprios sapatos.

– Trata-se de um grupo de bandoleiros redânios insubordinados, salteadores e sicários – continuou o sargento Kovacs. – Esses malandros derrubam os postes das fronteiras, queimam, saqueiam, torturam e assassinam os súditos do rei. Derrotados no confronto com o exército real, apenas erguem a cabeça, escondem-se nas florestas e esperam para fugir atravessando a fronteira. Talvez alguns deles tenham aparecido por aqui. Aviso logo que prestar auxílio, informações ou qualquer apoio a eles é considerado traição, punida com a forca! Foram vistos estranhos aqui no posto, pessoas recém-chegadas, suspeitas? Só quero acrescentar que denunciar um bandoleiro ou ajudar a prendê-lo é recompensado com um prêmio de cem orens. E então, senhor agente do posto?

O agente do posto dos correios deu de ombros, curvou-se, balbuciou e começou a esfregar o balcão, debruçando-se sobre ele.

O sargento olhou em volta e, tinindo as esporas, aproximou-se de Geralt.

– Quem é você... Parece que eu já o vi antes. Foi em Maribor. Lembro desses cabelos brancos. Você por acaso é bruxo? O caçador e assassino de monstros, não é?

– Isso mesmo.

– Então não tenho nenhuma suspeita com relação à sua pessoa, e digo-lhe que a sua profissão é nobre – afirmou o sargento, medindo, ao mesmo tempo, Addario Bach com os olhos. – O senhor anão também está livre de suspeitas, não foram encontrados anões entre os bandoleiros. Mas, por via de regra, gostaria de perguntar: O que faz no posto?

– Cheguei na diligência vinda de Cidaris e estou esperando a conexão. Nesse tempo, ficamos aqui conversando com o senhor bruxo, tomando cerveja e processando-a na forma de urina.

– Uma conexão, hein? – observou o sargento. – Entendo. E vocês dois? Quem são? Sim, estou falando com vocês mesmos!

Trent abriu a boca, piscou os olhos e falou baixinho alguma coisa.

– O quê? Como é que é? Levante-se! Pergunto: Quem é você?

– Poupe-o, senhor oficial – disse Addario Bach de modo descontraído. – É meu servo, eu mesmo o contratei. É um cretino, um idiota, puxou à família. Felizmente, os seus irmãos mais novos são normais. A mãe dele enfim acabou entendendo que durante a gravidez não se pode beber água de uma poça localizada na frente de um hospital de doenças infecciosas.

Trent abriu a boca mais ainda, abaixou a cabeça, gemeu e resmungou baixinho. Ligenza também balbuciou e fez um gesto, como se quisesse levantar. O anão pôs a mão em seu ombro.

– Fique sentado, rapaz. E permaneça quieto, quietinho. Conheço a teoria da evolução, sei qual criatura deu origem ao ser humano, não precisa me relembrar disso a cada instante. Poupe-o, senhor comandante, ele também é meu servo.

– Pois é… – O sargento continuava a olhar com suspeita. – Servos. Já que o senhor assegura… E ela, essa moça com vestimenta de homem? Levante-se, quero vê-la. Quem é você? Responda quando indagada!

– Ah, senhor comandante… – riu o anão. – Ela é uma rapariga, uma meretriz. Eu a contratei em Cidaris para fornicar. A saudade diminui quando se viaja acompanhado de um rabo, qualquer filósofo confirmará isso.

Deu um tapa na bunda de Relâmpago com ímpeto. Ela empalideceu de raiva e rangeu os dentes.

– Pois é… – o sargento franziu o cenho. – Como não consegui perceber logo de cara? Está mais do que claro: é uma meio-elfa.

– Meio é o seu caralho – rosnou Relâmpago. – Metade daquilo que é considerado o mínimo!

– Fique quieta – Addario Bach acalmou-a. – Não fique com raiva, sargento, esta putinha é um pouco impertinente.

Um soldado entrou com ímpeto na sala. O sargento Kovacs empertigou-se. Ele avisou:

– Um bando foi rastreado! Vamos persegui-los a todo galope! Perdoem o incômodo. Soldados!

Saiu acompanhado pela tropa. A batida dos cascos logo em seguida ressoou, desde o pátio.

Addario Bach disse a Relâmpago, Trent e Ligenza após um momento de silêncio:

– Perdoem-me esse espetáculo, as palavras impensadas e os gestos grosseiros. Na verdade, não os conheço, pouco sei sobre vocês e simpatizo menos ainda com vocês, mas abomino cenas de enforcamento. A visão de dependurados agitando as pernas deixa-me muito deprimido. Eis o motivo destas minhas frivolidades de anão.

– Vocês devem suas vidas às frivolidades deste anão – acrescentou Geralt. – Vocês devem agradecer a ele. Eu os vi em ação na propriedade do camponês, conheço as suas malandragens. Não mexeria um dedo para defendê-los. Não queria fazer, nem saberia fazer uma encenação como o senhor anão fez. Vocês três acabariam sendo enforcados. Portanto, sumam daqui. Aconselho-os a ir na direção oposta àquela tomada pelo sargento e por sua tropa. Nem pensem nisso – interrompeu-se ao vê-los olhando as espadas encravadas no caibro. – Não receberão as espadas de volta. Isso dificultará que cometam saques e extorsões. Vão embora daqui.

– Estava nervoso – suspirou Addario Bach logo após os três terem saído e as portas sido fechadas. – Droga, as minhas mãos ainda estão tremendo. E as suas, não?

– Não. – Geralt sorriu para as suas lembranças. – Nesse aspecto sou... um pouco deficiente.

– Algumas pessoas têm sorte – o anão lançou um largo sorriso, deixando os dentes à mostra – inclusive com as deficiências. Que tal mais uma cervejinha?

– Não, obrigado – Geralt meneou a cabeça. – Está na hora de ir embora. Estou, digamos, numa situação em que convém apressar-me, e seria insensato permanecer muito tempo no mesmo local.

– Percebi, e não farei mais perguntas. Mas sabe de uma coisa, bruxo? Não sei por que, perdi a vontade de ficar neste posto esperando sem fazer nada dois longos dias pela mala-posta. Primeiro, porque ficaria entediado demais. Segundo, porque aquela moça que você derrotou com a vassoura no embate lançou-me um estranho olhar de despedida. Fiquei demasiadamente animado e acabei exagerando um pouco. Ela não é uma daquelas que deixa passar impune um tapa na bunda e ser chamada de putinha. Vai ver que volta para cá, e neste caso eu preferia não estar aqui. Que tal, então, seguirmos o caminho juntos?

– Com prazer. – Geralt sorriu novamente. – A saudade é menor quando se viaja com um bom companheiro, qualquer filósofo confirmará isso. Contanto que o destino seja conveniente para ambos. Preciso ir até Novigrad. Devo chegar lá antes do dia quinze de julho, obrigatoriamente antes do dia quinze.

Geralt precisava chegar a Novigrad no máximo até o dia quinze. Enfatizou isso quando os feiticeiros o contrataram, comprando duas semanas do seu tempo. "Não há nenhum problema", Pinety e Tzara olharam para ele com superioridade. "Nenhum problema, bruxo. Você nem perceberá quando chegar a Novigrad. Nós o teleportaremos para a rua central."

– Antes do dia quinze... – o anão remexeu a barba. – Hoje é dia nove. Falta pouco tempo, e o caminho é longo. Mas existe uma maneira de você chegar lá a tempo.

Ergueu-se, tirou um chapéu pontudo de abas grandes do gancho e vestiu-o, pendurou o saquitel no ombro.

– Eu explicarei tudo no caminho. Seguiremos juntos, Geralt de Rívia, pois o destino muito me convém.

•

Marchavam com ânimo, talvez até com demasiado ânimo. Addario Bach mostrou-se um típico anão. Os anões, embora, em caso de necessidade ou para conforto, soubessem usar qualquer veículo, equídeo, animal de tração ou de carga, decididamente preferiam caminhar. Eram convictos apreciadores da caminhada. Durante o dia, o anão conseguia percorrer a distância de trinta milhas, o mesmo que conseguiria um homem a cavalo, e carregando uma bagagem que um homem comum nem sequer conseguiria levantar. No entanto, um homem não seria capaz de acompanhar o passo de um anão sem bagagem, nem um bruxo. Geralt havia esquecido isso e, após um tempo de viagem, precisou pedir a Addario que diminuísse um pouco o passo.

Caminhavam pelas trilhas no meio da floresta, às vezes pelos ermos. Addario conhecia o caminho, tinha ótima orientação espacial. Contou que em Cidaris vivia a sua família, suficientemente grande para que houvesse suficientes ocasiões para organizar festas de família, casamentos, batizados, enterros e confraternizações fúnebres. De acordo com o costume dos anões, apenas a certidão de óbito autenticada no cartório justificava a ausência de comparecimento numa dessas festas. Os membros vivos do clã não podiam deixar de participar delas. Portanto, Addario conhecia muito bem o caminho para Cidaris, tanto de ida como de volta. No caminho, explicou:

– O nosso destino é a povoação Ventosa, que fica no pantanal de Pontar. Lá existe uma enseada onde fundeiam os barcos e as barcaças. Com um pouco de sorte talvez consigamos embarcar. Eu preciso ir a Tretogor, portanto desembarcarei na Ilha de Grous. Você seguirá adiante e em três ou quatro dias estará em Novigrad. Acredite, é a maneira mais rápida de chegar lá.

– Acredito. Addario, diminua o passo, por favor, mal consigo acompanhá-lo. Você exerce alguma profissão relacionada com a caminhada? Por acaso é um vendedor ambulante?

– Sou mineiro. Trabalho numa mina de cobre.

– Claro, todos os anões são mineiros, e trabalham nas minas de Mahakam, nas encostas, extraindo minérios com uma picareta.

– Você está caindo nos estereótipos. Daqui a pouco vai dizer que todos os anões usam uma linguagem chula e que, depois de beberem uns goles de aguardente, atacam as pessoas com um machado.

– Não vou dizer isso.

– A mina em que trabalho não fica em Mahakam, mas em Cobrezinha, perto de Tretogor, e não trabalho na extração. Toco trompa na orquestra mineira de sopro.

– Interessante.

– Há outra coisa ainda mais interessante – o anão soltou uma risada –, uma coincidência engraçada: uma das músicas de destaque da nossa orquestra é a *Marcha dos bruxos*. É assim: tara-rara, bum, bum, lara-lara, pom pom pom, paparara-tara-rara, tara-rara, bum, bum, bum...

– De onde, diabos, vocês tiraram esse nome? Vocês já viram alguma vez bruxos marchando? Onde? Quando?

– Para dizer a verdade... – Addario Bach hesitou um pouco – trata-se de um leve rearranjo da *Parada dos atletas*. Mas todas as orquestras mineiras de sopro tocam algum tipo de *Parada dos atletas*, *Entradas dos atletas* ou *Marchas de velhos companheiros*. Queríamos ser originais. Tara-rara, bum, bum, bum!

– Diminua o passo ou vou me acabar aqui!

•

No meio das florestas não havia ninguém, ao contrário dos prados e das clareiras pelos quais os dois passavam seguidamente. Lá o trabalho fervia. Cortava-se feno, capinava-se e empilhava-se, formando palheiros. O anão saudava os ceifeiros com gritos alegres, e eles retribuíam as saudações... ou não. Addario apontou para os homens trabalhando e disse:

– Isso me lembra outra marcha da nossa orquestra, que é tocada com frequência, em especial no verão: *A ceifa*. Também possui letra. Temos um poeta na mina. Foi ele que criou as rimas bem ajeitadas, portanto também se pode cantar *a capella*. A letra dizia assim:

Os homens estão ceifando
As mulheres, o feno levando
Olham para o céu
Temendo aquilo que preveem

Num morro estamos
Da chuva nos livramos
Com os paus redemoinhando
As nuvens vão se alastrando

– E *da capo*! É boa para marchar, não?

– Mais devagar, Addario!

– Não há como ir mais devagar! É uma canção para marchar, seguindo o ritmo e a métrica de marcha!

•

No montículo havia os restos de um muro, assim como as ruínas de um edifício e de uma torre peculiar. Foi por causa dela que Geralt reconheceu o templo. Não lembrava a qual divindade havia sido erguido, mas já tinha ouvido falar bastante sobre ele. Antigamente, viviam sacerdotes no templo. Diz a lenda que, quando a sua ganância, depravação, folgança e promiscuidade já não podiam mais ser suportadas, os moradores locais expulsaram-nos para dentro das florestas, muito densas, onde, contavam, passaram a converter os duendes silvícolas. Contudo, os resultados foram modestos.

– O Antigo Eremitério – constatou Addario. – Precisamos nos manter no roteiro. Temos tempo de sobra. À noite faremos uma parada na Barragem Florestal.

•

O riacho que os acompanhava no caminho, na montante murmurava por entre os rochedos e as corredeiras. Na jusante escoava abundantemente, formando uma grande represa. Contribuía para isso uma barragem feita de terra e madeira que dividia a correnteza. Junto da barragem havia obras e homens trabalhando nelas. Addario disse:

– Estamos na Barragem Florestal. A construção que você está vendo lá embaixo é a própria barragem, usada para escoar a madeira extraída. Como você pode ver, esse riacho não é navegável, pois é muito raso. Por este motivo represa-se a água, junta-se a madeira e depois abre-se a barragem. Forma-se uma grande onda que possibilita o escoamento. É desse modo que se transporta a matéria-prima para a produção de carvão vegetal. O carvão vegetal...

– É indispensável para a fundição de ferro – Geralt completou. – E a siderurgia é o mais importante e mais promissor ramo industrial. Sei disso. Há pouco tempo um feiticeiro familiarizado com o carvão e a siderurgia me explicou tudo isso.

– Não há nada a estranhar no fato de ele conhecer essas coisas – bufou o anão. – O Capítulo dos feiticeiros tem a maior parte das cotas-partes das companhias do centro industrial nas redondezas de Gors Velen e é dono de algumas siderúrgicas e metalúrgicas. Os feiticeiros obtêm grande lucro com a siderurgia e também com outros ramos. Talvez até se justifique, pois foram eles que desenvolveram a maioria das tecnologias. Contudo, poderiam acabar com essa hipocrisia e admitir que a magia não é caridade, nem filantropia a serviço da sociedade, mas uma indústria focada no lucro. Bom, mas para que estou falando estas coisas? Você sabe muito bem disso. Venha, há uma taberna lá, vamos descansar um pouco. Provavelmente precisaremos pernoitar aqui, pois já está anoitecendo.

•

A taberna não era digna de receber esse nome. Contudo, era compreensível, pois atendia os lenhadores e balseiros da barragem, que não se preocupavam onde consumir a bebida, apenas em ter algo para beber. A comunidade local não precisava nem esperava maior luxo do que uma choupana com um telhado esburacado, uma cobertura sustentada por poleiros, algumas mesas e bancos feitos de tábuas alisadas grosseiramente e um fogaréu de pedras. O que contava eram os barris atrás da divisória. O taberneiro servia a cerveja e a linguiça que a taberneira, mediante pagamento e se tivesse vontade e estivesse bem-humorada, poderia assar na fogueira.

Geralt e Addario tampouco tinham grandes expectativas, até porque a cerveja estava fresca, servida de um barril aberto na mesma hora, e não era preciso elogiar muito a taberneira para que ela decidisse fritar e servir uma vasilha de chouriço com cebola. Após um dia inteiro de caminhada pelas florestas, Geralt comparava esse chouriço ao chambão de vitela guisado com legumes, ao carré de javali pregado em tinta de choco e a outras obras-primas do chefe de cozinha da hospedaria Natura Rerum. Porém, para dizer a verdade, sentia um pouco de saudade da hospedaria. Addario chamou a taberneira com um gesto, pediu mais uma cerveja e falou:

– Estou curioso para saber se você conhece a história desse profeta.

Antes de sentar à mesa, olharam para uma pedra coberta de musgo posicionada junto de um carvalho secular. As letras gravadas na superfície musgosa do monólito informavam que nesse mesmo local, no dia comemorativo de Birke, no ano 1133 *post Resurrectionem*, o profeta Lebioda proferira um sermão para os seus seguidores. Já o obelisco que memorava esse acontecimento havia sido fundado e erguido no ano de 1200 por Spyridon Apps, mestre de retrosaria de Rinde, dono de uma loja no pequeno mercado que oferecia produtos de alta qualidade a preços acessíveis e convidava todos os clientes. Addario raspou o resto do chouriço da vasilha e perguntou:

– Você conhece a história desse tal de Lebioda, chamado de profeta? Especificadamente, a verdadeira história?

– Não conheço nenhuma história sobre ele – o bruxo limpou a vasilha com o pão –, nem a verdadeira, nem a inventada. Nunca me interessei por esse assunto.

– Escute, então. Tudo aconteceu há mais de cem anos, parece que pouco tempo depois da data gravada na pedra. Hoje, como você bem sabe, quase não se encontram dragões, salvo nas montanhas remotas, por entre os ermos. Naqueles tempos eles apareciam com mais frequência e às vezes perturbavam as pessoas. Descobriram que pastagens cheias de gado eram grandes comedouros onde podiam comer à vontade e sem muito esforço. Para sorte dos agricultores, um réptil enorme fazia apenas um ou dois banquetes a cada três meses, mas comia tanto que era capaz de acabar com uma criação inteira de gado, em especial quando assolava determinada localidade. Um deles, enorme, insistia em ir sempre a uma vila em Kaedwen. Lá, devorava algumas ovelhas e duas ou três vacas. Para a sobremesa, apanhava algumas carpas das lagoas de criação de peixes. Ao terminar, lançava fogo, incendiando um estábulo ou um palheiro, e saía voando.

O anão tomou um gole da cerveja e arrotou.

– Os camponeses tentavam espantar o dragão usando diversas armadilhas e artifícios, mas sem sucesso. Por sorte, esse tal de Lebioda havia chegado à localidade Ban Ard, próxima daqui, acompanhado dos seus discípulos. Na época já era famoso, era considerado um profeta, e possuía muitos seguidores. Os camponeses pediram ajuda a ele e, para o seu espanto, Lebioda aceitou. Quando o dragão chegou à localidade, Lebioda foi à pastagem e começou a exorcizá-lo. O dragão, inicialmente, lançou fogo, queimando-o como a um pato, depois engoliu-o, simplesmente engoliu-o, e voou para as montanhas.

– É o fim da história?

– Não. Continue ouvindo. Os discípulos do profeta choraram, lamentaram, depois contrataram rastreadores. Os nossos peritos nos assuntos relacionados com os dragões eram anões que rastreavam o dragão durante um mês, da maneira mais comum: pelas fezes deixadas pelo réptil. Os discípulos ajoelhavam-se junto de cada cocô e remexiam-no, choramingando, à procura dos restos do seu mestre. Finalmente, conseguiram juntar todos os restos, ou aquilo que achavam que seria o todo, e o que, de fato, era uma coleção bastante caótica de ossos não limpos de humanos e esqueletos de vacas e carneiros. Hoje em dia, tudo isso jaz no sarcófago do templo em Novigrad e é considerado uma relíquia milagrosa.

– Admita, Addario. Você inventou essa história, ou aumentou bastante.

– De onde você tirou essa ideia?

– Do meu convívio com certo poeta que, quando precisa escolher entre apresentar a verdadeira versão dos acontecimentos e a versão mais atraente, sempre opta pela segunda, que, aliás, torna-se ainda mais fabulosa. No entanto, responde a todas as acusações a respeito do assunto remetendo a um sofisma. Diz que, embora algo não corresponda à verdade, não se trata, necessariamente, de uma mentira.

– Já sei quem é o poeta: deve ser Jaskier, e a história tem as suas regras.

– A história – o bruxo sorriu – é um relato, na maioria dos casos mentiroso, sobre acontecimentos, na maioria das vezes sem importância, narrados pelos historiadores, em sua grande maioria imbecis.

Addario Bach lançou um largo sorriso, deixando os dentes à mostra, ao dizer:

– Desta vez também sei quem é o autor da citação: Vysogota de Corvo, filósofo, e ético, e historiador. Ainda, a respeito do profeta Lebioda... ora, a história, como havíamos percebido, é simplesmente história. Mas ouvi falar que, de vez em quando, em Novigrad, os sacerdotes tiram do sarcófago os restos mortais do profeta e deixam à mostra para os fiéis beijarem. Se estivesse lá numa hora dessas, eu me absteria de fazer isso.

– Seguirei o conselho – Geralt prometeu. – E quanto a Novigrad, já que estamos falando nisso...

– Tranquilo – o anão observou. – Dará tempo. Levantaremos cedo e logo estaremos em Ventosa. Pegaremos uma carona, e você chegará a Novigrad a tempo.

"Tomara", o bruxo pensou. "Tomara mesmo."

CAPÍTULO DÉCIMO QUARTO

As pessoas e os animais pertencem a duas espécies distintas, e as raposas vivem entre o mundo dos humanos e dos animais. Os vivos e os mortos percorrem caminhos distintos, e as raposas seguem entre os mortos e os vivos. Os deuses e os monstros caminham por trilhas distintas, e as raposas andam entre os deuses e os monstros. Os caminhos da luz e das trevas não convergem, nem se cruzam jamais, e os espíritos das raposas aguardam em algum lugar entre elas. Os imortais e os demônios percorrem suas próprias trilhas, e os espíritos das raposas permanecem em algum lugar entre elas.

Ji Yun, *estudioso dos tempos da dinastia Qing*

À noite, caiu uma tempestade.

Partiram cedo, ao amanhecer, numa manhã fria e ensolarada, depois de terem dormido no sótão de um estábulo. Seguiram o roteiro. Atravessaram as florestas decíduas, as turfeiras e os prados alagados. Depois de uma hora de uma intensa caminhada, chegaram a um povoado.

– Ventosa – apontou Addario Bach. – É a enseada sobre a qual eu havia falado.

Foram até a beira do rio, onde soprava um vento fresco, e subiram num píer de madeira. O rio formava uma extensa marisma, enorme como um lago, de tal forma que quase não se percebia a correnteza que seguia adiante para algum lugar. Na margem, galhos de salgueiros, borrazeiras e amieiros pendiam sobre a água. Por toda parte havia uma multidão de aves aquáticas: patos, marrecos, marrecas-arrebio, mobelhas, mergulhões-de-crista. Um barco de um só mastro, com uma única e enorme vela na popa e outras triangulares na proa, deslizava graciosamente sobre a água, integrando-se à paisagem, mas sem espantar todo esse populacho empenado. Observando o fenômeno, Addario Bach constatou:

– Alguém disse uma vez, e com razão, que as imagens mais belas do mundo são um navio com as velas içadas, um cavalo a galope e uma mulher nua na cama.

– Uma mulher dançando, dançando, Addario – o bruxo sorriu levemente.

– Pode ser, então, uma mulher nua dançando – o anão concordou. – E esse naviozinho, hein... Admita que ele causa uma bela impressão, assim, deslizando sobre a água.

– Não é um naviozinho, é um barco.

– É uma chalupa – corrigiu-os, ao aproximar-se, um indivíduo corpulento, vestido com um casaco salmão. – Uma chalupa, senhores. É fácil reconhecer pelas velas: a vela grande de caranguejа, a vela de estai e duas genoas nos estais de proa. Um clássico.

O barquinho, ou melhor, a chalupa, aproximou-se tanto do píer que podiam apreciar a figura de proa. A escultura, em vez de retratar uma mulher peituda, uma sereia, um dragão ou uma serpente marinha, como era de costume, representava um homem vetusto com um nariz adunco.

– Droga! O profeta está nos perseguindo, ou o quê? – Addario Bach resmungou em voz baixa.

– Sessenta e quatro pés de comprimento – o indivíduo de baixa estatura descrevia com uma voz cheia de orgulho. – A área total das velas é de três mil e trezentos pés. Meus senhores, eis o Profeta Lebioda, uma chalupa moderna do tipo koviriano, construída no estaleiro de Novigrad e lançada menos de um ano atrás.

– Pelo visto, o senhor conhece essa chalupa, sabe muito sobre ela – pigarreou Addario Bach.

– Sei tudo sobre ela, pois sou o proprietário dessa chalupa. Está vendo a bandeira no mastro? Há uma luva sobre ela. É o brasão da minha empresa. Deem licença, senhores. Sou Kevenard van Vliet, empresário do setor dos curtumes.

– Muito prazer – o anão sacudiu a mão estendida, avaliando o empresário com um olhar atento. – E parabéns pelo barquinho, belo e veloz. É surpreendente vê-lo aqui, em Ventosa, na marisma, longe das hidrovias principais de Pontar. Surpreende também o fato de o navio estar sobre a água e o senhor, o proprietário, sobre terra firme, num ermo. Problemas, talvez?

– Não, de jeito nenhum, nenhum tipo de problema – o empresário do setor de curtumes negou, na percepção de Geralt demasiadamente rápido e de forma exagerada. – Estamos reabastecendo, só isso. Quanto ao ermo, não foi a vontade, mas uma dura necessidade que nos trouxe aqui, pois, quando se corre para prestar socorro, não se presta atenção ao caminho. E a nossa expedição de resgate...

– Senhor Van Vliet – interrompeu-o, ao aproximar-se, um indivíduo que repentinamente fez o píer tremer debaixo da sua pisada. – Não entre em detalhes. Não acho que sejam do interesse desses senhores, nem deverão despertá-lo.

Cinco indivíduos, vindos do vilarejo, entraram no píer. Aquele que fez o comentário usava um chapéu de palha e destacava-se pelo seu grande queixo sobressalente e pela mandíbula bem definida e preta, coberta de uma barba por fazer. No queixo ele tinha uma covinha, o que fazia que parecesse uma bunda em miniatura. Estava acompanhado de um homem enorme e forte. Embora parecesse um verdadeiro brutamontes, não tinha cara nem olhar de idiota. O terceiro, robusto e moreno, era um autêntico navegador, inclusive nos detalhes: usava uma boina de lã e um brinco na orelha. Os outros dois, que evidentemente eram moços do convés, carregavam as caixas com os alimentos para abastecimento. O indivíduo queixudo retomou o seu discurso:

– Não acho que esses senhores, quem quer que sejam eles, precisem saber sobre nós, sobre aquilo que estamos fazendo aqui e sobre outros de nossos empreendimentos privados. Esses senhores com certeza entendem que ninguém deve se meter nos nossos empreendimentos privados, em especial indivíduos desconhecidos com quem cruzamos casualmente.

– Talvez não totalmente desconhecidos – interrompeu o brutamontes. – Não conheço o senhor anão, mas os cabelos brancos revelam a identidade do outro senhor. Por acaso o senhor é Geralt de Rívia, o bruxo? Não estou enganado, pois não?

"Estou ficando famoso", Geralt pensou, cruzando os braços no peito. "Demasiadamente famoso. Será que deveria pintar o cabelo? Ou raspar a cabeça como Harlan Tzara?"

– Bruxo! – Kevenard van Vliet ficou visivelmente excitado. – Um verdadeiro bruxo! Que sorte, senhores! Ele nos caiu do céu!

– O famoso Geralt de Rívia! – repetiu o brutamontes. – Que sorte a nossa tê-lo encontrado nesta hora e nesta situação. Ele nos ajudará a resolver...

– Você fala demais, Cobbin – observou o queixudo. – Rápido demais e de modo excessivo.

– Senhor Fysh, o que o senhor está... – o curtidor bufou. – Não estão vendo a oportunidade que surgiu para nós? A ajuda de alguém como um bruxo...

– Senhor Van Vliet, deixe isso comigo! Tenho muita experiência em lidar com pessoas como este indivíduo aqui.

Ficaram todos em silêncio. O indivíduo queixudo media o bruxo com o olhar. Por fim, falou:

– Geralt de Rívia, o matador de monstros e criaturas sobrenaturais. Um matador lendário, eu diria, se acreditasse em lendas. E onde estão as suas famosas espadas de bruxo? Não as vejo.

– É normal que você não as veja, pois são invisíveis – Geralt falou. – Não conhece as lendas sobre as espadas dos bruxos? Os estranhos não podem vê-las. Aparecem para eles só depois de ser entoado um encantamento, e apenas em caso de necessidade, de real necessidade. Mas mesmo sem elas consigo dar uma boa surra.

– Acredito nisso. Sou Javil Fysh. Tenho em Novigrad uma empresa que presta diversos serviços. Este é o meu parceiro, Petru Cobbin. E este aqui é o senhor Caixotão, o capitão do Profeta Lebioda. E Kevenard van Vliet, o proprietário do navio, que vocês já conhecem.

– Só queria observar – Javil Fysh continuou, após olhar ao redor – que você está no píer da única povoação existente no perímetro de mais de vinte milhas, bruxo. Para sair daqui e chegar a rotas civilizadas, é preciso caminhar muito pelas florestas. Acho que você preferiria sair deste ermo navegando, após embarcar em algo que flutue sobre a água. O Profeta certamente o conduzirá a Novigrad, e poderá levar passageiros a bordo: você e o seu companheiro anão. Que tal?

– Continue falando, senhor Fysh, sou todo ouvidos.

– Como você vê, o nosso barquinho não é qualquer catraia de rio. Para poder navegar nele, é preciso pagar um preço considerável. Não interrompa. Você estaria disposto a aceitar a proposta de nos proteger com as suas espadas invisíveis? Podemos calcular o valor dos seus valiosos serviços de bruxo, isto é, da escolta e proteção durante a viagem daqui até o ancoradouro de Novigrad, e embuti-los no preço da passagem. Em quanto o senhor estimaria o valor do seu serviço de bruxo?

Geralt olhou para ele.

– Com ou sem investigação?

– Como é que é?

– Na sua proposta há lacunas e subterfúgios – Geralt disse com calma. – Se for necessário encontrá-los por minha própria conta, o valor será maior. Caso opte por ser honesto, sairá mais barato.

– A sua desconfiança desperta suspeitas – Fysh respondeu com frieza. – Só os trapaceiros desconfiam de tudo. O provérbio diz: a quem mal vive, o medo o segue. Queremos contratá-lo para prestar serviços de escolta, uma tarefa simples e sem complicações. Que tipos de subterfúgios pode haver nisso?

– A escolta é uma balela inventada na hora e evidente – Geralt não baixou os olhos ao dizer isso.

– Acha isso mesmo?

– Acho. Primeiro, quando o senhor curtidor deixou escapar uma informação sobre uma expedição de resgate, o senhor o silenciou de modo grosseiro. Depois, o seu parceiro falou de uma situação que precisa ser resolvida. Portanto, se o senhor quer trabalhar comigo, diga sem rodeios: Que expedição é essa e quem deve ser resgatado? E por que é secreta? Qual problema vocês precisam resolver?

– Nós explicaremos – Van Vliet antecipou-se a Fysh. – Nós lhe contaremos tudo, senhor bruxo...

– Mas a bordo – interrompeu, com voz rouca, o capitão Caixotão, que até então tinha permanecido calado. – Não há por que demorar mais junto deste cais. O vento está favorável. Senhores, vamos embora.

•

Após apanhar o vento nas velas, o Profeta Lebioda navegou velozmente pelas águas abundantes da baía, rumando para a hidrovia principal, manobrando entre as ilhazinhas. Os cabos estalavam, a retranca rangia e a bandeira com a luva ondeava agitada no mastro.

Kevenard van Vliet cumpriu a sua palavra. Assim que a chalupa desatracou do píer em Ventosa, chamou os interessados para a proa e prosseguiu com as explicações.

– A expedição que empreendemos – começou, olhando a toda hora para o soturno Fysh – tem como objetivo libertar uma criança sequestrada: Xymena de Sepulveda, a única filha de Briana de Sepulveda. Já deve ter ouvido esse sobrenome. Curtimento de peles, curtimento e acabamento molhado, peleterias. Uma enorme produção anual, muito dinheiro. Se você vir uma dama trajando um lindo e caro casaco de pele, pode ter certeza de que foi produzido nesse ateliê.

– Então a filha dela é que foi sequestrada. Pelo resgate?

– Não. É difícil de acreditar, mas... a menina foi sequestrada por um monstro, uma raposa, isto é, uma mutante: vixena.

– Tem razão – o bruxo falou com frieza. – Não acredito. As raposas, isto é, as vixenas, ou, para ser mais preciso, as aguaras, sequestram somente os filhos dos elfos.

– Está certo, é isso mesmo – Fysh rosnou. – Embora seja algo impensável, a maior peleteria de Novigrad não é administrada por uma humana. Breainne Diarbhail ap Muigh é elfa de sangue puro. É viúva de Thiago de Sepulveda, de quem herdou toda a fortuna. A família não conseguiu anular o testamento, nem tornar ilegal um casamento misto, embora contraído na contramão dos costumes e das leis divinas...

– Sejam objetivos – Geralt interrompeu. – Vamos direto ao assunto, por favor. Vocês afirmam, então, que essa peleteira contratou vocês para resgatar a sua filha sequestrada?

– Está tentando usar artimanhas contra nós? – Fysh franziu o cenho. – Quer nos apanhar na mentira? Você bem sabe que os elfos nunca tentam resgatar os seus filhos sequestrados por uma raposa. Entregam-nos à sorte e esquecem-se deles. Consideram que a criança estava predestinada a ficar com a raposa.

– Briana de Sepulveda no início também fingia – Kevenard van Vliet interrompeu o discurso. – Lamentava, mas à maneira dos elfos, secretamente. Por fora, mantinha o rosto impassível, os olhos secos... "*Va'esse deireádh aep eigean, va'esse eigh faidh'ar*", repetia. Na sua língua isso significa...

– Algo termina, algo começa.

– Exato, mas não passa de um papo bobo dos elfos, pois nada termina. O que e por que deveria terminar? Briana vive entre os humanos faz muito tempo, conforme as nossas leis e os nossos costumes. É uma inumana apenas de sangue, pois o seu coração já é humano. É verdade que as crenças e as superstições dos elfos são fortes. Briana talvez pareça tranquila diante dos outros elfos, mas, claro, secretamente deve sentir saudades da filha. Daria tudo para recuperar a filha única, raposa ou não raposa... De fato, senhor bruxo, ela não pediu nada, nem procurou ajuda. Mesmo assim, diante do seu desespero decidimos ajudar. Todo o grêmio dos comerciantes arrecadou dinheiro solidariamente e financiou a expedição. Ofereci o Profeta e a minha ajuda. O comerciante Parlaghy, que vocês logo conhecerão, agiu da mesma forma. Mas, já que somos homens de negócios, e não caçadores de aventuras, pedimos ajuda ao senhor Javil Fysh, que tem fama de ser um homem esperto e inteligente, sem medo de arriscar. Além disso, possui experiência em participar de empreendimentos difíceis, e é famoso pelo seu conhecimento e pela sua experiência...

– O senhor Fysh, famoso pelo seu conhecimento – Geralt olhou para ele –, esqueceu de dizer a vocês que a expedição de resgate não tem o menor sentido e está fadada ao fracasso. Vejo duas explicações para isso. A primeira é que o senhor Fysh não sabe em que apuros meteu vocês. A segunda, mais provável: o senhor Fysh recebeu o pagamento antecipadamente, uma quantia alta o suficiente para enrolá-los um pouco e voltar com nada.

– O senhor se precipita ao fazer essas acusações! – com um gesto, Kevenard van Vliet segurou Fysh, furioso, pronto para revidar. – O senhor profetiza precipitadamente uma derrota. Nós, comerciantes, somos sempre otimistas...

– É uma atitude louvável, mas neste caso não ajudará.

– Por que não?

– A criança sequestrada pela aguara não pode ser mais resgatada – Geralt explicou com calma. – É absolutamente impossível fazer isso. E não porque não se consiga achá-la, já que as raposas têm um estilo de vida muito misterioso. Tampouco porque a aguara não permita que a criança seja tirada dela. Não é um adversário que se possa desprezar numa luta, tanto na forma de raposa como na de humana. A questão é que a criança sequestrada deixa de ser criança. As meninas sequestradas por raposas passam por modificações. Transformam-se em raposas. As aguaras não se reproduzem. Mantêm a espécie sequestrando e transformando as crianças élficas.

– A sua espécie deveria ser extinta – Fysh finalmente conseguiu falar. – Todos esses lobisomens deveriam ser extintos. É verdade que as raposas raramente perturbam os humanos. Sequestram apenas os filhotes dos elfos e prejudicam apenas a eles. Isso é bom, pois, quanto mais danos sofrem os inumanos, maior o proveito para os próprios humanos. Mas as raposas são monstros, e os monstros precisam ser extintos, mortos, e toda a sua espécie deve ser aniquilada. E espero que você, bruxo, que vive disso e contribui para isso, não guarde rancor pelo fato de contribuirmos para a extinção dos monstros. No entanto, vejo que estas divagações são inúteis. Você pediu explicações, e foram dadas. Já sabe para qual tarefa será contratado e contra quem. Já sabe contra o que você deve nos proteger.

– As suas explicações são pouco claras, como, perdoem-me a comparação, a urina numa bexiga infectada – Geralt avaliou com calma. – E a nobreza da sua expedição é duvidosa como a virtude de uma moça na manhã seguinte após uma festa no campo. Mas isso não me preocupa. O meu dever é adverti-los de que a única maneira de se defender de uma aguara é ficar longe dela. Senhor Van Vliet?

– Pois não?

– Volte para casa. A expedição não tem sentido. Está na hora de tomar consciência disso e abandoná-la. É o único conselho que posso lhes dar como bruxo, e de graça.

– Mas o senhor não desembarcará, pois não? – Van Vliet balbuciou, levemente pálido. – Senhor bruxo, o senhor ficará conosco? E se... se acontecer algo, o senhor nos defenderá? O senhor concordará... Pelos deuses, concorde...

– Concordará, sim – Fysh bufou. – Navegará conosco, pois quem é que o tirará deste ermo? Não entre em pânico, senhor Van Vliet, não há nada a temer.

– Cruz-credo! – gritou o curtidor. – Que coisa! Meteu-nos em apuros e agora está se fazendo de valentão? Quero chegar a Novigrad com saúde e inteiro! Alguém precisa nos defender agora, pois estamos em apuros... e corremos o risco...

– Não corremos nenhum risco. Não se aflija como uma mulher. Vá para o convés inferior, siga o exemplo do seu companheiro Parlaghy. Tomem um rum para logo recuperarem a coragem.

Kevenard van Vliet enrubesceu, depois empalideceu. A seguir, procurou o olhar de Geralt.

– Chega de rodeios – disse de modo enfático, mas com calma. – Está na hora de confessar a verdade. Senhor bruxo, nós já resgatamos essa raposinha. Está no pique-tanque de ré. O senhor Parlaghy a está vigiando.

Geralt meneou a cabeça.

– Não acredito. Vocês tiraram a filha da peleteira da aguara? A pequena Xymena?

Fysh cuspiu para fora do bordo. Van Vliet coçou a cabeça.

– As coisas acabaram tomando outro rumo – balbuciou, enfim. – Por engano, pegamos outra... raposinha... sequestrada por uma vixena completamente diferente. O senhor Fysh comprou-a... de uns soldados que a haviam roubado secretamente da raposa. No início, achávamos que era Xymena, só que mudada... mas Xymena tinha sete anos e era loira, e essa aí deve ter uns doze anos e possui cabelos escuros...

– Embora não seja aquela que queríamos, acabamos levando-a – Fysh disse ao bruxo. – Como poderíamos deixar que a filha de uma elfa crescesse e virasse um monstro ainda pior? Em Novigrad poderemos vendê-la para o zoológico, pois se trata de algo exótico, uma selvagem, metade raposa, criada na floresta por uma raposa. Presa numa gaiola e apresentada ao público decerto dará um bom dinheirinho...

O bruxo virou as costas para ele.

– Senhor capitão, volte para a margem!

– Peraí, peraí – Fysh rosnou. – Mantenha o curso, Caixotão. Não é você que está no comando aqui, bruxo.

– Senhor Van Vliet – Geralt ignorou-o –, estou apelando para o seu bom senso. É preciso libertar a menina imediatamente e deixá-la na margem. Caso contrário, estarão perdidos. A aguara não abandonará a criança. E certamente está atrás dos senhores. A única maneira de detê-la é devolvendo a menina.

– Não escutem o que ele diz, não se deixem amedrontar – falou Fysh. – Estamos navegando num rio, num extenso talvegue. O que uma raposa pode fazer contra nós?

– E temos um bruxo para nos proteger – Petru Cobbin acrescentou de modo irônico. – Munido de espadas invisíveis! O famoso Geralt de Rívia não vai se intimidar por causa de uma raposinha qualquer!

– Não sei, não – balbuciou o curtidor, olhando ora para Fysh, ora para Geralt e Caixotão. – Senhor Geralt, em Novigrad o senhor não se decepcionará com a recompensa. Se nos defender, pagarei em dobro pelo seu esforço...

– Claro que defenderei, e da única maneira possível. Para a margem, capitão.

– Não se atreva! – Fysh empalideceu. – Não se aproxime do pique-tanque de ré, ou você se arrependerá! Cobbin!

Petru Cobbin tentou agarrar Geralt pelo colar, mas não conseguiu, porque o até então calmo e quieto Addario Bach entrou em ação. O anão deu um poderoso chute, acertando Cobbin na dobra do joelho. Cobbin desabou, caindo de joelhos. O anão saltou até ele e golpeou-o com força no rim, depois na lateral da cabeça. O brutamontes tombou sobre o convés.

– E daí que é grande? – O anão passou os olhos por todos os presentes. – Só provoca um estrondo maior quando cai.

Fysh segurava a mão no cabo da faca, mas retirou-a quando Addario Bach olhou para ele. Van Vliet estava parado, boquiaberto, assim como o capitão Caixotão e a tripulação.

Petru Cobbin gemeu e ergueu a testa, retirando-a das tábuas do convés.

– Permaneça onde está – o anão aconselhou-o. – Você não me impressionará com o seu tamanho, tampouco com a tatuagem de

Sturefors. Já bati seriamente em indivíduos maiores do que você, frequentadores de prisões mais pesadas. Portanto, não tente se levantar. Faça o que é preciso fazer, Geralt. Se vocês tiverem qualquer dúvida – disse dirigindo-se aos outros –, saibam que o bruxo e eu estamos salvando as suas vidas. Senhor capitão, para a margem. E lance um bote sobre a água.

O bruxo desceu pelas escadas de comunicação. Puxou uma porta, depois a outra, e ficou paralisado. Addario Bach xingou atrás das suas costas. Fysh também. Van Vliet gemeu.

Os olhos da menina magra, prostrada inerte no beliche, estavam vidrados. Seminua, completamente despida da cintura para baixo, estava com as pernas escarranchadas de maneira vulgar. O pescoço estava torcido de uma forma estranha, e ainda mais vulgar.

– Senhor Parlaghy... – Van Vliet finalmente falou. – O que o senhor... o que o senhor fez?

O indivíduo careca sentado junto da menina olhou para eles. Mexeu a cabeça como se não os tivesse visto, como se procurasse o lugar de onde tinha vindo a voz do curtidor.

– Senhor Parlaghy!

– Ela gritava... começou a gritar...– ele balbuciou, sacudindo o queixo duplo e exalando álcool.

– Senhor Parlaghy...

– Queria silenciá-la... só queria silenciá-la.

– O senhor a matou – Fysh constatou. – O senhor simplesmente a matou!

Van Vliet segurou a cabeça com ambas as mãos.

– E agora?

– Agora estamos completamente fodidos – o anão disse de modo pragmático.

•

– Garanto que não há nenhum motivo para temer! – Fysh bateu com o punho contra a balaustrada. – Navegamos em um rio, estamos no talvegue. As margens estão distantes. Mesmo que a raposa esteja nos seguindo, o que parece pouco provável, não correremos nenhum risco se permanecermos sobre a água.

– Senhor bruxo? O que o senhor acha? – Van Vliet ergueu os olhos temerosos.

– A aguara está nos seguindo, não há dúvidas quanto a isso – Geralt repetiu pacientemente. – Se há alguma coisa duvidosa aqui é o conhecimento do senhor Fysh, a quem peço que permaneça calado. A questão, senhor Van Vliet, é a seguinte: se tivéssemos soltado a raposinha na margem e a deixado em terra firme, haveria uma chance de a aguara nos deixar em paz. Mas aconteceu algo completamente diferente, e agora a nossa única salvação é a fuga. É um milagre que a aguara não os tenha apanhado antes, o que comprova que, realmente, a fortuna favorece os tolos. No entanto, não há como continuar tentando a sorte. Ice todas as velas, capitão, todas.

– Podemos içar ainda a vela da gávea. O vento está favorável... – Caixotão avaliou sem pressa.

– E se... Senhor bruxo, o senhor nos defenderá? – Van Vliet interrompeu.

– Serei franco, senhor Van Vliet. Se fosse por mim, eu os abandonaria. Junto com esse Parlaghy que está lá embaixo se embebedando sobre o cadáver de uma criança morta que ele assassinou. Tenho nojo só de pensar nele.

– Eu faria a mesma coisa – intrometeu-se Addario Bach, olhando para cima. – Parafraseando as palavras do senhor Fysh sobre os inumanos: quanto mais injustiçados os idiotas, mais proveito para os sábios.

– Eu deixaria Parlaghy e vocês à mercê da aguara. Mas o código me proíbe de fazer isso. O código de bruxo não permite que eu aja de acordo com minha vontade. Não posso abandonar aqueles que correm risco de morte.

– Que bruxo nobre! – bufou Fysh. – Acha que não sabemos de suas canalhices?! Mas apoio a ideia de fugir o mais depressa possível. Caixotão, ice todos os trapos e navegue pela hidrovia. Precisamos fugir daqui o quanto antes!

O capitão deu as ordens e os moços do convés começaram a manobrar a embarcação. O próprio Caixotão dirigiu-se para a proa. Após uma breve reflexão, Geralt e o anão uniram-se a ele. Van Vliet, Fysh e Cobbin discutiam no tombadilho.

– Senhor Caixotão?

– Pois não?

– Qual é a origem do nome do barco? E essa figura de proa atípica? É para atrair o patrocínio dos sacerdotes?

– A chalupa havia sido lançada como Melusina – o capitão deu de ombros. – Com uma figura de proa atraente que combinava com o nome. Depois ambos foram trocados. Uns diziam que se tratava do patrocínio, outros contavam que os sacerdotes de Novigrad de tempos em tempos acusavam o senhor Van Vliet de heresia e blasfêmia. Por isso queria puxar o saco... queria lisonjeá-los.

O Profeta Lebioda cortava as ondas com a proa.

– Geralt?

– O que houve, Addario?

– Essa raposa... a aguara... Pelo que ouvi falar, ela consegue se transformar, pode assumir a forma de uma mulher ou de uma raposa, como um lobisomem, não é?

– Não, é diferente. Os lobisomens, ursomens, homens ratazanas e outros seres semelhantes são teriantropos, humanos capazes de se transformar em animais. A aguara é um anterion, um animal, uma criatura capaz de assumir a forma de um ser humano.

– E os seus poderes? Ouvi histórias incríveis... Dizem que a aguara é capaz de...

– Espero chegar a Novigrad antes que a aguara nos mostre aquilo de que é capaz – o bruxo interrompeu.

– E se...

– É melhor que tudo corra sem que seja preciso levantar hipóteses.

O vento começou a soprar com força. As velas se agitaram.

– O céu está escurecendo – observou Addario Bach. – E parece que ouvi um trovão à distância.

O anão não estava enganado. Após alguns instantes trovejou novamente. Desta vez, todos ouviram.

– Uma tempestade está se aproximando! – gritou Caixotão. – Em pleno talvegue, viraremos de quilha! Precisamos fugir, esconder-nos, proteger-nos do vento! Às velas, moços!

Empurrou o timoneiro para o lado e ele próprio pegou o timão.

– Segurem-se! Segurem-se todos!

O céu sobre a margem direita tornou-se azul-marinho. Do nada, o vento começou a soprar, sacudindo e agitando a floresta sobre a ribanceira. As copas das árvores grandes estremeceram, as menores dobraram-se ao meio sob a pressão. Voou um turbilhão de folhas e galhos inteiros, inclusive ramalhos enormes. Reluziu um clarão, cegando todos, e quase no mesmo instante estrondeou um trovão, depois outro, e mais um.

Logo a seguir caiu a chuva, antecipada pelo murmúrio cada vez mais forte. Não conseguiam enxergar nada por trás da parede de água. O Profeta Lebioda balançava, dançava sobre as ondas, inclinando-se fortemente para os lados. Mas não era só isso: o barco estalava. Geralt tinha a sensação de que todas as tábuas estalavam. Cada uma parecia ter vida própria e agitava-se de maneira independente das outras. Havia o risco de a chalupa simplesmente se desfazer. O bruxo assegurava a si próprio que era impossível, que a estrutura de um barco permitia a navegação sobre águas ainda mais agitadas e que, enfim, eles navegavam sobre um rio, e não sobre um oceano. Repetia isso para si mesmo, cuspia água e agarrava os cabos com toda a força das mãos.

Era difícil ter ideia de quanto tempo isso durara. Por fim, a trepidação diminuiu, o vento parou de sacudir as velas, a bátega que agitava a água abrandou-se, transformando-se em chuva e depois num chuvisco. Viram então que a manobra de Caixotão havia dado certo. O capitão conseguira esconder a chalupa atrás de uma ilha alta, coberta por uma floresta, onde a tempestade não tinha tanto impacto sobre eles. Parecia que a nuvem que havia trazido a tempestade se afastava e o temporal sossegava.

Uma bruma surgiu da água.

•

A água escorria da boina completamente ensopada de Caixotão, cobrindo todo o seu rosto. Mesmo assim, o capitão não a tirava da cabeça. Provavelmente nunca a tirava.

– Diabos! – enxugou o nariz, limpando as gotas de água. – Para onde fomos arrastados? Será que é algum defluente? Ou um braço morto? A água está quase parada...

– Mas a correnteza está nos levando. – Fysh cuspiu na água e ficou observando. Não trazia mais o seu chapéu de palha, o temporal devia tê-lo levado. A correnteza está fraca, mas continua nos arrastando – repetiu. – Estamos num estreito entre duas ilhas. Mantenha o barco no curso, Caixotão. Devemos ir para a hidrovia.

– A hidrovia deve ficar no norte – o capitão debruçou-se sobre a bússola. – Por isso precisamos pegar o defluente direito... não o esquerdo, o direito...

– Onde você está vendo os defluentes? – Fysh perguntou. – Há apenas um caminho. Repito: mantenha o barco no curso.

– Há um instante havia dois defluentes – insistiu Caixotão. – Mas pode ser que a água tenha caído nos meus olhos, ou foi a neblina. Tudo bem, deixe a correnteza nos levar. Só que...

– O que foi desta vez?

– A bússola... estamos indo na direção contrária... Não, não, está tudo bem. Não enxerguei direito. A água da boina caiu sobre o vidro. Estamos navegando.

– Naveguemos, então.

A neblina tornava-se ora mais espessa, ora mais rala, e o vento havia silenciado por completo. Fazia muito calor.

– A água... – disse Caixotão. – Vocês não estão percebendo? O odor dela está diferente. Onde estamos?

A neblina levantou, e então viram as margens cobertas de mato e de troncos putrefatos. No lugar dos pinheiros, abetos e teixos que cresciam nas ilhas, havia vidoeiros-ribeirinhos cerrados e altos ciprestes-dos-pântanos, cuneiformes na base. Os cipós da trombeta chinesa cobriam os troncos dos ciprestes, enrolando-se neles, e as suas flores, de um vermelho vibrante, constituíam o único elemento vivo em meio à flora do pântano, em tons de verde-oliva. A superfície estava coberta de lemna e cheia de algas que o Profeta separava com a proa e arrastava atrás de si feito um véu. A água embaçada realmente exalava um odor horrível, de podridão. Do fundo emergiam enormes borbulhas. Caixotão continuava a segurar o timão sozinho.

– Aqui pode haver bancos de areia. – De repente, inquietou-se: – Nossa! Um de vocês, venha para a proa e traga uma sonda!

Navegavam ainda em meio a uma paisagem pantanosa, levados por uma correnteza fraca, sentindo o fedor de putrefação. Na proa, o moço do convés soltava gritos monótonos informando a profundidade.

– Senhor bruxo, olhe só para isto. – Caixotão debruçou-se sobre a bússola e bateu no vidro.

– Olhar o quê?

– Pensei que o vidro tivesse ficado embaçado... Mas, se a agulha não está louca, então estamos navegando para o leste. Isso significa que estamos voltando para o lugar de onde zarpamos.

– Mas é impossível. A correnteza está nos levando. O rio...

Calou-se.

Uma enorme árvore, parcialmente desenraizada, pendia sobre a água. Num dos galhos nus via-se uma mulher trajando um vestido longo e justo. Estava imóvel, olhando para eles.

– O timão – o bruxo falou em voz baixa. – O timão, capitão. Para aquela margem, longe daquela árvore.

A mulher desapareceu. Uma enorme raposa passou correndo pelo galho e escondeu-se no meio do mato. O animal parecia preto. Apenas a ponta da cauda aveludada era branca.

– Ela nos achou. – Addario Bach também percebeu. – A raposa nos encontrou...

– Diabos...

– Fiquem quietos, os dois. Tenham calma.

Continuaram navegando. Os pelicanos, sentados sobre as árvores secas nas margens, os observavam.

INTERLÚDIO

Cento e vinte e sete anos mais tarde

– Lá, atrás da colina, já pode avistar Ivalo, senhorinha – disse o comerciante, apontando com o chicote. – Meia milha de distância, não mais do que isso, chegará lá rapidinho. E eu, na encruzilhada, vou me dirigir para o leste, para Maribor, e lá nos despediremos. Desejo-lhe saúde, que os deuses a protejam e guiem no caminho.

– E que o protejam também, bom senhor. – Nimue saltou da carroça, levou a sua trouxa e o resto da bagagem e, de modo desajeitado, fez uma genuflexão. – Muito obrigada por ter me deixado subir na sua carroça, naquela hora, lá na floresta... Muito obrigada mesmo...

Engoliu a saliva só de pensar na floresta negra na qual chegara fazia dois dias, seguindo a estrada de terra batida. Enormes e horripilantes árvores de galhos retorcidos e trançados formavam uma espécie de telhado sobre a estrada vazia na qual ela, de repente, sentiu-se desamparada, completamente sozinha. Só de lembrar do pavor que tomou conta dela, pensou em dar meia-volta e voltar para casa, em desistir da ideia de se arriscar a viajar sozinha pelo mundo, em tirar essa ideia absurda da cabeça.

– Que é isso, não precisa agradecer, não há de que – riu o comerciante. – É um prazer prestar ajuda no caminho. Passe bem!

– Passe bem! Boa viagem!

Por um instante ela permaneceu na encruzilhada, olhando para o poste de pedra alisado e polido pelas chuvas e tempestades que a fustigavam. “Deve estar aqui há muito tempo”, pensou. “Quem sabe mais de cem anos? Talvez este poste marque o Ano do Cometa? E os exércitos dos reis do Norte rumando em direção a Brenna para a batalha contra Nilfgaard?”

Repetiu a rota que havia decorado, como fazia todo dia, como se fosse uma fórmula mágica ou um encantamento.

“Cova, Guado, Sibell, Brugge, Casterfurt, Mortara, Ivalo, Dorian, Anchor, Gors Velen.”

De longe, a pequena cidade de Ivalo tornava-se cada vez mais perceptível, pelo barulho e pelo mau cheiro.

A floresta terminava na altura da encruzilhada. Adiante, até as primeiras edificações, havia apenas uma enorme clareira aberta e erguida com os tocos das árvores cortadas, que se estendia além do horizonte. A fumaça pairava sobre a cidade. Viam-se fileiras de barris de ferro, as retortas para a queimação do carvão vegetal, que soltavam fumaça. O cheiro era de resina. Quanto mais próxima a cidadezinha, maior o barulho de um estranho tinir de metais que fazia a terra tremer perceptivelmente debaixo dos pés.

Nimue entrou na pequena cidade e ficou admirada. A fonte do barulho e dos tremores era a mais estranha máquina que ela já havia visto: um enorme e pançudo caldeirão equipado com uma roda gigante que, ao girar, punha em movimento o brilhoso pistão cheio de lubrificante. A máquina silvava, esfumeava, esguichava água quente e exalava vapor. Num certo momento apitou de maneira tão medonha e horripilante que Nimue se agachou. No entanto, rápido conseguiu acalmar-se. Até se aproximou para ver de perto as cintas com as quais as engrenagens da máquina infernal punham em marcha as serras da madeireira que cortavam os troncos numa velocidade impressionante. Ficaria observando por mais tempo, mas os seus ouvidos começaram a doer por causa do barulho e do ranger das serras.

Atravessou a ponte. A água debaixo dela estava barrenta, fedia muito, carregava serragem, cascas de árvores e um manto de espuma. E a cidade na qual Nimue acabara de entrar fedia como se fosse uma enorme latrina em que, para piorar as coisas, alguém teimava em assar carne no fogo. Na última semana ela havia caminhado por entre prados e florestas, e começou a sentir falta de ar.

Havia imaginado a cidade de Ivalo, que encerrava mais uma etapa no caminho, como um lugar tranquilo. Agora sabia que não ficaria lá por mais tempo do que fosse absolutamente indispensável e que não levaria boas lembranças do lugar.

Na feira, como de costume, vendeu um cesto de cogumelos e rizomas medicinais. Conseguiu resolver tudo com rapidez. Tinha experiência, sabia quais produtos eram procurados e para quem oferecer a mercadoria. Durante as transações, fingia ser meio tola, por isso não tinha problemas com a venda: as vendedoras brigavam umas com as outras, apressando-se para enganar a palerma. Ganhava pouco, mas rapidamente, e o tempo era crucial para ela.

A única fonte de água limpa da cidade era um poço localizado numa pequena praça. Para encher o cantil, Nimue precisou esperar a sua vez numa longa fila. Mais à frente, rápido conseguiu a provisão para seguir adiante. Atraída pelo cheiro, comprou na feira alguns salgados recheados. Ao examiná-los de perto, pareceram-lhe suspeitos. Sentou-se junto da leiteria para comê-los antes que pudessem provocar sérios danos para a saúde, pois parecia que não continuariam comíveis por muito tempo.

Do outro lado da rua havia uma taberna: Verde-alguma coisa. O nome dela era um mistério e constituía um desafio intelectual: aparecia na tábua inferior, mas tinha sido arrancada. Nimue, após um momento, entregou-se totalmente às tentativas de adivinhar o que, além dos sapos e da alface, podia ser verde. Uma fervorosa disputa entre os fregueses nas escadas da taberna arrancou-a dos seus pensamentos.

– É o Profeta Lebioda, com certeza – dizia um deles. – É aquele brigue da lenda, o barco fantasma que desapareceu há mais de cem anos com toda a tripulação, sem deixar nenhum rastro, e depois surgia no rio quando estava para acontecer uma desgraça. Muitos testemunharam isso e viram espectros a bordo do barco. Dizia-se que permaneceria um barco fantasma até que alguém achasse os seus destroços, e, por fim, foram encontrados.

– Onde?

– Na foz, no braço morto, entrenó no meio do lodo, no centro do pantanal que estava secando. O barco estava coberto por toda aquela vegetação do pântano e por musgos. Quando retiraram as algas e os musgos, apareceu o letreiro: Profeta Lebioda.

– E os tesouros? Acharam algum? Dizia-se que havia tesouros no porão. Conseguiram achar?

– Não se sabe. Conta-se que os sacerdotes encarregaram-se de tomar conta dos destroços, afirmando que se tratava de uma relíquia.

– Que tolice! – observou outro freguês. – Vocês acreditam em lendas como se fossem crianças. Acharam alguma carcaça velha e logo falam em barco fantasma, tesouros, relíquias... Tudo isso é balela, são lendas criadas por escrevinhadores, boatos bobos, contos de fadas. Ei, você aí, menina! Quem é você? E da parte de quem?

– De mim mesma. – Nimue já sabia o que responder.

– Coloque o cabelo para trás e mostre as suas orelhas! Você tem pinta de elfa, e nós não queremos aqui mestiços élficos!

– Deixe-me em paz, não estou atrapalhando ninguém. Logo partirei.

– É?! Para onde?

– Para Dorian.

Nimue também havia aprendido a dar informações. Dizia que o seu destino final era apenas a etapa seguinte, para nunca, jamais revelá-lo a ninguém, o que despertava apenas uma alegria descontrolada.

– Nossa, você tem um bom caminho pela frente!

– Por isso vou embora logo. Só quero lhes dizer, caros senhores, que o Profeta Lebioda não carregava nenhum tesouro. A lenda não faz nenhuma menção a isso. O barco desapareceu e virou fantasma porque tinha sido amaldiçoado e o dono dele ignorou a boa orientação que lhe foi dada. O bruxo que estava a bordo aconselhou que o barco retornasse, que não seguisse adiante pelos defluentes do rio antes que ele conseguisse desfazer a maldição. Li sobre isso...

– Você é uma pirralha e se acha tão sabichona? – disse o primeiro freguês. – Você deveria varrer o chão da casa, garota, mexer nas panelas e lavar as ceroulas, isso sim. Sabichona! Caramba!

– Bruxo?! – bufou outro. – Contos de fadas, nada mais do que contos de fadas!

– Se você é tão sabichona – outro acrescentou –, então deve saber algo sobre a nossa Floresta dos Gaios. Não? Então saiba que na Floresta dos Gaios mora algum mal que acorda de tempos em tempos. Quando isso acontece, salve-se quem puder quem caminha pela floresta. No caminho, se você realmente for para Dorian, certamente passará por lá.

– E lá ainda sobrou alguma floresta? Parece que vocês já cortaram tudo nas redondezas, restou apenas uma clareira vazia.

– Vejam só que sabichona, que pirralha insolente! A floresta serve para cortar a clareira, não é? O que cortamos, foi cortado, e o que restou, restou. Os lenhadores têm medo de ir à a Floresta dos Gaios, tamanho o pavor que desperta. Você verá quando chegar lá. Mijará na calcinha de tanto medo!

– Então é melhor eu ir mesmo. "Cova, Guado, Sibell, Brugge, Casterfurt, Mortara, Ivalo, Dorian, Anchor, Gors Velen. Sou Nimue verch Wledyr ap Gwyn. O meu destino é Gors Velen, Aretusa, a escola das feiticeiras na ilha de Thanedd."

CAPÍTULO DÉCIMO QUINTO

Antigamente, nós, as raposas, possuíamos muitos poderes. Podíamos criar ilusões de ilhas mágicas, mostrar dragões que dançavam no céu a multidões compostas de milhares de pessoas. Conseguíamos criar visões de um exército poderoso que se aproximava dos muros da cidade para que todos os habitantes o vissem da mesma forma, inclusive os mínimos detalhes do equipamento e os símbolos nas bandeiras. No entanto, as inigualáveis raposas dos tempos primordiais, que pagaram pelo seu poder mágico com as suas vidas, eram as únicas que tinham esses poderes. Desde então, as capacidades de nossa espécie diminuíram muito, com certeza por viver permanentemente em meio aos humanos.

Wiktor Pielewin, *O sagrado livro do lobisomem*

– Em que apuros você nos meteu, Caixotão! – irritou-se Javil Fysh. – Que confusão você arranjou para nós! Há uma hora estamos perdidos no meio dos defluentes! Só ouvi falar coisas ruins sobre este pantanal! Aqui desaparecem navios e pessoas! Onde está o rio? E a hidrovia? Por que...

– Cale a boca, diabos! – o capitão enervou-se. – Onde está a hidrovia? No meio do teu cu! É tão sabichão assim? Então, esta é uma oportunidade para você mostrar as suas capacidades! Estamos de novo diante de uma bifurcação! Como devo navegar, cabeção? À esquerda, seguindo a correnteza? Ou talvez ache que devo virar à direita?

Fysh bufou e se virou de costas. Caixotão agarrou as malaguetas da roda do leme e dirigiu a chalupa para o defluente esquerdo.

O moço com a sonda berrou. Após um instante, Kevenard van Vliet gritou também, mas muito mais alto.

– Afaste-se da margem, Caixotão! Mantenha a estibordo! Fique longe da margem! Longe da margem! – berrou Petru Cobbin.

– O que houve?

– Cobras! Não está vendo? Cobraaaas!

Addario Bach xingou.

A margem esquerda estava cheia de cobras. Os répteis serpenteavam por entre os caniços e as algas ribeirinhas, rastejavam sobre os troncos que emergiam da água, pendiam, silvando, dos galhos suspensos sobre a água. Geralt havia reconhecido os mocassins d'água, cascavéis, jararacas, boomslangs, víboras-de-russell, víboras-das-árvores, biútas, víboras-aríetes, mambas-negras e outras que desconhecia.

Toda a tripulação do Profeta fugiu em pânico, afastando-se do bombordo, cada um gritando a seu modo. Kevenard van Vliet foi correndo para a proa e, tremendo todo, agachou-se atrás das costas do bruxo. Caixotão girou a roda do leme e a chalupa começou a virar. Geralt pôs a mão no ombro dele e disse:

– Não. Mantenha como estava. Não se aproxime da margem direita.

– Mas as cobras… cairão sobre o bordo... – Caixotão apontou para o galho do qual se aproximavam, lotado de cobras suspensas que silvavam. – Essas cobras não são reais! Mantenha o rumo e fique longe da margem direita.

Os ovéns da vela grande colidiram com um galho suspenso. Algumas cobras envolveram-se nos cabos e outras, entre elas duas mambas, caíram sobre o convés. Erguendo-se e silvando, atacaram os que estavam agrupados junto do estibordo. Fysh e Cobbin fugiram para a proa. Os rapazes do convés, gritando, lançaram-se para a popa. Um deles pulou na água e desapareceu antes de soltar um grito. O seu sangue redemoinhou na superfície.

– Heteróptera! Ao contrário das cobras, essa é autêntica – o bruxo disse apontando para a onda e para a escura silhueta que se afastava.

– Detesto répteis… detesto cobras – soluçou Kevenard van Vliet, encolhido junto do bordo.

– Não há cobras aqui. Não houve nenhuma cobra aqui. É tudo uma ilusão.

Os rapazes do convés gritavam e esfregavam os olhos. As cobras desapareceram, tanto aquelas que estavam a bordo quanto as da margem. Não havia mais nenhum sinal delas.

– O que… O que foi aquilo? – gemeu Petru Cobbin.

– Uma ilusão. A aguara nos apanhou – repetiu Geralt.

– Como é que é?

– A raposa. Ela está criando ilusões para nos desorientar. Estou tentando descobrir desde quando isso está acontecendo. A tempestade parecia real. Havia dois defluentes, o capitão enxergou bem. Mas a aguara escondeu um dos defluentes atrás de uma ilusão e falsificou as indicações da bússola. Criou também a ilusão das cobras.

– Fabulações de bruxo! – bufou Fysh. – Crendices élficas! Superstições! Está querendo dizer que uma raposa qualquer teria esse tipo de poder, de esconder um defluente e falsificar a bússola? E criar cobras onde não existem? Balela! Garanto que a culpa é destas águas! Fomos intoxicados pela névoa, pelos gases pútridos emitidos pelo pântano miasmático! Foi por isso que tivemos essas visões…

– São ilusões criadas pela aguara.

– Você acha que somos burros? – gritou Cobbin. – Ilusões? Que ilusões? Eram autênticas víboras! Todos vocês viram, não é? Ouviram o silvo? Até senti o fedor delas!

– Era uma ilusão. As cobras não eram verdadeiras.

Os ovéns do Profeta novamente colidiram com galhos suspensos.

– Quer dizer que se trata de um devaneio, não é? Uma ilusão? Esta cobra não é verdadeira – falou um dos moços do convés, estendendo o braço. – Não! Pare!

Uma enorme víbora-aríete que pendia de um ramalho silvou de modo horripilante e o atacou num instante, cravando os dentes no pescoço do marinheiro uma primeira vez, depois outra. O rapaz soltou um grito dantesco, cambaleou, tombou, estremeceu, batendo a cabeça ritmicamente contra o convés. A boca começou a espumar e os olhos ficaram ensanguentados. Quando correram até ele, já estava morto.

O bruxo cobriu o seu corpo com um pano e disse:

– Diabos, gente! Tenham cuidado! Nem tudo aqui é uma ilusão!

– Atenção! – um marinheiro gritou da proa. – Aaaatençããããooo! Um redemoinho adiante! Redemoinho!

O braço morto bifurcava-se outra vez. O defluente esquerdo, aquele para o qual os levava a correnteza, turbilhonava-se e se agitava num forte redemoinho. O turbilhão espumava como uma sopa num caldeirão. No redemoinho giravam, aparecendo e desaparecendo, tocos e galhos e até uma árvore inteira com a copa cheia de galhos. O rapaz do convés que operava a sonda fugiu da proa e os outros começaram a gritar. Caixotão permanecia calmo, imóvel. Girou a roda do leme e dirigiu a chalupa para o tranquilo defluente direito.

– Ufa! – enxugou a testa. – Na hora certa! Estaríamos perdidos se aquele redemoinho tivesse nos engolido, ficaríamos tontos...

– Redemoinhos! – gritou Cobbin. – Heterópteras! Jacarés! Sanguessugas! Não precisamos de ilusões, pois estes pântanos estão cheios de porcarias, de répteis, de todos os tipos de nojeiras venenosas. Foi uma desgraça termos nos perdido por aqui. Aqui, muitos...

– Barcos desapareceram – concluiu Addario Bach, apontando com o dedo. – E deve ser mesmo verdade.

Na margem direita havia destroços de um barco preso no pântano, apodrecido e quebrado, inundado até a amurada, coberto de plantas aquáticas, envolto por trepadeiras e musgos. Observavam-no enquanto o Profeta, carregado pela correnteza fraca, passava por perto.

Caixotão cutucou Geralt com o cotovelo e disse em voz baixa:

– Senhor bruxo, a bússola ainda está descontrolada. De acordo com o ponteiro, mudamos o rumo do leste para o sul. Se não for um ardil da raposa, teremos problemas. Estes pântanos ainda não foram desbravados, mas sabe-se que se estendem ao sul da hidrovia. Portanto, estamos sendo levados para o coração do pantanal.

– Mas estamos à deriva – observou Addario Bach. – Não há vento. Estamos sendo carregados pela correnteza, e a correnteza significa que há uma ligação com um rio, com a hidrovia de Pontar...

– Não necessariamente – Geralt meneou a cabeça. – Já ouvi falar sobre esses braços mortos. A direção da descida da água deles muda, a depender da maré, alta ou baixa. E não se esqueçam da aguara, também pode ser uma ilusão.

Os ciprestes-dos-pântanos ainda cobriam as margens espessamente. Também apareceram os malmequeres-do-brejo, com os caules em forma de bulbosos rizomas. Muitas árvores estavam secas, mortas. Dos seus troncos e galhos esmaecidos pendiam volumosos festões de bromélias do brejo que à luz do sol brilhavam em tons de prata. Nos galhos, as garças, com os seus olhos imóveis, inspecionavam o Profeta enquanto passava.

O marinheiro que estava na proa gritou.

Dessa vez todos a viram. Estava novamente em cima de um ramalho suspenso sobre a água, ereta e imóvel. Caixotão pressionou as malaguetas sem pressa e dirigiu a chalupa para a margem esquerda. De repente, a raposa uivou intensa e incisivamente. Regougou outra vez quando o Profeta passou perto dela.

A enorme raposa correu sobre o ramalho e escondeu-se no mato.

•

– Foi um aviso, um aviso e uma chamada, ou melhor, uma ordem – falou o bruxo após o alvoroço a bordo passar.

– Para soltar a menina – concluiu, sobriamente, Addario Bach. – Claro! Mas não podemos soltá-la, porque está morta.

Kevenard van Vliet gemeu, segurando as têmporas. Molhado, sujo e apavorado, já não lembrava um comerciante que tinha recursos para comprar o próprio barco. Lembrava um pirralho pego roubando ameixas.

– O que fazer? O que fazer? – gemeu.

– Eu sei o que fazer – disse, de repente, Javil Fysh. – Vamos amarrar a menina morta em um barril e jogar para fora do barco. A raposa deixará de nos perseguir para chorar sobre a cria. Assim, ganharemos tempo.

– Que vergonha, senhor Fysh! – a voz do curtidor de súbito endureceu. – Não é digno tratar um cadáver dessa maneira. É desumano.

– E ela por acaso era um ser humano? Era uma elfa, metade animal. Afirmo que o barril é uma boa ideia...

– Só um completo idiota pode pensar em algo assim, algo que decerto nos traria a total perdição. Não sairemos desta se a vixena perceber que matamos a menina – disse Addario Bach, arrastando as palavras.

– Não fomos nós que matamos a cria – intrometeu-se Petru Cobbin, antes que Fysh, vermelho de raiva, conseguisse reagir. – Não fomos nós! Foi Parlaghy, ele é o culpado. Nós não temos culpa.

– Tem razão – confirmou Fysh, dirigindo-se não a Van Vliet ou ao bruxo, mas a Caixotão e aos rapazes do convés. – Parlaghy é o culpado. Que a raposa vingue-se dele. Vamos metê-lo numa piroga junto com o cadáver e soltá-lo à deriva. Entretanto, nós...

Cobbin e alguns rapazes do convés aceitaram a ideia, soltando um grito animado, mas Caixotão imediatamente reagiu:

– Não permitirei isso!

– Nem eu. – Kevenard van Vliet empalideceu. – O senhor Parlaghy pode ter errado, talvez mereça ser castigado pelo seu ato. Mas abandoná-lo, condenar à morte? Não, não se pode fazer isso.

– A morte dele ou a nossa! – gritou Fysh. – O que escolher? Bruxo, você nos defenderá quando a raposa subir a bordo?

– Defenderei.

Todos silenciaram.

O Profeta Lebioda navegava à deriva, arrastando tranças de algas por entre uma água fétida e borbulhenta. Sentados nos galhos, garças e pelicanos os observavam.

•

O marinheiro na proa deu um grito de alerta. Logo todos começaram a berrar ao ver os destroços de um barco putrefato, coberto de plantas trepadeiras e mato, o mesmo barco que tinham visto fazia uma hora.

– Estamos dando voltas. É um circuito fechado. A raposa nos prendeu numa armadilha – o anão constatou.

– Só temos uma saída: passar por aquilo. – Geralt apontou para o defluente esquerdo e para o redemoinho que turbilhonava nele.

– Por esse gêiser? – berrou Fysh. – Você enlouqueceu de vez? O barco vai se desfazer em pedaços!

– Vai se desfazer ou virar – confirmou Caixotão –, ou o redemoinho nos lançará para o pântano e acabaremos como aquele barco. Olhem esse turbilhão sacudindo as árvores. O redemoinho parece ter uma força tremenda.

– Pois é, mas parece uma ilusão. Acho que é mais uma ilusão da aguara.

– Como assim, parece? Você é bruxo e não consegue detectar isso?

– Detectaria uma ilusão mais fraca, mas estas são excepcionalmente fortes. Contudo, parece que...

– Parece. E se você estiver enganado?

– Não temos outra saída – rosnou Caixotão. – Ou tentamos atravessar o redemoinho ou continuaremos dando voltas...

– Até a morte, uma morte fodida – acrescentou Addario Bach.

•

Os ramalhos da árvore que redemoinhava no turbilhão emergiam a todo momento, como se fossem as mãos de um afogado. A voragem se agitava, girava, avolumava-se, espumava. O Profeta estremeceu e, de repente, ganhou velocidade, levado para dentro do vórtice. A árvore sacudida pelo turbilhão chocou-se contra o bordo, esguichando espuma. A chalupa começou a balançar e girar cada vez mais rápido.

Todos gritavam, cada um a seu modo.

De repente, tudo ficou em silêncio. A água acalmou-se e o espelho d'água alisou-se. O Profeta Lebioda começou a navegar lentamente à deriva, por entre as margens onde cresciam os malmequeres-do-brejo.

– Você estava certo, Geralt – pigarreou Addario Bach. – De fato, era uma ilusão.

Caixotão fixou os olhos em Geralt por longo tempo. Permanecia em silêncio. Por fim tirou a boina, revelando o topo da sua cabeça, ele era calvo como um ovo. Depois falou, com voz rouca:

– Eu iniciei na navegação fluvial a pedido da minha esposa. Ela achava que navegar nos rios era mais seguro do que no mar. E toda vez que eu fosse navegar, dizia que não ficaria mais preocupada.

Colocou a boina de volta, acenou com a cabeça e agarrou as malaguetas do leme com mais força.

– Será que já... será que já estamos seguros? – Kevenard van Vliet gemeu debaixo da cabine de comando. Ninguém respondeu à sua pergunta.

•

A água estava repleta de algas e lemna. Os ciprestes-dos-pântanos começaram a dominar, decididamente, entre as árvores que cresciam nas margens. Os seus pneumatóforos, as raízes que lhes permitiam respirar, algumas chegando à altura de uma braça, emergiam abundantemente do pântano e da água rasa ao longo das ribeiras. Nas ilhotas formadas pelo mato, as tartarugas aqueciam-se ao sol. Os sapos coaxavam.

Desta vez ouviram-na antes de avistá-la. Soltou um uivo alto e agudo, como se estivesse fazendo uma ameaça ou dando um aviso. Apareceu na margem, na forma de raposa, sobre um tronco de madeira derrubado e seco. Uivava, erguendo a cabeça para o alto. Geralt captou tons estranhos no seu uivo. Percebeu que, além de ameaças, havia nele uma ordem, mas não era dirigida a eles.

De repente, a água debaixo do tronco agitou-se e dela emergiu um enorme monstro, todo coberto de escamas verde-amarronzadas em forma de pingentes. Gorgolejou, chapinhou a água e, obedecendo à ordem da raposa, nadou, agitando a água, na direção do Profeta.

– Isso também... isso também é uma ilusão? – Addario Bach engoliu a saliva.

– Não acho. É um vodianoi! – Geralt gritou para Caixotão e para os rapazes do convés. – Ela encantou e soltou o vodianoi contra nós! Croques! Peguem os croques!

O vodianoi emergiu da água junto ao barco. Viram uma cabeça achatada coberta de algas, olhos de peixe esbugalhados e dentes cuneiformes numa enorme boca. O monstro bateu raivosamente contra o bordo uma vez, depois outra, e o Profeta estremeceu. Fugiu quando viu a tripulação munida dos croques. Mergulhou, e logo em seguida emergiu de novo, agitando a água atrás da popa, junto da porta do leme, que ele mordeu com os dentes e puxou até trincar.

– Vai arrancar o leme! – Caixotão berrava, tentando atingir o monstro com o croque. – Vai arrancar o leme! Peguem a adriça! Levantem a porta do leme! Espantem e afastem o maldito do leme!

O vodianoi mordia e puxava o leme, ignorando os gritos e os golpes dos croques. A porta do leme estourou, e um pedaço dela ficou nos dentes do monstro. Ou ele achou que era o suficiente, ou o encanto da raposa perdeu força, pois mergulhou na água e desapareceu.

O uivo da aguara ressoou na margem.

– O que mais? Senhor bruxo, o que mais ela vai fazer conosco? – gritou Caixotão, agitando as mãos.

– Deuses... perdoem-me por não ter acreditado em vós... perdoem-nos por matar a menina! Salvem-nos! – soluçou Kevenard van Vliet.

De repente, sentiram uma brisa no rosto. A carangueja do Profeta, até então suspensa languidamente, esvoaçou e a retranca rangeu.

– O caminho está se alargando! Ali, ali mesmo! Um extenso talvegue, deve ser um rio! Navegue nessa direção, capitão! Para lá! – gritou Fysh da proa.

O leito do rio começou a alargar-se. Atrás da parede verde de caniços, vislumbrou algo que parecia um talvegue.

– Conseguimos! Vencemos! Conseguimos sair do pantanal! – gritou Cobbin.

– Primeiro marco! Primeiroooo marcooo! – berrou o rapaz do convés com a sonda.

– Mantenha o leme virado para a direita! Banco de areiaaaa! – vociferou Caixotão, puxando o timoneiro e executando a própria ordem. A proa do Profeta Lebioda virou para o defluente eriçado com os pneumatóforos.

– Para onde você está nos levando? O que você está fazendo? Navegue na direção do talvegue! Para lá! Para lá! – berrava Fysh.

– Para lá, não! Há um banco de areia! Vamos encalhar! Chegaremos ao talvegue pelo defluente, a água aqui é mais profunda!

Novamente ouviram o uivar da aguara, mas não a viram. Addario Bach puxou Geralt pela manga.

Petru Cobbin apareceu na descida que levava ao pique-tanque de ré. Arrastava pelo colarinho Parlaghy, que mal conseguia ficar em pé. O marinheiro atrás dele carregava a menina envolta numa capa. Os outros quatro ficaram junto deles, formando um muro, de frente para o bruxo. Seguravam machados, aguilhões e ganchos de ferro. O mais alto deles falou:

– Já chega, senhores! Queremos viver. Está na hora de agir!

– Deixem a criança! Solte o comerciante, Cobbin. – Geralt falou, arrastando as sílabas.

– Não, senhor – o marinheiro meneou a cabeça, num gesto de negação. – O cadaverzinho, junto com o mercadorzinho vão para fora do barco. Só assim será possível deter a monstra, só assim conseguiremos fugir.

– Já vocês, não se metam – falou outro com voz rouca. – Não temos nada contra vocês, mas não tentem atrapalhar. Caso contrário, apanharão.

Kevenard van Vliet encolheu-se junto do bordo e soluçou, virando a cabeça. Caixotão também desviou o olhar resignado e cerrou os lábios. Era evidente que não reagiria à rebelião da própria tripulação.

– É isso mesmo, tem razão – Petru Cobbin empurrou Parlaghy. – O comerciante e a raposa morta para fora do barco. É a única salvação para nós. Bruxo, saia do caminho! Prossigam, homens! Levem-nos ao bote!

– Que bote? Aquele? – Addario Bach perguntou com calma.

Curvado no banco do bote, Javil Fysh remava, já a uma boa distância do Profeta, na direção do talvegue. Remava sem parar. As pás dos remos respingavam água e lançavam algas para todos os lados.

– Fysh! Seu canalha! Seu maldito filho da puta! – gritou Cobbin.

Fysh virou-se e dobrou o cotovelo, fazendo o gesto de banana para ele. Em seguida, voltou a remar. Mas não conseguiu chegar longe.

A tripulação do Profeta viu o bote saltar, de repente, sobre um gêiser de água, e um enorme crocodilo emergiu dele. Tinha a boca cheia de dentes eriçados e a sua cauda fustigava a superfície da água. Fysh caiu para fora do bote. Gritando, nadou em direção à margem e parou em um banco de areia arrepiado com as raízes dos ciprestes-dos-pântanos. O crocodilo o perseguiu, mas a paliçada dos pneumatóforos dificultou a caçada. Fysh alcançou a margem e lançou-se com o peito sobre uma pedra que havia nela. No entanto, não era uma pedra. Uma enorme tartaruga-mordedora abriu as mandíbulas e abocanhou o braço de Fysh acima do cotovelo. Ele uivou de dor, sacudiu-se, estremeceu todo, agitando o pântano. O crocodilo emergiu da água e apanhou a sua perna. Fysh berrou.

Por um instante, não era possível saber qual dos répteis dominaria Fysh, se a tartaruga ou o crocodilo. Mas, enfim, os dois conseguiram o seu pedaço. Na boca da tartaruga ficou o braço de Fysh, com um osso branco em forma de porrete sobressaindo da massa ensanguentada. O resto do corpo dele foi levado pelo crocodilo. No espelho d'água agitado surgiu uma enorme mancha vermelha.

Geralt aproveitou o assombro da tripulação. Arrancou das mãos do rapaz do convés o corpo da menina morta e recuou para a proa. Addario Bach estava junto dele, com um croque na mão.

Mas nem Cobbin nem os marinheiros tentaram se opor. Pelo contrário, todos, às pressas, recuaram para a popa. Às pressas, para não dizer em pânico. De repente, os seus rostos empalideceram. Kevenard van Vliet, encolhido junto do bordo, soluçou, escondeu a cabeça entre os joelhos e cobriu-a com as mãos.

Geralt olhou para trás.

Devido à falta de atenção de Caixotão, ou talvez porque o leme danificado pelo vodianoi estivesse avariado, a chalupa foi parar debaixo dos ramalhos suspensos e ficou encalhada em meio aos troncos derrubados. A aguara aproveitou a situação. Saltou para a proa ágil, leve e silenciosamente, em sua forma raposina. Antes, o bruxo a havia visto com o fundo formado pelo céu. Parecia então negra como o breu, mas não era. A sua pelagem era escura e na ponta da cauda tinha uma mancha clara em forma de flor. No entanto, no seu pelame, sobretudo na cabeça, dominava a cor cinza, mais característica das raposas-das-estepes do que das raposas-cinzentas.

Retesou-se, transformando-se numa mulher alta com cabeça de raposa. Tinha orelhas pontudas e o focinho alongado, o qual, quando abria, deixava ver fileiras de caninos brilhantes.

Geralt ajoelhou-se e colocou o corpo da menina cuidadosamente sobre o convés. Depois recuou. A aguara uivou de modo pungente, deu uma pequena mordida com as mandíbulas cheias de dentes e aproximou-se. Parlaghy gritou, agitou as mãos em pânico, soltou-se do aperto de Cobbin, pulou para fora do barco e imediatamente afogou-se.

Van Vliet chorava. Cobbin e os rapazes do convés, ainda pálidos, juntaram-se em volta de Caixotão, que havia tirado a boina.

O medalhão no pescoço do bruxo tremia com intensidade, vibrava, irritava. A aguara, ajoelhada, debruçada sobre a menina, emitia sons estranhos, que não pareciam um ronronar, nem um silvo. De repente, ergueu a cabeça e mostrou os caninos. Roncou surdamente, e os seus olhos fulguraram. Geralt permaneceu imóvel e disse:

– Somos culpados. O que aconteceu foi lamentável. Tomara que nada pior aconteça. Não posso permitir que você machuque essas pessoas. Não permitirei que o faça.

A raposa levantou-se, erguendo a menina. Passou os olhos em todos e, por fim, fixou-os em Geralt.

– Você barrou o meu caminho para defendê-los – disse uivando, mas com clareza, articulando devagar todas as palavras.

Ele não respondeu.

– Carrego a minha filha nos braços. Isto é mais importante do que as suas vidas. Mas foi você quem se dispôs a defendê-los, homem de cabelos brancos. Portanto, um dia voltarei para pegá-lo. Quando você já tiver se esquecido, quando você menos esperar – terminou.

Saltou agilmente para a amurada, de lá para o tronco derrubado, e desapareceu no matagal.

Em meio ao silêncio que pairava, ouvia-se apenas o soluço de Van Vliet.

O vento sossegou, o ar ficou abafado. O Profeta Lebioda, arrastado pela correnteza, libertou-se dos ramalhos e navegou à deriva no meio do defluente. Caixotão enxugou os olhos e a testa com a boina.

O marinheiro que estava na proa gritou. Cobbin gritou. Os outros gritaram.

Subitamente, casas com telhados de palha apareceram por trás do caniçal e do arroz selvagem. Avistaram redes que secavam estendidas sobre varas, a areia amarela da praia, um píer. Um pouco mais adiante, atrás das árvores que cresciam na península, viram o extenso leito de um rio sob o céu azul.

– Um rio! Um rio! Finalmente!

Todos gritavam: "Os moços do convés, Petru Cobbin, Van Vliet". Só Geralt e Addario não se juntaram ao uníssono.

Caixotão também permanecia calado, pressionando o leme.

– O que você está fazendo? – gritou Cobbin. – Para onde está nos levando? Dirija-se para o rio! Ali! Para o rio!

– Não há como fazer isso – na voz do capitão havia desespero e resignação. – Não há vento. O leme do barco mal obedece e a correnteza está ficando cada vez mais forte. Estamos navegando à deriva, a correnteza está nos afastando e arrastando para os defluentes, de volta para os pântanos.

– Não!

Cobbin xingou e saltou para fora do barco, nadando até a praia.

Todos os marinheiros mergulharam na água, seguindo-o. Geralt não conseguiu deter nenhum deles. Mas Addario Bach, com um poderoso golpe, fez que Van Vliet, que se preparava para saltar, permanecesse sentado. Ele falou:

– Um céu azul. A areia dourada da praia. Um rio. Tudo bonito demais para ser verdade. Então, não pode ser verdade.

De repente, a imagem tremeluziu. E lá onde há um átimo havia casas de pescadores, a praia dourada e o leito do rio atrás da península, o bruxo viu, por um segundo, as teias das bromélias do brejo que pendiam até a superfície da água, suspensas dos ramalhos das árvores secas. Avistou ribeiras pantanosas, eriçadas com os pneumatóforos dos ciprestes-dos-pântanos. O fundo da água negro e borbulhante. Um mar de algas. E um labirinto interminável de defluentes.

Por um segundo viu aquilo que a última ilusão da aguara escondia.

De repente, aqueles que estavam nadando na água começaram a gritar e a se debater nela e, um por um, começaram a desaparecer.

Petru Cobbin emergiu da água, engasgando e vociferando, todo coberto de sanguessugas listradas, gordas como enguias, que rastejavam sobre o seu corpo. Depois submergiu e desapareceu.

– Geralt!

Com um croque, Addario Bach arrastou o bote que restara do encontro com o crocodilo e se aproximara do bordo após navegar à deriva. O anão saltou para dentro dele e assumiu, entregue por Geralt, o ainda torpe Van Vliet.

– Capitão!

Caixotão acenou com a boina.

– Não, senhor bruxo! Não largarei o barco, eu o pilotarei até o porto, aconteça o que acontecer! E, se eu não conseguir, iremos juntos para o fundo! Passem bem!

O Profeta Lebioda navegava à deriva, sossegada e majestosamente. Adentrava um defluente e desaparecia nele.

Addario Bach cuspiu nas mãos, encurvou-se e arrastou os remos. O bote deslizava pela superfície da água.

– Para onde?

– Para aquele talvegue depois do banco de areia. É onde passa o rio, tenho certeza. Entraremos na hidrovia, encontraremos algum navio, ou seguiremos neste bote até a própria Novigrad.

– E Caixotão?

– Conseguirá sair dessa, se for esse o seu destino.

Kevenard van Vliet soluçava. Addario remava.

O céu escureceu. Ouviram um trovão demorado, distante.

– Uma tempestade está se aproximando. Diabos, ficaremos molhados – falou o anão.

Geralt bufou, depois começou a rir, sincera e cordialmente, e contagiosamente. Logo, os dois riam.

Addario remava com movimentos fortes e constantes. O bote deslizava sobre a água feito uma flecha.

– Você rema como se na vida se dedicasse apenas a isso. Pensei que os anões não soubessem navegar, nem nadar... – avaliou Geralt, enxugando as lágrimas vertidas e rindo.

– Você está se deixando levar por estereótipos.

INTERLÚDIO

Quatro dias mais tarde

A casa de leilões dos irmãos Borsodi ficava numa pequena praça localizada na rua principal, que era de fato a mais importante artéria de Novigrad, ligando a praça do mercado ao templo do Fogo Eterno. Os irmãos, que no início da sua carreira comerciavam cavalos e ovelhas, naquela época conseguiam manter apenas uma choupana nos arrabaldes. Quarenta e dois anos depois de terem aberto o negócio, a casa de leilões ocupava um imponente edifício de três andares localizado na parte mais importante da cidade. Ainda pertencia à família, e nele leiloavam-se quase exclusivamente pedras preciosas, sobretudo diamantes, além de obras de arte, antiguidades e objetos para colecionadores. Os leilões ocorriam uma vez a cada quatro meses, sempre às sextas-feiras.

Naquele dia a sala de leilões estava lotada. Havia nela, pela avaliação de Antea Derris, mais de cem pessoas.

O barulho e o murmúrio silenciaram. O lugar atrás do púlpito foi ocupado pelo leiloeiro, Abner de Navarette.

Como de costume, Abner de Navarette estava muito elegante. Trajava um caftan preto de veludo e um colete de brocado dourado. Os próprios príncipes invejavam os seus traços nobres e a sua fisionomia, e os aristocratas, a sua postura e as suas maneiras. O segredo de polichinelo era que Abner de Navarette era de fato um aristocrata, excluído da família e deserdado por causa da bebedeira, da prodigalização, da depravação. Se não fosse pela família Borsodi, ele seria um mendigo. Mas os Borsodi precisavam de um leiloeiro com a aparência de um aristocrata. Com relação à aparência, nenhum dos candidatos poderia se igualar a Abner de Navarette.

– Boa noite, senhoras. Boa noite, senhores – falou com uma voz tão aveludada quanto o seu caftan. – Bem-vindos à Casa dos Borsodi e ao leilão trimestral de obras de arte e antiguidades. As peças da coleção, que os senhores conferiram na nossa galeria, constituem uma coletânea única, provêm todas de coleções particulares. Percebo que a maioria dos senhores são nossos fiéis clientes e convidados, e estão familiarizados com as regras da nossa casa e com o regulamento vigente durante os leilões. Todas as pessoas aqui presentes receberam na entrada o folheto com o regulamento. Portanto, pressuponho que todos foram informados acerca dos nossos regulamentos e estão conscientes das consequências de infringi-los. Comecemos, então, sem mais demora. Lote número um: uma estatueta de nefrita, grupal, de uma ninfa... humm... com três faunos, elaborada, de acordo com os nossos peritos, pelos gnomos, com aproximadamente cem anos. Lance inicial: duzentas coroas. Duzentas e cinquenta – uma. Só? Alguém oferece mais? Ninguém? Vendida para o senhor com o número trinta e seis.

Os dois escriturários que trabalhavam no púlpito ao lado anotavam prontamente os resultados da venda.

– Lote número dois: *Aen N'og Mab Taedh'morc*, uma coletânea de contos élficos e parábolas em verso. Ricamente ilustrada. Excelente estado. Lance inicial: quinhentas coroas. O senhor mercador Hofmeier oferece quinhentas e cinquenta. O senhor conselheiro Drofuss, seiscentas coroas. O senhor Hofmeier, seiscentas e cinquenta. Alguém oferece mais? Vendida por seiscentas e cinquenta coroas para o senhor Hofmeier de Hirundum.

– Lote número três: um aparelho feito de marfim, de formato... humm... oblongo e alongado, usado certamente... humm... para massagem. Origem ultramarina, idade desconhecida. Lance inicial: cem coroas. Cento e cinquenta – uma. Duzentas – a senhora de máscara com o número quarenta e três. Duzentas e cinquenta, a senhora com o véu e o número oito. Alguém oferece mais? Trezentas, a senhora Vorsterkranz, esposa do farmacêutico. Trezentas e cinquenta! Alguma das senhoras oferece mais? Vendido por trezentas e cinquenta coroas para a senhora com o número quarenta e três.

– Lote número quatro: *Antidotarius magnus*, um tratado médico singular, publicado pela universidade em Castell Graupian nos primórdios de sua existência. Lance inicial: oitocentas coroas. Oitocentas e cinquenta – uma. Novecentas – o doutor Ohnesorg. Mil – a excelentíssima senhora Marti Sodergren. Alguém oferece mais? Vendido por mil coroas para a excelentíssima senhora Sodergren.

– Lote número cinco: *Liber de naturis bestiarum*, uma obra raríssima, encadernada em tábuas de faia, ricamente ilustrada...

– Lote número seis: *Menina com um gato*, retrato *en trois quarts*, óleo sobre tela, escola cintrense. Lance inicial...

– Lote número sete: um sino com cabo de latão elaborado pelos anões, idade do achado difícil de ser estimada, embora seja, sem dúvida, um objeto antigo. No contorno há uma inscrição rúnica dos anões: "Para que está tocando, cretino?" Lance inicial...

– Lote número oito: uma pintura a óleo e têmpera sobre tela, artista desconhecido. Obra-prima. Chama a atenção uma singela cromática, o jogo de matizes e a dinâmica das luzes. Uma atmosfera de penumbra e uma magnífica coloração de um ambiente silvícola majestosamente retratado. Reparem, por favor, na parte central, no misterioso claro-escuro, em que está o personagem principal da obra: um veado num ritual de acasalamento. Lance inicial...

– Lote número nove: *Ymago mundi*, conhecido também como *Mundus novus*. Um livro extremamente raro. A Universidade de Oxenfurt possui apenas um exemplar dele. Há pouquíssimos exemplares em mãos privadas. Encadernado em couro de cabra lavrado. Excelente estado. Lance inicial: mil e quinhentas coroas. O excelentíssimo senhor Vimme Vivaldi, mil e seiscentas. O venerável sacerdote Prochaska, mil seiscentas e cinquenta. Mil e setecentas, a senhora do fundo da sala. Mil e oitocentas, o senhor Vivaldi. Mil oitocentas e cinquenta, o venerável Prochaska. Mil novecentas e cinquenta, o senhor Vivaldi. Bravo, venerável Prochaska, duas mil coroas. Duas mil e cem coroas, o senhor Vivaldi. Alguém oferece mais?

– Esse livro é ímpio, cheio de heresias! Deveria ser queimado! Quero comprá-lo para queimá-lo! Duas mil e duzentas coroas!

– Duas mil e quinhentas! – bufou Vimme Vivaldi, acariciando a barba branca bem cuidada. – Vai oferecer mais, foguista devoto?

– Isto é um escândalo! Aqui a grana triunfa sobre a justiça! Os anões pagãos são mais bem tratados do que os humanos! Darei queixa às autoridades!

– O livro foi vendido ao senhor Vivaldi por duas mil e quinhentas coroas – Abner de Navarette anunciou com calma. – E queria relembrar ao venerável Prochaska as regras e o regulamento vigente na Casa dos Borsodi.

– Estou saindo!

– Adeus. Pedimos desculpas aos senhores. A singularidade e a riqueza da oferta da Casa dos Borsodi provoca, por vezes, grandes emoções. Continuemos. Lote número dez: uma absoluta singularidade, um achado extraordinário, duas espadas de bruxo. A casa decidiu não oferecê-las em separado, mas como um conjunto, em homenagem ao bruxo a quem serviam há anos. A primeira espada é feita de aço oriundo de um meteorito. A lâmina foi forjada e afiada em Mahakam. A autenticidade da gravura anã foi confirmada por nossos peritos. A segunda espada é feita de prata. No guarda-mão e em toda a extensão da lâmina há símbolos rúnicos e glifos que confirmam a sua autenticidade. Lance inicial: mil coroas pelo conjunto. Mil e cinquenta, o senhor com o número dezessete. Só? Ninguém oferece mais por estas raridades?

– Dinheiro de merda – murmurou Nikefor Muus, funcionário da prefeitura que estava sentado na última fileira e cerrava nervosamente os punhos, apertava os dedos manchados de tinta ou os passava pelos cabelos ralos. – Sabia que não valia a pena...

Antea Derris silenciou-o com um sibilo.

– Mil e cem, o conde Horvath. Mil e duzentas, o senhor com o número dezessete. Mil e quinhentas, o excelentíssimo senhor Nino Cianfanelli. Mil e seiscentas, o senhor de máscara. Mil e setecentas, o senhor com o número dezessete. Mil e oitocentas, o conde Horvath. Duas mil, o senhor de máscara. Duas mil e cem, o excelentíssimo senhor Nino Cianfanelli. Duas mil e duzentas, o senhor de máscara. Só? Duas mil e quinhentas, o excelentíssimo senhor Cianfanelli... O senhor com o número dezessete...

De repente, dois robustos facínoras, que haviam entrado sem serem percebidos na sala, agarraram os braços do senhor com o número dezessete.

– Jerosa Fuerte, conhecido como Espeto – o terceiro facínora falou, arrastando as sílabas e cutucando com um cassetete o peito do detido. – Um assassino de aluguel, perseguido, com mandado de prisão. Você está preso. Levem-no para fora.

– Três mil! – gritou Jerosa Fuerte, acenando com uma placa com o número dezessete, que ainda segurava na mão. – Três... mil...

– Sinto muito – Abner de Navarette disse com frieza. – O regulamento. A prisão do arrematante anula a sua oferta. A oferta válida é de duas mil e quinhentas coroas, excelentíssimo senhor Cianfanelli. Quem oferece mais? Duas mil e seiscentas, conde Horvath. Só isso? Duas mil e setecentas, o senhor de máscara. Três mil, o excelentíssimo senhor Cianfanelli. Não vejo as outras ofertas...

– Quatro mil.

– Ah, o excelentíssimo senhor Molnar Giancardi. Bravo, bravo. Quatro mil coroas. Alguém oferece mais?

– Queria comprá-las para o meu filho – rosnou Nino Cianfanelli. – E você, Molnar, tem apenas filhas. Para que você quer comprar essas espadas? Mas tudo bem, que seja. Cederei.

– As espadas foram vendidas ao excelentíssimo senhor Molnar Giancardi por quatro mil coroas – afirmou Abner de Navarette. – Continuemos, excelentíssimas senhoras e excelentíssimos senhores. Lote número onze: um sobretudo de pele de macaco...

Nikefor Muus, alegre, esbanjando um largo sorriso de castor, estapeou Antea Derris na escápula com força. Antea mal conseguiu se conter de lhe dar um soco na cara.

– Vamos embora – sibilou.

– E o dinheiro?

– Depois que o leilão terminar e forem cumpridas todas as formalidades. Vai demorar.

Antea dirigiu-se para a porta, ignorando o resmungar de Muus. Percebeu um olhar. Olhou sorrateiramente. Uma mulher de cabelos negros, trajada de branco e preto, com uma estrela de obsidiana no decote. Sentiu calafrios.

•

Antea tinha razão. As formalidades demoraram. Só depois de dois dias puderam ir ao banco, à filial de uns dos bancos dos anões que cheiravam a dinheiro, cera e revestimento de mogno.

– O valor retirado é de três mil trezentas e trinta e seis coroas, descontando a taxa bancária de um por cento – afirmou o funcionário. – Quinze para os Borsodi, um para o banco – rosnou Nikefor Muus. – Vocês taxam tudo, malditos ladrões! Entreguem o dinheiro!

– Um momento – Antea o deteve. – Antes, precisamos resolver os nossos assuntos, você e eu. Você também me deve uma provisão de quatrocentas coroas.

– Peraí, peraí! – gritou Muus, atraindo os olhares de outros funcionários e dos clientes do banco. – Quatrocentas o quê? Ganhei apenas umas três mil dos Borsodi...

– Pelo contrato, você me deve dez por cento do resultado do leilão. O seu dispêndio não me interessa. Você que arque com ele.

– O que você está...

Bastou apenas Antea Derris olhar para ele. Era pouco parecida com o seu pai, mas sabia olhar como o pai, igual a Pyral Pratt. Muus encolheu-se sob o olhar dela.

– Desconte do valor final – Antea instruiu o funcionário. – Por gentileza, faça um cheque bancário no valor de quatrocentas coroas. Estou ciente do fato de que o banco cobrará uma taxa e aceito essa condição.

– E eu quero a minha grana em espécie! – O funcionário da prefeitura apontou para uma enorme mochila de couro que tinha trazido. – Eu o levarei para casa e deixarei bem escondido! Nenhum banco ladrão se aproveitará do meu dinheiro cobrando uma maldita taxa!

– É uma quantia alta. – O funcionário levantou. – Espere, por favor.

O funcionário que saiu do guichê deixou a porta dos fundos encostada apenas por um instante, mas Antea juraria que, de relance, viu a mulher de cabelos negros vestida de preto e branco. Sentiu calafrios.

•

– Obrigada, Molnar – agradeceu Yennefer. – Nunca esquecerei o favor que você me prestou.

– Agradecida por quê? – Molnar Giancardi sorriu. – De que favor você está falando? O que é que eu teria feito? Comprado o lote no leilão e pago com o dinheiro da sua conta privada? Ou ter me virado há pouco, na hora em que você lançou o feitiço? Virei-me porque estava olhando pela janela para aquela intermediária que se afastava e rebolava, graciosamente, certas partes do corpo. Não vou negar que gostei daquela daminha, embora não simpatize muito com as humanas. Será que o seu feitiço também... a prejudicará?

– Não, não acontecerá nada com ela – interrompeu a feiticeira. – Pegou apenas o cheque, não o ouro.

– Claro. Acho que você vai levar as espadas do bruxo agora mesmo, não? Elas são...

– Tudo para ele – concluiu Yennefer. – Ele está ligado a elas pelo destino. Estou ciente disso. Ele mesmo me disse, e eu até passei a acreditar. Não, Molnar, hoje não levarei essas espadas. Elas podem ficar em depósito. Em breve mandarei alguém com uma procuração para buscá-las. Parto de Novigrad ainda hoje.

– Eu também. Vou para Tretogor fazer uma auditoria na filial local. Depois volto para minha casa em Gors Velen.

– Então, agradeço mais uma vez. Passe bem, anão.

– Passe bem, bruxa.

INTERLÚDIO

Exatamente cem horas após receber o ouro no banco dos Giancardi em Novigrad

– Você está proibido de entrar – disse o leão de chácara Tarp. – Você sabe bem disso. Afaste-se da escada.

– E você viu isto aqui, pulha? – Nikefor Muus sacudiu, tinindo, a sacola carregada. – Você já viu alguma vez em sua vida tanto ouro junto? Abra o caminho para a senhoria! Para um abastado senhor! Saia do meu caminho, matuto!

– Deixe-o entrar, Tarp! – Febus Ravenga saiu de dentro da hospedaria. – Não quero confusão aqui, os clientes estão preocupados. E você, tenha cuidado. Você já me enganou uma vez, não fará isso de novo. Muus, é melhor que você tenha dinheiro para pagar desta vez.

– Pode me chamar de Senhor Muus! – o funcionário da prefeitura puxou Tarp para o lado. – Lembre-se, Senhor Muus! E olhe lá, hein! Cuidado quando se dirigir a mim, taberneiro! – Vinho! O mais caro que vocês tiverem – gritou, acomodando-se à mesa.

– O mais caro custa sessenta coroas... – o *maître* se atreveu a falar.

– Isso não é nenhum problema! Tragam uma jarra inteira! Rápido!

– Fale mais baixo, Muus, mais baixo – Ravenga chamou a atenção dele.

– Não tente me silenciar, vigarista! Trapaceiro! Arrivista! Quem é você para me fazer silenciar? O letreiro é dourado, mas as gáspeas dos seus sapatos ainda estão sujas de merda! E uma merda sempre será uma merda! Olhe aqui! Você já viu, alguma vez na sua vida, tanto ouro junto? Viu, hein?

Nikefor Muus colocou a mão na sacola, tirou dela um punhado de moedas de ouro e jogou-as sobre a mesa.

As moedas transformaram-se em uma borra castanha. Um terrível fedor de excrementos espalhou-se pelo ambiente.

Os clientes da hospedaria Austeria Rerum ergueram-se com ímpeto e correram para a saída, engasgando e tapando os narizes com guardanapos. O *maître* dobrou-se, num reflexo provocado pela ânsia de vômito. Alguém gritou, outro xingou. Febus Ravenga nem se mexeu. Permaneceu imóvel feito uma estátua, com os braços cruzados sobre o peito.

Muus, estarrecido, sacudiu a cabeça, esbugalhou e esfregou os olhos, fitando as fezes fétidas sobre a toalha de mesa. Por fim despertou e enfiou a mão na sacola. Quando tirou, estava cheia de uma borra espessa.

– Você tem razão, Muus – Febus Ravenga falou com voz gélida. – Uma merda sempre será uma merda! Levem-no para fora.

O funcionário da prefeitura, arrastado, nem sequer resistia, de tão estupefato com aquilo que acontecera. Tarp levou-o para trás da latrina. Ao sinal dado por Ravenga, os serviçais tiraram da cloaca a tampa de madeira. Ao ver isso, Muus despertou, começou a berrar, resistir e coicear. No entanto, não adiantou nada. Tarp arrastou-o até a fossa e jogou-o dentro dela. O jovem caiu nas fezes líquidas, mas não se afogou. Esticou os braços e as pernas. Não afundava, mantendo-se à superfície das imundices graças aos feixes de palha, farrapos, paus e às páginas amassadas arrancadas de diversos livros devotos e sábios.

Febus Ravenga tirou da parede da quincha um forcado para o feno, feito de um único galho ramificado, e disse:

– Uma merda sempre foi, é e sempre será uma merda. E sempre, enfim, acabará na merda.

Pressionou o forcado e afogou Muus. Junto com a cabeça. Muus, chapinhando, emergiu para a superfície, berrando, tossindo e cuspindo. Ravenga deixou que tossisse e inspirasse o ar, e logo em seguida afogou-o novamente. Dessa vez submergiu-o a uma profundidade muito maior.

Repetiu o procedimento seguidas vezes e, depois, largou o forcado. Ordenou:

– Deixem-no aí, deixem que ele se vire.

– Não será fácil, demorará um pouco – avaliou Tarp.

– Pode demorar. Não temos pressa.

CAPÍTULO DÉCIMO SEXTO

A mon retour (hé, je m'en desespere!),
Tu m'as reçu d'un baiser tout glacé.

Pierre de Ronsard

A Pandora Parvi, uma escuna novigradense, uma embarcação excepcionalmente bela, adentrava o ancoradouro com todas as velas içadas. "Bela e veloz", pensou Geralt, descendo a escada de portaló que levava para o agitado cais. Ele havia visto a escuna em Novigrad e se informado sobre ela. Sabia que zarpava de Novigrad dois dias depois da galé Stinta, na qual ele próprio embarcara. Mesmo assim, chegou a Kerack praticamente na mesma hora. "Talvez devesse ter esperado e embarcado na escuna", pensou. "Quem sabe, se tivesse ficado mais dois dias em Novigrad, teria conseguido mais algumas informações."

"São só divagações", avaliou. "Talvez, quem sabe, porventura. Aconteceu o que aconteceu, não há mais como voltar e mudar o passado. E não faz sentido divagar a respeito disso."

Olhou, num gesto de despedida, para a escuna, o farol, o mar, o horizonte que escurecia com as nuvens anunciando uma tempestade. A seguir, dirigiu-se com ânimo para a cidade.

•

Em frente da mansão, os carregadores acabavam de deixar uma liteira, um móvel muito delicado, com cortinas na cor lilás. Deveria ser uma terça, quarta ou quinta-feira. Nesses dias, Lytta Neyd recebia as suas pacientes, em sua maioria damas abastadas da alta sociedade que usavam exatamente esse tipo de liteira.

O porteiro deixou-o entrar em silêncio, sem fazer nenhum comentário. Melhor assim. Geralt não estava bem disposto e provavelmente acabaria cometendo uma indelicadeza, abusando de uma palavra, ou talvez duas, ou mesmo três.

O pátio estava vazio, a água na fonte murmurejava baixinho. Em cima da mesa de malaquita havia uma jarra e dois copos. Geralt encheu um sem cerimônia.

Ao erguer a cabeça, viu Mozaïk. Ela usava um jaleco branco e avental e tinha os cabelos alisados. Estava pálida. Falou:

– É você mesmo! Você voltou.

– Sou eu mesmo – confirmou secamente. – Voltei. E tenho certeza de que este vinho azedou.

– Também estou feliz de vê-lo.

– E Coral? Ela está? Onde se encontra?

– Há um instante eu a vi entre as pernas de uma paciente. Ainda deve estar lá – ela respondeu, dando de ombros.

– Realmente não tem jeito, Mozaïk – ele falou com calma, olhando-a diretamente nos olhos. – Você tem que virar feiticeira. Realmente tem grande predisposição e talento. O seu humor seria depreciado numa manufatura de tecidos, assim como num bordel.

– Estou aprendendo e progredindo. – Não baixou os olhos. – Já não choro sozinha num canto. Já chorei o que tinha para chorar. Já passei dessa etapa.

– Não, não passou. Está enganada. Ainda há muito à sua frente. E não se livrará disso fazendo uso de sarcasmo, até porque é artificial e mal fingido. Mas chega, quem sou eu para lhe dar ensinamentos sobre a vida. Perguntei onde está Coral.

– Estou aqui. Bem-vindo.

A feiticeira surgiu de trás da cortina como se fosse um fantasma. Como Mozaïk, vestia um jaleco branco e o seu cabelo ruivo estava preso debaixo de uma touca de linho que, em uma situação normal, consideraria engraçada. Mas a situação não era normal e não convinha rir. Precisava de alguns segundos para digerir isso.

Aproximou-se e beijou-o na bochecha. Os seus lábios estavam frios. Estava com olheiras. Cheirava a medicamentos e aos produtos que usava como desinfetantes. Era um odor desagradável, repugnante, doente. Um cheiro que sinalizava medo.

– Vamos nos ver amanhã, e você me conta tudo – falou.

– Amanhã.

Olhou para ele, cujo olhar era muito distante, afastado pelo abismo do tempo e pelos acontecimentos que os separavam. Precisou de alguns segundos para perceber a profundidade do abismo e quais acontecimentos longínquos os separavam.

– Talvez seja melhor nos vermos depois de amanhã. Vá para a cidade. Procure o poeta, ele estava muito preocupado com você. E agora vá embora, por favor, preciso atender a paciente.

Quando se afastou, ele olhou para Mozaïk de maneira incisiva, e ela não demorou a prestar esclarecimentos. Disse, com a voz levemente alterada:

– De manhã fizemos um parto. Foi um parto difícil. Ela teve que usar o fórceps. E tudo aquilo que podia ter dado errado, deu mesmo errado.

– Entendo.

– Duvido que você entenda.

– Passe bem, Mozaïk.

– Faz muito tempo que você está fora. – Ergueu a cabeça. – Muito mais do que ela esperava. Em Rissberg não sabiam de nada ou fingiam que não sabiam. Aconteceu alguma coisa, não é?

– Aconteceu, sim.

– Entendo.

– Duvido que você entenda.

•

Jaskier impressionou-o com a sua perspicácia, ao constatar um fato óbvio, ao qual Geralt ainda não se havia acostumado e que não aceitava.

– Acabou, não é? O vento levou? Estava claro que ela e os feiticeiros precisavam de você, e você já fez o que tinha que fazer. Por isso, já pode ser descartado. E sabe o que mais? Estou feliz que tenha acabado, esse estranho caso tinha que acabar um dia. Quanto mais tempo durasse, maiores seriam as complicações. Se quer saber a minha opinião, você também deveria estar feliz com o fim do relacionamento de vocês, e com um desfecho tão descomplicado. Portanto, deveria mostrar um sorriso de alegria, e não franzir o cenho dessa forma sombria e tenebrosa. Acredite, essa expressão do rosto não combina com você. Parece que você está com uma enorme ressaca e, pior ainda, com intoxicação por ter comido um petisco estragado. Essa cara é do tipo: não lembro como ou quando quebrei o dente e como surgiu esta mancha de sêmen na minha calça.

O trovador continuou, sem se abalar com a falta de reação do bruxo:

– Ou será que o motivo do seu desânimo é outro? Será que o real motivo foi você ter sido expulso enquanto encenava o seu próprio desfecho, daqueles com fuga matinal e flores sobre a mesa? Ah, amigo, o amor é igual à guerra, e a sua amada agiu como uma exímia estrategista. Antecipou os acontecimentos, executou um ataque preventivo. Deve ter lido a *A história das guerras* do marechal Pelligram, uma obra que relata várias vitórias alcançadas através do mesmo ardil.

Geralt não reagia. E Jaskier, ao que parecia, não esperava uma reação. Deu o último gole de cerveja e acenou à taberneira que trouxesse mais uma. Recomeçou o discurso, girando as cravelhas do alaúde:

– Refletindo acerca do relatado, eu, em geral, sou a favor de transar no primeiro encontro. Recomendo-lhe, definitivamente, fazer isso no futuro. Elimina a necessidade de outros encontros com a mesma pessoa, o que costuma ser entediante e constitui perda de tempo. E, já que estamos falando nisso, a advogada que você havia me recomendado realmente acabou valendo a pena. Você não vai acreditar...

– Vou, sim – o bruxo não aguentou e interrompeu-o grosseiramente. – Acreditarei, não é preciso você me contar, pode resumir a história.

– Pois é... Deprimido, aflito e amargurado, por isso ácido e grosseiro – constatou o trovador. – Não acho que a mulher seja o único motivo. Há mais coisas atrás disso. Tenho certeza, diabos. E percebo. Não resolveu nada em Novigrad? Não conseguiu recuperar as espadas?

Geralt suspirou, apesar de ter prometido a si mesmo que não suspiraria.

– Não recuperei. Atrasei-me. Houve complicações, surgiram alguns acontecimentos inesperados. Fomos apanhados por uma tempestade, depois o nosso bote começou a encher de água... depois um curtidor ficou muito doente... Ah, não vou aborrecê-lo contando todos os detalhes. Resumindo, atrasei-me. Quando cheguei a Novigrad, o leilão já tinha acontecido. Na Casa dos Borsodi logo fui dispensado. Os leilões são sigilosos e tanto os vendedores quanto os compradores são protegidos pelo sigilo. A empresa não dá informações a terceiros. Foi um blá-blá-blá, e adeus. Não consegui nenhuma informação. Não sei se as espadas foram vendidas e, se foram, quem as comprou. Não sei sequer se o ladrão as colocou à venda no leilão. Pode ter ignorado o conselho de Pratt, pode ter tido outra oportunidade. Não sei de nada.

– Azar. – Jaskier acenou com a cabeça. – Uma série de infortúnios. Ao que parece, a investigação do primo Ferrant também ficou encalhada num ponto morto. E, já que estamos falando dele, ele anda perguntando por você incessantemente. Quer saber onde você está, se tenho notícias suas, quando volta, se conseguirá voltar a tempo para as bodas reais e se você, por acaso, não esqueceu a promessa que fez ao príncipe Egmund. Claro, não falei nada sobre os seus empreendimentos, nem sobre o leilão. Mas lembro-lhe que a festa de Lammas se aproxima, faltam apenas dez dias.

– Sei. Mas, até lá, talvez aconteça alguma coisa? Digamos, um acontecimento feliz? Depois de uma série de infortúnios, uma mudança me faria bem.

– Não nego. E se por acaso...

– Vou pensar e tomar a decisão. – Geralt não deixou que o trovador concluísse. – Além disso, nada, essencialmente nada, me obriga a atuar como um guarda-costas durante as bodas reais. Egmund e o promotor de justiça não recuperaram as minhas espadas, embora essa fosse a condição. Mas não excluo a possibilidade de cumprir o pedido real, pois as razões financeiras permitem essa eventualidade. O príncipe gabava-se dizendo que a remuneração seria generosa. E tudo indica que precisarei de espadas novas, feitas por encomenda, o que vai custar muito. Ah, deixe quieto, vamos comer e beber alguma coisa.

– Na Natura Rerum, a hospedaria de Ravenga?

– Hoje não. Estou com vontade de comer algo simples, natural, descomplicado... se você entende o que quero dizer com isso.

– Claro que entendo. – Jaskier levantou. – Vamos a Palmyra, à beira-mar. Conheço um lugar lá onde servem arenques, vodca e uma sopa preparada com peixes chamados cabras-cabaços. Não ria! Juro, o nome é esse mesmo!

– Que se dane o nome! Vamos.

•

A ponte para Adalatte estava interditada. Nela havia uma fila de carroças cheias de cargas e um grupo de cavaleiros que puxavam cavalos soltos. Geralt e Jaskier tiveram que esperar até que o caminho fosse desobstruído.

Um cavaleiro solitário montado numa égua baia encerrava a cavalgada. A égua sacudiu a cabeça e cumprimentou Geralt com um relincho prolongado.

– Plotka!

– Bem-vindo, bruxo. – O cavaleiro tirou o capuz e mostrou o rosto. – Ia ao seu encontro, embora não esperasse que fôssemos nos encontrar tão rápido.

– Salve, Pinety.

Pinety desmontou da sela. Geralt notou que estava armado. Era algo estranho, os mágicos raramente andavam armados. O feiticeiro carregava uma espada numa bainha ricamente ornada, presa ao cinto chapeado de latão, e um estilete largo e firme.

Geralt segurou as rédeas entregues pelo feiticeiro e acariciou as narinas e o chanfro da égua. Pinety tirou as luvas, enfiou-as atrás do cinto e falou:

– Perdoe-me, mestre Jaskier, mas gostaria de ficar a sós com Geralt. Aquilo que tenho para dizer está destinado apenas aos ouvidos dele.

– Geralt não guarda segredos de mim – Jaskier irritou-se.

– Sei disso. Soube de muitos detalhes da vida dele através das suas baladas.

– Mas...

– Jaskier, vá dar uma volta – o bruxo interrompeu.

– Agradeço, Pinety, por ter trazido a minha égua para cá – disse quando ficaram a sós.

– Percebi que você estava muito apegado a ela – respondeu o feiticeiro. – Assim, quando a encontramos em Pinheiros...

– Vocês foram a Pinheiros?

– Fomos. O condestável Torquil nos chamou.

– Vocês viram...

– Vimos, vimos tudo – Pinety interrompeu bruscamente. – Não consigo entender, bruxo. Não consigo entender mesmo. Por que você não acabou com ele de uma vez lá, naquele lugar? O seu modo de agir, permita-me dizer, foi pouco sensato.

"Sei disso", Geralt não quis admitir a verdade. "Sei muito bem. Acabei sendo demasiado estúpido para aproveitar a chance dada pelo destino. Que diferença faria mais um cadáver no roteiro? Que diferença faria para um assassino de aluguel? Pouco importava que me repugnasse a condição de eu ser a ferramenta deles? Sempre acabo sendo a ferramenta nas mãos de alguém. Deveria ter cerrado os dentes e cumprido o dever."

– Provavelmente ficará surpreso, mas eu e Harlan corremos imediatamente para ajudá-lo – disse Pinety mirando em seus olhos. – Adivinhamos que você precisava de ajuda. Apanhamos Degerlund no dia seguinte, enquanto estraçalhava um bando por acaso.

"Apanharam", o bruxo repetiu. "E logo devem ter quebrado o seu pescoço? Sendo mais sábios do que eu, decerto não devem ter repetido o meu erro. Mas, se vocês tivessem agido dessa maneira, você não estaria com essa cara, Guincamp."

– Não somos assassinos. – O feiticeiro corou e gaguejou. – Nós o levamos para Rissberg. Houve um alvoroço... todos ficaram contra nós. Ortolan, para nossa surpresa, comportou-se com moderação, embora esperássemos o pior, em particular da sua parte. No entanto, Biruta Icarti, Bexiguento, Sandoval, até Zangenis, que antes nos apoiava... Ouvimos uma demorada preleção sobre solidariedade comunitária, fraternidade, lealdade. Soubemos que apenas os piores canalhas mandam um assassino de aluguel atacar um confrade e que perdemos de vez o juízo por termos contratado um bruxo para agir contra um camarada, movidos por vilania, por invejar o talento e o prestígio do confrade, as suas conquistas no âmbito da ciência, o seu sucesso.

"E não adiantou nada invocar os incidentes ocorridos no Contraforte, os quarenta e quatro cadáveres", o bruxo controlou-se para não comentar. Sem mencionar as inúmeras demonstrações de indiferença e, decerto, um discurso demorado sobre a ciência que requer vítimas e sobre o fim que justifica os meios.

– Degerlund apresentou-se diante da comissão e foi repreendido severamente por ter praticado a goécia e pelas pessoas assassinadas pelo demônio – Pinety retomou. – Era arrogante, pois, pelo visto, contava com a intervenção de Ortolan. Mas Ortolan parecia ter se esquecido dele, entregue completamente à sua paixão mais nova: a elaboração da fórmula de um adubo eficiente e universal que revolucionasse a agricultura. Degerlund, podendo contar apenas consigo mesmo, adotou outro tom, choroso e lastimoso. Fez-se de vítima. Uma vítima em medida igual à sua própria ambição e ao seu talento mágico, graças aos quais invocara um demônio tão poderoso que era impossível dominar. Jurou que abandonaria a prática da goécia, que nunca mais recorreria a ela e que se dedicaria por completo a pesquisas para aperfeiçoar a espécie humana, ao transumanismo, à especiação, introgressão e modificação genética.

"E confiaram nele", o bruxo controlou-se para não comentar.

– Confiaram nele. Ortolan de repente apareceu diante da comissão envolto pelos fumos exalados pelo adubo e exerceu influência sobre isso. Referiu-se a Degerlund como a um jovem querido que, de fato, cometera erros. Contudo, não existia ninguém que não cometesse erros. Não duvidava de que o jovem melhoraria, ele garantia. Pedia que a comissão controlasse a raiva, demonstrasse compaixão e não condenasse o jovem. Por fim, declarou Degerlund o seu herdeiro e sucessor e cedeu toda a Cidadela a ele, inclusive o seu laboratório particular. Declarou que ele próprio não precisava de um laboratório, pois resolvera operar e labutar ao ar livre, por entre as hortas e os canteiros. Biruta, Bexiguento e os restantes gostaram disso. A Cidadela, por sua inacessibilidade, poderia funcionar bem como um lugar de exclusão. Degerlund caiu na própria armadilha. Foi condenado à prisão domiciliar.

"E o caso foi varrido para debaixo do tapete", o bruxo segurou-se para não comentar.

– Suspeito que isso tinha a ver com a sua pessoa e a sua reputação – Pinety disse, olhando para ele com esperteza.

Geralt ergueu as sobrancelhas. O feiticeiro retomou:

– O seu código de bruxo proíbe, aparentemente, assassinar as pessoas. Mas dizem que você não o observa à risca, que já houve diversos casos por aí em que algumas pessoas perderam a vida por sua causa. Biruta e os outros ficaram apavorados achando que você voltaria a Rissberg para terminar a obra e, por tabela, eles também apanhariam. E a Cidadela, uma antiga fortaleza serrana gnómica, adaptada para funcionar como um laboratório, atualmente protegida por magia, era um asilo cem por cento seguro. Não havia nenhuma maneira de alguém entrar nela. Por isso, lá Degerlund estaria não apenas isolado, mas também seguro.

"Rissberg também era seguro", o bruxo mais uma vez se conteve. "Protegido dos escândalos e do escárnio. O caso seria abafado enquanto Degerlund permanecesse em isolamento. Ninguém saberia que um malandro, um carreirista tinha enganado e burlado os feiticeiros de Rissberg, que se consideravam e se autoproclamavam a elite da confraternidade mágica e que, aproveitando-se da ingenuidade e estupidez dessas elites, um degenerado e psicopata conseguiria matar facilmente mais de quarenta pessoas."

– Na Cidadela Degerlund estará sob curatela e observação. Não conseguirá invocar mais nenhum demônio – o feiticeiro continuava a fitá-lo.

"Nunca houve nenhum demônio. E você, Pinety, sabe bem disso."

– A Cidadela está localizada na rocha que faz parte do complexo do monte Cremora, aquele ao pé do qual se encontra Rissberg – o feiticeiro disse, desviando o olhar para observar os navios no ancoradouro. – Tentar chegar lá seria o mesmo que cometer suicídio, e não só por causa da proteção mágica. Você se lembra do que nos contou aquela vez sobre o possuído que você tinha matado por motivo de força maior, o sacrifício de um bem para a salvação de outro bem, e assim, o que justificaria o crime? Você deve ter percebido, então, que agora as circunstâncias são completamente diferentes. Degerlund isolado não constitui nenhum perigo real e direto. Se você tocar nele, cometerá uma infração e um ato ilícito. Se tentar matá-lo, será julgado por tentativa de assassinato. No entanto, sei que alguns de nós esperam que você se arrisque e que termine, assim, num cadafalso. Por isso aconselho-o a desistir. Esqueça Degerlund, deixe as coisas correrem por si sós.

– Você não diz nada, você evita fazer quaisquer comentários – Pinety constatou.

– Não há nada para comentar. Só uma coisa me deixa curioso: você e Tzara permanecerão em Rissberg?

Pinety riu, seca e falsamente.

– Nós dois, Harlan e eu, fomos solicitados a renunciar, por vontade própria, e por motivos de saúde. Partiremos de Rissberg e nunca mais voltaremos para lá. Harlan pretende ir a Poviss para servir ao rei Rhyd. Eu, no entanto, quero continuar a viagem. Ouvi falar que no Império de Nilfgaard os magos são tratados de forma utilitária e sem muito respeito, mas são bem pagos. E por falar em Nilfgaard... quase esqueci. Tenho um presente de despedida para você, bruxo.

Desprendeu o boldrié, enrolou-o em volta da bainha e entregou a espada a Geralt.

– Isto é para você – disse, antes que o bruxo dissesse qualquer coisa. – Ganhei-a no dia do meu décimo sexto aniversário. Foi um presente do meu pai, que não se conformava com o fato de eu ter escolhido ingressar na escola de magia. Esperava que o presente exercesse alguma pressão sobre mim e que, de posse de uma arma como essa, eu me sentiria responsável por manter a tradição da família e escolheria a carreira militar. E no entanto decepcionei o meu pai, em tudo. Eu não gostava de caçar, preferia pescar. Não me casei com a única filha do seu melhor amigo. Não virei militar, e a espada ficou empoeirada no armário. Não tirei nenhuma utilidade dela, ela lhe servirá melhor.

– Mas... Pinety...

– Tome, sem cerimônias. Sei que perdeu as suas espadas e que precisa delas.

Geralt pegou o cabo revestido de pele de lagarto e desembainhou a lâmina até a metade. Uma polegada acima do guarda-mão havia uma gravura em forma de um sol com dezesseis raios, alguns retos, outros ondulados, que na heráldica simbolizavam o brilho e o ardor do Sol. Duas polegadas mais, havia uma inscrição elaborada com belas letras estilizadas, a famosa marca do fabricante.

– Uma lâmina de Viroleda, e esta é autêntica – o bruxo constatou.

– Como?

– Não, nada. Estou impressionado. E ainda não sei se posso aceitá-la...

– Pode. Na verdade, você já a aceitou, pois está com ela na mão. Diabos, pedi que aceitasse sem cerimônias. Dou-lhe esta espada por simpatia, para que você entenda que nem todos os feiticeiros são seus inimigos. Eu, no entanto, farei melhor uso das minhas varas de pescar. Os rios em Nilfgaard são belos e limpos, cheios de trutas e salmões.

– Obrigado. Pinety?

– Sim?

– Você está me dando esta espada somente por simpatia?

– Claro que por simpatia – o feiticeiro baixou a voz –, mas talvez não só por esse motivo. Além disso, não me interessa o que acontecerá aqui e para que fins servirá esta espada. Estou me despedindo desta terra, nunca mais voltarei para cá. Você está vendo essa formosa galé no ancoradouro? É "Euryale", o seu porto de origem é Baccalá. Parto depois de amanhã.

– Você chegou um pouco cedo.

– Sim... – o feiticeiro gaguejou levemente. – Antes queria... despedir-me aqui de alguém.

– Boa sorte. Obrigado pela espada e, mais uma vez, pela égua. Passe bem, Pinety.

– Passe bem. Passe bem, bruxo – o feiticeiro apertou sua mão espontaneamente.

•

Encontrou Jaskier, conforme esperava, no estabelecimento portuário, debruçado sobre uma tigela, sorvendo a sopa de peixes.

– Estou partindo imediatamente – afirmou com brevidade.

– Imediatamente? Agora? Pensei... – Jaskier congelou com a colher na metade do caminho.

– Não importa o que você está pensando. Vou partir imediatamente. Acalme o seu primo promotor de justiça. Voltarei para as bodas reais.

– E o que é isso?

– E o que você acha que é?

– Uma espada, claro. Como você a conseguiu? Ganhou do feiticeiro, não é? E onde está aquela que consegui para você?

– Acabou-se. Volte para a cidade alta, Jaskier.

– E Coral?

– O que tem Coral?

– O que devo dizer a ela quando perguntar...

– Não vai perguntar. Não terá tempo para isso. Estará se despedindo de alguém.

INTERLÚDIO

CONFIDENCIAL
Illustrissimus et Reverendissimus
Magnus Magister Narses de la Roche
Dirigente do Capítulo do Dom e das Artes

Novigrad

Datum ex Castello Rissberg,
die 15 mens. jul. anno 1245 post Resurrectionem

Re:
Mestre das Artes Mágicas
Sorel Albert Amador Degerlund

Honoratissime Arquimago

O Capítulo deve ter tomado conhecimento dos boatos acerca dos incidentes que ocorreram no verão do *anno currente* nos confins ocidentais de Temeria, em decorrência dos quais, suspeita-se, cerca de quarenta pessoas – é impossível determinar o número exato –, a maioria operários florestais de baixa qualificação, perderam a vida. Os incidentes relatados estão relacionados, para nosso pesar, com a pessoa do mestre Sorel Albert Amador Degerlund, membro da equipe de pesquisa do Complexo de Rissberg.

A equipe compartilha a dor das famílias das vítimas dos incidentes, embora seja muito provável que as vítimas, pertencentes às camadas mais baixas da hierarquia social, que abusavam de bebidas alcoólicas e levavam uma vida amoral, não mantivessem nenhum tipo de laços familiares.

Gostaríamos de lembrar ao Capítulo que o mestre Degerlund, aluno e protegido do arquimago Ortolan, é um notável cientista, especialista na área de genética, e são enormes e inestimáveis as suas conquistas na área de transumanismo, introgressão e especiação. As pesquisas conduzidas pelo mestre Degerlund podem mostrar-se cruciais para o desenvolvimento e a evolução da raça humana. Como é sabido, a raça humana é inferior às raças inumanas no que se refere a inúmeras características físicas, psicológicas e psicomágicas. As experiências do mestre Degerlund, baseadas na hibridização e na junção de caracteres genéticos, têm como objetivo inicial igualar a raça humana às raças inumanas e, a longo prazo, através da especiação, promover a sua dominação e subjugação. Não é preciso explicar a importância disso. Seria pernicioso que incidentes insignificantes atrasassem ou freassem o progresso das pesquisas científicas supramencionadas.

Quanto ao mestre Degerlund, a equipe de pesquisa do Complexo de Rissberg assume a responsabilidade de lhe assegurar os cuidados médicos necessários. Já haviam sido diagnosticadas nele tendências narcisistas, falta de empatia e leves transtornos emocionais. Na época anterior aos atos dos quais foi acusado, o seu estado piorou muito, e surgiram então sintomas do transtorno afetivo bipolar. É possível afirmar que, na hora de cometer os atos atribuídos a ele, o mestre Degerlund não controlava as suas reações emocionais, em decorrência também de uma deficiência que afetou a sua capacidade de distinguir o bem do mal. É possível afirmar que o mestre estava *non compos mentis*, e temporariamente havia perdido as faculdades mentais, portanto, legalmente, não pode ser responsabilizado pelos atos cometidos, dado que *impune est admittendum quod per furorem alicuius accidit*.

O mestre Degerlund está recluso *ad interim* num local secreto onde passa por tratamento e leva a cabo as suas pesquisas.

Considerando o assunto encerrado, desejamos chamar a atenção do Capítulo para a pessoa do condestável Torquil, que dirige a investigação, no que diz respeito aos incidentes ocorridos em Temeria. O condestável, supervisionado pelo oficial de justiça de Gors Velen, um funcionário assíduo e um fervoroso defensor da lei, apresenta-se exageradamente obsequioso no que se refere aos incidentes nas povoações supramencionadas e segue pistas que, do nosso ponto de vista, estão sem dúvida equivocadas. Seria aconselhável apelar aos seus supervisores para que tentem amenizar um tanto o seu zelo. E, se isso não produzir efeito, valeria a pena verificar as fichas do condestável, da sua esposa, dos seus pais, avós, filhos e parentes distantes, no que diz respeito à vida pessoal, ao passado, ao histórico de punições, aos assuntos relativos ao patrimônio e às preferências sexuais. Sugerimos o contato com o escritório de advocacia Codringher e Fenn que, como recordamos obsequiosamente ao Capítulo, há três anos prestou serviços para difamar e depreciar as testemunhas no caso conhecido como o "escândalo dos cereais".

Item, gostaríamos de chamar a atenção do Capítulo para o fato de que, infelizmente, o bruxo conhecido como Geralt de Rívia também envolveu-se no assunto e atuou como testemunha ocular dos incidentes ocorridos nas povoações. Temos inclusive motivos para suspeitar que ele associa as ocorrências à pessoa do mestre Degerlund. Seria necessário, então, silenciá-lo também, caso demonstre interesse exagerado pelo caso. Chamamos a atenção para o fato de que a postura associal, o niilismo, a falta de estabilidade emocional e a personalidade caótica do mencionado bruxo podem fazer que apenas uma única advertência se demonstre *non sufficit*, sendo então necessário tomar medidas extremas. O bruxo está sob nossa constante vigilância e estamos prontos para adotar essas medidas, desde que, obviamente, o Capítulo as aprove e aconselhe.

Na esperança de que este esclarecimento resulte suficiente para o Capítulo encerrar o assunto, *bene valere optamus*

Respeitosamente,

Equipe de pesquisa do Complexo de Rissberg
semper fidelis vestrarum bona amica

Biruta Anna Marquette Icarti, *manu propria*

CAPÍTULO DÉCIMO SÉTIMO

Pague um tapa com um tapa, escárnio com escárnio, destruição com destruição, acrescidos de juros! Olho por olho, dente por dente, quatro vezes pior, cem vezes pior!

Anton Szandor La Vey, *Bíblia satânica*

– Na hora certa! – disse soturnamente Frans Torquil. – Você chegou bem na hora de ver um espetáculo. Começará em breve.

Estava deitado na cama, de costas, pálido como uma parede de cal, com os cabelos molhados pelo suor e colados na testa. Vestia apenas uma camisola simples de linho, que Geralt logo associou à vestimenta fúnebre. A coxa esquerda, desde a virilha até o joelho, estava envolta numa atadura ensopada de sangue.

Uma mesa foi colocada no meio do cômodo e coberta com um lençol. Um indivíduo de baixa estatura, que vestia um caftan preto sem mangas, depositava ferramentas sobre a mesa, sucessivamente, uma após outra: facas, fórceps, cinzéis, serras.

– Só me arrependo de uma coisa – Torquil rangeu os dentes. – De não ter conseguido apanhar os filhos da puta. Essa foi a vontade dos deuses, isso não me foi predestinado... e jamais será.

– O que aconteceu?

– O mesmo, diabos, que em Teixos, Cornada e Pinheiros, só que de uma forma um pouco incomum, no confim da floresta, não numa clareira, mas na estrada de terra batida. Assaltaram um grupo de viajantes. Mataram três. Sequestraram duas crianças. Tive sorte de estar por perto com a minha unidade. Logo começamos a persegui-los, mantendo curta distância deles. Eram dois fortões enormes como touros e um corcunda desajeitado, e foi o corcunda que atirou contra mim com uma besta.

O condestável cerrou os dentes e, com um gesto curto, apontou para a coxa enfaixada.

– Ordenei aos meus subalternos que me deixassem e perseguissem aqueles indivíduos. Não obedeceram, diacho. Em consequência, os outros fugiram. E eu? O que adiantou ter me salvado, se a perna será amputada? Preferia morrer lá, caralho. Mas, antes que os meus olhos se fechassem, queria ver pelo menos aqueles tipos dependurados na forca, agitando as pernas. Os cagões não obedeceram à ordem e agora estão lá, sentados, passando vergonha.

Os subalternos do condestável ocupavam o banco posicionado junto da parede e todos estavam com cara de poucos amigos. Acompanhava-os uma idosa enrugada, que trazia uma coroa de flores na cabeça que não combinava nem um pouco com o seu cabelo branco, da mesma forma que ela não combinava com os seus acompanhantes.

– Podemos começar – disse o indivíduo que trajava o caftan. – Coloquem o paciente sobre a mesa e amarrem bem com os cintos. Os outros, saiam da sala.

– Podem ficar – rosnou Torquil. – Preciso ter certeza de que estão olhando, assim terei vergonha de gritar.

– Um momento. – Geralt retesou-se. – Quem disse que a amputação é necessária?

– Fui eu. – O indivíduo de negro também se retesou. E, para mirar Geralt nos olhos, precisou erguer muito a cabeça. – Sou o cirurgião Luppi, o médico particular do oficial de justiça de Gors Velen, um enviado especial. Após examinar a ferida, constatei que está infeccionada. É preciso amputá-la, não há nenhuma outra solução.

– Quanto você cobra pelo tratamento?

– Vinte coroas.

– Tome aqui, trinta coroas. – Geralt tirou da braguilha três moedas de dez coroas. – Pegue as suas ferramentas, faça a sua mala e volte para o oficial de justiça. Se ele perguntar, pode dizer que o paciente está melhorando.

– Mas não posso...

– Faça a sua mala e vá embora daqui. Qual destas palavras você não entendeu? E a senhora pode ficar aqui sozinha. Tire as ataduras.

– Ele me proibiu de tocar no ferido – falou a idosa, apontando para o médico. – Supostamente por eu ser curandeira e bruxa. Ameaçou me denunciar.

– Ignore-o. De qualquer forma, ele já está saindo.

A senhora, que Geralt logo percebeu tratar-se de uma benzedeira, obedeceu. Começou a retirar a atadura com cuidado. Torquil meneava a cabeça, silvava, reclamava baixinho.

– Geralt... O que você está inventando? O médico disse que não tinha jeito... É melhor perder a perna do que a vida.

– Porra nenhuma. Não é nada melhor. E agora cale a boca.

A ferida tinha um aspecto repugnante. Mas Geralt já havia visto piores.

Tirou do saquitel o estojo com os elixires. O cirurgião Luppi, já com a maleta feita, observava e meneava a cabeça, e observou:

– As decocções de nada servirão. Não adiantará a magia de enganação, nem as artimanhas de medicastro. Charlatanice, só isso. Como médico, tenho que protestar...

Geralt virou-se e olhou para ele. O médico saiu apressadamente e tropeçou na soleira da porta.

– Preciso de quatro homens aqui. – O bruxo destampou o frasco. – Segurem-no. Cerre os dentes, Frans.

O elixir derramado na ferida espumou intensamente, e o condestável gemeu de modo penetrante. Geralt esperou um momento e derramou outro elixir na ferida, que também espumou, além de silvar e fumegar. Torquil gritou, sacudiu a cabeça, retesou-se, virou os olhos e desmaiou.

A anciã tirou uma vasilha da trouxa e extraiu dela um punhado de uma pomada verde. Passou uma camada grossa sobre um grande pedaço de pano dobrado e cobriu a ferida com ele.

– Confrei! – adivinhou Geralt. – Compressa de confrei, arnica e calêndula. Muito bem, vovozinha, muito bem. Precisaríamos também da erva-de-são-joão e casca de carvalho...

– Olha lá, hein – interrompeu a vovozinha sem levantar a cabeça, debruçada sobre a perna do condestável. – Vai querer me ensinar herbalismo, hein? Filhinho, eu já fazia tratamentos com ervas quando você ainda vomitava papinha na sua babá. E vocês, galalaus, afastem-se, estão encobrindo a luz. Além disso, fedem demais. Precisam trocar as grevas de vez em quando. Saiam daqui. Andem, por acaso não falei para vocês saírem?

– Será preciso imobilizar a perna, colocá-la entre longas talas...

– Não me ensine, por favor. E você também vá para fora. O que você ainda está fazendo aqui? O que está esperando? Um agradecimento por ter cedido, generosamente, os seus medicamentos mágicos de bruxo? Quer que ele prometa que para sempre, até o fim da vida, se lembrará do seu gesto?

– Quero fazer uma pergunta a ele.

– Jure, Geralt, que você os apanhará, que não os poupará... – Frans Torquil falou inesperadamente.

– Vou dar-lhe algo para dormir e abaixar a febre, está delirando. E você, bruxo, saia, por favor, e espere lá fora.

Não precisou esperar muito. A vovó saiu, ajeitou a saia e a coroa de flores entortada. Sentou-se junto dele, sobre a terra amontoada ao longo do casebre. Esfregou um pé contra o outro: eram incrivelmente pequenos. Ela disse:

– Está dormindo, e parece que sobreviverá, se a ferida não infeccionar, pft, pft. O osso vai se recompor. Você salvou a perna dele com os seus feitiços mágicos. Permanecerá manco para sempre, e acho que nunca mais montará um cavalo, mas é melhor ter duas pernas do que só uma, he, he.

Enfiou a mão debaixo do colete bordado, tirou de lá um estojo de madeira e abriu. Sentiu um cheiro ainda mais intenso de ervas. Depois de hesitar por um momento, ofereceu-o a Geralt.

– Quer?

– Não, obrigado. Não uso fisstech.

– Já eu... eu uso, sim, de vez em quando – A benzedeira inspirou a droga pelo nariz, primeiro por uma narina, depois pela outra. – Faz um efeito filho da puta. Esclarece a mente. É bom para a longevidade e para a beleza. Basta olhar para mim.

O bruxo olhou. A vovó enxugou o olho lacrimejante e fungou.

– Agradeço-lhe ter cedido o medicamento de bruxo para Frans. Não vou esquecer. Sei que vocês costumam guardar bem as suas decocções. E você ofereceu a ele sem refletir, embora possa fazer falta para você em caso de necessidade. Não tem medo de que isso aconteça?

– Tenho.

Virou a cabeça de perfil. Realmente, deve ter sido uma mulher bonita, mas muito tempo atrás.

– E agora, fale: o que você queria perguntar para o Frans?

– Não importa. Ele está dormindo e eu preciso ir.

– Fale.

– Monte Cremora.

– Devia ter falado logo. O que você quer saber sobre essa montanha?

•

O casebre ficava bastante distante da vila, junto do paredão da floresta que começava logo atrás da cerca do pomar repleto de macieiras carregadas de frutos. O restante não era muito diferente de uma fazenda tradicional. Havia os elementos clássicos que compunham uma fazenda: estábulo, telheiro, galinheiro, algumas colmeias, hortas de legumes e um monte de adubo. Da chaminé erguia-se um filete de fumaça clara e cheirosa.

As galinhas do mato que corriam junto da cerca de madeira avistaram-no primeiro, alarmando as redondezas com uma algazarra infernal. As três crianças que brincavam no quintal correram para o casebre. Uma mulher apareceu na porta. Era alta, tinha cabelos claros e usava um avental sobre o vestido simples. Aproximou-se e desmontou da sela.

– Bom dia! – cumprimentou. – O proprietário está em casa?

As crianças, todas meninas, rodearam a mãe, segurando o seu vestido e o seu avental. A mulher olhava para o bruxo, sem demonstrar nem um pouco de simpatia, o que não era de estranhar, pois o cabo da espada que ele carregava sobre seu ombro estava bem visível, assim como o medalhão no pescoço e as tachas nas luvas que ele nem sequer escondia, pelo contrário, exibia.

– O proprietário – repetiu. – Isto é, o senhor Otto Dussart. Tenho um assunto para tratar com ele.

– Que assunto?

– Pessoal. Ele está?

Ela fitava-o em silêncio, com a cabeça levemente inclinada para o lado. Na avaliação dele, era do tipo rústico e poderia ter entre vinte e cinco e quarenta e cinco anos. Uma estimativa mais precisa era impossível na caso da maioria das camponesas.

– Ele está?

– Não.

– Então vou aguardar até que ele volte – lançou as rédeas da égua sobre a cerca.

– Ele pode demorar.

– De qualquer maneira, esperarei. Mas, para ser sincero, preferiria esperar num cômodo, e não sentado junto da cerca.

A mulher fitou-o por um momento, ele e o seu medalhão.

– Entre, seja bem-vindo – falou, enfim.

– Aceitarei o convite, obedecerei à lei da hospitalidade – respondeu usando uma fórmula costumeira.

– Obedecerá, embora esteja armado, portando uma espada – ela repetiu, arrastando as sílabas.

– A minha profissão requer isso.

– As espadas ferem. E matam.

– A vida também. E o convite, está valendo?

– Entre, por favor.

Como era comum nesse tipo de casebres, entrava-se neles por um vestíbulo escuro e abarrotado. A sala era um cômodo espaçoso, claro e limpo. Apenas as paredes perto da cozinha e da chaminé tinham vestígios de fumaça. As outras, brancas, estavam revestidas de tapeçarias. Em toda parte havia diversos utensílios domésticos, maços de ervas, tranças de alho e coroas de pimentões. Uma cortina tecida separava a sala do quarto. Cheirava a cozinha, isto é, a repolho.

– Sente-se.

A dona da casa ainda permanecia em pé, amassando o avental. As crianças sentaram-se junto do fogareiro, em um banco baixo.

O medalhão no pescoço de Geralt tremia com força e sem parar. Agitava-se debaixo da camisa do bruxo como um pássaro preso. A mulher falou, aproximando-se da cozinha:

– Deveria ter deixado essa espada no vestíbulo. Não é considerado de boa educação sentar-se à mesa armado. Só os facínoras fazem isso. Você por acaso é um facínora?

– Você sabe bem quem eu sou, e a espada permanecerá onde está. Só para avisar.

– Avisar o quê?

– Que os atos impensados têm consequências graves.

– Aqui não há nenhum tipo de armas, então...

– Está bem, não tente me convencer – interrompeu grosseiramente. – O casebre e o quintal de um camponês têm um arsenal. Muitos já perderam a vida ao serem acertados com uma enxada, sem mencionar os manguais e os forcados. Já ouvi falar de um homem que foi morto com uma batedeira de manteiga. Quando se quer ou precisa, pode-se machucar com qualquer objeto. E, já que estamos falando nisso, deixe em paz essa panela com água quente e afaste-se da cozinha.

– Não tinha más intenções – a mulher falou rápido, mas mentindo, era evidente. – E não é água quente, mas sopa de beterrabas. Queria lhe oferecer...

– Obrigado, mas não estou com fome. Portanto, não toque na panela e afaste-se do fogão. Sente-se aí, junto das crianças. Vamos esperar calmamente até o seu esposo chegar.

Permaneceram sentados em silêncio, interrompido apenas pelo zumbido das moscas. O medalhão de Geralt tremia.

– Preciso tirar a panela com o repolho do forno – a mulher interrompeu o silêncio grave. – Preciso tirá-la e mexer, senão vai queimar.

– Ela vai cuidar disso – disse Geralt, apontando para a menor das meninas.

A menina ergueu-se devagar, fitando-o debaixo da franja cor de linho. Pegou um forcado com um longo cabo e inclinou-se na direção das portas do forno. De repente, lançou-se sobre Geralt feito uma felina. Pretendia cravar o forcado no pescoço dele e, dessa forma, pregá-lo na parede, mas ele se esquivou, puxou o cabo e derrubou-a sobre o chão. A menina começou a transformar-se antes de cair.

A mulher e as outras duas meninas já tinham se transformado. Eram três lobas: uma loba-cinzenta com dois filhotes fêmeas, todas com os olhos ensanguentados e os caninos à mostra. Elas lançaram-se num salto sobre o bruxo. Ao saltar, separaram-se, à maneira lupina, atacando-o de todos os lados. Geralt esquivou-se, empurrou o banco contra a loba e rebateu os filhotes com golpes dos punhos protegidos pelas luvas rebitadas com prata. Elas ladraram e caíram sobre o chão, mostrando os caninos. A loba mãe uivou de forma selvagem e saltou novamente.

– Não! Edwina! Não!

Caiu sobre Geralt, pressionando-o contra a parede, mas já na sua forma humana. As meninas, transformadas, afastaram-se imediatamente e agacharam-se junto do forno. A mulher, ajoelhada aos seus pés, fitava-o com um olhar envergonhado. Não sabia se ela se envergonhava do ataque ou do fato de ter sido malsucedido.

– Edwina! Como pôde fazer isso? O que deu em você? – estrondeou um homem barbudo e alto, com as mãos na cintura.

– É um bruxo! – bufou a mulher, ainda de joelhos. – Um facínora com uma espada! Veio atrás de você! Assassino! Fede a sangue!

– Cale-se, mulher. Eu o conheço. Perdoe, senhor Geralt. Está tudo bem com o senhor? Perdoe. Ela não sabia... pensou que um bruxo...

Parou e olhou inquietamente. A mulher e as meninas concentraram-se em volta do forno. Geralt juraria que ouvia um rosnar baixinho.

– Não aconteceu nada, não guardo mágoa, mas você chegou na hora certa, não errou nem por um instante – disse.

– Sei disso – o barbudo tremeu visivelmente. – Sei, senhor Geralt. Sente-se, sente-se à mesa... Edwina, traga a cerveja!

– Não, é melhor conversarmos lá fora, Dussart, quero trocar uma palavra com você.

No meio do quintal havia um gato pardo. Ao ver o bruxo, fugiu e se escondeu no meio das urtigas.

– Não quero estressar a sua mulher, nem as suas filhas – Geralt falou. – Além disso, tenho um assunto para discutir entre nós. Trata-se de um favor.

– O que desejar, é só falar – o barbudo retesou-se. – Atenderei qualquer desejo seu, se puder fazê-lo. Tenho uma dívida com o senhor, uma grande dívida. Devo a minha vida ao senhor, pois me poupou aquela vez. Devo ao senhor...

– A mim, não, a você próprio e ao fato de que, mesmo com a sua forma lupina, você permaneceu humano e nunca fez mal a ninguém.

– É verdade, não fiz. Mas o que adiantou? Os vizinhos começaram a suspeitar de alguma coisa e por isso logo chamaram um bruxo, embora, coitados, precisassem poupar cada centavo para contratá-lo.

– Pensei em devolver-lhes o dinheiro – admitiu Geralt. – Mas isso poderia levantar suspeitas. Garanti, com a minha palavra de bruxo, que livrei você do feitiço de lobisomem e que você está completamente livre da licantropia, completamente normal. Um feito assim tem um custo. As pessoas só pagam por aquilo em que acreditam. Aquilo que é pago, torna-se real e legal. Quanto maior o preço, mais real e mais legal.

– Sinto calafrios quando me lembro daquele dia. – Dussart empalideceu, apesar do bronzeado. – Quase morri de medo quando o vi com a lâmina de prata. Pensei que aquela era a minha derradeira hora. Tinha ouvido várias histórias sobre bruxos assassinos que gostam de tortura e de sangue. Mas o senhor mostrou-se um homem justo e bom.

– Não vamos exagerar. Mas você escutou o meu conselho e mudou de Guaamez.

– Tive que fazê-lo – Dussart disse de modo soturno. – Em Guaamez, as pessoas pareciam acreditar que eu estava livre do feitiço, mas o senhor tinha razão ao dizer que um ex-lobisomem não tem vida fácil junto às pessoas. Mostrou-se verdadeira a constatação de que, para as pessoas, é mais importante aquilo que se era do que aquilo que se é. Por isso foi preciso sair de lá, ir para uma terra estrangeira, onde ninguém me conhecia. Caminhei muito, até que, enfim, cheguei aqui, e foi aqui que conheci Edwina...

– É raro dois teriantropos formarem um casal – Geralt meneou a cabeça –, e mais raro ainda terem filhos. Você é sortudo, Dussart.

– Pode acreditar – o lobisomem sorriu, mostrando os dentes. – As filhas estão lindas, estão desabrochando. E eu com Edwina somos como duas gotas de água. Viveremos juntos até o fim dos nossos dias.

– Ela percebeu imediatamente que eu era um bruxo e estava pronta para se defender. Você não vai acreditar, mas ela planejava me atacar com a sopa de beterrabas quente. Ela também deve ter ouvido os lobisomens contarem histórias de bruxos sanguinolentos que gostam de torturas.

– Perdoe-a, senhor Geralt. E, quanto à sopa, em breve a provaremos. Edwina prepara uma extraordinária sopa de beterrabas.

– Talvez seja melhor eu não abusar da hospitalidade – o bruxo meneou a cabeça. – Não quero assustar as crianças, tampouco deixar a sua esposa nervosa. Para ela, continuo sendo um facínora com uma espada. Não adianta esperar que ela logo logo se desarme em relação a mim. Disse que eu fedia a sangue. Entendo que foi uma metáfora.

– Não muito. Sem mágoas, senhor bruxo, mas o fedor de sangue que exala é terrível.

– Não tenho contato com sangue há...

– Eu diria que há umas duas semanas – concluiu o lobisomem. – É um sangue coagulado, sangue morto, o senhor deve ter tocado em alguém ensanguentado. Percebe-se também um sangue anterior a esse, de um mês atrás, um sangue frio. O sangue fala. O senhor mesmo verteu sangue, de uma ferida, um sangue vivo.

– Estou impressionado.

– Nós, lobisomens, temos um olfato um pouquinho mais sensível do que os humanos – Dussart endireitou-se orgulhosamente ao falar.

– Sei disso – Geralt sorriu. – Sei que o olfato dos lobisomens é uma verdadeira maravilha da natureza. Por isso mesmo vim aqui pedir-lhe um favor.

•

– Musaranhos – farejou Dussart. – Musaranhos, isto é, sórex. E ratos-cegos, muitos ratos-cegos. Fezes, muitas fezes, principalmente de marta. E de doninha. Mais nada.

O bruxo suspirou, depois cuspiu. Não disfarçava a frustação. Era a quarta caverna, e Dussart não tinha farejado nada além de roedores e predadores que caçam roedores, e uma abundância de fezes pertencentes a ambos.

Passaram para outra abertura escancarada na parede rochosa. Ao pisarem, as pedras rolavam debaixo dos seus pés e caíam sobre a encosta. O terreno era íngreme, e eles andavam com dificuldade. Geralt já tinha começado a sentir cansaço. Dussart, dependendo do terreno, transformava-se num lobo ou mantinha a forma humana.

– Uma ursa com os filhotes – olhou para outra gruta e fungou o nariz. – Estava aqui, mas já foi embora, não está mais. Há marmotas, musaranhos e morcegos, muitos morcegos. Um arminho, uma marta, um glutão. E muitas fezes.

Outro buraco.

– Um furão, está no cio. Há também um glutão... não, são dois, um casal de glutões.

– Uma fonte subterrânea, a água é levemente sulfurosa. Gremlins, um grupo inteiro, por volta de dez espécimes. Alguns anfíbios, provavelmente salamandras... morcegos...

Uma enorme águia desceu da borda de um penhasco e ficou sobrevoando, dando voltas e gritando. O lobisomem ergueu a cabeça, olhou para os cumes das montanhas e para as nuvens escuras que vinham deslizando detrás delas.

– Uma tempestade se aproxima. Que verão é este que não há um dia sem uma tempestade?... O que fazemos, senhor Geralt? Outro buraco?

– Outro buraco.

Para chegar a ele, precisavam passar por uma cachoeira que caía de uma rocha lisa, íngreme, relativamente pequena, mas grande o suficiente para molhá-los completamente. As rochas cobertas de musgo eram escorregadias como sabão. Dussart, para conseguir movimentar-se de alguma forma, transformou-se em lobo. Geralt, após escorregar perigosamente seguidas vezes, xingou e convenceu-se de que o melhor era atravessar o difícil trecho de quatro. "Que sorte que Jaskier não está aqui, senão teria descrito tudo isto numa balada." Um licantropo em sua forma lupina na frente e, atrás dele, um bruxo de quatro. As pessoas teriam uma baita diversão.

– Um grande buraco, senhor bruxo – farejou Dussart. – Grande e profundo. Nele há trols das montanhas, cinco ou seis trols adultos, e morcegos. Há muitas fezes de morcegos.

– Vamos para o buraco seguinte.

– Trols… os mesmos trols que encontramos antes. As cavernas estão interligadas.

– Um urso, um filhote de urso. Estava lá, mas foi embora, há pouco tempo.

– Marmotas, morcegos, filostomídeos.

O lobisomem pulou para trás, assustado, ao se aproximar da caverna seguinte.

– Górgona – suspirou. – No fundo da gruta há uma enorme górgona. Está dormindo. Além dela, não há mais nada lá dentro.

– Não me surpreende – murmurou o bruxo. – É melhor nos afastarmos, e em silêncio, senão pode acordar…

Foram embora, olhando nervosamente para trás. Aproximavam-se bem devagar das grutas seguintes, por sorte distantes do refúgio da górgona, cientes de que todo cuidado era pouco. No entanto, a cautela revelou-se desnecessária. Nos outros buracos nada havia escondido em seus abismos além de morcegos, marmotas, ratos, ratos-cegos e musaranhos, e montes de fezes.

Geralt estava cansado e resignado. Dussart também. Mas era preciso manter a postura, e em nenhum momento demonstrou desânimo, nem na fala, nem nos gestos. O bruxo, porém, não tinha dúvidas. O lobisomem não acreditava no êxito da operação. De acordo com o que Geralt sabia, e que foi confirmado pela benzedeira, no monte Cremora, na íngreme parte oriental, havia muitas cavernas. E, realmente, eles encontraram inúmeras delas. No entanto, era evidente que Dussart não acreditava ser possível farejar e achar a caverna certa, a passagem subterrânea para o interior do complexo rochoso da Cidadela.

Para piorar, relampejou, e trovejou, e começou a chover. Geralt sentia uma vontade daquelas de cuspir, soltar um palavrão e anunciar o fim da empreitada, mas conseguiu se conter.

– Prossigamos, Dussart. Outro buraco.

– Às ordens, senhor Geralt.

De repente, junto de outra abertura escancarada na rocha, a ação, exatamente como num romance fraco, sofreu uma reviravolta.

– Morcegos… morcegos e… um gato – anunciou o lobisomem, farejando.

– Um lince? Ou um gato selvagem?

– Um gato, um simples gato doméstico – Dussart endireitou-se.

•

Otto Dussart olhava com curiosidade para os frascos com os elixires, e para o bruxo que os tomava. Observava as mudanças que ocorriam na aparência de Geralt, e os seus olhos se abriam de admiração e temor. Falou:

– Não me peça, por favor, para entrar nessa gruta com o senhor. Sem mágoas, mas não farei isso. Só de pensar no que pode haver lá dentro, sinto medo e fico todo arrepiado...

– Nem passou pela minha cabeça pedir isso a você. Volte para casa, Dussart. Volte para sua esposa e suas filhas. Você me prestou um favor, fez aquilo que pedi, não posso exigir mais nada de você.

– Aguardarei... aguardarei até que saia de lá – o lobisomem prometeu.

– Não sei quando conseguirei sair de lá, nem mesmo se conseguirei sair – Geralt ressaltou, ajeitando a espada nas costas.

– Não fale assim. Aguardarei... aguardarei até o anoitecer.

•

No fundo da caverna havia uma grossa camada formada pelo guano dos morcegos. Os barrigudos morcegos orelhudos pendiam reunidos em cachos, agitando-se e pipilando languidamente. De início, a distância entre o teto e a cabeça de Geralt era grande, e ele conseguia andar com relativa rapidez e facilidade pelo fundo plano. No entanto, logo isso mudou. Ele teve que começar a se curvar cada vez mais, até ser obrigado a deslocar-se de quatro e, por fim, a rastejar.

Em certo momento parou, decidido a voltar, pois com a falta de espaço corria o risco de ficar preso. Mas ouviu o murmúrio de água e sentiu um sopro de ar frio no rosto. Consciente de que estava se arriscando, passou pela fenda e respirou aliviado quando ela começou a alargar-se. De repente, o corredor virou um declive pelo qual escorregou para baixo, caindo diretamente no leito de um córrego subterrâneo que aparecia debaixo de uma rocha e desaparecia debaixo da outra localizada do lado oposto. De algum lugar lá em cima vinha uma luz fraca e, de lá, de uma grande altura, a corrente fria.

A poça em que o córrego desaparecia dava a impressão de estar completamente inundada de água, mas o bruxo, que suspeitava existir um sifão lá, não estava com muita vontade de mergulhar. Escolheu o caminho em direção a montante do córrego, contra a forte correnteza, subindo por um aclive. Antes que conseguisse sair e adentrar uma grande sala, estava completamente ensopado e sujo do lodo formado pelo sedimento calcário.

A sala era enorme, repleta de majestosas formações, couves-flores, cortinas, estalagmites, estalactites e colunas. O córrego fluía no fundo da caverna, esculpindo um meandro profundo. Nela também penetrava uma luz vinda de cima e sentia-se uma fraca correnteza. Sentia-se também outra coisa: o olfato do bruxo não podia rivalizar com o olfato de um lobisomem, mas Geralt percebia agora aquilo que o lobisomem detectara antes: um leve odor de urina de gato.

Permaneceu algum tempo lá, observando o seu entorno. A correnteza de ar apontou-lhe a saída, uma abertura que parecia um portal palaciano ladeado por pilares formados de enormes estalagmites. Junto dele viu uma cavidade repleta de uma areia fina. O odor de gato vinha exatamente de lá, e na areia havia várias pegadas de patas felinas.

Pendurou transversalmente nas costas a espada, que havia tirado por causa das fendas estreitas, e enfiou-se no meio das estalagmites.

O corredor que formava uma suave ladeira era alto e seco. No fundo havia rochas, mas era possível andar por elas. Prosseguiu até o momento em que o seu caminho foi barrado por uma porta firme, com uma enorme fechadura.

Até então não tinha nenhuma certeza de estar seguindo as pistas corretas, nem sequer se havia entrado na caverna certa. Mas a porta parecia confirmar que sim.

Na porta, exatamente na soleira, havia uma pequena abertura feita recentemente: a passagem para um gato.

Empurrou a porta, mas ela nem sequer tremeu. No entanto, tremeu, levemente, o amuleto do bruxo. A porta era mágica, protegida por um feitiço. Mas a fraca agitação do medalhão indicava que o feitiço era igualmente fraco. Aproximou o rosto da porta.

– Amigo.

A porta, com as dobradiças lubrificadas, abriu-se silenciosamente. Como Geralt tinha adivinhado, era uma daquelas portas produzidas em série, equipada com configurações de fábrica estandardizadas, uma fraca proteção mágica e senha padronizada. Ninguém, por sua sorte, pensou em instalar na porta algo mais sofisticado, pois a sua função era separar do complexo de grutas e de criaturas incapazes de usar mesmo uma magia tão simples.

Atrás da porta, que o bruxo protegeu, por precaução, com uma pedra, terminavam as cavernas naturais e começava um corredor cavado na rocha com sachos.

Mesmo com todos esses vestígios, ainda não tinha certeza, até o momento em que viu, diante de si próprio, uma luz trêmula de uma tocha ou lamparina e, após um momento, ouviu uma risada já bastante conhecida, uma gargalhada.

– Buueh-hhhrrr-eeeehhh-bueeeeh!

Descobriu que a luz e a gargalhada vinham de uma sala relativamente grande, iluminada com uma tocha presa num suporte de ferro. Junto da parede havia baús, caixas e barris empilhados. Ao lado de uma das caixas estavam Bue e Bang, sentados sobre barris. Jogavam dados. Quem gargalhava era Bang, após ter rolado um número maior. Na caixa ao lado havia um garrafão de aguardente e, junto dele, um petisco: uma perna humana assada.

O bruxo desembainhou a espada.

– Salve, rapazes!

Bue e Bang fitaram-no por algum tempo, boquiabertos. Em seguida, berraram, levantaram-se às pressas, derrubando os barris, e pegaram suas armas – Bue, uma foice, e Bang, uma larga cimitarra – e lançaram-se sobre o bruxo.

Surpreenderam-no. Embora soubesse que não seria fácil, não esperava que os desajeitados gigantes seriam tão rápidos.

Bue arremessou a foice a uma baixa altura e, se não fosse pelo salto, Geralt teria perdido ambas as pernas. Mal conseguiu se esquivar do golpe de Bang, cuja cimitarra lançava faíscas ao se chocar com a parede de pedra.

O bruxo sabia lidar com indivíduos rápidos, e grandes também. Rápidos ou lentos, grandes ou pequenos, todos possuíam partes do corpo sensíveis à dor. E eles não tinham a menor ideia do quanto o bruxo ficava rápido após beber os seus elixires.

Acertado no cotovelo, Bue uivou. Atingido no joelho, Bang uivou ainda mais alto. O bruxo confundiu-o fazendo uma volta rápida. Pulou por cima do gume da foice e cortou a orelha de Bue com a ponta da lâmina. Ele berrou, sacudindo a cabeça, e atacou com a foice. Geralt juntou os dedos e atingiu-o com o Sinal de Aard. Bue, atingido pelo feitiço, caiu de nádegas sobre o chão, e os seus dentes começaram a bater, fazendo um barulho alto.

Bang lançou a cimitarra com ímpeto. Geralt mergulhou com agilidade por debaixo do gume e, de passagem, atingiu o outro joelho do gigante. Girou e saltou até onde estava Bue, que tentava se erguer, cortando-o na altura dos olhos. Mas Bue conseguiu afastar a cabeça, fazendo que Geralt errasse o golpe e cortasse a arcada supraciliar. Por um momento, o sangue cobriu o rosto do ogrotrol. Bue berrou, ergueu-se de um ímpeto e lançou-se sobre Geralt às cegas. O bruxo saltou para trás, e Bue colidiu com Bang, que o empurrou e, berrando raivosamente, tombou sobre ele, executando um corte pela esquerda com a cimitarra. Geralt esquivou-se do gume, desviando com rapidez e executando uma meia-volta. Cortou o ogrotrol duas vezes, atingindo os seus dois cotovelos. Bang uivou, mas não soltou a cimitarra. Golpeou outra vez com ímpeto, produzindo desorientadamente um largo corte. Geralt, com habilidade, evitou ser atingido pelo gume. O movimento de defesa levou-o para trás das costas de Bang. Não podia deixar passar uma chance dessas. Virou a espada e cortou, verticalmente, de baixo, bem entre as nádegas. Bang agarrou a sua bunda, uivou, grunhiu, remexeu as pernas, dobrou os joelhos e urinou-se todo.

Bue, cego, arremessou a foice e acertou, não o bruxo, que havia executado uma pirueta, mas o seu companheiro, que ainda segurava as nádegas, e arrancou a cabeça dele dos ombros. O ar do esôfago cortado expirou com um silvo penetrante. O sangue das artérias jorrou alto, até o teto, como se fosse a lava expelida da cratera de um vulcão.

Bang permanecia imóvel, vertendo sangue como uma estátua degolada numa fonte, estabilizado em pé graças aos seus enormes pés chatos. Por fim, inclinou-se e tombou feito o tronco de uma árvore.

Bue enxugou os olhos cobertos de sangue. Berrou igual a um búfalo quando percebeu o que havia acontecido. Bateu as pernas contra o chão e arremessou a foice. Deu uma meia-volta, procurando o bruxo, mas não o achou. Geralt estava atrás de suas costas e golpeou-o debaixo da axila. Bue soltou a foice e lançou-se sobre o bruxo com as mãos desarmadas, mas o sangue novamente cobriu os seus olhos. Bateu contra a parede e Geralt o golpeou.

Parecia que Bue ainda não sabia que as suas artérias tinham sido cortadas e que deveria ter morrido há muito tempo. Berrava, girava, agitava as mãos, até que os seus joelhos desabaram e ele ajoelhou sobre uma poça de sangue. Ainda de joelhos, continuava a berrar e a agitar os braços, mas vagarosamente, com cada vez mais dificuldade. Por fim, Geralt aproximou-se dele e o esfaqueou, enfiando a ponta da espada debaixo do seu esterno. Foi um erro.

O ogrotrol gemeu e segurou a lâmina, o guarda-mão e a mão do bruxo. A sua visão já estava embaçada, mas ele não soltava. Geralt colocou o sapato em seu peito, fincou-o e puxou. Embora o sangue jorrasse da sua mão, Bue não o soltou.

– Seu filho da puta imbecil – falou Pashtor, arrastando as sílabas, ao entrar na caverna e apontar para o bruxo sua besta de dois limbos. – Você veio aqui à procura da morte. Você já está morto, cria do diabo. Segure-o, Bue!

Geralt sacudiu-se. Bue gemeu, mas não o soltou. O corcunda abriu a boca, mostrando os dentes, e acionou o gatilho. Geralt agachou-se, esquivando-se, e a seta pesada passou de raspão pelo seu flanco e acertou a parede. Bue soltou a espada e, deitado de bruços, agarrou as pernas do bruxo e imobilizou-o. Pashtor grasnou triunfalmente e ergueu a besta. Mas não conseguiu dispará-la.

Um enorme lobo entrou com ímpeto na caverna, feito uma bala cinzenta. Atacou Pashtor ao modo lupino: acertou as pernas por trás, cortou os ligamentos posteriores do joelho e as artérias. O corcunda gritou e desabou. A corda da besta caída no chão estalou e Bue pigarreou. A seta acertou-o diretamente no ouvido e entrou até a altura das penas. A ponta saiu pelo outro ouvido.

Pashtor uivou. O lobo abriu a terrível bocarra e segurou a sua cabeça. O uivar virou um estertor.

Por fim, Geralt conseguiu afastar das pernas o ogrotrol morto.

Dussart, já na sua forma humana, ergueu-se, soltando o cadáver de Pashtor, e enxugou os lábios e o queixo. Ao encontrar o olhar do bruxo, declarou:

– Após quarenta e dois anos como lobisomem, convinha, enfim, matar alguém a mordidas.

•

– Tive que vir. Eu sabia, senhor Geralt, que precisava avisá-lo – Dussart justificou-se.

– Avisar sobre eles? – Geralt limpou a lâmina e apontou para os corpos inertes.

– Não só.

O bruxo entrou no cômodo que o lobisomem apontou e, instintivamente, recuou.

O piso de pedras estava coberto de sangue coagulado. No meio do cômodo havia um buraco escuro com uma borda. Junto dele, via-se uma pilha de cadáveres nus, machucados, cortados, esquartejados, esfolados. Era difícil calcular extamente quantos havia no total.

Do fundo do buraco ressoava um nítido estalar e trincar de ossos esmagados.

– Antes não consegui sentir – balbuciou Dussart com a voz cheia de nojo. – Só depois que o senhor abriu aquela porta, lá embaixo, consegui farejar... Vamos fugir daqui, senhor, para longe deste lugar macabro.

– Preciso resolver só mais uma coisa aqui. Mas você deve ir embora. Obrigado por vir até aqui e me ajudar.

– Não agradeça. Paguei a minha dívida com o senhor. Estou feliz por ter conseguido fazê-lo.

•

Uma escada em espiral levava para o alto, serpenteando junto à escadaria cilíndrica cavada na rocha. Era difícil estimar com exatidão, mas Geralt calculou, por alto, que, se fosse a escada de uma torre convencional, levaria até o primeiro ou o segundo andar. Contou seiscentos e dois degraus quando por fim deparou com uma porta.

Como a outra porta lá embaixo, essa também possuía uma passagem aberta para o gato. E, também como a outra porta, tinha uma enorme fechadura. No entanto, não era mágica, e cedeu facilmente quando ele pressionou a maçaneta.

O cômodo no qual o bruxo entrou não tinha janelas e era pouco iluminado. No alto, sob o teto, pendiam esferas mágicas, mas apenas uma estava ativa. O odor era insuportável. O lugar cheirava a produtos químicos e a todos os tipos de morbidez. À primeira vista, era possível identificar o que havia lá: vidros, garrafas e frascos sobre as prateleiras, retortas, ventosas e tubos de vidro, instrumentos e ferramentas de aço. Tratava-se, inegavelmente, de um laboratório.

Sobre a estante junto da entrada havia vidros enormes. O mais evidente estava lotado de olhos humanos que flutuavam num líquido amarelo, feito ameixas mirabelle numa compota. No segundo vidro havia um homúnculo, minúsculo, menor do que dois punhos postos juntos. No terceiro...

No terceiro vidro havia uma cabeça humana que flutuava dentro de um líquido. Não reconheceria as feições, deformadas por feridas, pelo inchaço, pela perda de cor, pouco visíveis por causa do líquido turvo e do vidro grosso. Mas dava para perceber que a cabeça estava completamente raspada. Apenas um feiticeiro rasparia a cabeça. Harlan Tzara, ao que parecia, nunca tinha chegado a Poviss.

Em outros vidros também flutuavam objetos e diversas imundícies roxas e pálidas. No entanto, não havia mais cabeças neles.

No centro do cômodo via-se uma mesa de aço perfilada e com drenagem e, sobre ela, um cadáver nu. Era o cadáver de uma criança, uma menina de cabelos claros. No corpo havia um corte no formato da letra Y. Os órgãos internos, retirados, estavam dispostos de ambos os lados do corpo, de forma ordenada, cuidadosa, clara. Parecia uma gravura de um atlas de anatomia humana, faltavam apenas as marcações: fig. 1, fig. 2 etc.

Percebeu um movimento com o canto do olho. Um enorme gato negro passou rapidamente junto da parede, olhou para ele, silvou e fugiu pela porta encostada. Geralt foi atrás dele.

– Senhor...

Parou, e virou-se.

No canto havia uma gaiola baixa que lembrava um galinheiro. Viu dedos finos apertando os arames de ferro e, depois, olhos.

– Senhor... socorro...

Era um menino, tinha no máximo dez anos. Estava encolhido e trêmulo.

– Socorro...

– Fique quieto. Você já não corre mais perigo, mas aguente um pouco mais. Já volto para resgatá-lo.

– Senhor! Não me deixe aqui!

– Quieto!

Primeiro deparou com uma biblioteca tão empoeirada que o pó irritava as suas narinas. Depois, algo que parecia uma sala e, em seguida, o dormitório, com uma enorme cama com um baldaquim preto sustentado por colunas de ébano.

Ouviu um cicio. Virou-se.

Sorel Degerlund estava parado na porta. Tinha um penteado sofisticado e vestia uma capa bordada com estrelas douradas. Junto dele havia algo relativamente pequeno, todo cinzento, armado com um sabre zerricano.

– Preparei um vidro com formol para a sua cabeça, mutante. Mate-o, Beta! – falou o feiticeiro.

Degerlund ainda terminava a frase, regozijando a própria voz, quando o monstro cinzento atacou. Era uma criatura extraordinariamente rápida, uma ratazana ágil e silenciosa, com o silvo e o brilho do sabre. Geralt esquivou-se de dois golpes cruzados executados de forma clássica. Na primeira vez, sentiu o movimento do ar agitado pela lâmina; na segunda, um leve roçar na manga. Conseguiu rebater o terceiro golpe com a espada, mas por um momento permaneceram num bloqueio. Viu o rosto do monstro cinzento, seus enormes olhos amarelos com pupila vertical, fendas estreitas no lugar do nariz e orelhas pontudas. A criatura não tinha boca.

Separaram-se. O monstro virou-se com rapidez e realizou um ataque imediato num passo leve, dançante. Outra vez executou um golpe cruzado, e outra vez previsível. Era maravilhosamente dinâmico, incrivelmente ágil, diabolicamente veloz, mas burro. Não tinha a mínima ideia de quão rápido era o bruxo depois de tomar os seus elixires.

Geralt permitiu que executasse apenas um golpe, e conseguiu rebatê-lo. Em seguida, ele próprio atacou com um movimento treinado e repetido centenas de vezes. Cercou o monstro com uma rápida meia-volta, executou uma finta com o intuito de desviar do adversário e golpeou-o, acertando a sua clavícula. O sangue nem tinha começado a jorrar, quando rodou a espada e cortou a axila do monstro. Recuou, pronto para continuar, mas já era o suficiente.

Descobriu que a criatura possuía lábios. Abriram-se no rosto cinzento feito uma ferida cortada, horizontalmente, de uma orelha a outra, mas a uma largura menor do que meia polegada. Contudo, o monstro não emitiu nenhum tipo de voz ou som. Caiu de joelhos, e depois de lado. Tremeu por um momento, tomado por convulsões, agitando os braços e as pernas como um cão que sonha. Depois, morreu em silêncio.

Degerlund cometeu um erro. Em vez de fugir, ergueu as mãos e começou a entoar um encantamento com uma voz cheia de ódio que parecia o latido de um cão. Em volta da sua mão, turbilhonou uma chama que formou uma esfera fogosa. Tudo guardava certa semelhança com o processo de produção de algodão-doce. O cheiro também era parecido.

Degerlund não conseguiu criar uma nuvem completa. Não tinha ideia de quão veloz o bruxo tornava-se após tomar os elixires.

Geralt saltou até ele e cortou a esfera e as mãos do feiticeiro com a espada. Ouviu-se um estrondo, como se alguém tivesse acendido um fogareiro, e viram-se faíscas. Degerlund, berrando, soltou a esfera luminosa das mãos que jorravam sangue. A esfera apagou, e o cômodo foi tomado pelo odor de caramelo queimado.

Geralt lançou a espada para o lado. Golpeou Degerlund com ímpeto, bofeteando-o no rosto com a palma aberta. O feiticeiro gritou, encolheu-se e virou de costas. O bruxo levantou, agarrou-o e cingiu o seu pescoço com o seu antebraço. Degerlund gritou e começou a escoicear.

– Não pode! – uivou. – Você não pode me matar! Está proibido... Eu sou... sou um ser humano!

Geralt apertou o antebraço em seu pescoço, inicialmente com menos força.

– Não fui eu! – o feiticeiro uivava. – Foi Ortolan! Foi Ortolan quem ordenou! Forçou-me! E Biruta Icarti sabia de tudo! Ela! Biruta! O medalhão foi ideia dela! Foi ela quem me mandou fazê-lo!

O bruxo apertou com mais força.

– Socorrooooo! Geeeenteeee! Socooooorroooo!

Geralt apertou com mais força.

– Gen... socorr... nãoooooo...

Degerlund estertorava, a boca salivava com abundância. Geralt virou a cabeça e apertou ainda com mais força.

O feiticeiro perdeu a consciência e desfaleceu. Com mais força, estourou o osso hioide. Com mais força, desabou a faringe. Com mais força, mais força ainda, estouraram e deslocaram-se as vértebras cervicais.

Geralt ainda escorou Degerlund por um momento, depois puxou a sua cabeça com força para o lado, para assegurar-se, depois soltou. O feiticeiro deslizou sobre o piso, suavemente, como um tecido de seda.

O bruxo enxugou a manga ensalivada na cortina.

Do nada, apareceu um enorme gato negro. Roçou-se contra o corpo de Degerlund. Lambeu a sua mão inerte. Miou e lamuriou. Deitou-se junto do cadáver, encostando-se no seu flanco. Olhava para o bruxo com os olhos dourados bem abertos.

– Tive que fazer isso – o bruxo falou. – Teve que ser assim. De todas as criaturas neste mundo, você deveria entender.

O gato semicerrou os olhos, num sinal de que entendia.

CAPÍTULO DÉCIMO OITAVO

Por amor de Deus, sentemo-nos no chão
E contemos histórias tristes da morte dos reis:
De como uns foram depostos, outros mortos na guerra,
Outros envenenados pelas esposas, ou mortos
Durante o sono, todos assassinados.

William Shakespeare, *Ricardo II*

Desde as primeiras horas da manhã, o tempo bom alegrava o dia das bodas reais. Nem uma nuvem manchava o azul-celeste que se estendia sobre Kerack. Desde a manhã fazia muito calor, amenizado apenas pela brisa que soprava, vinda do mar.

Logo cedo, era grande o alvoroço na Cidade Alta. As ruas e praças eram varridas freneticamente, as fachadas das casas eram enfeitadas com fitas e guirlandas, os galhardetes eram hasteados nos mastros. Desde a manhã uma procissão de fornecedores seguia pelo caminho que levava ao palácio real. Carroças e carrinhos carregados cruzavam com carrinhos vazios que voltavam. Carregadores, artesãos, comerciantes, estafetas e mensageiros subiam as ladeiras. Um pouco mais tarde, o caminho encheu-se de liteiras nas quais os convidados dirigiam-se ao palácio. "As minhas bodas não são qualquer merda", teria dito o rei Belohun. "As minhas bodas têm que ser lembradas pelo povo e a notícia sobre elas deve espalhar-se pelo mundo todo." Por ordem do rei, as celebrações começariam de manhã e durariam até tardias horas noturnas. Durante esse tempo, extraordinárias diversões seriam oferecidas aos convidados.

Kerack era um reinado minúsculo, de pouca importância, por isso Geralt duvidava de que o mundo se preocupasse com as bodas de Belohun, mesmo que os festejos se prolongassem por uma semana inteira e fossem oferecidas as mais sofisticadas diversões. As pessoas que viviam em lugares distantes mais de cem milhas não tinham a menor chance de saber qualquer notícia sobre o evento. Mas todo mundo tinha conhecimento de que, para Belohun, Kerack constituía o centro do mundo, e o mundo era constituído pelas terras localizadas num perímetro relativamente pequeno.

Ambos, ele e Jaskier, trajaram-se da forma mais elegante possível e à altura das suas possibilidades. Especialmente para essa ocasião, Geralt comprara um novo casaco de pele de vitela, por um preço exageradamente alto. Jaskier a princípio dizia não dar importância às bodas reais e não planejava participar delas, apesar de ter sido incluído na lista dos convidados, em função de ser primo do promotor de justiça, e não como um poeta e trovador mundialmente afamado. Além disso, não tinha recebido nenhum convite para se apresentar ao público, o que ele considerou como despeito e o deixou zangado. Como de costume, a sua raiva não durou muito tempo, apenas a metade de um dia.

Ao longo de todo o caminho que serpenteava pela encosta do monte foram colocados mastros e, neles, bandeiras com o brasão de Kerack, um golfinho azul com nadadeiras e cauda vermelhas.

Ferrant de Lettenhove, primo de Jaskier, esperava por eles em frente à saída dos terrenos palacianos, acompanhado por alguns guardas reais que traziam as cores do golfinho, azul e vermelho, no brasão. O promotor de justiça cumprimentou Jaskier e chamou o pajem que acompanharia o poeta e o levaria ao local da festa.

– E o senhor, bruxo Geralt, siga-me.

Passaram por uma aleia na lateral do parque, por uma área não residencial, pois nela ouviam-se sons de pessoas batendo panelas e usando utensílios de cozinha. Ouviam-se também repugnantes palavrões que os chefes proferiam, ofendendo os cozinheiros. Além disso, percebia-se um cheiro gostoso e agradável de comida. Geralt conhecia o cardápio, sabia o que os convidados saboreariam durante os festejos. Há alguns dias visitara, com Jaskier, a hospedaria Natura Rerum. Febus Ravenga, sem disfarçar o orgulho, gabou-se de organizar o banquete com outros donos de restaurantes e de preparar a lista dos pratos elaborados, com grande esforço, pela elite dos *chefs* de cozinha locais. "No café da manhã", contou, "serviremos ostras, ouriços-do-mar, camarões e caranguejos salteados. Depois, no lanche, gelatinas de carne e diversos patês, salmões defumados e marinados, patos em gelatina, queijos de leite de ovelha e de cabra. No almoço serão servidos *ad libitum* caldo de carne ou peixe, acompanhado de almôndegas de carne ou peixe, tripas com almôndegas de fígado, peixe-pescador grelhado com mel e robalo com açafrão e cravos.

"Em seguida", continuava Ravenga, modulando a respiração como um orador treinado, "serão servidos carne cozida com molho branco, alcaparras, ovos e mostarda, joelho de cisne com mel, frango capão com cobertura de sal, perdiz com marmelada, pombo assado e torta de fígado de carneiro, cevada perolada, além de diversos tipos de saladas e grande variedade de legumes. Depois, caramelos, nogados, biscoitos recheados, castanhas fritas, geleias e doces. Obviamente, os vinhos de Toussaint serão servidos constantemente e a toda hora."

Ravenga descrevia tudo com tanta criatividade que fazia salivar. No entanto, Geralt duvidava de que conseguisse provar um só prato desse cardápio tão extenso, pois nessas bodas não figurava entre os convidados. Sua situação era pior que a dos pajens que corriam de um lado para o outro e sempre conseguiam beliscar algo dos pratos que carregavam ou pelo menos enfiar o dedo num creme, molho ou patê.

O parque palaciano, em tempos antigos o pomar de um templo, reconstruído e ampliado pelos reis de Kerack, que acrescentaram a ele elementos como colunatas, gazebos e templos da contemplação, era o lugar principal das festividades. Nesse dia, por entre as árvores e as edificações, foram colocados diversos pavilhões coloridos. Panos de linho estendidos sobre varas protegiam do sol ardente e do calor. Concentrou-se lá uma multidão de convidados. Contudo, não haveria muitos, o número chegaria a duzentas pessoas no total. A lista, segundo os boatos, havia sido elaborada pelo próprio rei, e os convites teriam sido entregues apenas a um grupo de escolhidos que formavam o escol da sociedade, ao qual, para o rei Belohun, pertenciam principalmente os seus parentes e a família da noiva. Além disso, foram convidadas as elites e a nata da sociedade locais, os principais funcionários da administração, os mais ricos homens de negócios, locais e estrangeiros, e diplomatas, isto é, espiões dos países vizinhos que se passavam por adidos comerciais. Encerrava a lista um numeroso grupo de aduladores, bajuladores e puxa-sacos.

O príncipe Egmund, trajando um caftan preto com um rico bordado em ouro e prata, acompanhado por alguns rapazes, esperava diante de uma das entradas laterais do palácio. Todos tinham longos cabelos frisados, todos usavam gibões forrados – o último grito da moda – e calças justas com braguilhas exageradamente acolchoadas. Geralt não simpatizara com eles, não só por causa dos olhares de deboche com os quais avaliaram a sua roupa, mas porque lembravam-lhe demasiadamente Sorel Degerlund.

O príncipe imediatamente dispensou o séquito ao ver o promotor de justiça e o bruxo. Permaneceu junto a ele apenas um indivíduo de cabelos curtos que trajava uma calça comum. Mesmo assim, Geralt não gostou dele: tinha olhos estranhos, e o seu olhar era maligno.

Geralt curvou-se diante do príncipe que, obviamente, não retribuiu o gesto. Após cumprimentar Geralt, disse:

– Entregue a sua espada. Você não pode andar aqui armado. Não tenha medo. Apesar de você não conseguir vê-la, ela estará sempre ao seu alcance. Ordenei que, se algo acontecer, a espada lhe será entregue imediatamente. Quem cuidará disso é o capitão Ropp, aqui presente.

– E qual é a probabilidade de que algo irá acontecer?

– Para que me daria o trabalho de pedir a sua ajuda se a probabilidade fosse pequena ou nula? Ah! – Egmund fitou a bainha e a lâmina. – Uma espada de Viroleda! Não é uma espada, é uma obra de arte. Sei porque já tive uma parecida. Foi roubada de mim pelo meu meio-irmão, Viraxas. Quando o meu pai o expulsou, antes de partir apoderou-se de algumas propriedades alheias. Certamente, levou-as como recordação.

Ferrant de Lettenhove pigarreou. Geralt lembrou-se das palavras de Jaskier. O nome do filho primogênito expulso não podia ser falado em voz alta. Mas, pelo visto, Egmund ignorava as proibições.

– Uma obra de arte – repetiu o príncipe, ainda fitando a espada. – Parabenizo-o pela aquisição, sem inquerir como você a conseguiu. Não acredito que aquelas espadas roubadas fossem melhores que esta aqui.

– É uma questão de gosto, refinamento, preferências. Eu preferiria recuperar as espadas roubadas. O senhor e o promotor de justiça prometeram descobrir o culpado. Permita-me relembrar que essa foi a condição para que eu me encarregasse da segurança do rei e que, obviamente, não foi cumprida.

– Obviamente, não foi – Egmund admitiu com frieza, entregando a espada ao capitão Ropp, o indivíduo com olhar maligno. – Por isso sinto-me obrigado a recompensá-lo. Em vez de receber trezentas coroas pelo seu serviço, receberá quinhentas. Acrescento também que a investigação a respeito das suas espadas não foi encerrada e você ainda poderá recuperá-las. Ferrant já tem um suspeito. Não é verdade, Ferrant?

– A investigação apontou, inequivocamente, para a pessoa de Nikefor Muus, funcionário da prefeitura e da justiça. Ele fugiu, mas capturá-lo é só uma questão de tempo.

– Presumo que pouco tempo – o príncipe bufou. – Não é difícil capturar um funcionariozinho sujo de tinta. Além disso, de tanto trabalhar sentado, deve ter ficado com hemorroidas que dificultam a fuga, tanto a pé como a cavalo. Como, aliás, ele conseguiu escapar?

– Estamos lidando com um homem pouco previsível – o promotor de justiça pigarreou –, e talvez desprovido de juízo. Antes de desaparecer, provocou uma briga feia na hospedaria de Ravenga. Tratava-se, perdoem-me, de fezes humanas... O local teve que ser fechado por algum tempo, pois... vou poupá-los dos detalhes sórdidos. Durante a revista feita no apartamento de Muus, as espadas roubadas não foram achadas. No entanto, foi encontrada... perdoem-me... uma mochila completamente cheia de...

– Não fale, não fale cheia de que – Egmund contorceu-se. – Sim, isso realmente diz muito sobre o estado psicológico desse indivíduo. Nessa situação, bruxo, as suas espadas devem ter se perdido. Mesmo que Ferrant o capture, não conseguirá nenhuma informação com o maluco. Nem vale a pena levar esse tipo de gente para tortura, já que os torturados apenas falam disparates desprovidos de qualquer sentido. E agora me perdoem, mas as minhas obrigações me chamam.

Ferrant de Lettenhove guiou Geralt até a entrada principal dos terrenos palacianos. Em seguida, entraram num pátio revestido com lajes de pedra no qual os senescais cumprimentavam os convidados que chegavam. Os guardas e pajens os escoltavam até o parque.

– O que vai acontecer aqui hoje?

– Como?

– O que vai acontecer aqui hoje? Qual destas palavras foi difícil entender?

– O príncipe Xander – o promotor de justiça abaixou a voz – gabou-se diante de testemunhas de que amanhã já seria rei. Mas não foi a primeira vez que ele fez essa declaração, e sempre quando estava embriagado.

– Ele é capaz de organizar um golpe?

– Não muito, mas tem a sua camarilha, os seus confidentes e favoritos. Eles são mais capazes de organizar um golpe do que ele.

– E quanta verdade há na informação de que Belohun anunciará o filho concebido com a nova esposa como o herdeiro ao trono?

– Muita.

– Vejam só... Egmund, que está perdendo a chance de herdar o trono, contrata um bruxo para defender e proteger o pai. É um amor filial digno de admiração.

– Não divague. Você aceitou a tarefa, cumpra-a.

– Aceitei e cumprirei, embora tenha dúvidas. Não sei quem, eventualmente, estará contra mim. Deveria saber quem me apoiará, se necessário.

– Caso seja necessário, a espada, como o príncipe prometeu, será entregue a você pelo capitão Ropp. Ele também o apoiará. Também ajudarei, na medida do possível, pois quero o seu bem.

– Desde quando?

– Como?

– Até hoje nunca conversamos a sós. Jaskier sempre estave conosco, e eu não queria tocar no assunto na presença dele. As acusações apresentadas por escrito, em detalhes, sobre os supostos desvios por mim cometidos. Como Egmund as conseguiu? Quem as fabricou? Certamente, não foi ele. Você as fabricou, Ferrant.

– Asseguro que não tive nada a ver com isso.

– Para um guardião da lei, você é um enganador fraco, não sei como conseguiu esse cargo.

Ferrant de Lettenhove cerrou os lábios.

– Precisava cumprir ordens – respondeu.

O bruxo ficou um longo tempo olhando para ele.

– Você não vai acreditar quantas vezes ouvi a mesma coisa – disse, enfim. – O que me conforta, contudo, é o fato de tê-la ouvido da boca de pessoas que seriam, em pouco tempo, levadas para a forca.

•

Lytta Neyd estava entre os convidados. Avistou-a com facilidade, pois ela chamava a atenção.

O vestido verde vivo, com um decote profundo, feito de crepe da China, na frente era adornado com um bordado de uma borboleta estilizada, com pequenas lantejoulas, que cintilava. Na parte inferior o vestido tinha babados. Os babados nos trajes de mulheres com mais de dez anos de idade normalmente despertavam no bruxo uma compaixão cheia de ironia. No entanto, no vestido de Lytta formavam um todo harmonioso e mais do que atraente.

Um colar de esmeraldas lapidadas cingia o pescoço da feiticeira. Nenhuma das pedras era menor que uma amêndoa. Uma, aliás, era muito maior.

Os seus cabelos ruivos pareciam uma floresta em chamas.

Mozaïk estava junto de Lytta. Trajava um vestido preto de seda e chiffon surpreendentemente ousado, com as mangas transparentes na altura dos ombros e braços. O pescoço e o decote da moça estavam encobertos com algo que parecia uma gorjeira de chiffon fantasiosamente drapeada e que, com as longas luvas pretas, dava à sua pessoa uma aura de extravagância e mistério.

Ambas usavam sapatos com um salto de quatro polegadas – os de Lytta, de couro de iguana verde, e os de Mozaïk, de couro envernizado preto.

Por um instante Geralt hesitou em se aproximar, mas só por um instante.

– Como vai? – ela o cumprimentou discretamente. – Que surpresa encontrá-lo! Estou contente de vê-lo. Mozaïk, você ganhou, os sapatinhos brancos são seus.

– Uma aposta – adivinhou. – Qual foi o objeto dela?

– Você. Achava que não nos veríamos mais, apostei que você já não apareceria mais. Mozaïk aceitou a aposta porque achava o contrário.

Presenteou-o com um profundo olhar cor de jade, esperando, evidentemente, um comentário, palavras, quaisquer palavras. Mas Geralt permanecia em silêncio.

– Como vão, formosas damas? – Jaskier surgiu inesperadamente, *deus ex machina*. – Curvo-me diante das senhoras, presto homenagem à sua formosura. Senhora Neyd, senhorita Mozaïk, perdoem-me a falta de flores.

– Está perdoado. E o que há de novo na arte?

– Como na arte, tudo e nada. – Jaskier retirou da bandeja do pajem que passava copos com vinho e entregou-os às damas. – A festa está um bocadinho chata, não acham? Mas o vinho é bom. Est Est, quarenta por uma pinta. O tinto também está bom, já provei. Só não tomem o hipocraz, não souberam temperá-lo. Parece que os convidados ainda estão chegando. Como sempre acontece entre a alta sociedade. É uma corrida às avessas, uma correria *à rebours*, ganha e é premiado aquele que chega por último e faz uma bela entrada. Parece que estamos mesmo vendo o final. Quem está cruzando a linha de chegada é o proprietário de uma rede de serrarias, mas está perdendo para o administrador do porto, acompanhado da esposa, logo atrás dele. Esse, por sua vez, está perdendo para um desconhecido elegante...

– É o chefe da representação comercial koviriana – explicou Coral. – Está acompanhado da mulher de alguém. De quem será?

– Vejam! Pyral Pratt, o velho bandidão, juntou-se aos quatro mais bem colocados. Sua companheira é muito bonita... Droga!

– Essa mulher que está com Pratt... – Jaskier engasgou – é... é Etna Asider... a viúva que me vendeu a espada...

– Foi assim que ela se apresentou? – Lytta bufou. – Etna Asider? Um anagrama banal. Essa mulher é Antea Derris, a filha mais velha de Pratt. Não é nenhuma viúva, pois nunca se casou. Segundo os boatos, não gosta de homens.

– A filha de Pratt? Impossível! Eu frequentava a casa dele...

– E você não a encontrou lá – a feiticeira não deixou que concluísse – e não há nada de estranho nisso. Antea não mantém boas relações com a família, nem usa o sobrenome do pai, apenas um pseudônimo composto de dois nomes. Mantém contato com o pai só por causa de negócios, aliás, bastante animados. No entanto, eu própria estou surpresa de vê-los juntos aqui.

– Devem ter algum interesse nisto – o bruxo observou com esperteza.

– Dá até medo de pensar qual seria. Oficialmente, Antea ocupa-se de intermediação comercial, mas o seu esporte preferido é embuste, fraude e vigarice. Poeta, tenho um pedido a lhe fazer. Você é um homem conhecido e experiente, e Mozaïk, não. Dê uma volta com ela, apresente-a a quem vale a pena conhecer, e mostre aqueles que não valem a pena ser conhecidos.

Após assegurar que um pedido de Coral era uma ordem, Jaskier convidou Mozaïk a segurar o seu braço e ficaram a sós.

– Venha, vamos dar uma volta. Lá, para o outeiro – Lytta interrompeu o silêncio que se perpetuava.

Desde o outeiro, do templo da contemplação, do alto, estendia-se uma ampla vista da cidade, de Palmyra, do porto e do mar. Lytta cobriu os olhos com a mão.

– Que navios estão entrando no ancoradouro? E fundeando? Uma fragata de três mastros com uma estrutura interessante, com velas negras, algo incomum...

– Deixemos as fragatas. Jaskier e Mozaïk foram dispensados, estamos sozinhos e isolados.

– E você, no que está pensando? Está aguardando para saber o que vou lhe comunicar, está esperando as perguntas que vou lhe fazer. No entanto, talvez eu queira apenas contar-lhe os boatos mais recentes que correm entre os feiticeiros. Ah, não, não se assuste, não tem nada a ver com Yennefer, mas com Rissberg, um lugar com o qual você já está familiarizado. Recentemente, aconteceram grandes mudanças lá... No entanto, não vejo nenhum brilho de curiosidade em seus olhos. Devo continuar?

– Continue, por obséquio.

– Tudo começou quando Ortolan morreu.

– Ortolan morreu?

– Morreu há menos de uma semana. De acordo com a versão oficial, intoxicado com os adubos com os quais trabalhava. Mas dizem que ele teve um acidente vascular cerebral ao receber a notícia da morte repentina de um dos seus pupilos, em consequência de uma experiência malsucedida e muito suspeita. Trata-se de um tal de Degerlund. Você se lembra dele? Encontrou-o quando esteve no castelo?

– Não excluo essa possibilidade. Encontrei muitos. Nem todos valiam a pena lembrar.

– Ortolan teria culpado toda a administração de Rissberg pela morte do pupilo. Ficou com raiva e teve um derrame. Era idoso, havia anos sofria de hipertensão e o seu vício em fisstech não era segredo para ninguém. E a mistura do fisstech com a hipertensão é explosiva. Mas alguma coisa devia ter acontecido, pois ocorreram importantes mudanças na sua vida pessoal em Rissberg. Mesmo antes da morte de Ortolan ocorreram conflitos lá. Algernon Guincamp, mais conhecido como Pinety, foi destituído. Você deve se lembrar dele. Se havia lá alguém que merecia ser lembrado, era ele mesmo.

– É verdade.

– A morte de Ortolan – Coral fitou-o com olhar incisivo – provocou uma rápida reação do Capítulo, que já tinha recebido notícias preocupantes relativas aos excessos cometidos pelo falecido, seu pupilo. O interessante, e cada vez mais comum nos tempos atuais, é que a avalanche havia sido provocada por um pequeno seixo: um homem insignificante proveniente de algum município, um xerife demasiadamente zeloso ou um condestável. Ele obrigou o seu superior, o oficial de justiça de Gors Velen, a agir. O oficial levou as acusações para instâncias superiores e, assim, degrau por degrau, o assunto chegou ao conselho real e de lá ao Capítulo. Para não me estender demais: foram achados os culpados pela falta de supervisão. Biruta Icarti teve que abandonar o conselho administrativo e voltou para a faculdade em Aretusa. Axel Bexiguento e Sandoval saíram. Zangenis manteve o cargo: conseguiu a graça do Capítulo denunciando os outros e jogando toda a culpa neles. E o que você acha de tudo isso? Será que você tem algo para me dizer?

– E o que eu poderia lhe dizer sobre isso? São assuntos seus, escândalos seus.

– Escândalos que estouraram pouco depois da sua visita.

– Você está me superestimando, Coral, a mim e à minha força motora.

– Nunca superestimo nada, e raramente subestimo.

– Mozaïk e Jaskier voltarão logo – mirou em seus olhos, bem de perto. – Não foi por acaso que você pediu que eles se afastassem. Diga, enfim, do que se trata.

Sustentou o olhar.

– Você sabe bem do que se trata – respondeu. – Não ofenda a minha inteligência, diminuindo a sua só para me impressionar. Você ficou mais de um mês sem me ver. E não pense que estou criando um melodrama ou esperando gestos patéticos e sentimentais. De um relacionamento que termina espero apenas uma bela recordação.

– Você usou a palavra "relacionamento"? Realmente, é surpreendente a vasta acepção desse termo.

– Nada além de uma agradável recordação – fez de conta que não ouviu, mas sem baixar os olhos. – Não sei como está para você, mas, para mim, serei sincera, a situação não está boa. Acho que valeria a pena um pouco mais de esforço. Acho que não é preciso fazer muito. Algo simples, mas agradável, um agradável acorde final, algo que deixará uma agradável lembrança. Você conseguirá fazer algo assim? Vir me visitar?

Não teve tempo de responder. O sino no campanário começou a dobrar de forma ensurdecedora, batendo dez vezes. Depois ressoaram os trompetes, numa fanfarra troante, metálica e um pouco cacofônica. Os guardas rubro-celestes separaram a multidão dos convidados, formando duas fileiras. O marechal da corte apareceu debaixo do pórtico, na entrada do palácio. Usava um colar de ouro no pescoço e carregava um bastão enorme como um fueiro. Atrás do marechal seguiam os arautos e, atrás deles, os senescais. Atrás dos senescais ia o próprio Belohun, o rei de Kerack, ossudo e musculoso, com um kalpak de zibelina na cabeça e um cetro na mão. Junto dele seguia uma moça loira e magra, com um véu cobrindo-lhe o rosto, que podia ser a noiva do rei e, num futuro muito próximo, tornar-se sua esposa e rainha. A moça usava um vestido claro e trazia muitos diamantes como adorno, de forma excessiva e de mau gosto, à moda dos novos-ricos. Como o rei, carregava nos ombros uma capa de zibelina, sustentada atrás pelos pajens.

Atrás do casal real e dos pajens que seguravam a capa de zibelina, mas a uma distância de uma dezena de passos bastante significativa, seguia a família real. Obviamente, lá estava Egmund, que seguia junto de uma pessoa muito alva, como um albino, e que só podia ser o seu irmão Xander. Atrás dos irmãos seguiam os outros parentes, homens e mulheres, além de jovens e crianças e, evidentemente, a progenitura legítima e a bastarda.

O séquito real, após passar por entre os convidados, que se curvavam, e as damas, que executavam profundas genuflexões, chegou ao seu destino, constituído por uma estrutura que fazia lembrar, levemente, um cadafalso. Numa elevação coberta na parte superior com um baldaquim e nas laterais com gobelins, foram colocados dois tronos nos quais se sentaram o rei e a noiva. Os outros membros da família foram ordenados a ficarem em pé.

Os trompetes mais uma vez paralisaram os ouvidos com o seu ronco metálico. O marechal agitava as mãos feito um maestro diante de uma orquestra, incitando os convidados a gritarem, aplaudirem e brindarem. De todos os lados ressoaram votos de perpétua saúde, felicidade, prosperidade, tudo de bom, longos anos de vida, mais longos, longuíssimos e mais longos ainda, proferidos obedientemente pelos convidados e cortesãos, que rivalizavam uns com os outros ao manifestá-los. O rei Belohun não mudou a expressão de arrogância e soberba do rosto e demonstrava a sua satisfação com os votos, os elogios e as homenagens prestadas a ele e à sua noiva apenas inclinando levemente o cetro.

O marechal pediu silêncio aos convidados e falou. Discursou longamente, passando com fluência da grandiloquência à bombasticidade, e vice-versa. Geralt dedicava toda a sua atenção a observar a multidão, ouvindo apenas fragmentos do discurso. "O rei Belohun", anunciava o marechal a todos os presentes, "está realmente feliz com a presença de tantos convidados. Eles lhes dá as boas-vindas, neste dia tão cerimonioso, e retribui os votos recebidos. A cerimônia de casamento ocorrerá à tarde. Até então vocês, convidados, poderão comer, beber e divertir-se com as numerosas atrações preparadas para esta ocasião."

O ronco dos trompetes anunciou o fim da parte oficial da cerimônia. O séquito real começou a retirar-se do jardim. Entre os convidados, Geralt conseguiu identificar alguns grupos que se comportavam de maneira relativamente suspeita. Um grupo, em particular, despertou a sua desconfiança, pois não se curvou diante do séquito de forma tão intensa como os outros e tentou abrir caminho para chegar ao portão do palácio. O bruxo aproximou-se da fileira formada pelos soldados rubro-celestes. Lytta seguia junto dele.

Belohun caminhava com o olhar fixo num ponto diante dele próprio. A noiva olhava para os lados, acenando a cabeça, de vez em quando, para os convidados que a cumprimentavam. O vento assoprou e por um momento ergueu o véu dela. Geralt viu seus enormes olhos azuis. Viu também esses olhos encontrarem Lytta Neyd no meio da multidão e fulgurarem, cheios de ódio. Um ódio puro, claro, até destilado.

Tudo isso durou um segundo, depois os trompetes ressoaram, o séquito passou, os guardas se afastaram, marchando. Descobriu que o grupo suspeito tinha como objetivo apenas a ocupação e o esvaziamento da mesa sobre a qual havia vinho e petiscos antes da chegada dos outros convidados. Em diferentes lugares, começaram as apresentações nos palcos improvisados. Bandas de guzlas, liras, pífanos e flautas tocaram, os coros cantaram. Os malabaristas se revezavam com os prestigitadores, os atletas cediam espaço aos acrobatas, os funâmbulos eram seguidos por dançarinas nuas tocando tamborins. O ambiente ficava cada vez mais animado. As bochechas das damas tornavam-se cada vez mais coradas, as testas dos senhores brilhavam suadas, todos falavam cada vez mais alto e balbuciavam levemente.

Lytta afastou Geralt para trás de um pavilhão. Mandaram embora um casal que havia se escondido lá para atos explicitamente sexuais. A feiticeira não se afligiu, mal prestou atenção. Falou:

– Não sei o que acontecerá aqui, mas suspeito por que e para que você está aqui. Mas mantenha os olhos abertos e tenha cuidado em tudo o que fizer. A noiva do rei é ninguém mais que Ildiko Breckl.

– Não vou perguntar se você a conhece. Percebi aquele olhar.

– Ildiko Breckl, esse é o nome dela – Coral repetiu. – Foi expulsa de Aretusa no terceiro ano por realizar pequenos furtos. Pelo visto, conseguiu se dar bem na vida. Não virou feiticeira, mas daqui a algumas horas se tornará rainha. Cereja no bolo, diabos. Dezessete anos? Um burro velho. Ildiko tem uns bons vinte e cinco anos.

– E parece não gostar de você.

– Nem eu dela. É uma intrigante nata. Onde está, sempre surgem problemas. Mas não é só isso. Essa fragata com velas pretas que atracou no porto, já sei que navio é, ouvi falar dele. É o Acherontia. Tem má fama. Quando aparece, sempre acontece alguma coisa.

– O quê, por exemplo?

– A tripulação é de mercenários que, pelo que se sabe, podem ser contratados para qualquer coisa. E com que finalidade você acha que os mercenários são contratados? Por acaso, seria para fazer serviço de alvenaria?

– Preciso ir. Perdoe-me, Coral.

– Aconteça o que acontecer – disse devagar, mirando em seus olhos –, aconteça o que acontecer, tenho que ficar fora disso.

– Não se preocupe, não pretendo pedir a sua ajuda.

– Você me entendeu mal.

– Com certeza. Desculpe, Coral.

•

Topou com Mozaïk logo depois de passar a coluna coberta de hera. Ela estava surpreendentemente calma e fria em meio ao calor, ao barulho e ao alvoroço.

– Onde está Jaskier? Deixou-a?

– Deixou – suspirou. – Mas desculpou-se gentilmente e pediu desculpas a vocês também. Foi solicitado a fazer uma apresentação particular nos aposentos palacianos, para a rainha e as suas damas de companhia. Não pôde negar.

– Quem pediu?

– Um homem que parecia um soldado, com uma estranha expressão nos olhos.

– Preciso ir. Desculpe, Mozaïk.

Atrás do pavilhão adornado com fitas coloridas concentrou-se uma multidão. Serviam comida, patês, salmão e pato em gelatina. Geralt abria caminho, tentando encontrar o capitão Ropp ou Ferrant de Lettenhove. Em vez deles, deu de cara com Febus Ravenga.

O dono da hospedaria parecia um aristocrata. Trajava um gibão de brocado e usava um chapéu com um presunçoso penacho de plumas de avestruz. Estava acompanhado da filha de Pyral Pratt, chique e elegante num traje masculino preto.

– Olá, Geralt – alegrou-se Ravenga. – Antea, queria apresentar-lhe Geralt de Rívia, o famoso bruxo. Geralt, esta é a senhora Antea Derris, intermediária. Convido-o a tomar um vinho conosco...

– Perdoem-me, mas estou com pressa – desculpou-se. – Mas já conheço a senhora Antea, embora não pessoalmente. Se eu fosse você, não compraria nada oferecido por ela.

O pórtico sobre a entrada do palácio tinha sido adornado, por algum linguista sábio, com um letreiro que dizia: CRESCITE ET MULTIPLICAMINI. Geralt foi barrado no pórtico pelas hastes cruzadas das alabardas.

– Passagem interditada.

– Preciso ver, urgentemente, o promotor de justiça real.

– Passagem interditada – o comandante da guarda surgiu de trás dos alabardeiros. Segurava um espontão na mão esquerda. Apontou o dedo sujo da mão direita diretamente para o nariz de Geralt. – Interditada, entendeu?

– Se você não tirar o dedo da minha cara, vou despedaçá-lo. Agora, sim, melhorou. Leve-me diretamente ao promotor!

– Você arruma confusão toda vez que topa com os guardas – Ferrant de Lettenhove falou de trás das costas do bruxo. Deve tê-lo seguido. – É uma séria falha de caráter. Pode causar consequências desagradáveis.

– Não gosto quando alguém barra a minha passagem.

– Mas é para isso que servem as sentinelas e os guardas. Seriam desnecessários se em todos os lugares a entrada fosse livre. Deixem-no passar.

– Recebemos as ordens do próprio rei – o comandante dos guardas franziu o cenho. – Ninguém pode entrar sem ser revistado.

– Revistem-no, então.

A revista foi minuciosa. Os guardas não estavam com preguiça, vasculharam detalhadamente, não se limitaram apenas a apalpá-lo. Não acharam nada, pois Geralt não carregava o estilete que normalmente escondia na gáspea do sapato.

– Estão contentes? – o promotor olhou com superioridade para o comandante. – Retirem-se, então, e deixem-nos entrar.

– Perdoe-me, Excelência, mas a ordem do rei foi clara e dirigida a todos – o comandante falou, arrastando as sílabas.

– O quê? Por acaso não está equivocado, homem? Você sabe com quem está falando?

– Ninguém pode passar sem ser revistado – o comandante acenou para os guardas. – A ordem foi clara. Por favor, não arranje confusão, não complique as coisas para nós... e para a sua própria pessoa.

– O que está acontecendo aqui hoje?

– Sobre isso, por favor, fale com os superiores. Eu recebi a ordem de revistar.

O promotor xingou baixinho e deixou que o revistassem. Não carregava sequer um canivete.

– Queria saber o que tudo isto significa. Estou seriamente preocupado, seriamente preocupado, bruxo – disse quando finalmente seguiram pelo corredor. – Você viu Jaskier? Teria sido chamado para vir ao palácio fazer uma apresentação de canto.

– Não sei nada sobre isso.

– E sabe que Acherontia atracou no porto? Esse nome lhe diz alguma coisa?

– Muita, e minha inquietação está aumentando a cada minuto. Apressemo-nos!

No vestíbulo, o antigo viridário do templo, passeavam guardas armados de partasanas. Os uniformes rubro-celestes passavam também, de relance, nos claustros. A batida dos sapatos e as vozes altas vinham dos corredores.

– Pare aí! – O promotor acenou para o soldado que passava ao lado. – Sargento! O que está acontecendo aqui?

– Vossa Excelência me perdoe... estou apressado, cumprindo ordens...

– Pare, já falei! O que está acontecendo aqui? Ordeno que me prestem esclarecimentos! Aconteceu algo? Onde está o príncipe Egmund?

– O senhor Ferrant de Lettenhove.

Na porta, debaixo das bandeiras com o golfinho celeste, acompanhado de quatro soldados de alta estatura que trajavam casacos de couro, estava o rei Belohun. Tirara os atributos reais, portanto não parecia um rei, mas sim um camponês cuja vaca acabara de parir um lindo filhote.

– O senhor Ferrant de Lettenhove – a voz do rei também parecia transmitir alegria por causa da cria. – O promotor real, isto é, o meu promotor, ou talvez não seja meu? Talvez seja o promotor do meu filho? Você apareceu, embora eu não o tenha chamado. Na verdade, era a sua obrigação estar aqui neste momento, mas eu não o havia chamado. Que Ferrant se divirta, pensei, que coma, beba, pegue uma mulher e a calque no gazebo. Eu não vou chamar Ferrant, não o quero aqui. Você sabe por que eu não o queria aqui? Porque não sei exatamente a quem você serve. A quem você serve, Ferrant?

– Sirvo à Vossa Majestade, sou completamente dedicado à Vossa Majestade – o promotor respondeu, curvando-se bem baixo.

– Todos ouviram? – O rei olhou em volta de modo teatral. – Ferrant, dedicado a mim! Muito bem, Ferrant! Muito bem! Essa era a resposta que eu esperava, senhor promotor real de justiça. Você pode ficar, será útil. Logo lhe darei ordens bem à altura de um promotor... Peraí! E esse aí? Quem é? Um momento! Será que não é aquele bruxo fraudulento que foi indiciado pela feiticeira?

– Provou sua inocência, a feiticeira havia sido instigada a erro. Foi denunciado...

– Ninguém denuncia os inocentes.

– O tribunal declarou a sua decisão. O caso foi encerrado por falta de provas.

– Mas houve um caso, isto é, houve merda. As decisões e as sentenças são fruto da imaginação e dos caprichos dos funcionários dos tribunais. Contudo, a merda que fede vem da essência do caso. Chega de falar sobre isso, não vou gastar o meu tempo com discursos sobre jurisprudência. No dia do meu casamento, posso demonstrar magnanimidade. Não mandarei prendê-lo, mas quero que esse bruxo saia da minha frente, imediatamente, e não desejo vê-lo nunca mais.

– Vossa Majestade... estou apreensivo... Acherontia teria atracado no porto. Em uma situação como essa, os preceitos de segurança mandam garantir a segurança... O bruxo poderia...

– Poderia o quê? Proteger-me com o próprio peito? Usar os feitiços de bruxo contra os atacantes? Foi essa a tarefa que Egmund, o meu querido filho, atribuiu a ele? Proteger o pai e garantir a sua segurança? Venha comigo, Ferrant. Diabos, venha você também, bruxo. Vou mostrar-lhes uma coisa. Vocês verão como se zela pela própria segurança e como se garante proteção a si mesmo. Vejam com atenção! Ouçam! Talvez vocês ganhem alguma experiência e aprendam algo novo sobre vocês mesmos. Andem, sigam-me!

Foram andando, apressados pelo rei e cercados pelos soldados de casacos de couro. Entraram numa sala grande na qual, debaixo de um teto com uma pintura de ondas marinhas e monstros, havia um trono num pedestal em que o rei Belohun tomou assento. Na frente dele, debaixo de um afresco no qual havia um mapa-múndi estilizado, sentados em um banco, sob a guarda de mais soldados, estavam os filhos do rei, os condes de Kerack: Egmund, negro como um corvo, e Xander, claro como um albino.

Belohun acomodou-se no trono. Olhava para os filhos com superioridade, com olhar triunfante, diante do qual ajoelham-se os inimigos derrotados numa batalha e que pedem clemência. No entanto, nos quadros que Geralt costumava ver, os vencedores normalmente tinham rostos sérios, majestosos, nobres, demonstrando respeito pelos vencidos. Seria tarefa inútil procurar isso no rosto de Belohun, que expressava apenas um escárnio pungente. Ele falou:

– Ontem, o meu bobo de corte ficou doente. Teve diarreia. Pensei que fosse azar, pois não se ouviriam piadas, anedotas, não haveria graça. Mas eu estava errado. Está engraçado, muito engraçado, pois vocês dois, meus filhos, são engraçados. Lastimáveis, mas engraçados. Garanto-lhes que, por muitos anos, eu e a minha mulherzinha, depois de brincar na alcova, recordaremos de vocês e deste dia e, todas as vezes que lembrarmos, morreremos de rir, pois não há nada mais engraçado do que um tolo.

Era visível que Xander estava com medo. Passava os olhos por toda a sala e suava intensamente. Egmund, ao contrário, não aparentava medo. Olhava diretamente nos olhos do pai e retribuía a acrimônia.

– A sabedoria do povo diz: espere o melhor, mas esteja pronto para o pior. E eu estava pronto para o pior. Pode haver algo pior do que a traição dos próprios filhos? Os meus agentes infiltraram-se no meio dos seus comilitões mais confidenciais. Os seus parceiros traíram vocês imediatamente, logo após serem apertados. Os seus factótuns e favoritos, neste exato momento, estão fugindo da cidade. Sim, meus filhos, vocês achavam que eu era cego e surdo? Velho, sem forças e incapacitado? Vocês pensavam que eu não percebia que ambos desejavam o trono e a coroa? E que desejavam como um porco deseja uma trufa? Um porco, ao farejar uma trufa, enlouquece de desejo, de cobiça, de vontade, de um apetite selvagem. Ele enlouquece, grunhe, cava e não presta atenção a mais nada, só quer pegar a trufa. Para espantá-lo, é preciso bater nele com um pau. E vocês, meus filhos, acabaram de provar que são como porcos. Farejaram o cogumelo, enlouqueceram de ganância e apetite, mas vão ganhar um caralho no lugar da trufa, e sentirão a vara nas suas costas. Vocês, meus filhos, se puseram contra mim, atentaram contra o meu poder e a minha pessoa. A saúde das pessoas que atentam contra mim costuma piorar muito, é um fato confirmado pelas ciências médicas. A fragata Acherontia fundeou no porto. Veio aqui por ordem minha, fui eu quem contratou o capitão. O tribunal se reunirá amanhã de manhã, e a sentença será proferida antes de meio-

-dia. E, a essa hora, vocês dois estarão a bordo do navio. Mas conseguirão desembarcar só depois de o navio passar o farol em Peixe de Mar, o que significa que a sua nova moradia será em Nazair, Ebbing, Maecht, ou Nilfgaard, ou o próprio fim do mundo e o vestíbulo do inferno, se desejarem ir até lá, mas nunca mais voltem para estas terras, jamais, se prezam as cabeças nos seus pescoços.

– Você está nos expulsando? Da mesma forma que expulsou Viraxas? E proibirá, também, que digam os nossos nomes na corte? – uivou Xander.

– Viraxas foi expulso por mim num surto de raiva, sem uma sentença, o que não significa que não mandarei enforcá-lo caso se atreva a voltar. Vocês dois serão condenados a desterro pelo tribunal, legal e licitamente.

– Tem tanta certeza assim? Veremos! Veremos o que o tribunal dirá sobre esta anarquia!

– O tribunal sabe qual sentença eu aguardo e agirá de acordo com a minha vontade, unânime e unissonamente.

– Até parece que agirá unissonamente! Neste país, os tribunais são independentes!

– Os tribunais, sim, mas os juízes, não. Você é burro, Xander. A sua mãe era burra demais, você puxou a ela. Não acredito que você tenha planejado este atentado sozinho. Tudo foi planejado pelos seus comparsas. Mas, de qualquer maneira, estou feliz por você ter tramado este conluio, eu me livrarei de você com a maior alegria. Outra coisa é Egmund. Sim, Egmund é esperto. Um bruxo contratado pelo filho amoroso para proteger o pai. Ah, como você foi esperto, guardando esse segredo para que ninguém descobrisse. E depois o veneno de contato. Foi uma ideia astuta, a do veneno. As bebidas e a comida foram provadas, mas quem pensaria no cabo do atiçador no dormitório do rei? O atiçador que só eu uso e não deixo ninguém tocar nele? Muito esperto, filho. Só que o seu envenenador o traiu. É assim que funcionam as coisas. Os traidores traem os traidores. Por que você permanece calado, Egmund? Você não tem nada para me dizer?

Os olhos de Egmund estavam frios, sem expressar medo. “Ele não está nem um pouco preocupado com a perspectiva de banimento", percebeu Geralt. "Não pensa no degredo, nem na sua existência no desterro, não pensa no Acherontia, nem no Peixe de Mar. Em que estaria pensando, então?"

– Você não tem nada para me dizer, meu filho? – o rei repetiu.

– Só uma coisa – disse Egmund, arrastando as sílabas. – Queria apenas citar um dos ditados que você tanto aprecia: não existe um bobo maior do que um bobo velho. Lembre-se destas palavras, caro pai, quando a hora chegar.

– Levem-nos daqui, prendam-nos e vigiem – ordenou Belohun. – Essa tarefa é sua, Ferrant. Este é o papel de um promotor de justiça. E, agora, chamem aqui o alfaiate, o marechal e o tabelião. Todos os outros saiam daqui. E você, bruxo... aprendeu algo hoje, não é? Aprendeu algo sobre você mesmo? Descobriu que você é um ingênuo, um bundão? Se você entendeu isso, então a sua visita aqui hoje terá valido a pena. Preciso de dois soldados aqui! Levem o bruxo até o portão e expulsem-no! Cuidem para que não roube nada do serviço de mesa de prata!

•

O capitão Ropp barrou o seu caminho no corredor atrás do vestíbulo. Estava acompanhado de dois indivíduos com olhos, movimentos e postura muito parecidos. Geralt apostaria que os três um dia tinham servido na mesma unidade. De repente, entendeu. De repente, percebeu que sabia qual seria o desfecho dos acontecimentos. Por isso, não ficou surpreso quando Ropp declarou que assumiria a guarda do escoltado e ordenou que os guardas se afastassem. Sabia que o capitão mandaria que ele o seguisse. De acordo com o que esperava, os outros dois iriam atrás dele.

Adivinhava quem seria a pessoa que encontraria na câmara em que adentraram.

Jaskier estava pálido como um cadáver e visivelmente apavorado, mas parecia não ter sido machucado. Estava sentado sobre uma cadeira com encosto alto. Atrás da cadeira havia um indivíduo magro, com os cabelos penteados para trás e presos em uma trança. Segurava na mão uma misericórdia com um longo e fino gume tetraédrico. A ponta estava apoiada no pescoço do poeta, debaixo do queixo dele, transversalmente, apontando para cima.

– Sem asneiras, por favor. Sem asneiras, bruxo – avisou Ropp. – Basta um movimento impensado, um vacilo, e o senhor Samsa esfaqueará o musicastro, assim como se faz com um porco. Não hesitará em fazer isso.

Geralt sabia que o senhor Samsa não hesitaria mesmo, pois os seus olhos eram ainda mais repugnantes que os de Ropp. Tinham uma expressão muito característica. Pessoas com esse tipo de olhos podiam ser encontradas em mortuários ou em salas de dissecação. Trabalhavam nesses lugares certamente não para se sustentar, mas para poder realizar os seus desejos secretos.

Geralt entendeu por que o príncipe Egmund estava calmo e olhava para o futuro sem medo, mirando nos olhos do pai.

– Queremos que você apenas obedeça. Se fizer isso, a vida de ambos será preservada – disse Ropp. – Se você fizer aquilo que ordenarmos, então soltaremos os dois, você e o poetastro. Se você se opuser, mataremos os dois – o capitão continuava a mentir.

– Você está cometendo um erro, Ropp.

– O senhor Samsa ficará aqui com o musicastro – Ropp ignorou o aviso. – Nós, isto é, você e eu, passaremos para as câmaras reais, acompanhados dos guardas. Como você está vendo, estou com a sua espada. Eu a entregarei a você para que tome conta dos guardas e da tropa de resgate que eles chamarão antes de você matar todo mundo. Ao ouvir o alvoroço, o camareiro retirará o rei pela saída secreta, e lá os senhores Richter e Tverdoruk estarão à sua espera. Eles mudarão levemente a sucessão e a história da monarquia.

– Você está cometendo um erro, Ropp.

– Agora você confirmará que entendeu a missão e que a cumprirá – o capitão falou, pondo-se a uma distância muito pequena de Geralt. – Se você não fizer isso, antes que eu conte até três, o senhor Samsa perfurará o tímpano do ouvido direito do musicastro, e eu continuarei a contar. Se não houver o resultado esperado, o senhor Samsa perfurará o outro ouvido, e depois arrancará o olho do poeta, e assim por diante, até chegar ao objetivo, isto é, à perfuração do cérebro. Bruxo, estou começando a contagem.

– Não o escute, Geralt! Não se atreverão a tocar em mim! Sou famoso! – Por algum milagre, Jaskier conseguiu arrancar a voz da garganta apertada.

– Ele parece não nos levar a sério – Ropp avaliou com frieza. – Senhor Samsa, o ouvido direito.

– Pare! Não!

– Assim é melhor – Ropp acenou com a cabeça. – Assim é melhor, bruxo. Confirme que você entendeu a missão e que a cumprirá.

– Primeiro afaste o estilete do ouvido do poeta.

– Hã – o senhor Samsa bufou, erguendo a misericórdia para o alto, sobre a cabeça de Jaskier. – Assim está bem?

– Está.

Geralt agarrou o pulso de Ropp com a mão esquerda, e o cabo da sua espada com a direita. Puxou o capitão com força e golpeou o seu rosto com a testa. Ouviu-se um estalo. O bruxo arrancou a espada da bainha e, antes que Ropp tombasse, fez um pequeno giro e cortou, com um movimento suave, o braço levantado do senhor Samsa que segurava a misericórdia. Samsa berrou e caiu de joelhos. Richter e Tverdoruk lançaram-se sobre o bruxo com estiletes. Geralt separou-os executando uma meia-volta. Lacerou o pescoço de Richter, e o sangue jorrou, atingindo o candelabro que pendia do teto. Tverdoruk atacou, saltando e executando fintas com as facas, mas tropeçou em Ropp, que estava prostrado no chão, e por um momento perdeu o equilíbrio. Geralt não deixou que o recuperasse. Executou um ataque rápido e golpeou-o de baixo, atingindo a virilha, e, pela segunda vez, de cima, acertou a sua artéria carótida. Tverdoruk caiu e encolheu-se.

O senhor Samsa o surpreendeu. Embora já não tivesse o braço direito, apenas um cotoco que jorrava sangue, com a mão esquerda achou, no chão, a misericórdia e apontou-a para Jaskier. O poeta gritou, mas conseguiu controlar-se. Caiu da cadeira e usou-a para se proteger do atacante. Geralt não permitiu que o senhor Samsa continuasse. O sangue jorrou novamente, sujando o teto, o candelabro e as velas que restaram nele.

Jaskier levantou-se, apoiou a testa na parede e vomitou abundantemente.

Ferrant de Lettenhove entrou na câmara com ímpeto, acompanhado de alguns guardas.

– O que está acontecendo aqui? O que houve? Julian! Você está ferido? Julian!

Jaskier ergueu a mão, fazendo um sinal, dizendo que responderia num instante, porque naquele momento não conseguiria fazê-lo. E, logo após, vomitou novamente.

O promotor de justiça ordenou que os guardas saíssem e fechou as portas atrás deles. Olhou os cadáveres atentamente e tomou cuidado para não pisar no sangue derramado e para que o sangue que gotejava do candelabro não manchasse o seu gibão.

– Samsa, Tverdoruk, Richter e o capitão Ropp. Os comparsas do príncipe Egmund – reconheceu.

– Estavam cumprindo ordens – o bruxo deu de ombros ao olhar para a espada. – Assim como você, obedeciam a ordens. E você não sabia nada disso, não é? Confirme, Ferrant.

– Não tinha ideia... – o promotor de justiça assegurou rapidamente, recuou e encostou-se à parede. – Juro! Você não está pensando... não está achando...

– Se eu achasse, você já estaria morto. Acredito em você. Você não colocaria a vida de Jaskier em risco.

– É preciso avisar o rei sobre isto que aconteceu. Receio que, para o príncipe Egmund, tudo isto possa significar emendas e anexos ao indiciamento. Parece que Ropp está vivo. Ele testemunhará...

– Duvido que consiga.

O promotor examinou o capitão prostrado no chão, retesado, sobre uma poça de urina, salivando com abundância e tremendo sem parar.

– O que ele tem?

– Fragmentos do osso nasal no cérebro e parece que alguns também nos glóbulos oculares.

– Você bateu forte demais.

– Queria que fosse exatamente assim. – Geralt limpou a lâmina da espada com a toalha tirada da mesa. – Jaskier, como você está? Tudo bem? Consegue se levantar?

– Tudo bem, tudo em ordem. Já estou melhor, muito melhor... – Jaskier balbuciou.

– Não aparenta estar melhor.

– Eu acabei de livrar-me da morte, diabos! – O poeta ergueu-se e apoiou-se na cômoda. – Droga, nunca na minha vida senti tanto medo... Parecia que o meu cu arrebentaria e que tudo acabaria vazando lá por baixo, inclusive os dentes. Mas, quando vi você, sabia que iria me salvar. Melhor, não sabia, mas contava muito com isso... Droga, quanto sangue há aqui... e que fedor! Acho que vou vomitar de novo...

– Vamos falar com o rei – disse Ferrant de Lettenhove. – Dê-me a sua espada, bruxo... e se arrume um pouco. Você, Julian, fique aqui...

– Nem pensar. Não vou ficar nem um segundo aqui sozinho. Prefiro ir junto com Geralt.

•

A entrada para a antecâmara do rei era vigiada por guardas que reconheceram o promotor de justiça e deixaram que passasse. No entanto, não foi fácil ingressar nas câmaras reais. O arauto, os dois senescais e a sua escolta, composta por quatro soldados, acabaram formando uma barreira impossível de ser transposta.

– O rei está provando o traje nupcial. Proibiu que fosse incomodado – declarou o arauto.

– Temos um assunto importante e urgente!

– O rei proibiu categoricamente ser incomodado. Já o senhor bruxo, ao que parece, foi ordenado a deixar o palácio. O que ainda está fazendo aqui, então?

– Vou explicar tudo ao rei. Deixe-nos passar, por favor!

Ferrant puxou o arauto para o lado e empurrou o senescal. Geralt o seguiu. Contudo, só conseguiram chegar à soleira da câmara. Ficaram atrás das costas de alguns cortesãos ali reunidos. Não conseguiram prosseguir porque soldados usando casacos de couro pressionaram-nos contra a parede, obedecendo às ordens dadas pelo arauto. Eram pouco delicados, mas Geralt seguiu o exemplo do promotor de justiça e desistiu da resistência.

O rei estava em pé sobre um banco baixo. O alfaiate, com alfinetes na boca, ajeitava as suas calças. O marechal da corte e um homem vestido de preto, talvez um tabelião, estavam junto dele. Belohun dizia:

– Logo após a cerimônia nupcial, declararei que o herdeiro ao trono será o filho parido pela esposa com quem me casarei hoje. Esta decisão deve me garantir a sua benevolência e leniência. Assim, ganharei um pouco de tempo e de tranquilidade. Só daqui a uns vinte anos o moleque chegará à idade em que se começa a tramar conluios. No entanto – o rei franziu o cenho e piscou para o marechal –, se quiser, desistirei dessa ideia e indicarei outra pessoa para ser o meu sucessor. De qualquer forma, trata-se de um casamento morganático, e os filhos desse tipo de casamentos não herdam os títulos, não é? E quem é capaz de prever quanto tempo conseguirei aguentar a nova esposa? Há muitas outras moças neste mundo, mais bonitas e mais jovens. Por isso, será preciso preparar os documentos necessários, um contrato pré-nupcial ou algo assim. Espere o melhor, mas esteja pronto para o pior, he, he, he.

O camareiro entregou ao rei a bandeja com joias.

– Tire isto daqui – Belohun falou. – Não colocarei esses penduricalhos, não sou um almofadinha ou novo-rico para usar esse tipo de joinhas. Só usarei isto, é um presente da minha amada. Pequeno, mas de bom gosto. Um medalhão com o brasão do meu país. Convém usar um brasão assim. Estas foram as palavras dela: o brasão do país no pescoço, o bem do país no coração.

Demorou um pouco para que Geralt, imobilizado e encostado à parede, ligasse os fatos.

Um gato batendo a pata contra um medalhão. Um medalhão dourado numa corrente. Esmalte azul-celeste, um golfinho. *D'or, dauphin, nageant d'azur, lorré, peautré, oreillé, barbé et crêté de gueules.*

Era tarde demais para reagir. Não conseguiu gritar, nem avisar. Viu a corrente de ouro encolher e apertar o pescoço do rei como um garrote. Belohun começou a ficar vermelho, abriu a boca. Não conseguia inspirar o ar, nem gritar. Segurou o pescoço com as duas mãos, tentando arrancar o medalhão ou ao menos enfiar um dedo debaixo da corrente. Não conseguiu. A corrente perfurou a pele dele profundamente. O rei caiu do banco, dançou e esbarrou no alfaiate. O alfaiate cambaleou e engasgou-se, parecia ter engolido os seus alfinetes. Chocou-se com o tabelião, e os dois caíram. Belohun empalideceu, arregalou os olhos, desabou no chão, coiceou algumas vezes com as pernas, estirou-se e ficou inerte.

– Socorro! O rei desfaleceu!

– Médico! Chamem o médico! – gritou o marechal. – Deuses! O que aconteceu? O que aconteceu com o rei?

– Um médico! Rápido!

Ferrant de Lettenhove pôs as mãos na testa. Trazia uma estranha expressão no rosto, a expressão de quem, aos poucos, estava começando a entender.

O rei foi colocado na cama. O médico examinou-o por um longo tempo. Não permitiram que Geralt se aproximasse ou o examinasse. Mas ele sabia que a corrente já tinha afrouxado antes mesmo que o conselheiro aparecesse.

– Apoplexia provocada por falta de ar – proclamou o médico, endireitando-se. – Os vapores ruins entraram no corpo e envenenaram os humores. A culpa é dessas tempestades que não param de cair e que aquecem o sangue. A ciência é impotente, nada posso fazer. Nosso bom e bondoso rei está morto, despediu-se deste mundo.

O marechal gritou e cobriu o rosto com as mãos. O arauto segurou a sua boina nas mãos. Alguns dos cortesãos presentes soluçaram, outros ajoelharam.

De repente, no corredor e no vestíbulo, ressoaram passos pesados. Um gigante apareceu na porta, um homem de sete pés de altura trajando um uniforme da guarda, mas com as distinções de alta patente. Acompanhavam-no homens com lenços na cabeça e piercings no nariz. O gigante rompeu o silêncio:

– Senhores, passem imediatamente, por obséquio, para a sala do trono.

– Que sala do trono? – o marechal irritou-se. – E para quê? Senhor De Santis, o senhor entende o que acabou de acontecer aqui? Aconteceu um infortúnio. O senhor não entende...

– Para a sala do trono. É uma ordem do rei.

– O rei está morto!

– Viva o rei. Passem para a sala do trono. Todos. Imediatamente.

Na sala do trono, debaixo do teto ornado com uma pintura marinha na qual havia imagens de tritões, sereias e hipocampos, reuniu-se mais de uma dezena de homens. Alguns usavam lenços coloridos na cabeça e outros, chapéus de marinheiros adornados com fitas. Todos estavam bronzeados e usavam brincos.

Mercenários. Era fácil adivinhar. Era a tripulação da fragata Acherontia.

No trono posicionado sobre um pedestal estava sentado um homem de cabelos e olhos escuros e nariz preponderante. Também estava bronzeado, mas não usava brincos.

Junto dele, numa cadeira adjacente, estava sentada Ildiko Breckl, trajando ainda o vestido claro e os adornos de diamantes. A noiva e amada do rei fitava o homem de cabelos escuros com um olhar cheio de adoração. Geralt adivinhava o decorrer dos acontecimentos, assim como o que os causara, associando e juntando os fatos havia um longo momento. No entanto, agora, nesse instante, mesmo uma pessoa com raciocínio muito limitado conseguiria perceber e entender que Ildiko Breckl e o homem de cabelos escuros se conheciam, e muito bem, e provavelmente fazia muito tempo.

– O príncipe Viraxas, o conde de Kerack, ainda há pouco tempo o herdeiro ao trono e à coroa, no momento, o rei de Kerack, o legítimo soberano do país – o gigante De Santis anunciou com um barítono retumbante.

O marechal foi o primeiro a reverenciá-lo e ajoelhar-se. Depois dele, quem prestou homenagem foi o arauto, seguido pelos senescais, que se curvaram profundamente. O último a curvar-se foi Ferrant de Lettenhove.

– Vossa Majestade.

– No momento, basta "Vossa Alteza Sereníssima" – Viraxas ressaltou. – Poderei utilizar o pleno título após a coroação, que será organizada em breve. Quanto mais rápido, melhor. Não é, senhor marechal?

Um silêncio pairava na sala. Era possível ouvir a barriga de um dos cortesãos roncando.

– Meu inconsolável pai morreu – Viraxas comunicou. – Partiu para junto dos seus famosos ancestrais. No entanto, não surpreende que os meus dois irmãos mais novos tenham sido acusados de alta traição. O processo judicial prosseguirá, de acordo com a vontade do falecido rei. A culpa dos dois será provada e, pela sentença do tribunal, serão expulsos de Kerack para o eterno exílio a bordo da fragata Acherontia, alugada por mim e pelos meus abastados amigos e protetores. Sei que o falecido rei não deixou nenhum testamento legal, nem decretos oficiais referentes à sucessão. Respeitaria a vontade do rei se esse tipo de decretos existisse. Contudo, não existe. Portanto, de acordo com a lei da sucessão, sou o legítimo herdeiro à coroa. Alguém entre os presentes contesta isso?

Ninguém se manifestou. Todos os presentes tinham um mínimo de juízo e instinto de sobrevivência.

– Por obséquio, comecem, então, os preparativos para a coroação. E quero que se encarreguem dela aqueles que possuem as competências necessárias para isso. A coroação acontecerá junto com as bodas. Decidi resgatar um antigo costume dos reis de Kerack, uma lei estabelecida há séculos que determinava que, no caso da morte do amado antes das núpcias, a noiva deveria casar com o parente solteiro mais próximo.

Era visível no rosto radiante de Ildiko Breckl que ela estaria pronta a se submeter ao antigo costume naquele instante. Os presentes permaneciam calados, tentando relembrar quem, quando e em que ocasião o costume fora constituído, e como isso poderia ter surgido fazia séculos, já que o reinado de Kerack não possuía nem cem anos de existência. As testas dos cortesãos, franzidas por causa do esforço mental, rápido perderam as rugas. Todos chegaram unanimemente à única conclusão certa: mesmo que ainda não tivesse sido coroado e possuísse apenas o título de Sua Alteza Sereníssima, na prática Viraxas já era rei, e o rei sempre tinha razão.

– Suma daqui, bruxo – sussurrou Ferrant de Lettenhove, enfiando a espada na mão de Geralt. – E tire Julian daqui. Saiam os dois. Vocês não viram nem ouviram nada. Que ninguém relacione vocês àquilo que aconteceu aqui.

– Posso entender que, para algumas pessoas aqui presentes, esta é uma situação inesperada, que as mudanças estão ocorrendo de uma forma demasiadamente surpreendente, acelerada e brusca – disse Viraxas passando os olhos pelos cortesãos ali reunidos. – Tampouco posso excluir a possibilidade de que alguns de vocês esperavam que os acontecimentos teriam outra continuidade. Assim, as coisas, como se mostram, provavelmente não lhes agradam. O coronel De Santis declarou, de imediato, o seu apoio ao lado certo e jurou-me lealdade. Espero o mesmo das outras pessoas aqui reunidas. Vamos começar – apontou – com o leal servo do meu inconsolável pai e executor das ordens do meu irmão que conspirou contra a vida do nosso genitor. Comecemos pelo promotor de justiça real, o senhor Ferrant de Lettenhove.

O promotor curvou-se.

– A investigação não o poupará – Viraxas anunciou – e revelará qual foi o seu papel no conluio dos condes. O conluio foi um fracasso, portanto os inconfidentes são incompetentes. Eu até poderia perdoar um erro, mas não posso perdoar a incompetência. Não no caso de um promotor, o guardião da lei. Contudo, vamos tratar deste assunto depois, vamos começar pelo básico. Aproxime-se, Ferrant. Queremos que você mostre e prove a quem serve. Queremos que nos preste a devida homenagem ajoelhando-se aos pés do trono e beijando a mão do rei.

O promotor dirigiu-se obedientemente ao pedestal.

– Suma daqui – ainda conseguiu sussurrar. – Suma o mais rápido possível, bruxo.

•

A festa nos jardins do palácio continuava.

Lytta Neyd logo percebeu o sangue no punho da camisa de Geralt. Mozaïk também notou, mas, ao contrário de Lytta Neyd, empalideceu.

Jaskier pegou com ímpeto dois copos da bandeja carregada pelo pajem que passava ao seu lado e tomou um gole dos dois, um após o outro. Pegou mais dois e ofereceu-os às damas, mas elas recusaram. Jaskier tomou um, e demorou a entregar o outro a Geralt. Coral fitava o bruxo com os olhos semicerrados. Estava nitidamente tensa.

– O que aconteceu?

– Logo você saberá.

O sino do campanário começou a dobrar, e de uma forma tão agourenta, funesta e grave que os convidados, que estavam se divertindo, silenciaram.

O marechal da corte e o arauto subiram no pedestal, que lembrava um cadafalso.

– Cheio de lástima e dor, sou obrigado a anunciar-lhes uma notícia triste – o marechal disse em silêncio. – O rei Belohun I, nosso amado, bondoso e benevolente soberano, faleceu repentinamente, atingido pela grave mão do destino, e despediu-se deste mundo. Mas os reis de Kerack não morrem! O rei morreu, viva o rei! Viva a Sua Majestade, o rei Viraxas! O filho primogênito do falecido, o legítimo herdeiro ao trono e à coroa! O rei Viraxas I! Viva, viva, viva!

Um coro de aduladores, bajuladores e puxa-sacos juntou-se ao grito, mas o marechal silenciou-os com um gesto.

– O rei Viraxas, assim como toda a sua corte, estão imersos no luto. O banquete foi cancelado e solicitou-se aos convidados que abandonem o terreno do palácio. O rei planeja as suas núpcias para breve. Nessa ocasião, o banquete acontecerá novamente. E, para que os alimentos não estraguem, o rei ordenou que sejam levados para a cidade e expostos na praça. O povo de Palmyra também será presenteado com a comida. O tempo de felicidade e prosperidade está chegando a Kerack!

– Bem, é mais do que verdadeira a afirmação de que a morte do noivo atrapalha muito a cerimônia nupcial – disse Coral, ajeitando o cabelo. – Belohun tinha os seus defeitos, mas não era tão ruim. Que descanse em paz e a terra lhe seja leve! Vamos embora daqui. De qualquer maneira, já estava ficando entediada. E, com um dia lindo como este, vamos passear pelos terraços, contemplar o mar. Poeta, seja amável e dê o braço à minha aluna. Seguirei com Geralt, pois suponho que ele tem muita coisa para me contar.

Eram apenas as primeiras horas da tarde. Parecia inacreditável que tanta coisa tivesse ocorrido num período tão curto de tempo.

CAPÍTULO DÉCIMO NONO

O guerreiro não tem uma morte serena. A morte, para alcançá-lo, precisa combatê-lo. Mesmo assim, um guerreiro não sucumbe à morte com facilidade.

Carlos Castañeda, *The Wheel of Time*

– Nossa! Vejam! Uma ratazana! – Jaskier gritou, de repente.

Geralt não reagia. Conhecia o poeta, sabia que tinha medo de tudo, que ficava impressionado com qualquer coisa e punha sensacionalismo em coisas que nada tinham de sensacional.

– Uma ratazana! Outra! Mais uma! E mais uma ainda! Droga! Olhe, Geralt! – Jaskier não desistia.

Geralt suspirou e olhou.

Ao pé da falésia havia um bando de ratazanas. O terreno entre Palmyra e o terraço estava vivo, movimentava-se, ondeava e chiava. Centenas ou até milhares de roedores haviam fugido da região do porto e da foz do rio e corrido para cima, ao longo da paliçada, para as colinas e florestas. Outros transeuntes também observaram o fenômeno. Ressoaram gritos de espanto e medo. Jaskier observou:

– As ratazanas estão fugindo de Palmyra e do porto porque estão com medo! Eu sei o que aconteceu! O navio dos caçadores de ratazanas deve ter atracado no porto!

Ninguém falava nada. Geralt enxugou o suor das pálpebras. O calor era intenso, o ar quente abafava a respiração. Olhou para o céu translúcido, sem nenhuma nuvem.

– Uma tempestade está chegando. Uma tempestade forte. As ratazanas sentem isso, eu também, percebo no ar – Lytta falou em voz alta aquilo que Geralt havia pensado.

"E eu também sinto", pensou o bruxo.

– A tempestade... a tempestade virá do mar – Coral repetiu.

– Que tempestade? – Jaskier abanou-se com o chapéu. – Onde? O tempo está maravilhoso, o céu limpíssimo, não sopra nem uma brisa. Que pena, pois com este calor um vento seria bom, uma brisa...

Antes que terminasse a frase, um vento soprou. Uma leve brisa trazia o cheiro do mar, proporcionava alívio, refrescava. Foi se tornando cada vez mais forte. Os galhardetes nos mastros, que um pouco antes pendiam soltos, sem se mexer, começaram a agitar-se, a tremular.

O céu escureceu no horizonte. O vento ficou mais intenso. O leve murmúrio tornou-se cada vez mais forte, até virar um silvo.

Os galhardetes nos mastros começaram a esvoaçar e bater impetuosamente. Cocoricaram os galos nos telhados e nas torres, trincaram e tiniram as coberturas de chapa nas chaminés, bateram as venezianas, levantaram-se nuvens de poeira.

Jaskier agarrou com ambas as mãos, no último instante, o seu chapéu, que quase voou.

Mozaïk segurou o vestido de chiffon, pois o sopro repentino do vento levantou-o quase até a altura dos seus quadris. Antes que conseguisse dominar o tecido agitado pela ventania, Geralt fitou, com prazer, as suas pernas. Mozaïk percebeu o olhar dele, mas não desviou o seu.

– Uma tempestade... Tempestade! Está vindo um temporal! – Coral precisava virar-se para falar e ser ouvida. O vento soprava com tanta força que abafava as palavras.

– Deuses! Deuses! O que está acontecendo? Será que é o fim do mundo? – gritou Jaskier, que não acreditava em nenhum deles.

O céu escurecia com rapidez, o horizonte azul-marinho escurecia cada vez mais. O vento crescia, silvando assombrosamente.

No ancoradouro atrás do cabo, o mar agitava-se, produzindo enormes ondas que se chocavam contra o quebra-mar. A espuma branca esguichava para os lados. O barulho do mar intensificava-se. Ficou escuro como se fosse noite.

Era possível notar a agitação nas unidades fundeadas no ancoradouro. Algumas, entre elas a embarcação de correios Eco e a escuna novigradense Pandora Parvi, içavam as velas às pressas, prontas para fugir para o alto-mar. Os outros navios amainavam as velas, permanecendo ancorados. Geralt lembrava-se de alguns deles, pois observava-os do terraço da mansão de Coral. Alke, a coca de Cidaris. Fúcsia, não se lembrava de onde era. E os galeões: Orgulho de Cintra com a bandeira que trazia uma cruz celeste, e Vertigo de Lan Exeter, equipado com três mastros, e Albatroz da Redânia, com uma extensão de cento e vinte pés da proa à popa, e alguns outros, entre eles, a fragata Acherontia com as suas velas pretas.

O vento já não silvava, parecia uivar. Geralt viu o primeiro telhado no Complexo de Palmyra subir para o alto e desfazer-se no ar. Não demorou para ver o segundo, e o terceiro, e o quarto. E o vento continuava a ganhar força. O farfalhar dos galhardetes virou um estrondo incessante. As venezianas estrondeavam, um granizo de telhas e calhas caía, as chaminés desabavam, os vasos sobre os paralelepípedos despedaçavam-se. Movido pela ventania, o sino no campanário começou a dobrar, ressoando com um toque cortado, apavorado e agourento.

E o vento continuava a soprar cada vez com mais força e empurrava para a beirada ondas cada vez maiores. O barulho do mar aumentava sem cessar. Logo não era mais um murmúrio, era um estrondo constante, surdo, como se fosse o ribombo de uma máquina diabólica. As ondas cresciam, os paredões cingidos com uma espuma branca avançavam em direção à margem. A terra tremia debaixo dos pés. O vento uivava.

Eco e Pandora Parvi não conseguiram fugir. Voltaram para o ancoradouro e fundearam.

Os gritos das pessoas reunidas nos terraços ressoavam cada vez mais alto, cheios de espanto e pavor. Os braços estendidos apontavam para o mar.

Uma enorme onda cortava o mar. Era uma gigantesca parede de água. Parecia erguer-se à mesma altura dos mastros dos galeões.

Coral agarrou o bruxo pelo braço. Dizia algo, ou tentava dizer, mas o vento parecia amordaçá-la.

– Ger! Geralt! Precisamos fugir daqui!

Uma onda despejou sobre o porto. As pessoas gritavam. O molhe desfez-se em farpas e lascas sob a massa de água, as vigas e tábuas levantaram. A doca desabou, os guindastes e as suas colunas quebraram e caíram. Os barcos e as barcaças atracados junto do embarcadouro voaram, erguendo-se para o alto como se fossem brinquedos ou barquinhos feitos de cortiça que os meninos soltavam nas sarjetas das ruas. Os casebres e as choupanas localizados mais próximos da praia simplesmente foram levados pela água, sem deixar rastro. A onda entrou na foz do rio, transformando-o numa catadupa infernal. Multidões fugiam da Palmyra inundada. A maioria das pessoas dirigia-se para a Cidade Alta e para a atalaia e conseguiu sobreviver. Uma parte optou por fugir pela beira do rio, e Geralt viu-as sendo devoradas pela água.

– Uma segunda onda! Outra onda! – gritava Jaskier.

Realmente, veio a segunda onda, e depois a terceira, e a quarta, e a quinta, e a sexta. Os paredões de água submergiam o ancoradouro e o porto.

As ondas chocaram-se com enorme força contra os navios ancorados, que, presos nas correntes, sacudiam de forma selvagem. Geralt viu as pessoas caindo do bordo para dentro da água.

Os navios com as proas viradas contra o vento lutavam com coragem durante algum tempo. Perdiam os mastros um por um e depois submergiam, envoltos pelas ondas. Desapareciam na espuma, depois reapareciam, desapareciam e novamente emergiam.

O primeiro a submergir foi a embarcação de correios Eco, que simplesmente desapareceu. Após um instante, o mesmo aconteceu com a galé Fúcsia, que simplesmente se desfez. A corrente de ancoragem partiu a carcaça do Alke e a coca desapareceu, num instante, no abismo. A proa e o castelo de proa do Albatroz romperam sob a pressão e o barco, em pedaços, afundou como se fosse uma pedra. A âncora do Vertigo quebrou, e o galeão dançou sobre o dorso da onda, virou e despedaçou ao chocar-se contra o quebra-mar.

Acherontia, Orgulho de Cintra, Pandora Parvi e dois galeões que Geralt não conhecia levantaram âncora, e as ondas carregaram-nos até a margem. A manobra parecia desesperada e arriscada.

Os capitães tinham que escolher entre a morte certa no ancoradouro ou a perigosa manobra de adentrar a foz do rio.

Os galeões desconhecidos não tinham chances. Nenhum deles conseguiu sequer se posicionar de maneira adequada. Ambos se estraçalharam contra o molhe.

Orgulho de Cintra e Acherontia tampouco conseguiram continuar navegando. Chocaram-se um com o outro, uniram-se, e as ondas empurraram-nos para o cais, estraçalhando-os. Os destroços foram levados pela água.

Pandora Parvi dançava e saltava sobre as ondas como se fosse um golfinho. Mas mantinha-se no curso, levada diretamente para a foz de Adalatte, que fervilhava como um caldeirão. Geralt ouvia os gritos das pessoas encorajando o capitão.

Coral gritou e apontou.

Aproximava-se a sétima onda.

Geralt avaliava a altura das ondas anteriores, que se igualava à dos mastros, em cinco ou seis braças, isto é, entre trinta e quarenta pés. Aquilo que vinha agora do mar, cobrindo o céu, era duas vezes maior.

As pessoas que fugiam de Palmyra, tumultuadas junto da atalaia, começaram a gritar. O vento as desequilibrava, derrubava no chão, pressionava contra a paliçada, quebrando as estacas. A atalaia desabou e foi levada pela água.

O descontrolado aríete aquático colidiu com a falésia. A colina estremeceu com tanta força que Jaskier e Mozaïk tombaram. Geralt conseguiu manter o equilíbrio com grande dificuldade.

– Precisamos fugir! Geralt! Vamos fugir daqui! Virão mais ondas! – gritou Coral, agarrada ao balaústre.

A onda derramou-se sobre eles, cobrindo-os. As pessoas que estavam no terraço, e que não haviam fugido antes, fizeram isso agora. Gritando, fugiram para a colina, cada vez mais alto, na direção do palácio real. Poucas ficaram. Dentre elas, Geralt reconheceu Ravenga e Antea Derris.

As pessoas gritavam e apontavam. As ondas destruíram a falésia à sua direita, abaixo do bairro das mansões. A primeira mansão desabou como se fosse uma casa de cartas e deslizou sobre o declive, caindo diretamente dentro do turbilhão formado pela água. Em seguida, o mesmo aconteceu com a segunda, a terceira, a quarta.

– A cidade está se desfazendo, está caindo aos pedaços! – uivou Jaskier.

Lytta Neyd ergueu os braços, entoou um encantamento e desapareceu.

Mozaïk agarrou o braço de Geralt e Jaskier gritou.

A água já estava debaixo deles e do terraço, e havia pessoas nela. Aquelas que estavam em cima passavam-lhes varas, croques, jogavam cabos, tentando salvá-las. Perto deles, um homem de postura imponente saltou para dentro do turbilhão e lançou-se, nadando, para socorrer uma mulher que estava se afogando.

Mozaïk gritou. Viu o fragmento do telhado de um casebre dançar sobre as ondas e três crianças agarradas a ele. Puxou a espada das costas.

– Segure, Jaskier!

Tirou o casaco e pulou na água.

As condições não eram propícias para nadar, e as suas habilidades normais de natação de nada serviam. As ondas sacudiam-no para cima, para baixo, para os lados. Vigas, tábuas e móveis que redemoinhavam no turbilhão batiam nele. Havia o risco de ele ser amassado pelas massas de madeira e ser transformado em polpa. Por fim alcançou o telhado, e estava seriamente machucado. O telhado saltava e girava sobre a onda como se fosse um pião. As crianças gritavam, cada uma da sua maneira.

"Três", pensou. "Não há nenhum jeito de eu conseguir levar os três."

Sentiu um ombro junto do seu.

– Duas! Pegue duas! – Antea Derris cuspiu a água e agarrou uma das crianças.

Não estava fácil. Conseguiu pegar o menino e apertou-o debaixo da axila. A menina, em pânico, agarrou-se com tanta força ao caibro que o bruxo não conseguia fazê-la afrouxar o aperto. Uma onda ajudou, derramando-se sobre eles. A menina, que havia mergulhado na água, soltou o caibro. Geralt segurou-a debaixo da outra axila, e depois os três começaram a se afogar juntos. As crianças engasgavam e sacudiam-se. O bruxo lutava.

Não saberia explicar como, mas conseguiu emergir. A onda empurrou-o contra o muro do terraço, deixando-o sem respiração. Não soltou as crianças. As pessoas que estavam em cima gritavam, tentavam ajudar, aproximar algum objeto que eles pudessem segurar. Não conseguiram. A força do redemoinho arrebatou-os e os levou. Colidiu com alguém: era Antea Derris com uma menina nos braços. Ela lutava, mas Geralt percebeu que também estava esgotada. Mantinha com dificuldade a sua cabeça e a da criança fora da água.

Ouviu um chapinhar ao seu lado e uma respiração ofegante. Era Mozaïk. Tirou uma das crianças dele e levou-a, nadando. Viu uma viga levada pela onda chocar-se com Mozaïk, mas ela não soltou a criança.

A onda empurrou-os novamente contra o muro do terraço. Desta vez, as pessoas na parte de cima estavam preparadas. Tinham levado até escadas e estenderam os braços. Conseguiram entregar as crianças para elas. Jaskier viu Mozaïk ser tirada da água e puxada para o terraço.

Antea Derris olhou para o bruxo. Os seus olhos eram belos. Sorriu.

A onda carregou uma grande quantidade de madeira que se chocou com eles. Eram enormes estacas arrancadas da paliçada.

Uma delas atingiu Antea Derris e pressionou-a contra o terraço. Antea cuspiu sangue, muito sangue, depois a sua cabeça caiu sobre o peito e ela desapareceu debaixo da água.

Geralt foi atingido por duas estacas, uma no ombro, outra nos quadris. Os golpes paralisaram-no, fizeram que num instante todo o seu corpo ficasse completamente dormente. Engasgou com a água e começou a afogar-se.

Alguém o agarrou. Sentiu um doloroso e forte aperto e foi suspenso para cima, para a superfície luminosa. Estendeu a mão e sentiu um poderoso bíceps, duro como uma rocha. O fortão agitava as pernas, cortava a água como um tritão, e com a mão solta rebatia e afastava a madeira e os afogados que flutuavam em volta dela. Emergiram junto do terraço. De cima ressoaram gritos e vivas, havia mãos estendidas.

Em breve estava prostrado numa poça de água, tossindo, cuspindo, vomitando sobre as lajes de pedra do terraço. Jaskier estava junto dele, ajoelhado e pálido como uma folha de papel. Do outro lado encontrava-se Mozaïk, também pálida, com as mãos trêmulas. Geralt sentou-se com dificuldade.

– Antea?

Jaskier meneou a cabeça e virou o rosto. Mozaïk pôs a cabeça nos joelhos, sacudida pelo choro.

Ao seu lado estava o seu salvador, o fortão. Na realidade, uma fortona com uma cerda desgrenhada sobre a cabeça calva, uma barriga redonda como um tender amarrado com barbantes, os ombros como os de um pugilista e as canelas como um discóbolo.

– Você salvou a minha vida.

– Que é isso... – A comandante da casa de guarda meneou a mão despreocupadamente. – Não foi nada. Aliás... você é um otário. As meninas e eu ficamos com raiva de você por causa daquela confusão. É melhor você não implicar com a gente, senão daremos uma surra em você, certo?

– Certo.

– Mas é preciso reconhecer que você é um otário corajoso. Você é um otário corajoso, Geralt de Rívia – a comandante falou, cuspindo abundantemente e sacudindo a cabeça para tirar a água do ouvido. – E você? Como se chama?

– Violetta – respondeu a comandante, que, de repente, ficou pensativa. – E ela? Aquela...

– Antea Derris.

– Antea Derris – repetiu, contorcendo os lábios. – Que pena!

– É mesmo.

Outras pessoas chegaram, enchendo o terraço. Já não havia mais perigo. O céu ficou claro, a ventania sossegou, os galhardetes pendiam frouxamente. As ondas enfraqueciam. A água recuava, deixando tudo em ruínas, como se fosse um campo de batalha. Cadáveres já eram atacados por caranguejos.

Geralt levantou-se com dificuldade. Todos os movimentos e qualquer respiração mais funda causavam uma dor pungente no flanco. O seu joelho doía demais. As mangas da camisa haviam sido arrancadas, e ele não lembrava exatamente quando isso tinha acontecido. A sua pele no cotovelo esquerdo, no braço direito e provavelmente na escápula estava em carne viva. As feridas superficiais sangravam. Contudo, de forma geral, não era nada sério, nada muito preocupante.

O sol apareceu por entre as nuvens. Os seus reflexos resplandeceram no mar, que sossegava. O telhado do farol localizado no fundo do cabo, feito de tijolo branco e vermelho, uma relíquia dos tempos élficos, reluziu. Uma relíquia que sobreviveu a muitas tempestades parecidas com essa e que provavelmente sobreviveria a outras que se seguiriam.

Após forçar a foz do rio, seriamente obstruída pelo lixo flutuante, a escuna Pandora Parvi, com todas as velas içadas, como numa parada, adentrou o ancoradouro. A multidão aplaudiu.

Geralt ajudou Mozaïk a se levantar. A moça também ficou com pouca roupa no corpo. Jaskier entregou-lhe uma capa para se proteger e pigarreou enfaticamente. Diante deles estava Lytta Neyd com uma maleta médica no braço.

– Voltei – disse, olhando para Geralt.

– Não, você partiu – ele falou.

Fitou-o com um olhar frio, estranho. Em seguida, fixou o olhar em algo muito longe, localizado a uma distância muito grande atrás do ombro direito do bruxo, e falou com frieza:

– É assim que você quer terminar? Quer deixar esse tipo de lembranças? Tudo bem, a escolha e a vontade são suas. No entanto, você poderia ter escolhido um estilo menos patético. Passe bem, então. Vou ajudar os feridos e necessitados. Você, pelo visto, não precisa da minha ajuda, nem da minha própria pessoa. Mozaïk!

Mozaïk meneou a cabeça e segurou o braço de Geralt. Coral bufou.

– É assim, então? É isso o que você quer? Quer fazer as coisas dessa maneira? Tudo bem, a escolha e a decisão são suas. Passem bem.

Virou-se e partiu.

•

Febus Ravenga apareceu no meio da multidão que começou a se concentrar no terraço. Devia ter participado da ação de resgate, pois a sua roupa estava toda molhada e esfarrapada. Algum factótum prestativo aproximou-se dele e lhe entregou o seu chapéu, ou aquilo que restou dele.

– E agora? E agora, senhor vereador? – alguém da turba perguntou.

– E agora? O que fazer?

Ravenga olhou para eles demoradamente, depois retesou-se, torceu o chapéu, colocou-o sobre a cabeça e disse:

– Vamos enterrar os mortos, cuidar dos vivos e começar a reconstrução.

•

O sino do campanário tocou, como para dizer que sobrevivera. Embora muita coisa tivesse mudado, outras são imutáveis.

– Vamos embora daqui. Jaskier? Onde está a minha espada? – Geralt tirou de trás da gola as algas molhadas. Jaskier engasgou-se apontando para um lugar vazio ao pé do muro.

– Há um instante... há um instante estavam aqui! A sua espada e o seu casaco! Roubaram! Filhos da puta! Roubaram! Que gente! Havia uma espada aqui! Devolvam, por favor! Gente! Ei, seus filhos da puta! Vão para o inferno!

De repente, o bruxo começou a sentir-se mal. Mozaïk o segurou. "Estou mal", pensou ele. "Estou tão mal que as moças precisam me amparar." E disse:

– Estou farto desta cidade, farto de tudo o que esta cidade é e de tudo o que ela representa. Vamos embora daqui, o mais rápido possível, e para o mais longe possível.

INTERLÚDIO

Doze dias mais tarde

A fonte murmurejava baixinho, a piscina cheirava a pedra molhada. Cheiravam as flores e a hera que cobria as paredes do pátio. Cheiravam as maçãs numa travessa sobre o tampo de mármore da mesinha. Transpiravam dois copos com vinho fresco.

Duas mulheres estavam sentadas à mesa. Eram duas feiticeiras. Se por acaso estivesse perto delas alguém sensível em termos de arte, cheio de imaginação e que conseguisse elaborar alegorias líricas, não teria problemas em apresentá-las. Lytta Neyd, de cabelos com matizes de um ruivo fulgurante, trajava um vestido que combinava tons de vermelho e verde, e parecia um pôr do sol em setembro. Yennefer de Vengerberg, de cabelos escuros, usava uma veste em branco e preto e lembrava uma manhã de dezembro. Yennefer interrompeu o silêncio:

– A maioria das mansões vizinhas tombou e está em ruínas ao pé da falésia. A sua está intocada. Não caiu nem uma telha dela. Você tem sorte, Coral. Acho que deveria comprar uma rifa.

– Os sacerdotes não chamariam isso de sorte – Lytta Neyd sorriu. – Diriam que se trata da proteção dos deuses e das forças celestiais. Os deuses protegem os justos e guardam os virtuosos, premiam a decência e a justiça.

– Claro, premiam, mas quando querem e se estão por perto. À sua saúde, amiga.

– À sua também, amiga. Mozaïk, encha o copo da senhora Yennefer. Está vazio.

– Quanto à mansão – Lytta seguiu Mozaïk com o olhar –, ela está à venda. Estou vendendo-a porque... preciso me mudar. A aura de Kerack deixou de me servir.

Yennefer ergueu as sobrancelhas. Lytta não a deixou esperar. Falou com uma ironia que mal se podia perceber:

– O rei Viraxas começou o seu governo promulgando decretos verdadeiramente soberanos. *Primo*, o dia da coroação foi decretado feriado nacional, um dia livre de trabalho no reinado de Kerack. *Secundo*, foi proclamada a anistia... para os presos que cometeram crimes, mas os presos políticos continuarão na prisão, sem direito a visitas ou a troca de correspondências. *Tertio*, foram aumentadas em cem por cento as tributações e as taxas portuárias. *Quarto*, num período de duas semanas, todos os inumanos e mestiços que prejudicam a economia do país e tiram as vagas de trabalho de todos os humanos de sangue puro terão que deixar Kerack. *Quinto*, em Kerack está proibida a prática de qualquer tipo de magia sem o consentimento do rei e não é mais permitido que os mágicos tenham a posse de terras ou imóveis. Os feiticeiros residentes em Kerack precisam se desfazer de seus imóveis e conseguir uma concessão, ou deixar o reinado.

– Um grandioso gesto de gratidão – Yennefer bufou. – Correm boatos de que foram os feiticeiros que entronaram Viraxas, que organizaram e financiaram a sua volta e o ajudaram a tomar o poder.

– Os boatos estão certos. Viraxas terá que retribuir a ajuda do Capítulo, por isso mesmo está aumentando os tributos e conta com a confiscação dos bens dos inumanos. O decreto afeta a mim mesma, nenhum outro feiticeiro em Kerack tem casa aqui. É a vingança de Ildiko Breckl, uma retaliação pela ajuda médica prestada às mulheres daqui, que os conselheiros de Viraxas consideraram imoral. O Capítulo poderia fazer pressão no que diz respeito a esse assunto, mas não vai fazer isso. Não se contentou com os privilégios comerciais, as ações no estaleiro e nas companhias marítimas. Está negociando as ações subsequentes e não pensa na possibilidade de enfraquecer a sua posição. Portanto, considerada como *persona non grata*, serei obrigada a emigrar à procura de novos pastos.

– Mas acho que você fará isso sem grandes problemas, pois a situação política atual não proporciona a Kerack muitas chances de obter o título de "o mais agradável lugar ao sol". Você venderá esta mansão e comprará outra, talvez nas montanhas de Lyria. As montanhas lyrianas estão na moda. Muitos feiticeiros mudaram para lá. É um lugar bonito e os impostos são razoáveis.

– Não gosto das montanhas, prefiro o mar. Não estou preocupada, com a minha especialização será fácil encontrar algum refúgio. Há mulheres por toda parte, e todas precisam de mim. Beba, Yennefer. À sua saúde!

– Você está me incitando a beber, mas você mal toca os lábios no copo. Você está bem de saúde? Não está com aspecto saudável.

Lytta suspirou de uma maneira dramática.

– Os últimos dias têm sido difíceis. Um golpe palaciano, essa tempestade horrível, ah... Além disso, este enjoo matinal... Eu sei que passará depois de três meses, mas ainda faltam dois meses inteiros...

Em meio ao silêncio que pairou, foi possível ouvir o zumbido de uma vespa que sobrevoava a maçã. Coral rompeu o silêncio:

– Ha, ha... Eu estava brincando. Que pena que você não pode ver seu rosto. Te peguei! Ha, ha.

Yennefer olhou para cima, para o topo do muro coberto de hera, e fitou-o por um longo tempo. Lytta retomou:

– Te peguei, e aposto que começou a imaginar coisas. Tenho certeza de que logo você associou o meu estado abençoado a... Não faça essa cara, não faça essa cara. Você deve saber da notícia, o boato se espalhou como as ondas em círculo sobre a água. Mas fique tranquila, não há nem um pouco de verdade nos boatos. As minhas chances de engravidar são iguais às suas, nada mudou com relação a isso. As minhas relações com o bruxo estavam baseadas apenas em negócios, em questões profissionais, mais nada.

– Hum...

– O povo adora boatos. Veem um homem acompanhado de uma mulher e logo inventam um caso amoroso. O bruxo, confesso, visitava-me com frequência. E confesso também que éramos vistos juntos na cidade. No entanto, tratava-se apenas de negócios.

Yennefer pôs o copo na mesa, apoiou os cotovelos sobre o tampo, juntou as pontas dos dedos, formando uma espécie de telhado com as mãos, e mirou a feiticeira ruiva nos olhos. Lytta tossiu levemente, mas não baixou os olhos ao falar:

– *Primo*, eu nunca faria isso com uma amiga. *Secundo*, o seu bruxo não se interessou nem um pouco pela minha pessoa.

– Será mesmo? – Yennefer ergueu as sobrancelhas. – Será mesmo? E que explicação você daria para isso?

– Talvez ele tenha deixado de se interessar por mulheres mais maduras, independentemente da aparência delas, talvez prefira as verdadeiramente jovens – Coral sorriu levemente. – Mozaïk! Venha cá. Olhe só, Yennefer! Um broto de juventude e, até pouco tempo atrás, de inocência.

– Ela? Ele com ela? Com a sua aluna? – irritou-se Yennefer.

– Por favor, Mozaïk, conte-nos sobre o seu caso amoroso. Estamos curiosas. Adoramos casos amorosos. E histórias de amor infelizes. Quanto mais infelizes, melhor.

– Senhora Lytta... por favor... – A moça, em vez de corar, empalideceu como um cadáver. – A senhora já havia me castigado por aquilo... Quantas vezes se pode punir alguém pelo mesmo delito? Não me ordene...

– Conte!

– Deixe estar, Coral – Yennefer meneou a mão. – Não a perturbe. Além disso, não estou muito interessada.

– Não acredito muito nisso. – Lytta Neyd sorriu maliciosamente. – Mas tudo bem, vou poupá-la. Realmente, já havia dado uma punição a ela, desculpei-a e permiti que continuasse os estudos. As confissões que balbuciava já não me divertem mais. Resumindo: apaixonou-se pelo bruxo e fugiu com ele. E ele, quando se entediou, simplesmente a deixou. Um dia ela acordou sozinha. Os lençóis haviam esfriado e o amante sumiu sem deixar rastro. Partiu porque precisava. Sumiu, dissipou como a fumaça. E tudo o vento levou.

Embora parecesse impossível, Mozaïk empalideceu ainda mais. As suas mãos tremiam.

– Deixou flores, um pequeno buquê de flores, não é? – Yennefer falou baixinho. Mozaïk ergueu a cabeça, mas não respondeu.

– Flores e uma carta – Yennefer repetiu.

Mozaïk permanecia calada, mas corava cada vez mais.

– Uma carta... – disse Lytta Neyd, examinando a moça. – Você não me falou nada sobre a carta, não havia mencionado nada disso.

Mozaïk cerrou os lábios.

– Então foi por isso – Lytta concluiu, aparentando calma. – Foi por isso que você voltou, embora soubesse que podia receber uma punição severa, muito mais severa do que aquela que acabou recebendo. Foi ele quem mandou você voltar. Se não fosse por isso, você não voltaria.

Mozaïk não respondeu. Yennefer também permanecia calada, enrolando um cacho escuro do cabelo no dedo. De repente, ergueu a cabeça, fixou o olhar nos olhos da moça e sorriu.

– Foi ele quem mandou você voltar para mim – disse Lytta Neyd. – Mandou que você voltasse, embora soubesse o quanto eu poderia castigá-la. Admito que não esperava que ele fizesse isso.

A fonte murmurejava, cheirava a pedras molhadas. Cheiravam as flores e a hera.

– Surpreendeu-me com isso, não esperava que fosse capaz de fazer algo assim – repetiu Lytta.

– Porque você não o conhecia, Coral, você não o conheceu nem um pouco – Yennefer respondeu com calma.

CAPÍTULO VIGÉSIMO

What you are I cannot say;
Only this I know full well
When I touched your face today
Drifts of blossom flushed and fell.

Siegfried Sassoon

O cavalariço recebeu meia coroa já na noite anterior. Os cavalos esperavam selados. Jaskier bocejava e coçava a nuca.

– Deuses, Geralt... Realmente vocês precisam sair tão cedo? Ainda está escuro...

– Não está escuro, está perfeito. O sol nascerá no máximo daqui a uma hora.

– Só daqui a uma hora – Jaskier subiu desajeitadamente na sela do capão. – Preferiria dormir mais uma horinha...

Geralt saltou em cima da sela e, após pensar um pouco, entregou ao cavalariço outra meia coroa e disse:

– Estamos em agosto, temos umas catorze horas entre o amanhecer e o pôr do sol. Queria, nesse tempo, percorrer a maior distância possível.

Jaskier bocejou. Parecia que tinha acabado de ver a égua cinzenta sarapintada na baia atrás da divisória. A égua sacudiu a cabeça, como se quisesse ser notada.

– Espere aí... E ela? Mozaïk? – o poeta parou para pensar.

– Não vai seguir com a gente. Nossos caminhos separam-se aqui.

– Como assim? Não entendo... Você pode me explicar, por gentileza...

– Não posso, não agora. Precisamos seguir o nosso caminho, Jaskier.

– Será que você realmente sabe o que está fazendo? Você tem plena consciência dos seus atos?

– Não, plena não. Mas não fale mais nada, não quero conversar sobre isso agora. Vamos.

Jaskier suspirou e esporeou o capão. Virou-se e suspirou outra vez. Era poeta, então tinha o direito de suspirar quantas vezes quisesse.

Era interessante a visão que se tinha da hospedaria Segredo e Sussurro tendo ao fundo a aurora polar, na luz da madrugada. Poderia ser a mansão de uma feiticeira, cheia de malvas, envolta pela hera e pelo convólvulo, um templo silvícola de amores secretos. O poeta mergulhou em seus pensamentos. Ele suspirou, bocejou, pigarreou, cuspiu, envolveu-se com a capa e esporeou o cavalo. Ficou atrás de Geralt durante esses curtos momentos de contemplação, mas conseguia vê-lo envolto na névoa.

O bruxo andava rápido e não olhava para trás.

•

– Por obséquio, aqui está a torta de maçã de Rívia que pediram. A minha esposa queria saber o que os senhores acham da carne de porco – o taberneiro disse, colocando um vaso de faiança sobre a mesa.

– Achamo-la em meio ao trigo-sarraceno, e de vez em quando, mas gostaríamos de encontrá-la com mais frequência – Jaskier respondeu.

A taberna à qual chegaram no fim do dia chamava-se O Javali e o Cervo, nome escrito no letreiro colorido. No entanto, a única carne de caça oferecida pelo estabelecimento era a que aparecia no nome, era impossível achá-la no cardápio. A especialidade da casa era trigo-sarraceno com pedaços de carne de porco gordurosa e um consistente molho de cebola. É provável que Jaskier tenha reclamado da comida, do ponto de vista dele, demasiadamente popular, só para não deixar passar batido. Geralt não reclamava, e não havia grandes reclamações a fazer em relação à carne de porco: o molho estava saboroso e o trigo-sarraceno, no ponto, o que era raro na maioria das tabernas na estrada.

Poderiam ter encontrado um estabelecimento pior, que oferecesse poucas opções. Geralt insistiu em percorrer a maior distância possível durante o dia e se recusava a parar nas hospedarias que encontravam no caminho.

Descobriram que também para outras pessoas a taberna O Javali e o Cervo tinha sido a meta da última etapa da sua jornada. Em uma das mesas perto da parede estavam sentados comerciantes ambulantes. Eram comerciantes modernos. Ao contrário dos tradicionais, não desprezavam os servos nem consideravam depreciativo fazer as refeições com eles. Contudo, a modernidade e a tolerância tinham os seus limites: os comerciantes ocupavam uma ponta da mesa, e os servos, a outra. A linha de demarcação era nítida, inclusive na composição dos pratos. Os serviçais comiam a carne de porco com trigo-sarraceno, a especialidade da cozinha local, e tomavam uma cerveja rala. Já os comerciantes consumiam frango e foram servidas a eles algumas jarras de vinho.

Numa mesa paralela, debaixo da cabeça de um javali empalhado, jantava um casal: uma moça de cabelos claros e um homem mais velho. A moça trajava uma vestimenta rica e muito sóbria, que fez que perdesse o ar de juventude. O homem parecia um funcionário público de baixo escalão. O casal jantava, conversava animadamente, mas pareciam ter se conhecido havia pouco tempo e de modo casual. Era possível deduzir isso por causa do comportamento do funcionário, que cortejava a moça insistentemente, com a evidente intenção de conseguir algo mais, e ela respondia de maneira educada, embora com uma perceptível reserva e ironia.

Uma das mesas mais curtas estava ocupada por quatro sacerdotisas. Eram curandeiras ambulantes, o que se podia perceber com facilidade por causa da vestimenta cinzenta e das crespinas justas que cobriam o cabelo delas. A refeição que ingeriam era, como Geralt observou, mais do que humilde. Consumiam algo semelhante a cevada cozida, mas sem nenhum molho. As curandeiras nunca exigiam nenhuma remuneração pelos tratamentos que faziam, cuidavam de todos e de graça. Contudo, o costume determinava que, se necessário, recebessem hospedagem e alimentos. O taberneiro de O Javali e o Cervo conhecia o costume, mas estava claro que pretendia respeitá-lo ao menor custo possível.

Na mesa vizinha, debaixo da galhada de um cervo, acomodaram-se três moradores do lugar, entretidos com uma garrafa de vodca de centeio que, estava evidente, não era a primeira que consumiam naquele dia. Tendo satisfeito minimamente a necessidade noturna da bebida, procuravam diversão. Obviamente, acharam-na depressa. As sacerdotisas estavam com azar, embora é provável que estivessem acostumadas a esse tipo de coisas.

Apenas um cliente ocupava a mesa no canto da sala. Estava escondido na penumbra, assim como a mesa à qual estava sentado. Geralt observou que o cliente não comia nem bebia. Estava inerte, encostado à parede.

Os três moradores do lugar não se desencorajavam. As provocações e piadas dirigidas às sacerdotisas tornavam-se cada vez mais vulgares e obscenas. Elas mantinham uma calma estoica, não davam a mínima atenção, o que, evidentemente, à medida que os homens esvaziavam a garrafa com a vodca, deixava-os enraivecidos. Geralt começou a comer mais rápido. Decidiu dar uma sova nos papudos, mas não queria que o seu trigo-sarraceno esfriasse por causa disso.

– O bruxo Geralt de Rívia.

No canto, na sombra, fulgurou uma chama.

O homem solitário, sentado à mesa, ergueu a mão sobre o tampo. Dos seus dedos fulguraram pequenas labaredas ondulantes. Ele aproximou a mão do candelabro sobre a mesa e acendeu as três velas, uma após a outra, de modo que o iluminassem bem. Os seus cabelos eram cinzentos, com alvas mexas nas têmporas. O seu rosto era pálido como o de um cadáver. Possuía nariz adunco e olhos da cor amarelo-claro, com íris vertical. No pescoço trazia, sobre a camisa, um medalhão de prata que brilhava à luz das velas e no qual havia a cabeça de um gato com os dentes à mostra.

– O bruxo Geralt de Rívia – repetiu o homem no silêncio que pairava na sala. – Deve estar a caminho de Wyzim? Atrás da recompensa de dois mil orens prometida pelo rei Foltest? Estou certo?

Geralt não respondeu, nem se mexeu.

– Não estou perguntando se você sabe quem eu sou, é evidente que sabe. Poucos restaram – Geralt disse com calma –, por isso é mais fácil contar. Você é Brehen, conhecido também como o Gato de Iello.

– Que coisa! – bufou o homem com o medalhão de felino. – O famoso Lobo Branco sabe o meu nome. É uma verdadeira honra. E o fato de você querer roubar a minha recompensa? Também devo considerar uma honra? Será que deveria dar-lhe primazia, curvar-me e pedir desculpas? Como numa alcateia, deixar a conquista e esperar, abanando o rabo, até que o líder do bando esteja satisfeito e deixe os restos?

Geralt permanecia calado. Brehen, o Gato de Iello, retomou o discurso:

– Não lhe darei a primazia nem dividirei o prêmio. Você não irá para Wyzim, Lobo Branco, não roubará o meu prêmio. Segundo os boatos, Vesemir proferiu a minha sentença. Você tem a oportunidade de executá-la. Vamos para fora, para o pátio da taberna.

– Não lutarei contra você.

O homem com o medalhão ergueu-se da mesa com tanto ímpeto que a sua imagem reverberou nos olhos daqueles que o observavam. A espada levantada do tampo da mesa reluziu. O homem agarrou uma das sacerdotisas pela crespina, puxou, afastando-a para longe da mesa, mandou que se ajoelhasse e pôs a lâmina no seu pescoço. Olhando para Geralt, disse com frieza:

– Você lutará comigo. Sairá para o pátio antes que eu conte até três. Caso contrário, o sangue da sacerdotisa respingará nas paredes, no teto, nos móveis. Depois matarei as outras, uma por uma. Que ninguém se mexa, nem dê um pio!

A taberna imergiu em silêncio, um silêncio absoluto e ensurdecedor. Todos ficaram paralisados e boquiabertos.

– Não lutarei contra você, mas, se você machucar essa mulher, você morrerá – Geralt repetiu com calma.

– Um de nós certamente morrerá no pátio, mas não serei eu. Dizem que as suas famosas espadas foram roubadas e, pelo que estou vendo, você esqueceu de adquirir novas espadas. Realmente, é preciso muita presunção para tentar roubar a recompensa de alguém sem estar armado. Ou será que o famoso Lobo Branco é tão bom que não precisa de uma espada?

A cadeira rangeu ao ser afastada. A moça de cabelos claros ergueu-se e tirou de baixo da mesa um embrulho. Colocou-o diante de Geralt e voltou para o lugar que ocupava junto do funcionário público.

Geralt sabia o que havia no embrulho antes mesmo de desamarrar a tira de couro e desembrulhar o feltro. Era uma espada de aço de siderita, com comprimento total de quarenta polegadas e meia. A lâmina tinha vinte e sete e um quarto de polegada de comprimento. O peso era de trinta e sete onças. A empunhadura e o guarda-mão eram simples, mas elegantes.

A outra espada, de comprimento e peso similares, era feita de prata. Parcialmente, claro, pois a prata pura era demasiadamente mole para ser bem afiada. No guarda-mão e em toda a extensão da lâmina havia símbolos rúnicos e glifos.

Os peritos de Pyral Pratt não sabiam decodificá-los, dando, assim, uma prova pouco confiável de sua perícia. As antigas runas formavam uma inscrição: *Dubhenn haern am glândeal, morc'h am fhean aiesin* ("Meu resplendor cortará as trevas, minha luminosidade dissipará o negrume").

Geralt levantou-se. Desembainhou a espada de aço com um movimento demorado e intermitente. Não olhava para Brehen, mas sim para a lâmina. Ordenou com calma:

– Solte a mulher imediatamente. Caso contrário, você morrerá.

A mão de Brehen tremeu, e um fio de sangue correu pelo pescoço da sacerdotisa, que nem gemeu.

– Essa recompensa tem que ser minha! Estou passando necessidade – o Gato de Iello silvou.

– Já disse para você soltar a mulher, caso contrário, eu o matarei, e não farei isso lá fora, mas aqui mesmo.

Brehen curvou-se. Arfava pesadamente. Os seus olhos brilhavam de forma agourenta, os lábios contorciam-se de um modo repugnante. As articulações dos dedos da mão que apertavam o cabo começaram a perder a cor. De repente, ele soltou a sacerdotisa e empurrou-a para a frente. As pessoas presentes na taberna estremeceram como se tivessem acordado de um pesadelo. Suspiravam e respiravam profundamente. Brehen disse com dificuldade:

– O inverno chegará, e eu, ao contrário de outras pessoas, não tenho onde ficar. Kaer Morhen com o seu aconchego e o seu calor não é para mim!

– Não, não é para você, e você sabe bem o porquê – Geralt respondeu.

– Kaer Morhen é só para vocês, os bons, justos e íntegros, não é? Hipócritas de merda. Vocês são assassinos, como nós, não diferem em nada de nós!

– Saia daqui! Vá embora, siga o seu caminho – ordenou o bruxo.

Brehen guardou a espada e retesou-se. Ao atravessar a sala, os seus olhos mudaram: as pupilas cresceram, preenchendo toda a sua íris. Quando passou por Geralt, este disse:

– Não é verdade que Vesemir proferiu uma sentença contra você. Os bruxos não combatem outros bruxos, não cruzam as espadas com eles. E, se aquilo que aconteceu em Iello se repetir, se eu souber de algo parecido... então, farei uma exceção: eu o procurarei e o matarei. Leve este aviso a sério.

Após Brehen fechar a porta atrás de si, um silêncio ensurdecedor dominou a sala da taberna durante mais alguns instantes. O suspiro cheio de alívio de Jaskier foi bastante audível. Logo em seguida, houve uma agitação. Os beberrões locais saíram sem que ninguém percebesse, sem ter tomado toda a aguardente. Os comerciantes permaneceram no lugar, apesar de pálidos e calados. Ordenaram que os empregados se afastassem da mesa, evidentemente para vigiar os cavalos e as carroças, que corriam perigo na presença dessa companhia duvidosa. As sacerdotisas trataram do pescoço ferido da companheira, agradeceram a Geralt curvando-se silenciosamente e foram se deitar, provavelmente no estábulo, pois era pouco provável que o taberneiro disponibilizasse camas para elas num dos cômodos da taberna.

Com uma reverência e um gesto, Geralt convidou a moça de cabelos claros, graças a quem recuperara as suas espadas, para acompanhá-lo à mesa. Ela aceitou o convite de bom grado e sem lástima deixou o companheiro anterior, o funcionário público, deixando-o mal-humorado.

– Sou Tiziana Frevi. É um prazer conhecê-lo – apresentou--se, apertando a mão de Geralt à moda masculina.

– O prazer é todo meu.

– A situação tornou-se um pouco tensa, não é? As noites nas hospedarias junto das estradas costumam ser monótonas, mas a de hoje foi interessante. Em certo momento até comecei a ficar com medo. Mas parece que foi apenas uma competição masculina, não? Um duelo de testosterona? Ou uma disputa para provar quem tem o pênis mais comprido? Não havia um perigo real?

– Não havia – mentiu –, principalmente graças às espadas que recuperei com a sua ajuda. Sou grato por elas. Mas não consigo entender como você as conseguiu.

– Deveria manter isso em segredo – explicou de modo espontâneo. – Recebi um pedido para lhe entregar as espadas sorrateira e secretamente e desaparecer logo em seguida. Mas, de repente, tudo mudou. A situação me obrigou a devolver-lhe a arma abertamente, com a viseira levantada, digamos. Por isso, negar-me a prestar esclarecimentos agora seria pouco gentil da minha parte e explicarei tudo. Assumo a responsabilidade de revelar o segredo. Sou uma dwimveandra. Encontrei Yennefer por acaso. Ela veio visitar a minha mestra, com quem acabei de concluir o meu estágio. Quando soube que eu planejava viajar para o sul, e depois de minha mestra confirmar, a senhora Yennefer encarregou-me desta missão e deu-me uma carta de recomendação a ser entregue a uma feiticeira amiga dela de Maribor, onde agora pretendo fazer estágio.

– Como... Como ela está? A Yennefer? Ela está bem? – Geralt engoliu a saliva.

– Parecia muito bem. – Tiziana Frevi olhou para ele debaixo dos cílios. – Está ótima, com uma aparência que desperta inveja. E, para ser sincera, invejo-a.

Geralt ergueu-se. Dirigiu-se ao taberneiro, que quase desmaiou de medo.

– Mas não precisa... – Tiziana disse modestamente quando, após um instante, o taberneiro colocou diante deles um garrafão de

Est Est, o vinho branco mais caro de Toussaint, e algumas velas, enfiadas nos pescoços de garrafas velhas.

– Não precisa se preocupar, de verdade. Isso provocará dispêndios para você, bruxo – acrescentou quando, após um instante, foram servidas diversas travessas com alimentos: uma com presunto curado a seco, outra com trutas defumadas, e outra ainda com uma variedade de queijos. – É uma boa ocasião e estou em ótima companhia.

Tiziana agradeceu, acenando com a cabeça, e com um sorriso no rosto, um belo sorriso.

Todas as feiticeiras que se formavam na escola de magia ficavam diante de uma escolha: ou permaneciam na faculdade, no cargo de assistentes das mestras preceptoras, e podiam escolher qualquer uma das mestras livres para acolhê-las como estagiárias permanentes, ou poderiam escolher tornar-se dwimveandras.

Esse sistema foi inspirado no dos grêmios. Em muitos deles, o discípulo promovido a aprendiz tinha a obrigação de cumprir uma jornada durante a qual procurava realizar, aqui e ali, biscates em diversas oficinas e com diversos mestres. Finalmente, após alguns anos, voltava para fazer o último exame e, se passasse, ser promovido a mestre. No entanto, havia diferenças. Os aprendizes forçados a vagar pelo mundo que não conseguiam emprego passavam fome com muita frequência e a jornada tornava-se um vaguear errante. Quanto às dwimveandras, elas próprias escolhiam essa condição, por vontade e opção. Assim, o Capítulo dos feiticeiros constituiu para as feiticeiras errantes um fundo de bolsas especial que, pelo que Geralt sabia, não era modesto.

– Esse indivíduo aterrador usava um medalhão parecido com o seu. Era um dos Gatos, não era? – o poeta entrou na conversa.

– Era. Mas não quero falar sobre isso, Jaskier.

– Os famosos Gatos – o poeta dirigiu-se à feiticeira. – Bruxos, mas malsucedidos. Mutações que não deram certo. Loucos, psicopatas, sádicos. Eles próprios escolheram se chamar de Gatos, pois são realmente como os felinos: agressivos, cruéis, imprevisíveis e bruscos. E Geralt está amenizando as coisas, como sempre, só para nos acalmar. Havia um perigo, e era grande. Foi um milagre ter conseguido resolver essa história sem pancadaria, sem derramar sangue, sem cadáveres. Poderia ter ocorrido um massacre como o que aconteceu em Iello há quatro anos. A qualquer momento esperava...

– Geralt pediu para não falar nesse assunto, vamos respeitar – Tiziana Frevi cortou, com delicadeza, mas decididamente.

Olhou para ela com simpatia. Parecia meiga, e era bela, muito bela.

Sabia que as feiticeiras cuidavam muito da sua beleza, pois o prestígio da profissão requeria que as mágicas despertassem admiração. No entanto, nunca ficavam perfeitas, sempre remanescia alguma falha. Tiziana Frevi não era exceção a essa regra. Pouco abaixo da linha do cabelo, a sua testa tinha marcas quase imperceptíveis de varicela, que certamente teve na infância antes de desenvolver a imunidade. O que comprometia levemente o contorno dos seus belos lábios era uma pequena cicatriz ondulada acima do lábio superior. Pela enésima vez Geralt sentiu raiva da sua visão, dos seus olhos, que o obrigavam a perceber detalhes de pouca importância, pormenores que nada significavam diante do fato de Tiziana estar sentada com ele à mesma mesa, consumindo Est Est e truta defumada e sorrindo para ele. O bruxo conhecia realmente poucas mulheres cuja beleza poderia ser considerada impecável. No entanto, tinha motivos para considerar nulas as chances de alguma delas sorrir para ele.

– O Gato mencionou uma recompensa... – Jaskier, quando se apegava a um assunto, não se entregava com facilidade. – Quem de vocês sabe do que se trata? Geralt?

– Não tenho a mínima ideia.

– Mas eu tenho, e estou surpresa por vocês não terem ouvido falar nada sobre o assunto, pois é muito comentado – gabou-se Tiziana Frevi. – Foltest, o rei de Temeria, prometeu uma recompensa a quem tirasse o feitiço da sua filha, que tinha sido encantada. Segundo os boatos, a coitada tinha se picado no fuso de um tear e caído num sono eterno. Dizem que permanece deitada num caixão, num castelo rodeado de espinheiros. Outros dizem que o caixão é de vidro e foi colocado em cima de uma montanha de cristal. Segundo outros, ainda, a princesa transformou-se em um cisne. E há também boatos de que virou um monstro, uma estrige, por causa de uma maldição, pois era fruto de uma união incestuosa. Dizem que quem inventa e espalha os boatos é Vizimir, o rei da Redânia, que disputa fronteiras com Foltest, vive em conflito com ele e faz de tudo para aborrecê-lo.

– Isso tudo realmente parece invenção baseada num conto de fadas ou numa lenda – avaliou Geralt. – Uma princesa encantada e transformada, uma maldição como castigo por um incesto, uma recompensa por tirar o feitiço dela... Clássico e banal. A pessoa que inventou isso não se esforçou muito.

– O assunto tem evidente motivação política, por isso o Capítulo proibiu que os feiticeiros se envolvessem no caso – a dwimveandra acrescentou.

– Balela ou não, esse Gato acreditou na história – afirmou Jaskier. – Evidentemente, estava com pressa para ir até Wyzim, ao encontro dessa princesa encantada, tirar o feitiço dela e receber a recompensa prometida pelo rei Foltest. Suspeitava que Geralt também estivesse rumando para lá, para ser o primeiro a chegar.

– Estava enganado – Geralt respondeu secamente. – Não planejo ir a Wyzim, nem meter os meus dedos nessa confusão política. É uma missão sob medida para alguém como Brehen, que está, de acordo com o que ele próprio afirmou, em dificuldades. Eu não estou. Recuperei as espadas, não preciso adquirir outras. Tenho recursos para me sustentar graças aos feiticeiros de Rissberg...

– O senhor é o bruxo Geralt de Rívia?

– Sou, sim. E quem pergunta? – Geralt mediu com o olhar o funcionário de cara mal-humorada e que estava em pé, ao seu lado.

– Isso não tem a mínima importância. – O funcionário ergueu a cabeça e inflou os lábios, tentando parecer importante. – O essencial é a ação judicial movida contra o senhor, a respeito da qual o informo por meio deste documento, entregue na presença de testemunhas, de acordo com a lei.

O funcionário entregou a Geralt um rolo de papel e logo em seguida saiu, após presentear Tiziana Frevi com um olhar cheio de desprezo.

Geralt arrancou o selo e abriu o rolo.

– *Datum ex Castello Rissberg, die 20 mens. Jul. anno 1245 post Resurrectionem,* ele leu. Ao Tribunal de 1ª Instância em Gors Velen. Demandante:

Complexo de Rissberg, sociedade civil. Arguido: Geralt de Rívia, bruxo. Objeto da ação judicial: devolução do valor de mil, por extenso, de mil coroas novigradenses. Pleiteamos, *primo*: obrigar o arguido Geralt de Rívia a devolver o valor de mil coroas novigradenses acrescidos dos devidos juros; *secundo*: obrigar o arguido a pagar as custas do processo a favor do demandante, de acordo com as normas da lei; *tertio*: atribuir à sentença o rigor de imediata exequibilidade. Motivação: o arguido extorquiu do Complexo de Rissberg, sociedade civil, no valor de mil coroas novigradenses. Prova: cópias de transferências bancárias. O valor constituía o pré-pagamento pelo serviço que o arguido nunca executou e, movido pela má vontade, nunca pretendeu executar... Testemunhas: Biruta Anna Marquette Icarti, Axel Miguel Esparza, Igo Tarvix Sandoval... Filhos da puta.

– Eu lhe devolvi as espadas – Tiziana baixou os olhos –, mas, ao mesmo tempo, trouxe-lhe problemas. Esse oficial de justiça veio falar comigo. Hoje de manhã ouviu eu perguntar por você no cais da balsa. Depois disso não se afastou mais de mim. Agora já sei por quê: essa ação judicial é culpa minha.

– Você precisará de um advogado – Jaskier afirmou soturnamente. – Mas não recomendo a advogada de Kerack. Ela é boa, mas fora das salas dos tribunais.

– Já posso dispensar o advogado. Você viu a data da ação judicial? Aposto que o julgamento já aconteceu, que a sentença foi proferida por contumácia e a minha conta já deve ter sido bloqueada pelo juiz.

– Peço muitas desculpas, é culpa minha, perdoe-me – disse Tiziana.

– Não há o que perdoar, você não tem culpa de nada. E que se danem Rissberg junto com os tribunais. Senhor taberneiro, um garrafão de Est Est, por favor!

•

Em breve, eram os únicos clientes presentes na sala, e o taberneiro começou a sinalizar, bocejando enfaticamente, que estava na hora de se recolherem. Tiziana foi a primeira a subir ao seu cômodo, logo seguida por Jaskier.

Geralt não foi para o quarto que ele e Jaskier ocupavam juntos. Em vez disso, bateu silenciosamente à porta de Tiziana Frevi, que a abriu imediatamente.

– Estava à sua espera. Sabia que você viria. E, se não viesse, iria procurá-lo – murmurou, puxando-o para dentro.

Deve tê-lo feito dormir através de magia, caso contrário, ele teria acordado na hora em que ela saiu, provavelmente de madrugada, antes do nascer do sol, ainda na escuridão. Deixou o seu cheiro: um delicado aroma de íris e bergamota, e de algo mais. Rosa, talvez?

Sobre a mesa havia uma flor posta em cima das suas espadas. Era uma rosa branca, uma das rosas brancas que cresciam no jardim em frente da taberna.

•

Ninguém lembrava que lugar era aquele, quem o havia construído, a quem e para que servia. Atrás da taberna, numa depressão, foram preservadas as ruínas de uma construção antiga que um dia fora um grande e rico complexo. Não restou praticamente nada das edificações, apenas os resquícios das fundações, cavidades cobertas de mato, um bloco de pedra aqui ou acolá. Os elementos restantes foram desmontados e roubados. O material era valioso, nada podia ser desperdiçado.

Entraram debaixo dos resquícios de um portal arruinado, que um dia constituíra um arco imponente, mas agora parecia um cadafalso. A hera, que pendia feito uma forca, contribuía ainda mais para essa impressão. Caminhavam por uma aleia formada de árvores secas, debilitadas e retorcidas, que pareciam sobrecarregadas pelo peso da maldição que pairava no local. A aleia levava a um jardim, ou, antes, a algo que um dia fora um jardim. Pés de bérberis, giesta, rosas trepadeiras, um dia certamente podadas de forma ornamental, hoje constituíam um emaranhado selvagem e desordenado de ramos, caules espinhosos e secos. Por entre o emaranhado viam-se restos de estátuas e monumentos, na grande maioria retratando figuras inteiras. Os resquícios estavam tão reduzidos que era quase impossível determinar exatamente quem ou o que retratavam. Contudo, isso não tinha grande importância. Os monumentos pertenciam ao passado. Não sobreviveram, portanto perderam importância. Somente as ruínas foram preservadas, e aparentemente durariam por muito tempo, dado que são eternas.

Ruínas, monumentos de um mundo arruinado.

– Jaskier.

– Pois não?

– Ultimamente, tudo o que podia dar errado, de fato deu errado, e acho que fui eu quem ferrou com tudo. Tudo que eu tocava, virava merda.

– Você pensa assim?

– Penso.

– Então deve ser assim mesmo. Não espere algum comentário meu, enjoei de fazer comentários. Portanto, agora, mergulhe em suas lamentações em silêncio, por favor. Estou criando, e os seus lamentos estão me desconcentrando.

Jaskier sentou-se numa coluna tombada, puxou o chapéu para trás da cabeça, colocou uma perna sobre a outra e retesou as cravelhas do alaúde.

A vela cintila, o fogo morre
Um vento frio sopra...

Realmente soprou um vento, de modo repentino e brusco. E Jaskier parou de tocar, e suspirou alto.

O bruxo virou-se.

Ela estava em pé na entrada da aleia, entre o pedestal rachado de uma estátua irreconhecível e o emaranhado de um corniso seco. Alta, trajando um vestido justo, a cabeça com uma pelagem acinzentada, mais própria das raposas das estepes do que das raposas-cinzentas. Tinha orelhas pontudas e focinho alongado.

Geralt não se moveu.

– Eu havia anunciado a minha vinda. – Na boca da raposa brilharam fileiras de caninos. – Viria um dia, e esse dia chegou.

Geralt continuou imóvel. Nas costas, sentia o peso das duas espadas, o peso que tinha ficado um mês sem sentir e que normalmente lhe propiciava paz e segurança. Hoje, nesse momento, o peso era apenas um peso.

– Vim... mas eu mesma não sei para quê. – Os caninos da aguara reluziram. – Talvez para me despedir, ou deixar que ela se despeça de você.

Uma menina esbelta, trajando um vestido justo, saiu de trás da raposa. A metade do seu rosto, pálido e artificialmente imóvel, ainda era humana, ou talvez mais raposina do que humana. As transformações eram rápidas.

O bruxo meneou a cabeça.

– Você a curou... Ressuscitou-a? Não pode ser, é impossível. Então ela estava viva, lá naquele barco. Estava viva, mas fingia-se de morta.

A aguara uivou alto. O bruxo precisou de algum tempo para perceber que era um riso, que a raposa estava rindo.

– Antigamente, nós, as raposas, possuíamos muitos poderes. Podíamos criar ilusões de ilhas mágicas, mostrar dragões dançando no céu. Conseguíamos criar visões de um exército poderoso que se aproximava dos muros da cidade... Antigamente, nos tempos passados. Agora o mundo mudou, as nossas capacidades diminuíram... e nós diminuímos. Somos mais raposas do que aguaras. No entanto, até a menor, a mais jovem raposa tem a capacidade de enganar os seus sentidos humanos primitivos por meio de uma ilusão.

– Pela primeira vez na vida estou contente de ter sido enganado – disse após um momento.

– Não é verdade que você fez tudo errado. E, como recompensa, você pode tocar em meu rosto.

Pigarreou, olhando para os caninos pontudos.

– Humm...

As ilusões refletem aquilo em que você pensa, e aquilo que você teme, e aquilo com o que você sonha.

– Como?

A raposa uivou baixinho, e transformou-se.

Olhos cor de violeta escuros fulgurando num pálido rosto triangular. Cachos negros como as asas da graúna, ondulados como uma tempestade, caindo sobre os ombros em forma de cascata, reluzindo, refletindo a luz como penas de pavão, serpenteando e frisando a cada movimento. Lábios maravilhosamente finos e pálidos, cobertos de batom. No pescoço, uma gargantilha preta e, nela, uma estrela de obsidiana, a cintilar e espalhar em volta milhares de reflexos...

Yennefer sorriu, e o bruxo tocou em sua bochecha.

E foi então que o corniso seco brotou.

Em seguida, o vento soprou e sacudiu o arbusto. O mundo desapareceu atrás de uma cortina de pétalas brancas que giravam, redemoinhando.

– Uma ilusão, tudo é uma ilusão – ouviu a voz da aguara.

•

Jaskier parou de cantar, mas não largava o alaúde. Permanecia sentado sobre o fragmento de uma coluna tombada e olhava para o céu.

Geralt estava sentado ao seu lado. Refletia acerca de diversos assuntos. Organizava diversas coisas dentro da própria cabeça, ou, ao menos, tentava organizar. Fazia planos, na grande maioria completamente irreais. Fazia diversas promessas a si mesmo, duvidando de que conseguisse cumprir qualquer uma delas.

– Você nunca me parabeniza pelas minhas baladas. Já compus e cantei muitas delas na sua presença, mas você nunca me disse: "Gostei, queria que você tocasse mais uma vez". Você nunca disse isso – Jaskier constatou, de repente.

– É verdade. Nunca disse. Quer saber por quê?

– Por quê?

– Porque não quis.

– É um sacrifício tão grande? É tão difícil dizer: "Jaskier, toque isso mais uma vez, toque 'Como o tempo passa'" – o trovador não desistia.

– Jaskier, toque isso mais uma vez, toque "Como o tempo passa".

– Você disse isso sem nenhuma convicção.

– E daí? Você vai tocar assim mesmo.

– Com certeza.

A vela cintila, o fogo morre
Um vento frio sopra
Os dias passam
O tempo corre
Silenciosa e sorrateiramente

Você está ao meu lado e ainda ocorre
De estarmos unidos, embora imperfeitamente
Os dias passam
O tempo corre
Silenciosa e sorrateiramente

A lembrança dos caminhos por nós percorridos
Guardamos infinitamente
Apesar dos dias que passam
E do tempo que corre
Silenciosa e sorrateiramente

Por isso, minha amada,
Repitamos este refrão triunfalmente:
Assim passam os dias
Passa a temporada
Silenciosa e sorrateiramente

Geralt levantou-se.

– Está na hora de seguir caminho, Jaskier.

– É mesmo? Para onde?

– Não tem importância para onde.

– Se é assim, então vamos.

EPÍLOGO

No outeiro, notavam-se os restos de uma edificação arruinada havia tanto tempo que já estava toda coberta de mato. A hera envolveu os muros, as mudas das árvores perfuraram as lajes rachadas. No passado o local tinha sido um templo, a sede dos sacerdotes devotados a uma divindade hoje esquecida. Nimue não podia ter conhecimento disso, para ela tratava-se apenas de uma ruína, um monte de pedras, um sinal que apontava para o caminho certo.

Logo após passar o outeiro e as ruínas, a estrada de terra batida bifurcava-se. Uma das rotas levava para o oeste, através dos urzais. A outra levava para o norte e desaparecia em meio a uma densa e escura floresta. Penetrava o mato sombrio, sumia numa penumbra tenebrosa, dissipava-se nele.

Esse era o seu caminho, o caminho que levava para o norte e atravessava a famosa Floresta dos Gaios.

Nimue não se impressionara muito com as histórias contadas em Ivalo só para assustá-la. Durante a sua jornada, já havia lidado inúmeras vezes com coisas desse tipo, pois todos os lugares das redondezas possuíam o seu folclore assustador, histórias de horrores e terrores locais que serviam para apavorar os viajantes que passavam por lá. Já haviam amedrontado Nimue com relatos sobre as ondinas nos lagos, as náiades nos riachos, os wichts nas encruzilhadas, assim como os fantasmas nos cemitérios. A cada duas pontes haveria um esconderijo dos trols, e a cada dois salgueirais haveria um covil que pertenceria a uma estrige. Nimue acabou acostumando-se, familiarizando-se com os monstros, e eles deixaram de lhe causar medo. O que não havia mesmo era uma maneira de acalmar a estranha ansiedade que tomava conta dela antes de entrar numa floresta escura, de seguir uma trilha que passava por entre mamoas encobertas pela bruma ou no meio de um pantanal envolto pela névoa.

Agora, diante de uma parede da floresta escura, sentia a mesma ansiedade, uma sensação de formigamento na nuca que deixava a boca ressecada.

"A estrada é movimentada", repetia em pensamento, "está cheia de sulcos deixados por carroças, de marcas de pisadas de cavalos e bois. Não importa que esta floresta pareça assustadora, não se trata de uma selva, é uma rota frequentada que leva e Dorian e que passa pelo último trecho de floresta que escapou dos machados e das serras. Muitos passam por aqui, a quatro rodas ou caminhando. Também passarei, não tenho medo."

Sou Nimue verch Wledyr ap Gwyn.

"Cova, Guado, Sibell, Brugge, Casterfurt, Mortara, Ivalo, Dorian, Anchor, Gors Velen."

Olhou para trás, para ver se, por acaso, não havia ninguém. "Seria mais animado seguir acompanhada", pensou. Mas a estrada, como se por azar, exatamente nesse dia e nessa hora não queria ser frequentada. Parecia inclusive morta.

Não havia saída. Nimue pigarreou, ajeitou a trouxa amarrada no ombro, apertou o bastão com força e adentrou a floresta.

Entre as árvores dominavam carvalhos, ulmeiros, antigos carpinos entrelaçados. Havia também pinheiros e lárices. A espessa vegetação de baixa estatura era constituída por espinheiros entrelaçados, aveleiras, azereiras e madressilvas. Esses tipos de sub-bosques normalmente abrigavam inúmeras aves da floresta, mas nesse bosque pairava um silêncio agourento. Nimue caminhava com o olhar cravado no chão. Respirou com alívio quando, em certo momento, ouviu a batida do bico de um pica-pau no meio da floresta. "A floresta tem habitantes, enfim, não estou aqui completamente sozinha", pensou.

Parou e virou-se bruscamente. Não viu nada nem ninguém, mas por um momento teve a certeza de estar sendo seguida. Sentia que alguém a observava, que a perseguia sorrateiramente. O medo fez um nó na sua garganta. Sentiu calafrios descendo pelas suas costas.

Acelerou o passo. Parecia que a floresta começara a ficar menos espessa, mais verde e clara, pois as bétulas passaram a dominar entre as árvores. "Mais uma curva, ou duas", pensou nervosamente, "só mais um pouco e chegarei ao fim da floresta. Ela ficará para trás, junto com aquilo que se esgueira atrás de mim. Seguirei adiante."

"Cova, Guado, Sibell, Brugge..."

Não ouviu nem um cicio, mas captou um movimento com o canto do olho. Do meio das espessas samambaias saiu voando um vulto cinzento, achatado, multípede e incrivelmente veloz. Nimue gritou ao ver as suas pinças, que se abriam e fechavam, enormes como foices, e as pernas eriçadas com espinhos e cerdas, e múltiplos olhos que circundavam a cabeça feito uma coroa.

Sentiu um forte puxão, que a lançou para cima e para trás. Desabou de costas sobre as mudas das aveleiras, flexíveis como uma mola. Agarrou-as, pronta para lançar-se numa fuga desenfreada, mas ficou paralisada, olhando para uma dança selvagem que acontecia na estrada.

O monstro multípede saltava e girava a uma velocidade extremamente grande, movimentando as pernas, abrindo e fechando os terríveis pedipalpos. Em volta dele, em velocidade ainda maior, tão grande que a sua imagem ficava desfocada, dançava um homem armado com duas espadas.

Nimue, petrificada de medo, viu uma, depois outra, depois a terceira pata lacerada ser lançada ao ar. Os cortes das espadas atingiram o cefalotórax achatado do qual jorrou um líquido esverdeado. O monstro agitava-se, sacudia-se, até que, por fim, executou um salto selvagem e lançou-se numa fuga insana para dentro da floresta. Não conseguiu afastar-se muito. O homem com as espadas apanhou-o, pisoteou-o, prendeu-o com força ao solo, com as pontas das duas lâminas e ao mesmo tempo. O monstro ficou um bom tempo batendo no solo com as pernas, até que quedou inerte.

Nimue pôs as mãos no peito. Apertava-as com força, tentando acalmar o coração palpitante. Viu o seu salvador ajoelhar-se sobre o monstro morto e arrancar algo da sua carapaça com a ajuda de uma faca. Viu-o limpar as lâminas das espadas e colocá-las nas bainhas que carregava nas costas.

– Você está bem?

Demorou um tempo para Nimue perceber que a pergunta havia sido dirigida a ela. Mesmo assim, não conseguia falar nem se levantar das aveleiras. O seu salvador não se dispôs a ajudá-la, teve que se virar sozinha. As suas pernas tremiam tanto que quase não conseguia manter-se em pé. A boca ressecada a incomodava.

– Essa caminhada solitária no meio da floresta não foi uma boa ideia – disse o salvador ao se aproximar dela.

Tirou o capuz, e os seus cabelos alvos brilharam no meio da penumbra da floresta. Nimue mal conseguiu abafar um grito, tapando a boca com o punho fechado num gesto involuntário. "É impossível", pensou. "É absolutamente impossível. Devo estar sonhando."

O homem de cabelos brancos falou, examinando a placa enegrecida e oxidada que segurava na mão:

– Mas a partir de agora já será possível passar por aqui em segurança. E o que temos aqui? IDR UL Ex IX 0008 BETA. Hã! Faltava este oito para fechar as minhas contas. Mas agora elas já podem ser fechadas. Como você está, moça? Ah, perdoe-me. Está morrendo de sede, não? E a sua língua parece travada. Conheço essa sensação. Tome um gole, por favor.

Aceitou e pegou o cantil com as mãos trêmulas.

– Para onde vai?

– Para D... para D...

– Para?

– Para... Dorian. O que era aquilo? Aquela... criatura?

– Uma obra-prima, a obra-prima número oito. Mas não importa o que era, o importante é que deixou de ser. E você, quem é? E para onde vai?

Acenou com a cabeça e engoliu a saliva. Tomou coragem, surpresa com a própria ousadia.

– Sou... sou Nimue verch Wledyr ap Gwyn. De Dorian vou para Anchor, e de lá para Gors Velen. Para Aretusa, a escola das feiticeiras na ilha de Thanedd.

– Hum... E de onde você partiu?

– Da Vila Cova, passando por Guado, Sibell, Brugge, Casterfurt...

– Conheço essa rota – interrompeu-a. – Você atravessou meio mundo, Nimue, a filha de Wledyr. Em Aretusa, na prova de ingresso, deveria ganhar pontos por isso. Mas provavelmente não serão tão generosos. Você traçou um objetivo ambicioso, moça da Vila Cova, muito ambicioso. Venha comigo.

– Bom... bom, senhor... – Nimue ainda não conseguia dobrar as pernas ao andar. – Sim?

– Obrigada por me socorrer.

– Você também merece um agradecimento. Faz alguns dias eu tentava encontrar alguém como você. Todos que passavam por aqui caminhavam em grupos numerosos, todos armados e barulhentos. Por causa disso, a nossa obra-prima número oito não se atrevia a atacar, sequer punha o nariz para fora do covil. Foi você quem a tirou do seu esconderijo. Conseguia reconhecer uma presa fácil de uma grande distância, alguém que caminhava sozinho, e pequeno. Sem mágoas, moça.

O confim da floresta ficava pertinho. Um pouco mais adiante, junto de um pequeno bosque, o cavalo do homem de cabelos brancos esperava. Era uma égua baia.

– São aproximadamente quarenta milhas daqui para Dorian – afirmou o homem de cabelos brancos. – Para você, três dias de caminhada. Três e meio, contando o restante do dia de hoje. Você tem consciência disso?

De repente, Nimue sentiu uma euforia, depois uma letargia desanimadora e outros efeitos do pavor. "Deve ser um sonho", pensou. "Devo estar sonhando, tudo isto não pode ser real."

– O que você tem? Você está bem?

Nimue tomou coragem. Mal conseguia articular as palavras de tanta excitação:

– Esta égua... Esta égua chama-se Plotka. Todos os seus cavalos têm esse nome. E você, você é Geralt de Rívia, o bruxo Geralt de Rívia.

Fitou-a por longo tempo em silêncio. Nimue também permaneceu calada, com o olhar fixado no solo.

– Em que ano estamos?

– Mil e trezentos... – Ergueu os olhos espantados. – Mil trezentos e setenta e três após o Renascimento.

– Se for assim, então Geralt de Rívia está morto faz muito tempo – o homem de cabelos brancos enxugou o rosto com a mão enluvada. – Morreu há cento e cinco anos. No entanto, acho que estaria contente se... ficaria contente ao saber que, após esses cento e cinco anos, as pessoas ainda se lembram dele e da pessoa que foi. Ora, até se lembram do nome do cavalo dele. Sim, acho que ficaria contente... se soubesse disso. Venha, vou lhe fazer companhia.

Caminharam em silêncio por longo tempo. Nimue mordia os lábios. Envergonhada, decidiu não falar mais nada. O homem de cabelos brancos interrompeu o silêncio tenso:

– Diante de nós há uma encruzilhada e uma estrada. É o caminho para Dorian. Você chegará lá em segurança...

– O bruxo Geralt não morreu! – Nimue falou do nada. – Apenas partiu, partiu para a Terra da Macieira. Mas voltará... Voltará, assim diz a lenda.

– Lendas, mitos, contos, fábulas, histórias... Eu deveria ter adivinhado. Nimue da Vila Cova que vai para a escola das feiticeiras na ilha de Thanedd. Você não se atreveria a fazer uma jornada tão louca se não fosse pelas lendas e pelos contos que a acompanharam na infância. Contudo, Nimue, são apenas fábulas, apenas fábulas, e você está demasiadamente longe de casa para não entender isso.

– O bruxo voltará do além! – ela não desistia. – Voltará para defender as pessoas quando o Mal novamente se propagar. Os bruxos sempre serão necessários, enquanto as trevas existirem, e as trevas seguem existindo!

Permaneceu em silêncio por longo tempo, olhando para o lado. Finalmente, virou o seu rosto para ela e sorriu. Confirmou:

– As trevas ainda existem, apesar do progresso, que, de acordo com aquilo em que somos obrigados a acreditar, deveria iluminar a escuridão, eliminar as ameaças e espantar os monstros. Até agora o progresso não foi bem-sucedido nessa empreitada. Até agora quer nos fazer acreditar que as trevas são apenas uma superstição que obscurece a luz e que não há nada para temer. Mas isso não é verdade, pois sempre, absolutamente sempre, existirá a escuridão, e sempre haverá o Mal assolando na escuridão, sempre haverá caninos e garras, sangue e assassinato na escuridão. E os bruxos sempre serão necessários, e tomara que sempre apareçam onde for preciso, lá onde eclodir um grito de socorro, lá onde são chamados. Tomara que apareçam com a espada na mão, com a espada cujo resplendor cortará as trevas, cuja luminosidade dissipará o negrume. Uma bela fábula, não é? E termina bem, assim como qualquer fábula deve terminar.

– Mas se passaram cem anos... Como é possível que... como é possível? – gaguejou.

– As futuras adeptas de Aretusa, a escola em que ensinam que nada é impossível – interrompeu-a, sorrindo –, não podem fazer esse tipo de perguntas. Pois tudo o que hoje parece impossível, amanhã será possível. Este lema deveria ser exibido na entrada da faculdade na qual em pouco tempo você ingressará. Boa jornada, Nimue. Passe bem. Aqui nos despedimos.

– Mas... – sentiu um alívio repentino, e as suas palavras fluíram como um rio. – Mas eu queria saber... saber mais, sobre Yennefer, e Ciri, sobre como realmente terminou aquela história. Eu li... conheço a lenda. Sei tudo sobre os bruxos, e sobre Kaer Morhen. Conheço até os nomes de todos os sinais dos bruxos! Por favor, conte-me...

– Aqui nos despedimos – interrompeu-a gentilmente. – Diante de você está o caminho para o seu destino. Diante de mim há um caminho completamente diferente. A fábula continua, a história nunca acaba. E, no que se refere aos sinais... há um que você não conhece. Chama-se Somne. Olhe para a minha mão.

Olhou.

– Uma ilusão, tudo é uma ilusão – ouviu de algures, de muito longe.

– Cuidado, moça! Não durma para não ser assaltada!

Ergueu a cabeça bruscamente, esfregou os olhos e levantou do chão.

– Adormeci? Dormi?

– Poxa! Como uma pedra! Como se estivesse morta! – riu uma mulher corpulenta sentada no banco de uma carroça a qual conduzia. – Gritei duas vezes, mas você não reagiu. Já estava pronta para descer da carroça... Está sozinha? Por que você está olhando em volta? Está esperando alguém?

– Um homem... de cabelos brancos... esteve aqui... ou será que... Já não sei...

– Não vi ninguém aqui – respondeu a mulher. As cabecinhas de duas crianças apareceram atrás das suas costas, de trás da lona.

– Você deve estar em viagem. – A mulher apontou com os olhos a trouxa e o bastão de Nimue. – Eu vou até Dorian. Se quiser, posso levá-la, se também estiver indo para aqueles lados.

– Muito obrigada. Sou-lhe muito agradecida. – Nimue subiu e sentou-se no banco.

– Vamos, então! – A mulher estalou as rédeas. – É mais cômodo viajar de carroça do que andando, não é? Você deve ter ficado muito cansada, para cair num sono tão profundo na beira da estrada. Juro, você dormia...

– Como uma pedra – Nimue suspirou. – Sei disso. Fiquei cansada e caí no sono. Além disso, tive...

– Então, o que você teve?

Olhou para trás. Atrás dela havia uma floresta fechada e escura e, diante dela, um caminho por entre fileiras de salgueiros. Era o caminho que levava ao seu destino.

A história continua, pensou. A história jamais acaba.

– Eu tive um sonho muito estranho.